GENA SHOWALTER

El tormento más
OSCURO

Editado por Harlequin Ibérica.
Una división de HarperCollins Ibérica, S.A.
Núñez de Balboa, 56
28001 Madrid

© 2016 Gena Showalter
© 2017 Harlequin Ibérica, una división de HarperCollins Ibérica, S.A.
El tormento más oscuro, n.º 120 - 1.2.17
Título original: The Darkest Torment
Publicada originalmente por HQN™ Books

I.S.B.N.: 978-84-687-9094-7
Depósito legal: M-38888-2016

Querido lector:

Cuando me senté a escribir el siguiente libro de los Señores del Inframundo, tuve que hacer algunas elecciones difíciles. ¿Contaba la historia de Cameo, la que más desean los lectores de la serie, aunque no tuviera perfilada la última parte de la trama? ¿Contaba la historia de William, un personaje que, pese a no ser uno de los Señores, sí es uno de los favoritos de los lectores, aunque no hubiera creado ni una mínima parte de la trama? ¿O contaba la historia de Baden, el personaje del que menos saben los lectores? Al final, opté por la historia que más me emocionaba contar y, en el momento en que surgió la idea del dilema de Baden y la que iba a ser su heroína, se me escapó un jadeo. Me estremecí. Empecé a pasearme de un lado a otro mientras las escenas iban apareciendo en mi mente. Escribir este libro se convirtió en una necesidad, en una pasión innegable, y espero haber podido transmitir esa pasión a través de cada una de las palabras. Porque, cuando leáis El tormento más oscuro, vais a recibir algo más que una historia. Vais a recibir un pedacito de mi corazón.

Con afecto,

Gena Showalter

Para Julie Kagawa. ¡Eres un tesoro! Gracias por la llamada de teléfono, por la conversación y por la información sobre el adiestramiento canino. (Todos los errores son míos, y cometidos deliberadamente, para que todo encajara en los confines de mi relato. Es mi excusa, y la voy a mantener).

Para Beth Kendrick. La tarta de pacanas me vuelve loca, ¡y tú también! ¡Me encantaría ir de vacaciones a tu cerebro!

Para Kady Cross y Amy Lukavics. Mujeres increíbles, compañeras de tour fabulosas y amigas muy queridas para siempre. ¡Tengo tanta suerte por haberos conocido!

Para Allison Carroll. Extraordinaria editora. Vas por encima, llegas más allá, y tu aportación ha sido valiosísima. ¡Gracias!

A las autoras llenas de talento y belleza a las que tengo el privilegio de llamar «amigas» (las arriba mencionadas y las que siguen), con un corazón de oro:
Jill Monroe, Roxanne St. Claire, Kresley Cole, JR Ward, Karen Marie Moning, Nalini Singh, Jeaniene Frost, P.C. and Kristin Cast, Deidre Knight, Kelli Ireland, Kristen Painter y Lily Everett.

¡Para Anne Victory y su Pippin!

Y para mi Biscuit. Fuiste un tesoro, un regalo de Dios, y yo no te merecía. Me quisiste con locura. Yo fui tu persona preferida del mundo. Ahora estás en el cielo y, cuando volvamos a estar juntos, ¡te voy a adorar para toda la eternidad!

Hay un tiempo y un lugar para matar.
Nunca y en ninguna parte.
Baden, caballero del monte Olimpo.
Antes de la decapitación.

Hay un tiempo y un lugar para matar.
Siempre y en todas partes.
Baden, aterrador Señor del Inframundo.
Después de la resurrección.

Capítulo 1

«¿Las ventajas de tenerme de aliado? Me tienes de aliado. No hay nada más que decir».

Hades, uno de los nueve reyes del inframundo

El sentimiento de culpabilidad no podía cambiar el pasado. La preocupación no podía cambiar el pasado. Y, sin embargo, ambas cosas perseguían a Baden implacablemente, la primera, con un látigo, y la segunda, con un cuchillo de sierra. Y, aunque él no tuviera heridas visibles, sangraba a cubos todos los malditos días.

Aquel dolor constante era una provocación para la bestia. La criatura no dejaba de moverse por su mente desde que él había vuelto de la muerte. Su nuevo compañero era mucho peor que cualquier otro demonio. ¡Y él lo sabía bien! El demonio odiaba la jaula física y tenía hambre de presa.

«Mata a alguien. ¡Mata a todo el mundo!».

Era el grito de guerra de la bestia, una orden que él oía cada vez que se le acercaba alguien, o que alguien lo miraba. O que alguien, simplemente, respiraba. Y el impulso de obedecer siempre llegaba después…

«No voy a matar», juraba. Él no era una bestia. Eran dos entidades separadas.

Eso era fácil de decir, pero difícil de mantener. Se paseó

desde un rincón de su dormitorio a otro, tirándose del cuello de la camisa, rasgando el algodón suave para aliviar la incomodidad que sentía. Su piel era demasiado sensible, y necesitaba alivio constante. Otra ventaja de haber vuelto de entre los muertos.

La mariposa que se había tatuado en el pecho no le había ayudado a paliar el dolor, sino que se había convertido en un picor que no podía rascarse. Sin embargo, no se arrepentía de haberse grabado aquella imagen. Las alas picudas y las antenas en forma de cuerno se parecían a las de la marca del demonio que llevaba dentro antes de morir. Y, ahora, la marca representaba su renacimiento, algo como un recordatorio de que volvía a vivir, de que tenía amigos, hermanos y una hermana que lo querían, de que no era un intruso, aunque eso fuera lo que sentía.

Apuró su cerveza y lanzó la botella contra la pared. El cristal se hizo añicos. Ahora era diferente, y ya no encajaba en la dinámica familiar. Lo achacaba a la culpabilidad. Hacía cuatro mil años había permitido al enemigo que lo decapitara, cometiendo un suicidio por poderes, y había dejado solos a sus amigos, que habían tenido que continuar la guerra contra los Cazadores mientras sufrían por su muerte. ¡Desaprensivo!

Sin embargo, también lo achacaba a la preocupación. La bestia odiaba a todos aquellos a quienes él quería, los hombres y las mujeres con los que había hecho un juramento de sangre, y no pararía hasta haberlos destruido a todos.

Si alguna vez aquel impulso superaba su deseo de enmendar todos los males que había cometido...

«Voy a enmendar mis errores».

«Los muertos no pueden cobrar sus deudas. Mata».

No. ¡No! Se golpeó las sienes con los puños. El sudor le caía por la espalda hasta la cintura del pantalón. Prefería morir de nuevo antes que hacerles daño a sus amigos.

Después de su resurrección, los doce guerreros lo habían

recibido con los brazos abiertos. No, no doce; ahora eran trece. Galen, el guardián de los Celos y de las Falsas Esperanzas, el mismo que había orquestado su muerte, había ido a vivir allí hacía pocas semanas. Todo el mundo creía que aquel imbécil ya no era un malvado.

Por favor. La mierda, aunque estuviera espolvoreada con azúcar, seguía siendo mierda. A él le encantaría hacer pedazos a Galen. Solo necesitaba cinco minutos y un cuchillo. Sin embargo, sus amigos le habían impuesto una estricta moratoria en cuanto al descuartizamiento.

Y él, a pesar de sus propios deseos, obedecería sus reglas. Sus amigos nunca le habían castigado por sus terribles errores, ni le habían exigido respuestas. Le habían dado comida, armas y una habitación privada en su enorme fortaleza, que estaba escondida entre bosques, en las montañas de Budapest.

Alguien llamó a la puerta, y la bestia soltó un gruñido.

«¡Enemigo! ¡Matar!».

Calma. Un enemigo no se tomaría la molestia de llamar.

—Márchate —dijo, y su voz entrecortada hizo que la palabra sonara como si hubiera tenido que remontar un río de cristales rotos.

—Lo siento, tío, pero he venido a quedarme —respondió alguien, mientras aporreaba la puerta—. Ábreme.

William el Eterno Lascivo. Era el hijo menor de Hades, y estaba obsesionado con el buen vino, las mujeres bellas y el mejor cuidado para su pelo. Era un desgraciado salvaje y obcecado, y su mejor y peor cualidad eran la misma: no tenía concepto de la piedad.

La bestia dejó de gruñir y empezó a ronronear como un gatito. No era una reacción sorprendente, puesto que Hades era quien le había dado a Baden la vida de nuevo. Ahora, la familia del rey tenía una tarjeta con la que se libraba gratis de las torturas. Salvo el hijo mayor, Lucifer; sus crímenes eran demasiado grandes.

—No es buen momento —dijo Baden, temiendo que la bestia olvidara lo de la tarjeta.

—No me importa. Abre.

Él respiró profundamente y exhaló el aire. Al ser un espíritu que se había hecho tangible, no necesitaba respirar, pero aquel acto tan familiar para él le resultaba calmante.

—Vamos —dijo William—. ¿Dónde está ese imbécil tan valiente que robó y abrió la caja de Pandora? Es a él a quien vengo a ver.

¿Valiente? Algunas veces. ¿Imbécil? Siempre. Sus amigos y él terminaron liberando a los demonios que estaban atrapados dentro de la caja. Zeus, el rey de los dioses griegos, los había maldecido de por vida.

«Y vuestro cuerpo se convertirá en el vehículo de vuestra propia destrucción».

Él estaba poseído por la Desconfianza.

Los guerreros, mancillados e indignos, habían sido expulsados del ejército real y exiliados a la tierra. Y, siguiendo la profecía, los demonios los habían destruido pronto, a él, sobre todo. Su capacidad para confiar se había erosionado. Se había pasado semanas, meses, pensando en maneras de asesinar a aquellos a quienes debía socorrer.

Un día, había llegado al límite. «Ellos o yo» había sido su último pensamiento cuando un ser humano había blandido la espada por encima de su cabeza. Los había elegido a ellos, a su familia. Sin embargo, ellos no habían salido indemnes; Dolor los había obsesionado. ¡Y Desconfianza!

En cuanto su cabeza había caído al suelo, separada de su cuerpo, el demonio había quedado liberado de su control y había salido al mundo. Él ya no podía controlar los peores impulsos del demonio. Unas cadenas invisibles arrastraron a su espíritu al reino-prisión creado para los que la caja había contaminado, y su único vínculo con la tierra de los vivos había sido una pared de humo que revelaba los sucesos en tiempo real.

Tuvo un asiento de primera fila para ver a sus amigos mientras caían en un pozo de agonía y desesperación, y no pudo hacer nada más que lamentarse. El resto del tiempo lo había pasado peleándose con Pandora, la otra ocupante de aquel reino, una mujer que lo detestaba con todas sus fuerzas.

Entonces, hacía pocos meses, aparecieron en el reino Cronus y Rhea, los antiguos reyes de los Titanes. Eran los mayores rivales de Zeus, y los objetivos número uno de Baden. ¿Cuántas veces les habían hecho daño a sus amigos aquellos dos?

Había experimentado un gran placer al huir de su prisión con Pandora y dejar atrás a la pareja.

William siguió aporreando la puerta.

—¡Baden! Esta espera es absurda.

Baden se sobresaltó.

—Bueno, pues lo haremos a mi manera. Dentro de tres segundos echo la puerta abajo.

«Calma. Nada de cuchilladas».

Baden abrió con tanta fuerza que se quedó con el tirador de la puerta en la mano.

Vaya.

—¿Qué quieres?

A pesar de que era como un tornado, el guerrero de pelo negro y ojos azules se apoyó con delicadeza en el marco de la puerta. Miró a Baden de arriba abajo e hizo una mueca.

—Vestido para el trabajo que queremos, y no para el que tenemos, por lo que veo.

«Hombre fuerte. Demasiado fuerte. Amenaza».

Como se había temido, la tarjeta para librarse de las torturas ardió por combustión espontánea. ¡Nada de cuchilladas! Sin embargo, dar un puñetazo no era una cuchillada. Era la pura felicidad. Hueso contra hueso. El embriagador olor de la sangre invadiría sus sentidos, y el aullido de dolor sería música para sus oídos.

Apretó la mandíbula. «¿Quién soy yo?».

–Vete –repitió.

William miró a su alrededor.

–¿Bebiendo a solas? Tss, tss… ¿Es que tu corazón añora al demonio?

Él había pensado que tal vez fuera así. La llegada de su nuevo amigo le había sacado de dudas.

Ahora, Desconfianza tenía una nueva anfitriona. Se llamaba… Baden frunció el ceño. No lo recordaba.

Fuera quien fuera, había estado apoyando durante siglos a Galen, ayudándolo a que cometiera sus peores crímenes. Pocos meses antes, la estúpida fémina había aceptado a Desconfianza por voluntad propia. En otras palabras, había aceptado una paranoia incesante. ¿Quién hacía algo así?

William suspiró.

–No es necesario que respondas. Ya veo la respuesta en tu cara. ¿Es que no sabes que recordar te lleva al pasado? Bueno, bueno. Yo te voy a ayudar a concentrarte en el futuro, no tienes ni que pedírmelo.

Entonces, le dio un puñetazo en la nariz a Baden.

–De nada.

Baden retrocedió debido al impacto, con la nariz desplazada. Aunque no sangraba, puesto que su cuerpo solo era una cáscara para su espíritu, notó un sabor a hierro en la lengua. Delicioso. Casi, un postre.

La bestia rugió. Tenía hambre de más.

Mientras miraba torvamente a William, se recolocó el cartílago de la nariz.

–Oh, no. Te he provocado. ¿Qué voy a hacer? –preguntó William con una sonrisa, mientras se remangaba la camisa–. Ya sé. Te voy a dar más.

«¿Buscando pelea? Pues la ha encontrado».

La bestia explotó. El cuerpo de Baden se llenó de adrenalina y sus huesos, de lava fundida. Su tamaño se multiplicó por dos, y su cabeza tocó el techo.

—He oído decir que Desconfianza hacía que te ardiera el pelo. Es una pena que no esté aquí –comentó William–. Las llamas harían tu derrota más interesante aún.

«¿Derrota? Yo te la presento».

Baden rugió y dio un puñetazo. Fue un contacto adictivo. Siguió golpeando con brutalidad, sin parar. William soportó los golpes sin caer, milagrosamente.

«Me cae bien este hombre… más o menos. Hacerle daño me hace daño».

Un pensamiento racional. Baden dejó caer el brazo a un lado.

—Lo siento –dijo, con la voz enronquecida.

—¿Por qué? –preguntó William, con los dientes teñidos por el rojo de la sangre–. ¿Te has ensuciado los pantalones mientras me hacías esas caricias de amor?

Humor. A él no le apetecía.

—Márchate antes de que tengas que arrastrarte.

La bestia ya estaba arañando el cerebro de Baden. Estaba ansiosa por el segundo round.

—No seas tonto –respondió William–. Vuelve a golpearme, pero, esta vez, intenta hacerme daño de verdad.

El guerrero no lo entendía. No iba a entenderlo hasta que fuera demasiado tarde.

—¡Vete! Estoy perdiendo el control.

—Entonces, vamos progresando. Vamos, golpéame.

—¿Es que quieres morir?

—Que me pegues.

La bestia rugió, y Baden…

Baden detonó como una bomba y se abalanzó sobre William, que no hizo ningún esfuerzo por bloquear ni esquivar la avalancha de golpes.

—¡Defiéndete! –le gritó Baden.

—Ya que lo mencionas…

William le dio un puñetazo. Fue tan poderoso, que lo lanzó hacia atrás. Baden se empotró en la cómoda.

Los libros y los adornos que le habían dado sus compañeros cayeron al suelo, y todo lo que era de cristal se hizo añicos en el suelo. William caminó hacia delante y, sin detenerse, se agachó para recoger uno de los libros. Entonces, le dio a Baden un puñetazo en la garganta y se la hundió hasta la espina dorsal.

Dolor. Su cuerpo se inclinó cuando el guerrero le clavó el libro en el costado y le hizo puré uno de los riñones.

«Un oponente… más fuerte de lo previsto… No puede seguir con vida».

Antes de que William pudiera asestar otro golpe, Baden dio un rodillazo que lanzó el libro al otro lado de la habitación. Después, le dio un puñetazo a William en la mandíbula. Mientras el guerrero se tambaleaba, Baden recogió un pedazo de cristal.

Cuando se irguió, William ya se había recuperado, y le rompió un jarrón en un lado de la cabeza.

De repente, Baden empezó a oír diferentes voces.

—¿Ese es Baden? ¡Vaya! ¡No puede ser él! ¡Tiene tres veces su tamaño normal!

—¡Le va a saltar todos los dientes a William!

—¡Me pido a Baden! ¡Si consigue ganar, yo quiero pegarme con ese puño de Hulk primero!

Sabía que sus amigos habían oído el escándalo y habían acudido a intentar parar la pelea. A ayudarlo. A la bestia no le importó.

«Mátalos. Mátalos a todos… Son demasiado fuertes, son un peligro».

Aquella bestia malvada no tenía amigos, solo enemigos.

«El grupo es peligroso para el resto del mundo, no para mí. Para mí, no. Esta gente moriría por mí».

«Morir… Sí, tienen que morir…».

William cerró la puerta para que Baden no pudiera verlos.

—Concéntrate en mí, Red, ¿entendido? Yo soy la mayor

amenaza, así que, por favor, tómate la medicina de la artritis y golpéame.

Sí. La mayor amenaza. Golpear. La rabia le proporcionó más fuerzas, y soltó una nueva sarta de puñetazos. William bloqueó los primeros, pero no pudo evitar los últimos. Baden no consiguió contener su venganza.

La pelea fue brutal. Rebotaron por las paredes de la habitación y contra los muebles, como si fueran animales y estuvieran luchando por el trono de rey de la selva.

«Toma otro pedazo de cristal. Córtale las costillas al guerrero».

Sí, el final perfecto. Sin embargo, cuando Baden se agachaba, William apareció tras él, trasladándose a un lugar nuevo con solo un pensamiento, y le golpeó. Baden se giró mientras se tambaleaba y atrapó la mano de su oponente cuando este le lanzaba otro puñetazo.

Baden se agachó y se dejó caer al suelo, arrastrando a William consigo. A medio camino, rodeó su cuello con ambas piernas e intentó ahogarlo. Cuando tocaron el suelo, Baden lanzó a William hacia atrás. Su oponente cayó sobre una pila de cristales rotos. Baden sonrió y se incorporó para sentarse a horcajadas sobre la espalda de William. De dos puñetazos, hizo crujir su cráneo y se rompió los nudillos. Sin embargo, antes de que pudiera darle el siguiente golpe, William se echó a reír y se teletransportó de nuevo. Baden ya no pudo detener el impulso de su brazo, y destruyó uno de los paneles de madera del suelo. El dolor se extendió como una vibración por su brazo y se condensó en su hombro.

William se echó a reír con deleite y, como si aquel sonido abriera un portal mágico hacia la calma, la bestia se quedó en silencio.

—Ya está —dijo William, y le revolvió el pelo a Baden—. Ahora ya te sientes mejor —dijo, con gentileza.

Baden comprobó que el peligro había pasado y asintió. Incluso su garganta se había curado.

–Ahora ya podemos mantener una conversación sin que mires mi tráquea como si quisieras morderla.

–La conversación puede esperar –dijo Baden, y se estremeció al ver el estado en que había quedado la habitación: agujeros en las paredes, cristales en el suelo, muebles volcados y piezas desaparecidas–. Tengo que limpiar.

–¿Prefieres la fregona a la información?

–Depende de cuál sea la información que se me ofrece.

–¿Y si hablara de las guirnaldas de serpentinas y sus efectos secundarios…?

–Te destrozaría la cara –dijo Baden.

A él le encantaban aquellas guirnaldas, pero también las odiaba. Eran un regalo de Hades, algo antiguo y místico, y la causa de su forma corporal.

Hades y Keeley, la compañera de su amigo Torin, habían ido a verlo y, aunque él pensaba que todo era un sueño, ellos habían conseguido quitarle las cadenas que Lucifer le había puesto y las habían sustituido por unas cadenas que pertenecían a Hades.

«Siempre y cuando lleves mis guirnaldas», le había dicho Hades, «los demás podrán verte y tocarte».

¿Un gesto amistoso por parte de un aliado a quien él había apoyado en la guerra de los inframundos? Eso era lo que había pensado al principio. Ahora, sin embargo, se preguntaba si no había sido el truco de un enemigo tramposo.

Poco después de haber aceptado aquel regalo, William lo había mirado con pena y le había dicho: «Algunas veces, es mejor estar muerto».

Y no se había equivocado.

En aquel momento, había empezado a cambiar, no solo físicamente, sino mentalmente. Cuando estaba sereno, pugnaba por controlarse y despreciaba a cualquiera que pudiera ser más fuerte que él, como había demostrado. Los recuerdos le obsesionaban, pero no eran suyos. No era posible. Él nunca había sido un niño. Había sido creado completamente formado, con el cuerpo de un soldado inmortal y con la misión de proteger a Zeus. Sin embargo, recordaba claramente cómo corría, con diez años, por un campo de ambrosía que estaba ardiendo, y cómo se ahogaba a causa del humo.

Lo perseguía una manada de perros infernales que se alimentaron de él y lo arrastraron hasta una mazmorra fría y húmeda donde había sufrido entre hambre y soledad durante siglos.

Con el primer recuerdo, Baden había comprendido una horrible verdad: las guirnaldas no eran un objeto, sino un ser. Eran la bestia. No eran un demonio, sino algo peor. Un inmortal que había vivido una vez, y que ahora esperaba continuar viviendo a través de Baden. Un monstruo que siempre había estado al borde de la rabia, la violencia y la desconfianza.

Baden percibía la ironía de la situación.

—Bien —dijo William, como si estuviera ofendido—. Por favor, atiéndeme.

—Ayer dijiste que no sabías nada de las guirnaldas.

—Eso fue ayer.

—¿Y hoy qué sabes, exactamente?

—Todo.

Baden esperó a que el guerrero continuara hablando.

—¿Es que te hace falta otra paliza? ¡Vamos, cuéntamelo!

—«Paliza» es una palabra demasiado fuerte para lo que ha ocurrido. Más bien, ha sido un masaje —dijo William—. Para que lo sepas, los efectos secundarios de las guirnaldas son numerosos y espantosos.

—Lo de que son espantosos ya lo había deducido yo, gracias —dijo él.

No podía quitárselas. Estaban fundidas con él, y para librarse de ellas tendría que amputarse los brazos.

Antes de su muerte, los brazos le habrían crecido otra vez, pero ¿ahora? No estaba seguro, y no quería experimentar.

—Explícame los detalles —exigió.

—Para empezar, si quieres mantener las rabietas a raya, necesitas sexo, y mucho.

Aquello tenía que ser una broma.

Baden enarcó una ceja.

—¿Te estás ofreciendo, acaso?

William soltó un resoplido.

—Como si tú pudieras conmigo.

Para ser sincero, no podía con nadie. Cuando no estaba luchando, evitaba cualquier tipo de contacto, porque su piel era demasiado sensible. Cualquier roce con otra carne le resultaba insoportable, como si le pasaran el filo de una daga por las terminaciones nerviosas.

—Hoy te vas a marchar de Budapest —le dijo William—. Vas a ir a otra parte. Te vas a conseguir un harén de mujeres inmortales, y te vas a pasar los próximos diez años preocupándote solo del placer.

¿Dejar a sus amigos justo después de haberse reencontrado con ellos? No. Estaba allí para ayudarles, tal y como había deseado hacer durante muchos siglos.

—Paso.

—Y yo insisto. No puedes vencer a la oscuridad.

—Yo soy la oscuridad.

El guerrero asintió.

—Y ahí está el quid de la cuestión. Maddox y Ashlyn tienen hijos. Las mujeres de Gideon y de Kane están embarazadas. Y hay más féminas en el castillo. ¿Y qué pasa con Legion, que está traumatizada? ¿Y con Gillian, que es vulnerable? Si se te ocurre atacar a alguna de las féminas como me has atacado a mí, tus hermanos te destriparán, por mucho que te quieran. Yo te destriparé.

—Yo nunca...

—Oh, claro que sí.

Baden sintió rabia. Dio un puñetazo en la pared y soltó una imprecación, demostrando que William tenía razón. La bestia se aprovechaba de él a la menor oportunidad.

—Está bien. Me marcho —dijo. Aquellas palabras le causaron un gran dolor, pero añadió—: Hoy.

—Muy bien —dijo William, con una sonrisa—. ¿Alguna idea de cuál es tu destino?

—No —dijo Baden. Tenía muy poca experiencia con el mundo moderno.

Un suspiro.

—Seguramente, me arrepentiré de esto —dijo el guerrero—, pero… qué demonios. Solo se vive dos veces, ¿no?

Baden movió suavemente una mano para indicarle que continuara.

—A cambio de un favor que me deberás para más tarde, te voy a prestar una de mis residencias, e incluso te prepararé un bufé carnal. Y no te preocupes. Cuando haya terminado, incluso un hombre con tan poco juego como tú podrá marcarse un diez.

Al son de la música de rock que salía atronadoramente por los altavoces, un par de pechos golpearon a Baden en la cara. A él se le escapó un silbido de dolor, aunque la chica no se enterara de nada y siguiera girando en su regazo.

Ella intentó tomarlo de la nuca para acercárselo más.

Baden le apartó la mano con tanta suavidad como pudo.

Ella sonrió, aunque no hubiera ni un atisbo de diversión en su mirada.

—¿Es que te pone nervioso tu actuación, cariño? Sé cuál es la cura perfecta.

Saltó al suelo, se dio la vuelta y le puso el trasero delante de la cara.

—El *twerking* es lo mejor, ¿eh? —dijo William.

Baden se giró hacia él y lo fulminó con la mirada. Ellos dos eran los únicos hombres de la habitación, y el muy idiota estaba a la altura de su reputación de playboy, metiendo un billete de cien dólares en el cordón del tanga de su *stri-*

pper. Una rubia que botaba y se frotaba contra él con un desenfreno absoluto.

–Aunque tú eres la que debería pagarme a mí, me siento generoso –dijo, y le dio otros cien dólares–. No creas que no he notado que tenías un orgasmo. El primero o el segundo.

La chica estaba demasiado ocupada teniendo el tercero como para responder.

–Esto no me está ayudando –dijo Baden.

William se inclinó hacia delante para lamer el cuello de la *stripper*.

–No dudes de mis capacidades de proxeneta todavía. Esto solo es el aperitivo.

–Hazle caso –dijo la señorita Twerk, que se había vuelto hacia él. La chica le pasó el dedo por la curva de la mandíbula–. Se supone que tienes que devorarme.

¡Qué dolor! Lo soportó unos segundos más, pero solo para agarrarla por las caderas y alejarla de una vez por todas.

–No me toques. Nunca más.

Su tono duro, aunque no hubiera sido intencionado, hizo temblar a la muchacha.

–Vete –dijo él. Se sentía disgustado consigo mismo y con la situación–. Ahora.

Cuando ella salió de la habitación, él se acomodó un poco en el asiento y cerró los ojos. Supuestamente, necesitaba sexo, pero no podía mantener relaciones. ¿Qué clase de futuro le esperaba? ¿Un estallido de oscura rabia tras otro? Como antes…

Otro recuerdo que nunca había vivido se le pasó por la mente.

Estaba a la salida de la mazmorra que había ocupado durante una eternidad, rodeado por un mar de cuerpos despedazados, con las manos ensangrentadas, con unas garras llenas de pedazos de carne y… otras cosas.

Se oyeron pasos en un corredor cercano. ¿Un superviviente?

No por mucho tiempo.

Sonriendo de impaciencia, subió por encima de un montón de escombros y...

La música cesó de repente, y Baden salió de su ensimismamiento. Abrió los ojos y vio a la segunda *stripper* saliendo de la habitación.

William chasqueó la lengua. Desapareció y, al instante, volvió a aparecer con dos vasos y una botella de Whisky y ambrosía.

Ambrosía, la droga preferida de los inmortales.

William llenó los vasos hasta el borde.

—Toma. Lubrícate el cerebro.

Al percibir el olor dulzón de la bebida, a Baden se le revolvió el estómago. Por un momento, volvió a ser un niño atrapado en un campo incendiado, corriendo, corriendo, con el corazón acelerado como un caballo a la carrera.

«No, yo no. La bestia».

Se echó a temblar y apuró la copa. Al instante, notó que un calor calmante se le extendía por todo el cuerpo.

—¿A que así es mucho mejor?

William se apoyó en el respaldo del sofá blanco; era el único mueble que había en toda la habitación, también blanca.

Paredes blancas, baldosas blancas. Un estrado blanco con tres espejos. El reflejo de Baden, el único punto de color, lo miraba con desafío. Se había convertido en un soldado al que ya no reconocía, con un pelo ondulado y rojizo que necesitaba un buen corte. Sus ojos oscuros, que antes estaban llenos de amabilidad, solo ofrecían amenazas silenciosas. Su boca, que antes se curvaba a menudo con sonrisas de diversión, ya solo se curvaba hacia abajo, con un gesto de ira. Y su ceño siempre estaba fruncido.

No, no estaba mejor.

–Quiero marcharme.

–Es una pena. No te voy a teletransportar a ningún sitio hasta que no te hayas dado un revolcón. En cuanto tengas menos pinta de asesino, conseguirás darte un revolcón. A las chicas les vas a encantar –dijo William, y se bebió su copa de un trago–. Pero pon cara de que este es un buen momento, por favor.

–El contacto piel con piel me resulta doloroso.

La bestia rugió contra él por atreverse a revelar aquel punto de debilidad, incluso a uno de los hijos de Hades.

William frunció el ceño.

–Si crees que la causa son las guirnaldas…

–No.

–Es mejor que te lo quites de la cabeza. No lo son. Así que sonríe y aguanta, o no superarás tu transición.

¿Transición?

–Eso de parecer menos asesino, como tú dices, es difícil. Se me ha olvidado sonreír.

–¿Estás gimoteando? De acuerdo, tu nueva vida apesta. ¿Y qué? ¿Es que te crees que eres el único que tiene problemas?

–Por supuesto que no.

Sus amigos estaban intentando encontrar la caja de Pandora antes de que lo hiciera cualquier otro, puesto que podría matarlos al instante, al quitarles sus demonios. Eso sería una buena cosa, pero antes había que limpiar aquel mal tan afianzado y sustituirlo por su contrario. Como en el caso de Haidee: Odio por Amor. De lo contrario, la podredumbre se apoderaba de todo. Y aquel era el motivo por el que los Señores también estaban intentando encontrar la Estrella de la Mañana, un ser supernatural que todavía estaba atrapado en la caja, y que podía conceder cualquier deseo. Que podía liberar a los demonios sin matar a los guerreros.

Lucifer también estaba buscando la Estrella de la Mañana, aunque él no tenía la intención de salvarles la vida a los guerreros. Estaba en guerra con Hades, y quería ganar costara lo que costara. No había mantenido en secreto que quería eliminar a los enemigos de su padre: William, él mismo y todos los demás. Y, al ser el señor de los Mensajeros de la Muerte, tal vez tuviera el poder necesario para conseguirlo.

—Exacto —dijo William—. No lo eres. De hecho, tu vida comparada con la mía es un picnic con ninfas del bosque desnudas.

—No exageres.

—No exagero. Dentro de pocos días, Gillian va a cumplir la mayoría de edad, dieciocho años.

—¿Y qué? —preguntó Baden; quería que William tuviera agallas para decirlo en voz alta. Quería que él también admitiera una vulnerabilidad—. Será adulta, y tendrá la edad suficiente para estar contigo. O con cualquier otro hombre que desee.

—Conmigo —le espetó William. Nunca había sido capaz de disimular lo que sentía por la chica—. Edad suficiente para estar conmigo. Solo conmigo. Pero yo no puedo estar con ella.

—¿Porque estás maldito?

—Sí. La mujer que me gane me matará.

«Que me gane». Como si fuera un premio. «De mí no puede decirse lo mismo».

—Bueno, pues ya estás advertido —dijo—. Puedes adelantarte a los acontecimientos.

Vaya. ¿Acababa de sugerir a William que matara a la dulce e inocente Gillian antes de que ella pudiera matarlo a él?

Apretó los puños. Tenía que dominar mejor a la bestia. Así que iba a elegir a una chica, iba a mantener relaciones sexuales con ella con el menor contacto corporal posible y tal vez, durante un rato, se le aclarara la cabeza. Podría pensar, podría averiguar cómo quitarse las guirnaldas y liberarse de la bestia, conservar todas las partes de su cuerpo y seguir siendo tangible.

–Ya está bien de conversación –dijo, y elevó las comisuras de los labios–. Ya tengo menos pinta de asesino, ¿lo ves?

–Vaya. Cuando ya pensaba que no podías estar peor, me demuestras lo contrario –respondió William. Dio unas palmadas y dijo–: Señoritas.

La puerta se abrió, y e *krásavica* ntró un grupo de muchachas escasamente vestidas. Una morena, una rubia, una pelirroja y una con la piel de ébano. Todas ellas subieron al estrado con una sonrisa.

De repente, los espejos cobraron sentido, porque él tuvo una visión perfecta de la parte delantera y la trasera. Su cuerpo, después de tanto tiempo de privaciones, despertó por fin, aunque sintió repugnancia hacia sí mismo.

–Prostitutas –dijo. Debería haberlo previsto.

La rubia le lanzó un beso.

–Prefieren el término «especialistas por cuenta propia en los placeres». Son inmortales. Una fénix, una sirena, una ninfa y una cambiaformas. ¿A cuál de ellas prefieres? Tus deseos son órdenes.

–No me interesa la pasión fingida.

–Pues es lo único que vas a conseguir –dijo William–. En este momento, solo tienes dos cosas a tu favor: eres rico, gracias a las inversiones que Torin ha estado haciendo en tu nombre durante todos estos siglos, y que eres igualito a Jamie Fraser.

–¿Quién?

–El tipo con el que van a imaginarse que están estas chicas. Porque tú, querido amigo, careces de encanto y sofisticación, lo cual significa que tu abultada cartera y tus rasgos faciales son lo único que tienes para llegar a la meta.

–A mí no me falta encanto.

William lo ignoró.

–Chicas, decidle a Baden lo bonitas que son su cartera y su cara.

–Son preciosas.

–Son las más bonitas que he visto en mi vida.

–Más que bonitas, bellas.

Baden fulminó a William con la mirada mientras acariciaba la empuñadura de la daga que llevaba oculta en una funda en la cintura.

William suspiró.

–Si Jason Voorhees y Freddy Krueger tuvieran un hijo, seguro que me miraría como tú.

Más hombres a quienes no conocía. ¡Eso le molestaba mucho! No necesitaba que le recordaran que el mundo había seguido girando perfectamente sin él.

–Vaya, no captas mi brillante sentido del humor. Lo apunto. Señoritas –dijo William, tomando de nuevo la botella de Whisky–. Decidle a Baden cuáles son las delicias carnales que podéis ofrecerle.

Una por una, fueron describiéndole las diferentes situaciones. La virgen tímida. La bibliotecaria pícara. La dominadora severa. La experiencia con una novia.

Cuando Baden vivía en el monte Olimpo, había salido con muchas mujeres, pero nunca había querido a ninguna. Había deseado a alguien igual a él, no a una persona débil que lo usara para conseguir protección y que pusiera su poder por delante de los sentimientos. Tuvo la tentación de elegir la experiencia con la novia.

–¿Y bien? –preguntó William.

–No me interesa ninguna de esas situaciones –dijo él. «Dame la verdad, o no me des nada». Miró a cada una de aquellas bellezas. Por la oportunidad de dominar a la bestia y volver con sus amigos…–. ¿Hay alguna dispuesta a inclinarse y simplemente, tomarlo?

Sí, tal vez le faltara encanto.

William cabeceó.

–Debería darte vergüenza.

Mientras, dos de las muchachas levantaron el brazo.

–¡A mí! ¡Elígeme a mí! –dijo la morena. La dominadora severa.

La rubia le dio un codazo en el estómago.

–Yo soy la que quieres.

La bibliotecaria pícara.

–¿A que somos grandes amigos? –le preguntó William.

–No, no lo somos.

Él solo tenía doce amigos, los que habían sufrido la posesión de los demonios a su lado. Los guerreros que habían sangrado con él y por él, y a quienes solo había conseguido decepcionar desde su regreso. Ellos querían que fuera el hombre de antes, no el desgraciado en quien se había convertido.

–Lágrimas. Tristeza –dijo William, y se puso una mano sobre el pecho, como si le hubiera dado una puñalada–. Vamos, elige a una chica. Yo voy a hacerte un favor y me quedaré con las otras tres.

–¿Qué tipo de inmortales sois? –les preguntó a las voluntarias.

–Fénix –dijo la morena.

–Ninfa –respondió la rubia.

–Tú –dijo él, señalándola–. Te elijo a ti.

Las ninfas necesitaban el sexo más que el oxígeno. Al menos, la chica conseguiría algo más que dinero por sus esfuerzos.

La morena se quedó disgustada, y eso le sorprendió.

–Yo te compensaré, preciosa –le dijo William, guiñándole el ojo–. Con él, tendrías que trabajarte hasta el último centavo. Conmigo, puedes disfrutar sin más. No quiero exagerar mi habilidad, pero yo inventé el orgasmo femenino.

Bah. Baden se levantó y, sin tocar a la ninfa, la acompañó a la salida. Abrió la puerta y le hizo un gesto para que saliera en primer lugar. La siguió por un estrecho pasillo.

–Elige una habitación –le dijo ella, y parecía que sentía… ¿impaciencia?–. La que quieras.

Él eligió la primera a la derecha y entró antes que ella por si acaso había alguien esperando dentro para atacar. No había ningún asaltante, pero encontró una cámara escondida en un reloj, sobre la repisa de la chimenea. ¿Cosa de William? ¿Por qué? Después de desactivarla, hizo un registro más general. En la habitación había una cama enorme con sábanas de seda negras, una mesilla de noche llena de preservativos y lubricante, y un asiento reclinable junto a una alfombra de piel de oso.

La rubia se pasó un dedo entre los pechos.

–¿Qué quieres que haga, guapo?

La bestia protestó a gritos. No le gustaba la chica, y no quería que Baden se distrajera y se mostrara vulnerable en presencia de otro, y menos al hacer un esfuerzo por acallarla. Sin embargo, Baden dijo:

–Desnúdate e inclínate sobre el borde de la cama, con la cara hacia abajo.

–Ohh –dijo ella, con una sonrisa–. ¿Me vas a azotar por ser traviesa?

La bestia maldijo a Baden y, después, a la chica.

«Sal de aquí ahora mismo. Ahora».

No era una amenaza; tan solo, una orden. Y su tono de voz tenía algo que…

Era un tono que Baden solo había oído en las palabras de los reyes. «¿Quién eres tú?», le preguntó.

Y la bestia respondió:

«Soy Destrucción».

Capítulo 2

«Tus momentos más duros te llevan a menudo a tus mejores momentos. Así que ponte duro».

William, el Eterno Lascivo

Baden se tambaleó. La bestia era Destrucción… ¡Un demonio!

«Un rey», añadió.

El orgullo de la voz de la criatura era inconfundible.

«¿Rey de qué?».

«¿En este momento? De ti. Deja a la chica o mátala. Tú eliges».

Había otra opción. Baden se concentró en la chica.

—No, no voy a azotarte. Solo voy a follar contigo. Desnúdate e inclínate sobre la cama con la cara hacia abajo —repitió él—. Por favor, y gracias.

Destrucción soltó un silbido de rabia.

—Por ti, guapo, haría cualquier cosa —dijo ella.

Se quitó la ropa interior y la dejó caer al suelo. Mientras se movía, el anillo que llevaba brilló; la piedra reflejaba la luz en todas las direcciones.

Bang, bang, bang. La bestia pateó el pecho de Baden con tanta fuerza, que los impactos parecían los latidos de su corazón. «¿Es que no ves el peligro que tienes ante ti?».

La chica no se dio cuenta de su estado interior y giró lentamente, mostrándole la espalda y las nalgas. Se inclinó sobre el colchón y separó las piernas. Le enseñó una visión que él había echado de menos durante todos aquellos siglos.

Destrucción golpeó con más fuerza, silbó con más rabia. «Mátala antes de que ella nos mate a nosotros».

—No —dijo Baden, entre dientes.

—¿No? —preguntó ella, con incredulidad, y se dio una palmada en el trasero—. ¿Vas a renunciar a esto?

—Voy a tomarte —dijo él, con la mandíbula apretada. «Y silenciaré a la bestia».

Ella puso cara de alivio cuando él se colocó a su espalda. Mientras luchaba contra los impulsos de su compañero, sudaba. Pronto iba a pegársele la ropa a la piel hipersensible.

Destrucción se puso frenético.

«¡Ella es el enemigo! ¡Tienes que verlo!».

«Lo único que veo es un billete al paraíso». Baden dejó la camisa húmeda a un lado y se bajó la cremallera del pantalón.

Ella lo miró por encima de su hombro, sin tapujos.

—Eres muy guapo, ¿sabes?

—Solo físicamente.

—Pues mejor.

Ojalá tuviera experiencia con las mujeres modernas. ¿Acaso les gustaban los imbéciles?

Durante los últimos cuatro mil años solo había interactuado con Pandora, y ella siempre había tratado de matarlo. Ahora, ella también estaba libre y también era tangible, porque llevaba un par de guirnaldas de serpentinas en el brazo. Había conseguido burlar la seguridad de la fortaleza y entrar para tenderle una emboscada, ¡en dos ocasiones! Y, las dos veces, habían estado a punto de matarse.

¿Acaso ella estaba luchando contra su propia versión de Destrucción?

«¡Idiota! Ya estás distraído. Sin mí, te convertirás en un blanco andante».

No. Aquello no era más que una mentira de una criatura desesperada. Baden se sacó un preservativo del bolsillo, porque no se fiaba de los que había en la mesilla. Cuando rasgó el papel con los dientes, la habitación se llenó de un extraño brillo rojo. Él posó la mano sobre su daga y miró a su alrededor. De repente, Destrucción se había quedado en silencio, con una extraña calma.

La muchacha se giró y lo miró. Se quedó boquiabierta.

—Tus brazos.

Él se miró los brazos y frunció el ceño. Las guirnaldas ya no eran negras, sino rojas, y cuanto más brillaban, más le quemaban la piel. Surgían ríos negros de debajo de ellas, unas marcas que le recordaban a las grietas de los cimientos de su vida y de su cordura.

¿Qué demonios estaba ocurriendo? Se subió la cremallera de los pantalones con intención de ir a buscar a William.

Su compañera suspiró.

—No me extraña que él quiera que mueras —dijo y, sin previo aviso, le lanzó un puñetazo.

Antes de que su mente pudiera procesar lo que ocurría, Baden actuó por instinto. Le agarró la muñeca y le retorció el brazo, y la sujetó con fuerza contra la cama.

«Ahora, mátala», dijo Destrucción. «Conviértela en un buen ejemplo para todos aquellos que quieran hacernos daño».

No. No iba a hacerlo.

—Has dicho que él quiere que yo muera —le dijo a la chica—. ¿Quién es él? ¿William?

—¡Suéltame! —gritó ella, forcejeando—. No era nada personal, ¿de acuerdo? Yo solo quería el dinero —dijo—. Debería haber respetado el plan y esperar a que estuvieras débil por el orgasmo.

Él le retorció el brazo con más fuerza, y ella gritó de dolor. El anillo llamó su atención. La piedra había desaparecido y, en su lugar, había una aguja. ¿Acaso se proponía envenenarlo?

Los enemigos tenían que morir. Siempre.

—¡William! —gritó, aunque no habría tenido que molestarse.

La puerta del dormitorio se abrió de golpe. William entró y miró fijamente a la rubia.

—Error, ninfa. Yo habría sido bueno contigo. Ahora, sin embargo, vas a experimentar mi peor faceta.

Ella se echó a temblar.

—Ha dicho que él quiere que yo muera —le explicó Baden a William.

A William le vibró el músculo de uno de los ojos.

—Él. Lucifer —dijo—. Y no te refieras a él como «tu hermano». Yo nunca lo consideraré así.

Baden debería haberlo pensado. Lucifer estaba hambriento de poder. Era avaricioso, un violador, un asesino de inocentes, el padre de las mentiras. No había límite que no estuviera dispuesto a cruzar.

William señaló las guirnaldas brillantes de Baden con un movimiento de la cabeza.

—Prepárate. Pronto vas a verte frente a…

Baden fue succionado por un agujero negro… e impactó contra el suelo al otro lado. De repente, se encontró en una enorme estancia. En ella había varias hogueras, y el humo que emitían ascendía en volutas hacia la cúpula, que era de llamas. Solo había dos salidas: una, al final, custodiada por dos gigantes, y la otra, al frente, custodiada por dos gigantes aún más grandes.

En un largo estrado descansaba un trono hecho con calaveras humanas y, sentado en aquel trono, estaba Hades. Era un hombre grande, de estatura parecida a la suya, con el pelo y los ojos negros. Llevaba un traje de rayas y unos mocasines italianos, y su elegancia contrastaba con los tatuajes que tenía en los nudillos.

Sofisticado y, a la vez, incivilizado. Hades abrió los brazos.

—Bienvenido a mi humilde morada. Ámala antes de odiarla.

Baden ignoró aquel saludo absurdo. Solo había estado una vez con aquel rey, cuando Hades le regaló las guirnaldas y lo liberó de la prisión de Lucifer.

—¿Por qué estoy aquí?

Las guirnaldas se apagaron. El metal se enfrió y se volvió oscuro de nuevo. Mejor pregunta aún:

—¿Cómo he llegado hasta aquí?

Hades sonrió lentamente, con petulancia.

—Gracias a las guirnaldas, yo soy tu señor, y tú eres mi esclavo. Yo te llamé y tú acudiste.

Baden tuvo que reprimirse para no atacar.

—Mentira.

Él no era el esclavo de nadie, ni siquiera del rey. De la bestia, sin embargo… tal vez sí. Al darse cuenta, formuló una nueva pregunta:

—¿Quién es Destrucción?

—Tal vez sea un hombre a quien maldije. Tal vez un ser que yo he creado. Lo único que tú necesitas saber es que siempre me elegirá a mí por delante de ti.

La bestia no respondió, algo que molestó y asombró a Baden.

—Yo voy a luchar contra su compulsión por obedecerte —dijo.

Hades esbozó una expresión de lástima.

—Cuando vuelva a llamarte, vendrás. Cuando te dé una orden, obedecerás. Vamos a hacer una demostración —dijo, y alzó la barbilla—: Arrodíllate.

A Baden se le flexionaron las rodillas y se le clavaron en el suelo, con tanta fuerza, que toda la sala tembló. Aunque se resistió con una enorme fuerza, no pudo levantarse.

El horror se unió a la rabia que sentía. Estaba sujeto a la voluntad de otro...

—Como puedes ver, mi voluntad es tu dicha —dijo Hades, y movió una mano por el aire—. Puedes levantarte.

Su cuerpo quedó liberado y se puso en pie de un salto. Automáticamente, posó la mano en la empuñadura de la daga. Lo habían engañado. Por muy irónico que fuera, en la única ocasión en la que debería haber desconfiado, había confiado ciegamente.

Entonces, dijo con rabia:

—No puedes dar órdenes si estás muerto.

—¿Una amenaza vacía? Esperaba algo mejor de un antiguo Señor del Inframundo. Vamos, inténtalo. Intenta matarme —dijo Hades, y dio un paso hacia delante—. No voy a moverme. Ni siquiera voy a vengarme si consigues darme algún golpe.

Sin vacilar, Baden caminó hacia el trono con un plan de ataque formándose en su mente. Los objetivos más importantes eran la garganta y el corazón, así que optaría por la arteria femoral. Una hemorragia masiva conduciría a la debilidad.

En cuanto llegó a la distancia requerida para atacar, se agachó con la daga preparada.

Hades sonrió.

La rabia se redobló, y él...

Se quedó petrificado, sin poder moverse, a un centímetro del contacto.

Hades enarcó una ceja, y dijo:

—Estoy esperando.

Baden rugió y movió el otro brazo. También se quedó paralizado.

El rey sonrió con desdén.

—Como es obvio que tu cerebro está dañado, voy a ayudarte a comprender lo que ocurre. Eres incapaz de hacerme daño. Aunque yo me echara contra tu arma, tú la volverías contra ti mismo antes de que yo comenzara a sangrar. A Pandora tuve que demostrárselo. ¿Tú necesitas que te lo demuestre también?

¿Aquel canalla había hecho aquello mismo con Pandora?

Tuvo un fuerte sentimiento de protección, aunque se quedara horrorizado. Y, sin embargo, entendía el motivo: en aquel momento, Pandora era la única persona que comprendía su situación. Ella había experimentado los mismos horrores que él en el reino de los espíritus: nieblas venenosas, meses sin ver una chispa de luz, una sed que los abrasaba sin que nunca pudieran saciarla... Y, en aquel momento, estaban sufriendo nuevos horrores en la tierra de los vivos.

—¿Y bien? —preguntó Hades.

Baden no necesitaba la demostración. Necesitaba un plan nuevo.

—¿Por qué haces esto?

—Porque puedo. Porque voy a hacer cualquier cosa, a hacerle daño a cualquiera, con tal de ganar esta guerra contra Lucifer.

Una guerra que Baden había apoyado durante meses. ¡Y por voluntad propia!

—Hace cinco minutos, yo habría dicho lo mismo.

—Y, dentro de cinco minutos, dirás lo mismo —respondió Hades. Se sentó cómodamente en su trono y gesticuló con dos dedos—. He decidido delegar algunas de las tareas más desagradables de mi lista.

Baden fue liberado de su parálisis y se tambaleó hacia delante. Al comprender la situación, sufrió un golpe tan grande como un puñetazo de Hades. ¿Se había convertido en un chico de los recados?

—Para asegurarme de que participas activamente cuando no estés entre estos muros, por cada misión que completes satisfactoriamente conseguirás un punto —dijo Hades—. Cuando la lista esté terminada, el esclavo que tenga más puntos será liberado de las guirnaldas y podrá vivir en el reino de los seres humanos.

—¿Y el perdedor?

—¿A ti qué te parece? A mí no me sirven los débiles e incompetentes. Pero, al final, tal vez te guste la cuchilla. Después de todo, es tu modus operandi, ¿no?

Culpabilidad...

—Y no te molestes en matar a Pandora para terminar con la competición —añadió Hades—. Si la matas a ella, yo te mataré a ti.

—Yo ya soy un espíritu. No se puede matarme.

—Oh, querido muchacho, por supuesto que se puede. Sin cabeza y brazos, dejarás de existir.

Al menos, había una salida.

Demonios, no. No estaba dispuesto a morir deliberadamente. Otra vez, no. No volvería a hacer daño a sus amigos de un modo tan cobarde.

—Esclavizándome vas a incurrir en la ira de mi familia, y ellos son un ejército que necesitas para ganar. También incurrirás en la ira de tu propio hijo, William.

Hades puso los ojos en blanco.

—Buen intento, pero tú no sabes nada del vínculo entre padre e hijo. William siempre me apoyará. En cuanto a los Señores del Inframundo, dudo mucho que se pongan de parte de un monstruo que violó a una de las suyas.

No, era cierto. Aeron, el antiguo guardián de la Ira, amaba a una chica que antes fue demonio como si fuera su hija. Aquella chica, Legion, que ahora se llamaba Honey, todavía sufría por los efectos del maltrato y el abuso de Lucifer.

Lucifer se merecía que le clavaran una estaca en el corazón, no se merecía ganar otro reino que gobernar. Ponerse de su lado nunca iba a ser aceptable.

Hades era el menor de los dos males.

Baden se pasó la lengua por un colmillo. Tenía que jugar al juego de aquel desgraciado, aunque sospechaba que el resultado no iba a ser tan sencillo como Hades había descrito.

«Gana tiempo hasta que encuentres una solución».

—¿Y tu hijo Lucifer? —preguntó Baden, con un gesto de desprecio—. No siento tu amor por él.

—Con él no tengo vínculo alguno. Ya no. Bueno, ya está bien de charla. Tengo dos tareas para ti. Para una de ellas necesitas tiempo. Para la otra necesitas tener pelotas. Espero que lleves las tuyas.

Cabrón.

Hades dio unas palmadas, y dijo:

—Pippin.

De detrás del trono salió un anciano encorvado, con la cara demacrada. Llevaba una túnica blanca e iba grabando algo en una tabla de piedra. No alzó la mirada, pero dijo:

—Sí, señor.

—Cuéntale a Baden cuáles son sus primeras misiones.

—La moneda y la sirena.

Hades sonrió con afecto.

—No te ahorras ni un detalle, Pippin. Eres un verdadero maestro de la descripción —dijo. Extendió una mano, y el anciano puso una diminuta pieza de piedra en su palma—. Hay un tipo en Nueva York que tiene una moneda que me pertenece. Quiero recuperarla.

¿Y aquello era una tarea desagradable?

—¿Quieres que vaya a buscar una moneda?

—Si quieres, puedes reírte ahora; después, no te reirás —respondió Hades. La piedra se prendió y, rápidamente, se convirtió en cenizas. Hades las sopló en dirección a Baden—. Necesitas tiempo y astucia.

Instintivamente, Baden inhaló. Al momento, aparecieron muchas imágenes en su mente. Una moneda de oro con la cara de Hades en un lado. El otro lado de la moneda era un lienzo en blanco. Una lujosa finca. Una capilla. Un horario.

El cuadro de un joven de veinticinco años con la cara de un ángel y el pelo rubio y rizado.

De repente, Baden supo un millón de detalles que nunca le habían contado. El joven se llamaba Aleksander Ciernik y era de Eslovaquia. Su padre había construido un imperio vendiendo heroína y mujeres. Hacía cuatro años, Aleksander había matado a su padre y se había hecho con el control del negocio de la familia. Sus enemigos desaparecían sin dejar rastro, pero nadie había podido conectarlo con ningún asesinato.

—Ahora tienes la capacidad de teletransportarte hasta Aleksander —dijo Hades—. También puedes teletransportarte hasta mí y hasta tu casa, esté donde esté. La capacidad irá aumentando según las necesidades de las nuevas misiones que se te asignen.

Aquella capacidad era algo que siempre había anhelado. Sin embargo, el entusiasmo que sintió fue limitado por la precaución.

—¿Cómo consiguió el humano tu moneda?

—¿Importa eso? Una tarea es una tarea.

Cierto.

—¿Y cuál es la segunda?

Pippin puso una nueva pieza de piedra en la mano de Hades. Más llamas, y más cenizas. Cuando inhaló, Baden vio nuevas imágenes en su cabeza. Una mujer bella, con el pelo largo, de color rubio rojizo y enormes ojos azules. Una sirena.

Una sirena podía crear ciertas emociones o reacciones con su voz, pero cada una de las familias tenía una especialidad. La de su familia era crear calma durante el caos.

Aquella chica… había muerto hacía siglos. La había matado… los detalles permanecían ocultos. ¿Qué sabía Baden? Que ahora era un espíritu, aunque el hecho de que no fuera tangible no iba a suponer un problema para él. Pese a las guirnaldas de serpentinas, todavía era capaz de establecer contacto con otros espíritus.

—Tráeme su lengua —ordenó Hades.

¿Tenía que cortarle la lengua?

—¿Por qué?

—Mis más sinceras disculpas si te he dado la impresión de que iba a satisfacer tu curiosidad. Vete ahora.

Baden abrió la boca para protestar, pero se encontró en la fortaleza de Budapest en la que vivían sus amigos. Estaba en la sala de ocio, para ser exactos, con Paris, el guardián de la Promiscuidad, y Sienna, la nueva guardiana de la Ira. Había una película puesta en la televisión, y ellos estaban sentados en el sofá, comiendo palomitas e ideando nuevas formas de entrar en el inframundo sin ser detectados.

Amun, el guardián de los Secretos, estaba sentado en una mesa con su mujer, Haidee. Era una mujer menuda, con el pelo rubio y largo hasta los hombros, y algún mechón teñido de rosa. Llevaba un piercing en una ceja y tenía un brazo tatuado con nombres, caras y números. Eran pistas que necesitaba para recordar quién era cada vez que había muerto y resucitado, puesto que sus recuerdos desaparecían.

Había muerto muchas veces y, en cada una de aquellas ocasiones, el demonio del Odio la había reanimado. Salvo la última vez, cosa que le había permitido continuar con su misión: destruir a sus enemigos. La última vez, la reencarnación del Amor se había encargado de reanimarla.

Baden había sido, una vez, su enemigo número uno, y ese era el motivo por el que ella había ayudado a matarlo hacía muchos siglos.

Aquellos eran recuerdos de algo que sí había vivido, y no pudo apartárselos de la cabeza, como si estuviera atrapado entre el presente y el pasado. Él vivía en la antigua Grecia con los otros Señores. Haidee, consternada, había llamado a su puerta, diciendo que su marido estaba herido y que necesitaba un médico.

Baden había sospechado que tenía intenciones malignas. Sin embargo, siempre sospechaba de todo el mundo, y estaba muy cansado de su propia paranoia. Había empezado a sospechar que sus amigos también tenían malas intenciones, y el impulso de acabar con ellos estaba empezando a ser irresistible día a día. En varias ocasiones se había visto a sí mismo a los pies de la cama de alguien, con un cuchillo en la mano.

No le había servido de nada ir a vivir a otra ciudad. Desconfianza era un demonio tan hambriento como Destrucción. Al final, el demonio lo habría empujado a actuar. No podía dejar cabos sueltos, porque le creaban una paranoia demasiado grande. Así que solo había visto una salida: la de suicidarse en manos de otro.

Ver a Haidee en aquel momento fue doloroso para él. Le había hecho mucho daño años antes de que ella lo atacara: había matado a su marido en la batalla. Y ella le había hecho daño a él. Estaban en paz. Ya no eran los mismos. Habían empezado de cero. En general.

Destrucción dejó de hacerse el muerto y rugió al verla, recordando su traición como si él mismo hubiera sido su víctima. Ansiaba la venganza.

«No, eso no va a ocurrir», le dijo Baden.

Kane, el antiguo guardián del Desastre, estaba paseándose de un lado a otro junto a otra mesa, mientras su esposa Josephina, la reina de las Hadas, estudiaba un mapa complicado y detallado. Su pelo negro y largo le tapaba los delicados hombros. Kane se detuvo y le acarició la melena y, al apartársela del cuello, dejó a la vista una de las puntiagudas orejas de su mujer. A ella se le iluminaron los ojos azules.

—La guerra es un asunto serio —dijo, acariciándose el vientre abultado con amor por el hijo que iba a nacer—. Pongámonos serios.

«Tengo que marcharme ahora mismo», se dijo Baden. Sabía que no era estable, y no debería acercarse tanto a las féminas, y mucho menos a una fémina embarazada.

Paris, Amun y Kane se percataron a la vez de su presencia. Cada uno de ellos se puso delante de su mujer, a modo de escudo, mientras sacaban una daga y la dirigían hacia él.

Baden sintió emoción al verlos trabajar juntos. Después de su muerte, los doce guerreros se habían separado en dos grupos de seis, y eso había debilitado su capacidad defensiva. «Por mi culpa», se dijo.

Aunque los grupos habían recuperado su relación hacía siglos, él todavía tenía remordimientos de conciencia.

Destrucción le pateó el cráneo.

«¡Mata!».

En cuanto sus amigos se dieron cuenta de que el recién llegado era él, bajaron las dagas y las metieron en sus fundas. A pesar de ello, la bestia no se calmó.

–¿Cómo han ido tus vacaciones con Willy? –le preguntó Paris, con un guiño–. ¿Tan malas como fueron las mías?

Paris era tan alto como él; ambos medían más de dos metros. Paris tenía el pelo de colores, y sus mechones iban desde el negro hasta el rubio, casi blanco. Sus ojos eran azules, brillantes y, cuando no estaban fulminando a cualquier posible atacante, tenían una mirada de afabilidad y buena acogida, que invitaba a los demás a disfrutar de la fiesta que había... en sus pantalones.

Baden siempre había sido el comprensivo, sólido como una roca. Siempre estaba allí cuando lo necesitaban. ¿Triste? Solo había que llamar a Baden. ¿Disgustado? Solo había que ir a casa de Baden. Él lo arreglaría todo.

Pero ya, no.

–Las vacaciones –era la excusa que había dado para ausentarse– han terminado.

Amun asintió para saludarlo. Era el guerrero fuerte y silencioso. Tenía la piel, los ojos y el pelo oscuros, mientras que Kane, que adoraba la diversión, los tenía de color castaño claro. El pelo de Kane era como el de Paris, multicolor, aunque algo más oscuro.

Eran hombres guapos, creados con el mismo atractivo sexual que su capacidad de asesinar.

—No vuelvas a acercarte así de sigilosamente, tío —le dijo Kane—. Es probable que pierdas las pelotas. ¿Y desde cuándo puedes teletransportarte?

—Desde hoy, por cortesía de Hades.

Amun se puso rígido, como si pudiera ver lo que había en su cabeza. Y, seguramente, podía verlo.

—¿Qué te ha hecho Hades? —le preguntó Paris—. Solo tienes que decirlo, y nos lo cargaremos junto al degenerado de su hijo.

—Hablando de Lucifer —dijo Kane, haciéndole una seña a Baden para que se acercara—. Estamos planificando su caída paso por paso.

—En este momento solo tenemos el primero de los pasos: entrar en sus mazmorras para liberar a Cronus y a Rhea —dijo Josephina—. Saben demasiado de vosotros. Conocen vuestras debilidades y vuestras necesidades. Podemos encerrarlos en nuestras mazmorras.

No era buena idea permitir que un enemigo fuera controlado por otro enemigo. Sin embargo, Cronus, el antiguo guardián de la Avaricia, y Rhea, la antigua guardiana de la Lucha, habían sido decapitados. Los dos reyes habían recibido un par de guirnaldas de serpentinas, pero de manos de Lucifer.

—No vayáis por los Titanes —dijo Baden—. Todavía no. Seguramente, son esclavos de Lucifer.

De la misma forma que Pandora y él se habían convertido en esclavos de Hades. Tal vez tuvieran poderes, y deseos, de los que los Señores no sabían nada.

—No veo el problema —dijo Sienna. Era una mujer menuda, con el pelo rizado y oscuro y la cara pecosa. Tenía unas enormes alas negras que se alzaban por encima de su espalda y que le conferían un aire majestuoso y ligeramente perverso—. Un hombre esclavizado es un hombre débil. No hay mejor momento para tratar de capturarlos.

¡No! Baden se negaba a creerlo. Él estaba esclavizado, pero no era débil.

—Confiad en mí. Puede que Lucifer quiera que liberéis a esa pareja. Dejad que investigue un poco antes –les dijo él. Sabía cuál era el primer lugar en el que debía husmear. Aunque Keeley estaba emparejada con Torin, el guardián de Enfermedad, hacía muchos siglos había estado comprometida con Hades–. ¿Dónde está la Reina Roja?

—Está en la habitación de los artefactos –dijo Haidee–. ¿Por qué lo pre...?

Baden salió al pasillo antes de que ella pudiera terminar la pregunta, y la bestia rugió de rabia.

«No dejes nunca a un enemigo atrás».

«No lo he hecho. He dejado amigos».

Se abstrajo de los gritos de la bestia y llegó a la habitación de los artefactos sin contratiempos.

Keeley se paseaba de un lado a otro. Pasó por delante de la Vara Cortadora y de la Jaula de la Coacción, se giró y volvió a pasar por delante de ellos, mientras retorcía la Capa de la Invisibilidad con los dedos.

—No puedo encontrar a dimOuniak y, si no la encuentro, no puedo encontrar la Estrella de la Mañana –murmuró.

Era una bella mujer, que cambiaba de color con las estaciones. El verano le había proporcionado un pelo rosa con mechones verdes y los ojos del color del cielo de la tarde.

—Tengo que encontrar la caja. Tengo que encontrar la Estrella de la Mañana. ¿Qué es lo que se me escapa? ¿Qué es lo que estoy haciendo mal?

Baden sabía que era peligroso sobresaltar a Keeley, porque tenía poderes inimaginables, pero, de todos modos, carraspeó.

Ella dio un respingo, y él notó que lo atravesaba una lanzada de dolor.

La bestia montó otro escándalo, exigiéndole a Baden

que la asesinara. Baden debería darle las gracias. Ella podría haberle hecho algo mucho peor. Aquello no era nada.

—¿Baden? —preguntó ella, pestañeando.

Baden inhaló y exhaló varias veces para calmar el dolor.

—Las guirnaldas me han convertido en esclavo de Hades.

—Eh… claro. Lo dices como si te sorprendiera.

¿Ella lo sabía?

—Sí. Para mí es una sorpresa.

—Si no querías ser el chico de los recados de Hades, ¿por qué aceptaste sus guirnaldas? —preguntó ella, poniéndose las manos en las caderas—. Podrías haber seguido siendo el chico de los recados de Lucifer.

Cuando ella había aparecido con Hades, le había dicho: «¡El mejor accesorio de la temporada! Nunca te arrepentirás de tu decisión de ponértelas. Te doy mi palabra».

Él apretó la mandíbula y le recordó su promesa.

—¿Yo dije eso? —preguntó Keeley, y se encogió de hombros—. Vaya. Eres un crédulo. Pero… eh… Estoy segura de que calculé las posibilidades de que pudiera ocurrirte algo malo.

Él se cruzó de brazos.

—Me encantaría oír tu razonamiento.

—Bueno, si tienes dos guirnaldas y un inmortal, ¿a cuántos problemas tendrá que enfrentarse? Oro. Es obvio. Porque el corazón sangra secretos y los perritos tienen zarpas.

¿Cómo podría Torin mantener una conversación coherente con ella? Aparte de estar loca a causa de haber pasado siglos en cautividad, tenía muy mala memoria. Existía desde el principio de los tiempos, y a menudo decía que su memoria era como un corcho con demasiadas cosas pinchadas en él. Unas tapaban a las otras.

—¿Cronus y Rhea están ahora controlados por Lucifer?

—Oh, sí.

Por fin, una respuesta coherente.

—Pero el ciego no puede guiar al ciego.

Y vuelta al desconcierto. Ni Lucifer, ni Cronus ni Rhea eran ciegos. Baden cambió de tema.

–Hades me ha ordenado que le consiga una moneda.

–Bueno, pues a mí no me pidas un préstamo –dijo ella. Alzó las manos, con las palmas hacia fuera, y se alejó de él–. Puede que te golpee con una almohada llena de monedas, pero nunca compartiré un penique.

–No te estoy pidiendo dinero, sino información. Piensa, ¿por qué iba a querer Hades una moneda en concreto?

–¿Él también está sin blanca? ¡Idiota! Si roba los diamantes que yo robé, le cortaré los testículos. ¡Otra vez!

Calma.

–Escucha, Keeley. Hay un humano que tiene la moneda de Hades, y Hades quiere recuperarla. ¿Tiene poderes poco comunes?

Ella le lanzó un beso.

–Yo soy poderosa y temible. ¡Soy de la realeza inmortal! No me preocupo de los asuntos de los mortales.

Calma.

–Olvídate del humano. Se supone que tengo que cortarle la lengua a una sirena. ¿Por qué me ordena Hades que haga algo tan horrendo?

–¡Pues porque dos lenguas son mejor que una sola!

Destrucción rugió, y su rugido salió por la boca de Baden al recordar… Keleey flotando en el aire, con el pelo de un rojo tan intenso que los mechones parecían ríos de sangre. Otros, flotando a su lado, sus cuerpos tensos, sus miembros trémulos y sus bocas abiertas con gritos interminables.

Uno por uno, los hombres y las mujeres fueron explotando y los pedazos de su carne cayeron sobre la bestia. La sangre lo salpicó por entero a él, el único hombre que quedó en pie.

Ella le sonrió.

–¿Mejor?

–Mucho mejor –dijo Baden, y aplaudió. Se sentía orgulloso de ella, pero también sentía recelo. Si su poder aumentaba más, podría vencerlo.

Todas las amenazas debían ser eliminadas.

Keeley chasqueó los dedos delante de la cara de Baden, y él volvió al presente, pestañeando.

–¡Eh! –exclamó ella–. Te has quedado atontado.

–Sí, perdóname.

La bestia, entonces, había conocido y admirado a Keeley. Debía de conocerla a través de Hades. ¿Habría sido amigo de Hades?

«Es el mejor momento para eliminar una futura amenaza. Aunque la amenaza sea una aliada».

De repente, Baden tuvo el incontenible deseo de estrangularla.

Su columna vertebral se rompería con tanta facilidad como una ramita.

Él se quedó espantado y retrocedió. William le había dicho la verdad: algún día, no podría controlarse. Se ganaría el odio de los demás. La culpabilidad que sentía en aquel momento no sería nada comparada con la que podría sentir entonces.

Tenía que marcharse de la fortaleza y mantenerse alejado. El plan sexual de William tenía su mérito, pero no era la respuesta. A causa de la hipersensibilidad de su piel, sí, pero también a causa de que no podía confiar en nadie.

Lucifer enviaría a otro asesino. Solo era cuestión de tiempo.

Destrucción se retorció de la impaciencia. «Atácame, verás lo que ocurre».

«Sí, deja que lo adivine. Lo matarás».

Parecía un disco rayado. Aquella bestia necesitaba un repertorio nuevo.

Baden tuvo un sentimiento de pérdida. Sus amigos no iban a comprender aquella ausencia tan prolongada. Unas segundas vacaciones. Se preocuparían, y se preguntarían si habían hecho algo mal.

«Juntos, nos mantendremos en pie; separados, caeremos».

¿Cuántas veces había repetido Maddox, el guardián de la Violencia, aquellas palabras desde su regreso? Muchas.

No se trataba de enmendar errores, sino de poner por encima de todo el bienestar de la gente a la que quería.

—¿Baden?

Le dio la espalda a Keeley y tomó el teléfono móvil que le había dado Torin. La tecnología era algo que todavía tenía que entender, pero envió un mensaje al grupo de la mejor manera que pudo, para decirles que quería reunirse con ellos en cinco minutos. Les explicaría la situación con Hades y, con el consejo de aquellos guerreros, que llevaban mucho más tiempo que él en aquel mundo, planearía el primer movimiento y ganaría su primer punto, y ganaría la partida a Pandora.

Cuanto antes ganara, antes podría despedirse de Destrucción y regresar de manera segura con su familia.

Capítulo 3

«Lo único que quiero de un hombre es todo y nada al mismo tiempo y en diferente momento, algunas veces y nunca, pero siempre».

Keeleycael, la Reina Roja

Katarina Joclle rezó para que llegara el fin del mundo mientras su prometido recitaba sus votos.

Aleksander Ciernik era un hombre malo, y no debería jurar que iba a compartir su vida con él, pero él le había dado una elección: o se casaba, o debería presenciar las torturas a su hermano Dominik.

A principios de aquel año, Dominik había empezado a trabajar para Alek voluntariamente. Así pues, ella se había echado a reír y le había dicho: «Adelante, tortúralo». Sin embargo, Alek había aumentado la amenaza: o se casaba con él, o tendría que ver cómo torturaban a sus preciosos perros.

Katarina sabía que, para Alek, ella solo iba a ser alguien de quien poder alardear ante sus amigos. Iba a hacerla muy desgraciada. Sin embargo, sus perros la necesitaban. No tenían a nadie más.

El problema era que, si ella salvaba a sus perros aquel día, él podría hacerles daño al día siguiente. Y al siguiente. Continuaría amenazándoles para controlarla.

Sin embargo, si los salvaba aquel día, ganaría tiempo, y podría usar ese tiempo para esconderlos. Si los encontraba, claro, porque Alek los había escondido antes que ella.

Sus guardias la vigilaban a cada segundo, pero ella había conseguido escabullirse en dos ocasiones para registrar la finca. Por supuesto, la habían capturado en las dos ocasiones, sin que hubiera conseguido nada.

Durante su infancia, había ayudado a su padre en el negocio familiar, entrenando a perros para la detección de drogas y para la seguridad en los hogares. Después de graduarse en el colegio, había tomado las riendas de la empresa y, a pesar de la responsabilidad que eso suponía, había invertido su tiempo libre en rehabilitar a los luchadores maltratados y agresivos a quienes el resto del mundo consideraba demasiado peligrosos.

Tres de aquellas víctimas, Faith, Hope y Love, habían quedado tan deformadas que la mayoría de la gente no tenía valor para mirarlas. Así que Katarina había adoptado al trío y se había dedicado en cuerpo y alma a darles la vida feliz que siempre habían merecido; ellos la adoraban por ese motivo.

Entonces, Alek los había secuestrado y los tenía como rehenes a cambio de un rescate. Y había jurado que perseguiría a cualquier perro con el que ella hubiera trabajado y le metería una bala en la cabeza.

Ella amaba a sus perros, recordaba todos sus nombres, cada tragedia que habían sufrido durante su vida, las peculiaridades de su personalidad. Además, una adiestradora siempre protegía a sus perros.

Aquella era una lección que le había enseñado su padre.

El señor Baker, un cobarde llorón que estaba al servicio de Alek, carraspeó.

—Sus votos, señorita Joelle.

—Señora de Ciernik —le espetó Alek.

Ella sonrió sin ganas.

—Todavía no —dijo.

¿Podría hacer aquello de verdad?

Él la miró con el ceño fruncido, y ella se pasó el dedo pulgar por las palabras que llevaba tatuadas en la muñeca. *Érase una vez...*

Un tributo a su madre eslovaca, una mujer que había tenido el valor de casarse con un adiestrador de perros norteamericano, pese a que sus vidas, su color de piel y su idioma eran distintos. A Edita Joelle le gustaban los cuentos de hadas, y le leía uno todas las noches a Katarina. Cuando terminaba de leer, suspiraba.

«La belleza puede hallarse en la fealdad. No lo olvides nunca».

A Katarina no le gustaban aquellas historias, en realidad. ¿Una princesa en apuros rescatada por un príncipe? ¡No! Algunas veces, era necesario esperar un milagro, pero, otras veces, el milagro tenía que ser uno mismo.

En aquel momento, no era capaz de encontrar la belleza en Alek. No veía ningún milagro.

¿Y tenía importancia? Ella era la autora de su propia historia. Ella decidía los giros del argumento y, a menudo, lo que parecía el final era, en realidad, un nuevo comienzo. Cada nuevo comienzo tenía la posibilidad de ser la felicidad eterna.

Sin duda, aquel día era un nuevo comienzo. Una nueva historia. Tal vez todo terminara entre sangre y muerte, pero iba a terminar.

«Puedo aguantar cualquier cosa durante un periodo de tiempo corto».

Unos dedos fuertes se curvaron alrededor de su mandíbula y la obligaron a levantar la cabeza. Su mirada se encontró con la de Alek, que la estaba observando con una mirada de lujuria e ira.

—Di tus votos, *princezná*.

Despreciaba aquel sobrenombre. Ella no era una caprichosa, ni una mimada, ni una persona indefensa. Trabajaba con ahínco; muchos de sus clientes pensaban que era una madre canina en toda regla. Un cumplido. Las madres trabajaban más que nadie.

«Y yo adoro a mis hijos». Los perros eran mejores que muchas personas. Claramente, eran mejor que Alek.

—Si me haces esperar, será por tu cuenta y riesgo —dijo él.

Unas palabras pronunciadas en voz baja, pero una promesa bien clara.

Se zafó de su mano. Alek era una plaga para la humanidad, y ella nunca iba a fingir lo contrario. Y menos, cuando debería estar casándose con Peter, su novio desde la infancia.

Peter, que siempre bromeaba y reía.

El dolor le sirvió de acicate para responder.

—Contigo, todo es por mi cuenta y riesgo.

Aquel hombre ya la había arruinado. Dominik había gastado todo su dinero, había dejado vacías sus cuentas bancarias y le había vendido la residencia canina a Alek, que la había quemado.

Él entrecerró los ojos. Tal vez ella le gustara físicamente, pero su sinceridad no le gustaba nada.

Lo gracioso era que provocarle se había vuelto su única fuente de alegrías.

—No estoy seguro de que comprendas el gran honor que te estoy haciendo, Katarina. Otras mujeres matarían por estar en tu lugar.

Era posible. Alek tenía el pelo rubio claro, los ojos oscuros y unos rasgos bellos y marcados. Parecía un ángel, y las mujeres no veían el monstruo que había bajo aquella apariencia hasta que era demasiado tarde.

Katarina lo había visto desde el principio, y su falta de interés había sido un reto para él. No había ningún otro motivo por el que un hombre de un metro ochenta, que solo salía con mujeres bajitas para aparentar ser más alto, se interesara por alguien de su misma estatura.

Aunque ella siempre se había vestido con zapatillas deportivas y pantalones vaqueros, tenía la sensación de que muy pronto iban a empezar a encantarle los tacones de aguja.

—¿Honor? —respondió, por fin. Las tres últimas novias de Alek habían muerto en extrañas circunstancias: ahogamiento, accidente de tráfico y sobredosis de drogas—. ¿Es esa la palabra que crees más adecuada?

A Alek le gustaba contarles a sus socios de negocios que Katarina era su novia por catálogo. Y, en cierto modo, lo era. Hacía un año, él quería comprarle unos perros de seguridad a un compañero eslovaco. Había dado con la página web de Pes Den y había descubierto que ella era famosa por adiestrar a los mejores de los mejores. En vez de rellenar una solicitud, había tomado un avión para ir a conocerla.

Y, después de una sola conversación, ella había sospechado que él iba a maltratar a sus animales, así que había denegado su petición.

Poco después, Peter había muerto en un callejón, víctima de un supuesto atraco.

Y, poco después, su hermano había recibido una invitación para unirse al negocio de importaciones y exportaciones de Alek: importar drogas y prostitutas a Estados Unidos y exportar millones de dinero negro para ocultarlo o blanquearlo. Rápidamente, Dominik se había vuelto adicto a la heroína de Alek.

Cuando Alek la convocó en su finca de Nueva York, le dijo que Dominik le debía miles de dólares y que ella debía pagar su deuda. De nuevo, ella se había negado. Y, aquella misma semana, Midnight, una perra de montaña a la que ella adoraba, había sido envenenada. Katarina sabía que el culpable era Dominik y, por lo tanto, Alek. La perra, que había sido maltratada en el pasado, nunca habría tomado comida de manos de ninguna otra persona, aparte de Dominik y de ella.

Rápidamente, ella había encontrado hogares para los otros perros. Sin embargo, el idiota de su hermano conocía a la gente en la que ella confiaba, y le había dado a Alek sus direcciones a cambio de una reducción de la deuda.

–Yo solo estoy aquí por un motivo –le dijo, en aquel momento–, y no tiene nada que ver con el honor.

El señor Baker se alejó un poco.

Alek la agarró del cuello y se lo apretó lo suficiente como para restringirle el aire.

–Ten cuidado, *princezná*. Este puede ser un día muy bueno para ti, o uno muy malo.

–Sus votos –dijo el señor Baker–. Dígalos.

Alek le dio un último apretón antes de soltarla.

Ella respiró profundamente y miró a su alrededor por la capilla. Había guardias armados por todas partes. Los bancos estaban llenos de socios de Alek, de más guardias y de otros empleados. Los hombres iban de traje y sus acompañantes vestidas con trajes elegantes y joyas caras.

Si se negaba, la matarían, pero solo si tenía suerte. Lo más seguro era que mataran a todos sus perros.

Al final del edificio, unas bellas vidrieras rodeaban un altar tallado en madera. Junto a aquellas ventanas había una columna de mármol con vetas rosas y, entre aquellas columnas, un cuadro del árbol de la vida. En el friso que ascendía hasta la cúpula había pintados ángeles en guerra con demonios. El suelo era de baldosas de mármol con filigranas de oro.

Aquella capilla ofrecía un comienzo nuevo, no una maldición. Sin embargo, ella se sentía maldita hasta lo más profundo de su ser.

«Salva a los perros. Salva a Dominik».

«Bah, a Dominik no. A los perros. Después, huye».

Al fin, recitó sus votos. Alek sonrió de felicidad. ¿Por qué no iba a sonreír? Ella, como muchos otros, había permitido que venciera el mal.

«Pero la guerra continúa…».

–Puede besar a la novia –dijo el señor Baker, con un alivio palpable.

Alek la tomó por los hombros y la estrechó contra sí. Apretó sus labios contra los de ella y le metió la lengua entre los dientes.

Su marido sabía a cenizas.

Ya no había vuelta atrás.

¿Cómo iba a sobrevivir a la noche de bodas?

Cuando los invitados empezaron a vitorear, se abrieron violentamente las puertas de la capilla. Se oyó un golpe seco, y se hizo el silencio. Alek se puso rígido, y a Katarina se le aceleró el corazón.

Tres hombres recorrieron el pasillo central. Eran altos y musculosos, y tenían una misión. ¿Eran policías? ¿Habían ido allí para detener a Alek? Oh, por favor, por favor…

El que iba a la izquierda tenía el pelo negro y los ojos azules. Sonrió a los hombres que había en los bancos, como si quisiera retarles a hacer algún movimiento contra él.

El de la derecha tenía el pelo blanco y los ojos verdes. Llevaba unos guantes de cuero negro que lo convertían en alguien amenazador, pese a su actitud relajada.

El hombre del centro… Él captó toda su atención. Era guapísimo. Dejaba en vergüenza a Alek. Pese a que tenía la camiseta llena de salpicaduras de sangre, como si hubiera luchado contra los guardias del exterior, era una combinación de todos los cuentos de hadas jamás escritos. Un hombre que solo aparecía en las fantasías.

A su madre le habría encantado.

Era el más alto de los tres, y tenía el pelo rojizo y largo. Su rostro era muy masculino, y tenía una fuerza inmensa, como si estuviera esculpido en piedra.

Su interés femenino despertó. Aquel hombre era la encarnación de un deseo oscuro y peligroso, pero no le producía miedo, sino intriga…

Su frente, bien definida, dejaba paso a una nariz recta y a unos pómulos marcados y altos. Sus labios eran carnosos. Su mandíbula era cuadrada, y tenía barba de pocos días.

Y sus ojos… sus ojos eran pura carnalidad. Tenían el color de un atardecer dorado.

Sus amigos y él se detuvieron justo delante del estrado.

—Damas y caballeros —dijo el soldado moreno, abriendo los brazos—. Concédannos unos minutos de su tiempo.

Alek resopló de furia.

—¿Quiénes sois? O, mejor todavía, ¿es que no sabéis quién soy yo?

El pelirrojo dio otro paso hacia delante mientras miraba a su alrededor. La miró a ella, de pies a cabeza, observando el vestido de novia que Alek había elegido para ella, un traje sin tirantes con un corpiño armado y una falda larga con rosas de satén. Él frunció los labios con desagrado.

Ella alzó la barbilla, aunque le ardían las mejillas de vergüenza.

Él miró a Alek.

—Tienes una moneda —dijo, con un acento que parecía griego—. Dámela.

Alek se echó a reír.

—Tengo muchas monedas —dijo. Varios de los guardias sacaron sus armas y esperaron la señal de atacar—. Vas a tener que ser más concreto.

—Esta es de Hades. Fingir ignorancia no te va a servir de nada.

Alek le hizo un gesto casi imperceptible a su hombre de confianza, que se había puesto a bloquear la puerta.

La señal.

El guardia apuntó. No. ¡No! Katarina gritó, lo cual era innecesario, porque el pelirrojo ya se había girado y estaba lanzando una daga, que se clavó en la cuenca ocular del guardia.

Saltó la sangre y se oyó un grito de dolor por toda la capilla. El guardia cayó de rodillas y soltó el arma.

El grito de Katarina se convirtió en un gemido. El pelirrojo acababa de... sin vacilar... de manera brutal...

Las mujeres se levantaron de los bancos y salieron corriendo hacia la puerta.

—Mi próxima víctima perderá algo más que un ojo —declaró el pelirrojo, con frialdad.

El hombre del pelo negro y los ojos azules sonrió.

—Baden, mi chico, si estuviera puntuando te daría un diez. Me siento muy orgulloso de ti.

Baden. El pelirrojo se llamaba Baden. El asesino se llamaba Baden, y su amigo acababa de alabarlo por su violencia.

Baden se concentró en ella.

—Ponme a prueba. Te desafío.

Cualquiera habría llorado y habría suplicado clemencia, pero, para ella, las lágrimas eran imposibles.

Había llorado lo indecible durante los meses anteriores a la muerte de su madre, pero, después de su muerte, no había vuelto a llorar. Sentía demasiado alivio. El sufrimiento de su madre había terminado, por fin. Sin embargo, con el alivio había llegado también el sentimiento de culpabilidad. Si no era capaz de llorar por una madre a la que adoraba, ¿qué derecho tenía a llorar por cualquier otro?

Alek se quedó pálido y empezó a temblar, y se retiró. ¡Él, que nunca retrocedía! Se colocó detrás de ella para usarla como escudo.

Su hermano, que estaba en el primer banco, se puso en pie. Medía más de un metro ochenta, aunque su delgadez hacía que pareciera un alfiler al lado de los recién llegados. ¿Acaso Dominik pensaba enfrentarse a unos asesinos profesionales?

Baden giró en dirección a él.

—¡No! —gritó ella. Bajó del estrado y se puso delante de Dominik—. Mi hermano no tiene nada que ver con esto. No le hagáis daño.

Aunque había perdido el afecto por su único familiar, recordaba al niño que había sido Dominik: bueno, paciente y protector. No tenía ganas de que lo mataran, preferiría que lo encerraran en la cárcel, alejado de la maligna influencia de Alek y de su suministro de heroína.

Tal vez, si Dominik se rehabilitaba, pudieran volver a ser hermanos.

Él la puso a su espalda, y eso la sorprendió.

—No te hagas la heroína, hermana.

Baden perdió el interés en él. Con una malicia aterradora, se acercó a Alek.

—Es tu última oportunidad. La moneda.

Alek frunció los labios. Ella conocía bien aquel gesto. Había recuperado su personalidad de señor de las drogas.

—La moneda es mía. Dile a Hades que puede irse al infierno, que es su sitio.

El hombre moreno se echó a reír. El del pelo blanco se ajustó los guantes.

—Respuesta incorrecta. Tal vez todavía no te creas que estoy dispuesto a hacer cualquier cosa por conseguirla —dijo Baden. Lo agarró del cuello y lo levantó, apretándole con tanta fuerza que a Alek se le salieron los ojos de las órbitas mientras enrojecía por la congestión—. ¿Te convence esto?

¡Los perros! Si él moría…

—Basta —gritó Katarina. Intentó volver al estrado, pero Dominik la agarró por la cintura para que no pudiera moverse.

—*Prosim!* —exclamó. Por favor.

Baden la ignoró.

—O me marcho con la moneda, o me marcho con otra cosa que tú valores —le dijo a Alek, y señaló su mano con un gesto de la cabeza—. Tú eliges.

Alek se puso a tartamudear y a golpearle el brazo.

—Y será mejor que sepas —continuó el pelirrojo— que volveré mañana, y al día siguiente, y al siguiente, hasta que tenga lo que quiero, y nunca me marcharé sin un trofeo.

¿Quién era aquel hombre? ¿Quién era Hades?

Alek intentó sacar el arma que llevaba en la cintura del pantalón. Baden giró sin soltarlo, utilizándolo como parapeto mientras disparaba a los guardias que le habían apuntado.

Se oyeron nuevos aullidos de dolor, y hubo más salpicaduras de sangre, y cayeron algunos cuerpos. Katarina se agarró el estómago para contener las náuseas.

Cuando terminó con los guardias, Baden le retorció la muñeca a Alek y le rompió los huesos. La pistola cayó al suelo mientras ella gritaba. Se levantaron más hombres para ayudarle, y apuntaron al trío.

Incluso Dominik se sacó un arma de un arnés que llevaba en el tobillo, pero él no apuntó. Tiró de ella hacia una puerta lateral y la sacó a un largo pasillo.

Tras ella se oyeron varios disparos.

¿Le habrían dado a Alek? Ella intentó liberarse.

—¡Suéltame!

—Ya está bien —dijo su hermano, que ya estaba jadeando—. Esto es por tu propio bien.

—Tengo que quedarme con Alek —respondió ella—. Los perros…

—Olvida a los perros.

—¡Nunca!

Los disparos cesaron. Los gruñidos, también. El olor a pólvora y a metal corrido se extendió por el aire, siguiéndola.

Justo antes de que Dominik llegara a la puerta de salida, ella le puso la zancadilla. Él se tropezó, pero no la soltó, y ambos cayeron al suelo. Mientras él luchaba por recuperar el aliento, ella consiguió zafarse. Él intentó agarrarla de nuevo, pero ella le dio una patada en el estómago y se puso en pie.

Él se levantó al instante, entre maldiciones, y ella saltó hacia atrás y…

Chocó contra un muro de ladrillo. Se dio la vuelta, con

un jadeo, y su mirada viajó por unas piernas masculinas y un torso musculoso. Había delgados ríos de tinta negra tatuados desde las puntas de sus dedos hasta el borde de las bandas negras que llevaba alrededor de los bíceps. Tenía tres agujeros en el hombro, pero no parecía que las heridas sangraran.

Sus ojos se cruzaron con unos ojos dorados. Baden.

Irradiaba desafío, determinación e intenciones letales. Incluso impaciencia.

—Apártate, Katarina —le ordenó Dominik.

Baden alargó un brazo tras ella para darle un golpe al arma de su hermano y lanzarla contra la pared.

«Cuando te enfrentes a un perro agresivo, mantén la calma. Evita el contacto visual. Quédate a un lado y ocupa tu espacio».

En el tono más calmado que pudo, Katarina dijo:

—Tú no tienes nada contra nosotros. Nosotros no queremos hacerte daño.

—Últimamente no necesito ningún motivo para pelearme con cualquiera, *nevesta* —replicó él. Novia, en eslovaco. ¿Acaso hablaba su idioma?—. Pero tú sí me has dado un motivo. Te preocupas por un canalla —dijo, con repugnancia—. Te has casado con un canalla.

Como no sabía la verdad, pensaba lo peor de ella.

—¿Y quién eres tú para lanzar piedras? Tienes brillantina por todo el cuello —respondió Katarina—. ¿Es por cortesía de alguna novia *stripper*?

Él no respondió, y ella se quedó sin fuerzas. Preguntó, suavemente:

—¿Sigue vivo Alek?

—¿Te preocupa él, o perder la posición de poder si muere?

¿Posición de poder? ¡Por favor!

—¿Sigue vivo?

Baden asintió.

—Incluso conserva todas las partes del cuerpo. Por ahora. ¡Gracias a Dios!

—Escúchame: yo te conseguiré la moneda. ¿Quieres?

—Tú no vas a hacer nada de eso. Y tú no le vas a hacer daño a mi hermana —le dijo Dominik a Baden—. No lo voy a permitir…

Baden lo fulminó con la mirada, y Dominik se quedó callado. Entonces, él volvió a mirar a Katarina.

—¿Sabes cuál es la moneda que estoy buscando?

—No, pero puedes describírmela y yo puedo registrar la casa de Alek —respondió ella. Si Baden vigilaba a los guardias, ella podría buscar a sus perros sin miedo a que la descubrieran—. Vamos ahora mismo.

—Ya has visto que tu marido está dispuesto a soportar muchos problemas con tal de conservar esa moneda —dijo él; el pelo rojizo le cayó por la frente, como jirones de pura seda—. No va a estar en cualquier cajón.

Seguramente, no.

—Puede que esté en la caja fuerte. Yo probaré todas las llaves. Si vamos ahora…

Dominik le apretó el brazo, pero no dijo nada más.

—¿Qué crees que hice yo antes de venir a la capilla? —preguntó Baden.

¿Había estado en la casa?

—¿Has visto tres pit bulls? Uno tiene el pelaje con manchas, el otro es gris y…

—No había ningún perro —dijo él, y frunció el ceño—. Ni gatos, tampoco.

Ella se quedó devastada y sintió una descarga de ira. ¿Dónde había escondido Alek a sus perros?

El hombre del pelo blanco se acercó a Baden y, después de una ligera vacilación, le dio un golpecito en el hombro.

—Tenemos un problema. William ha matado al último… —dijo. Entonces, sus ojos verdes se fijaron en Dominik, y asintió—. No importa. Has dejado a uno vivo.

A ella se le llenó la boca de bilis.

—¿Solo sois tres, y habéis conseguido matar a más de cincuenta guardias armados?

El hombre del pelo blanco la miró, y respondió:

—No ha sido para tanto. Solo eran humanos.

Con una sonrisa, se alejó.

Solo humanos. Katarina miró fijamente a Baden. Él seguía observándola con cierto aire de desafío, y ella tragó saliva.

—¿Vosotros no os consideráis humanos? Entonces, ¿quién eres tú? ¿El hombre del saco?

—Sí.

¿Qué?

Él se hizo a un lado y le señaló el camino hacia la capilla.

—Ve hacia la iglesia.

¿Alejarse de aquel loco? No hizo falta que se lo dijera dos veces. Recorrió el pasillo y entró en la nave. Iba a hacer guardia para proteger a Alek si era necesario…

Se detuvo en seco. Las paredes y los bancos estaban cubiertos de sangre, y había charcos en el suelo. Por todas partes había pedazos de cadáveres y cadáveres.

Alek estaba tendido sobre el estrado. Ella se acercó y le buscó el pulso. Era débil, pero estaba allí.

—¿Contenta? —preguntó Baden, que se situó a su espalda.

—¡No! Has torturado…

—A violadores y asesinos. Sí. Se lo merecían.

—¿Y qué te da derecho a erigirte en juez y ejecutor? Además, esta muerte y esta destrucción… Creo que voy a…

Demasiado tarde. Se inclinó hacia delante y vomitó.

Baden había llevado a su hermano con él, pero ninguno de los dos le apartó el velo de novia de la zona de peligro.

Estuvo a punto de soltar un resoplido al limpiarse la boca con el dorso de la mano. ¿Un asesino brutal y un adicto a la heroína no la habían ayudado? ¡Qué locura!

—*Mater ti je kurva* —le dijo Dominik a Baden, mientras

forcejeaba para liberarse. Tu madre es una puta–. Vas a pagar lo que has hecho hoy.

Baden no se inmutó por aquellas palabras. Miró a Katarina con algo en los ojos, una chispa que hizo que ella se estremeciera de miedo. Tenía que ser miedo.

–Aleksander será quien pague, y de una forma inesperada. He decidido llevarme a su novia.

Capítulo 4

«Solo hay una cosa que debería ser contagiosa. Tu sonrisa».

Torin, guardián de Enfermedad

—No puedes hacerlo —dijo la novia, con evidente alarma. ¿Cómo se llamaba?

—Puedo hacerlo, y voy a hacerlo —respondió él—. No te resistas.

Baden sentía oleadas de placer, y Destrucción estaba ronroneando en armonía con él. «Odio a la bestia, pero esto lo adoro». Nada en su vida tenía comparación a todo aquello. ¿Y qué había hecho falta? Aniquilar al ejército de otro hombre.

«¿Estás seguro de que es esa la causa? ¿Y la chica?».

Con solo verla, había sentido la imperiosa necesidad de mantener relaciones sexuales, largas y frecuentes, y, por extraño que pudiera parecerle, de protegerla.

Era una locura. Ella no significaba nada para él.

William y Torin estaban ocupados registrando todos los cadáveres en busca de la moneda, por si acaso. Baden los observó, y la novia lo observó a él. El calor de su mirada lo estaba abrasando.

Ella lo maldijo.

–Estás sonriendo.

¿Sí?

–¿Acaso te deleitas con la violencia? ¡Eso es de enfermos!

Entonces, profirió una sarta de imprecaciones en eslovaco, insultándolo terriblemente y acusándolo de acostarse con ratas y cabras. Claramente, su ira la liberaba de todo miedo.

Destrucción no le hizo caso. Era enclenque, inofensiva.

En realidad, a Baden le divertía ver tanta rabia en un cuerpo tan diminuto.

Si alguna vez su pasión se redirigía...

Tuvo que tragarse un gruñido de necesidad, seguramente, de la necesidad de hacer daño, y ya no le resultó divertido.

Su hermano le tapó la boca con la mano, pero ella se lo quitó de encima y siguió despotricando. Con su gesto, salvo al chico de que una daga le atravesara el corazón. Baden había convertido a la chica en su botín de guerra. Por una noche, le iba a pertenecer. Y él protegía lo que era suyo.

–No vuelvas a tocarla –dijo, con una hostilidad inconfundible.

El hermano se quedó pálido.

La novia se puso frente a él, exigiendo que le prestara atención. Un claro intento de proteger a un hombre que debería haber hecho todo lo posible por protegerla a ella.

La preocupación que ella sentía por los hombres de su vida, por aquella basura, le irritaba. Según ella, deleitarse con la violencia era de enfermos; sin embargo, se había casado con un hombre que había matado a mucha gente, tanto culpable como inocente.

–Hay formas mejores –anunció ella–. Matar a un hombre indefenso es innecesario y cobarde.

–Ningún hombre está indefenso mientras tenga su inteligencia.

—Si la inteligencia es un arma, algunos hombres están mejor armados que otros. Tú, por ejemplo, estás desarm…

—Katarina —dijo su hermano—. Ya está bien.

Katarina. Un nombre delicado para una mujer de apariencia delicada.

Ella apretó los labios.

No era en absoluto su tipo de mujer. Él prefería las guerreras fuertes, como Pandora. De hecho, en un par de ocasiones había tenido la tentación de proponerle una tregua. Al final, su deseo de vencerla siempre había sido más fuerte que su deseo de obtener placer con ella.

Observó atentamente a Katarina. Tenía el pelo castaño oscuro y lo llevaba recogido en un complicado moño alto. Su rostro era deslumbrante. Tenía los ojos gris verdoso, con una mirada felina, unas cejas espesas y rectas y unas pestañas negras y largas. Tenía una nariz elegante, con algunas pecas, y los pómulos altos y afilados. Unos labios carnosos, que desafiaban a un hombre a probarlos…

«Resiste».

Su mandíbula era el rasgo más fuerte, y él tuvo ganas de trazarla con las yemas de los dedos. Era casi triangular, y acababa con una punta roma en la parte de abajo.

Su piel era suave e inmaculada, salvo en sus brazos, donde tenía muchas cicatrices en forma de dientes desde los codos a las muñecas. La habían mordido. Pero ¿quién?

En el brazo derecho tenía un tatuaje. «Érase una vez…».

Era el comienzo de un cuento de hadas; una elección curiosa para una oportunista. Porque era una oportunista; a él no se le ocurría otro motivo por el que una mujer con un espíritu indómito como el suyo pudiera casarse con un hombre como Aleksander.

—Por favor —dijo ella, cambiando de táctica—. Dame la oportunidad de encontrar tu moneda. Alek tiene otras casas. Tiene negocios. Al ser su esposa, yo tendré acceso a todo eso, y podré registrarlo.

—Qué dispuesta estás a traicionar a tu nuevo marido —dijo él. Eso le irritaba tanto como su preocupación—. Aunque dudo que él te quiera por tu lealtad.

Baden terminó de conversar y la agarró por la cintura y la hizo colgar con la cabeza hacia abajo, estrechándola contra su costado y evitando el contacto con su piel.

Ella pataleó inútilmente. Él era demasiado fuerte, y ella llevaba un vestido demasiado grande, una jaula perfecta.

El hermano intentó liberarla. Error. Baden le dio una patada que barrió sus pies del suelo y lo tiró al suelo.

—Quédate ahí —le dijo—, o terminarás como los otros.

El hermano permaneció en el suelo, pero escupió a sus botas.

—A mí no me vas a matar. Necesitas que lleve tu mensaje.

—¿De verdad? Creo que podría dejar una nota.

El hermano lo miró con los mismos ojos de Katarina, llenos de rabia.

—Si te la llevas, Alek te matará.

Baden sonrió, como Destrucción.

—No se puede matar a alguien que ya está muerto.

El hermano se quedó desconcertado, pero su expresión cambió por una de miedo mientras los gritos se convertían en gemidos por toda la capilla. ¿Habría comprendido por fin el alcance de su crueldad?

—Con una nota no podrás transmitir la emoción adecuada —dijo el chico.

Él no estaba de acuerdo, pero respondió:

—Cuando despierte Aleksander, dile que vendré a verlo por la mañana, y que no le servirá de nada esconderse. Si no me entrega la moneda, cumpliré mi promesa y me llevaré algo más que le importe. Algo que le haga sangrar.

Mientras la novia seguía forcejeando, Baden recorrió el pasillo central.

—Vamos —dijo.

William y Torin terminaron su registro y se colocaron a

ambos lados de él. Estaban completamente manchados de sangre, pero no tenían ninguna herida. Bien. Así era mejor, porque, verlos heridos habría podido empujarlo a una rabia salvaje y ciega ¡contra ellos!

A Destrucción le gustaba torturar a los hombres cuando estaban indefensos.

«Debería haberme deshecho de ellos y haber venido solo».

Cuando les había contado a sus amigos que estaba metido en una competición a vida o muerte por órdenes de Hades, todo el grupo se había empeñado en acompañarle. Él había protestado. Ahora, los guerreros tenían familias, esposas e hijos, tal y como le había dicho William. No había ningún motivo para ponerles en peligro. Además, ellos tenían que resolver asuntos más importantes, asuntos que también eran de vida o muerte, como encontrar la Estrella de la Mañana antes que Lucifer. Incluso encontrar a Pandora, que estaba escondida. ¿Y si ella volvía su rabia contra los Señores, ahora que tenía prohibido atacarlo a él? Además, Sabin y Strider estaban investigando si existía la manera de librarlo de sus guirnaldas y del control de Hades, permitiendo al mismo tiempo que conservara su cualidad tangible.

Al final, los guerreros se habían impuesto, y habían elegido al azar quién tendría el honor de ayudarlo. El honor. Como si él fuera un dios al que adorar, y no una pila de mierda que los había abandonado. Su sentimiento de culpabilidad se intensificó, y se le clavó en el pecho. ¿Cómo iba a enmendar los errores que había cometido en el pasado si la deuda que tenía con sus amigos era cada vez más grande?

Cameo, la guardiana de Tristeza, y Torin, habían ganado el sorteo. William, que acababa de volver de sus vacaciones sexuales, había dicho: «Intenta detenerme. Inténtalo. Y, a propósito, me deberás otro favor».

Llegaron a la salida de la capilla y pasaron por encima

de los cadáveres de los primeros guardias que se habían encontrado. Al salir al exterior, sintieron la luz del sol y el aire cálido.

—Llevarnos a la humana es un lío tremendo. Lo sabes, ¿no? —dijo Torin.

Aquellas palabras indignaron aún más a Katarina. Redobló su forcejeo, y dijo:

—No puedo alejarme de Alek. ¡Por favor! Suéltame.

Su miedo entusiasmó a Destrucción.

—Cálmate, chica. No tengo intención de hacerte daño.

—Pero las intenciones pueden cambiar, ¿no?

Oh, sí.

—La buena noticia es que solo vas a estar conmigo una noche.

No importaba lo que Alek sintiera por ella, fuera amor o lujuria, movería cielo y tierra con tal de recuperarla. Era una cuestión de orgullo. Si permitía que otro hombre le robara a su mujer, perdería el respeto de sus hombres. O de lo que quedaba de sus hombres. Ellos cuestionarían su autoridad diariamente.

Así pues, le entregaría la moneda. Él conseguiría su primer punto, y se pondría en cabeza de la competición de Hades.

Y, en cuanto consiguiera el primer punto, se teletransportaría junto a la sirena y le cortaría la lengua, tal y como le habían exigido.

Sin embargo, tuvo remordimientos de conciencia. Alek era una basura, pero la sirena, no. ¿Cómo iba a hacerle daño?

¿Volvería a crecerle la lengua? Ella era inmortal, pero, como él, era un espíritu.

¿Cómo se suponía que iba a poder soportarse a sí mismo después de cometer tal tropelía?

«Fácil», le dijo Destrucción. «Te soportarás, y seguirás viviendo».

Cuando Katarina le golpeó el costado con los puños, le dijo:

—Tus actos dictarán los míos.

—*Panchart!*

La acera estaba llena de gente, y las calles, llenas de tráfico. Su furgoneta estaba aparcada en doble fila, y Cameo estaba al volante.

—¡Ayuda! —gritó Katarina—. ¡Me están secuestrando!

Nadie le prestó atención; todo el mundo iba mirando su teléfono móvil como si el resto del mundo no existiera.

—Dámela —dijo William—. Ya he demostrado que soy mejor con el sexo opuesto. Y planeando misiones. Y luchando. Y cuidando del cabello. Ese rizado no te favorece, Baden.

Baden no la soltó.

—Es mi prisionera.

—Vaya. Egoísta. Después de todo lo que he hecho por ti.

—¿Te refieres a todo lo que voy a tener que pagarte?

Todos los favores que William iba a pedirle después le habían parecido inocentes. ¿Le pediría que asesinara a un enemigo por él? ¿Que le guardara las espaldas durante la batalla? Claro. Ahora, las posibilidades eran interminables, y la bestia no estaba contenta.

«Mátalo». Como siempre, una orden, aunque aquella no tenía demasiado ímpetu, a causa del vínculo que existía entre William y Hades.

«La muerte no es la respuesta en todas y cada una de las situaciones».

William hizo un mohín.

—Te comportas como si un pago hiciera que mis buenos actos fueran menos altruistas.

—¡Así es! —exclamó Baden, y se fijó en dos perros callejeros que había en la acera.

Destrucción gruñó una advertencia, y los perros le devolvieron el gruñido, como si hubieran oído aquel sonido que Baden no había emitido. Los dos perros eran grandes, negros, y tenían parches en el pelaje. ¿Sarna?

Katarina se quedó inmóvil. Con calma, en voz baja, dijo:

—No se te ocurra hacerles daño a esos pobres animales.

Baden dio un rodeo para evitar a los perros. Ellos lo miraron con intensidad, dispuestos a saltar. Sin embargo, no se movieron.

—Ten corazón y llama a una protectora —dijo ella.

—Ya he enviado un mensaje a una —dijo Torin. Se metió el teléfono en el bolsillo y abrió la puerta de la furgoneta.

Baden metió a la chica dentro del vehículo, la siguió y la agarró por la cintura cuando ella se lanzó a la puerta contraria. No hubiera hecho falta, puesto que William entró por allí y le bloqueó la huida. Torin se sentó en el asiento delantero.

—Sándwich de testosterona —dijo William.

—*Curak!* —escupió la novia, con desprecio. Significaba «gilipollas» en eslovaco—. No te he hecho nada. Escucha a tu corazón y suéltame.

Baden trató de contenerse, pero no pudo evitar sonreír.

—¿Es que crees que tengo corazón?

Incluso Destrucción resopló.

Adorable.

—¿Una rehén humana? —preguntó Cameo, mientras apretaba el acelerador y se alejaba a toda velocidad de la capilla—. ¿De verdad, chicos? ¿De quién ha sido la brillante idea?

Todo el mundo se encogió, porque la voz de Cameo transmitía una tremenda tristeza. Baden, William y Torin estaban acostumbrados a la sensación, y se recuperaron rápidamente. La humana, no. Palideció y se echó a temblar, y se abrazó a sí misma.

—Uno de nosotros dejó de utilizar el cerebro —dijo Torin, y señaló con el pulgar a Baden—. Nuestro chico.

—¿Qué es lo que acaba de ocurrir? —susurró Katarina—. Yo nunca lloro, y ahora tengo ganas de sollozar.

¿Nunca?

—Tristeza —dijo él, y lo dejó así.

—Pero… si yo siempre estoy triste —dijo ella, con amargura—. Esto no es nada nuevo para mí.

¿Qué quería decir con lo de que siempre estaba triste? Acababa de casarse con el hombre de sus sueños, ¿no?

Cameo tomó una curva con demasiada rapidez, y estuvo a punto de lanzar a todo el mundo por la ventana.

—Ya casi hemos llegado.

De nuevo, la humana se encogió.

Él dijo con brusquedad:

—Ni una palabra más, Cameo.

—¿Cómo te llamas? —le preguntó William a la humana, para distraerla.

—Katarina Joelle —respondió ella, con la voz temblorosa.

—Ahora eres Katarina Ciernik —la corrigió Baden, sin poder disimular su desprecio.

Ella se irguió.

—Tienes razón. Soy Katarina Ciernik. El lugar de una mujer está junto a su marido.

—¿Tan ansiosa estás por recuperar tu futuro?

—Como si quedarme contigo fuera mejor, *vyhon si*.

—¿Pajillero? Vaya, las palabras hacen daño, preciosa. Tal vez tengamos que lavarte la boca con jabón. O con el elixir mágico. Por suerte para ti, tengo un poco de elixir justo aquí… —dijo William, y empezó a desabrocharse los pantalones—. Aquí tienes. Una poción tan poderosa que puede afectar incluso a Typhon.

Typhon, también conocido como el padre de todos los monstruos. Baden le agarró la muñeca a William para impedir que le mostrara a Katarina la fuente del elixir.

—Qué sospechoso —dijo William. Chasqueó la lengua y, después de zafarse de la mano de Baden, sacó un pequeño frasco de un bolsillo oculto que tenía en el interior del pantalón.

Katarina se echó hacia atrás.

—*Nie*. Drogas no, por favor.

Por fin, una respuesta correcta de la humana. Baden se metió el frasquito del supuesto elixir mágico en el bolsillo y le lanzó una mirada de advertencia.

—Drogas no. Si te quedas callada y quieta.

Katarina supo que tenía que obedecer. Si se quedaba callada y quieta, evitaría que la sedaran y permanecería despierta, y podría escuchar las conversaciones y averiguar más cosas sobre sus captores, luchar si era necesario y conocer mejor el entorno, para tener más oportunidades de escapar.

Aunque estaba temblando, hizo todo lo posible por acomodarse en el asiento y mantener la boca cerrada.

Por fin, la conductora, una bellísima mujer de pelo negro y ojos plateados, aparcó junto a una acera concurrida. Se giró, le guiñó un ojo y le dijo:

—Estás en buenas manos, te lo prometo.

Katarina sintió tanta tristeza que tuvo ganas de morir. Cuanto antes, mejor.

—¿Qué parte de «ni una palabra más» no has entendido, Cameo? —le preguntó Baden.

Se comportaba como si la voz de la mujer fuera la causa del problema. Lo cual era imposible, ¿no?

Baden abrió una puerta y la rodeó por la cintura, mirándola fijamente.

—Si intentas escapar, te atraparé. Si gritas, haré que lamentes no haber muerto en la capilla.

Ella se estremeció. Si había algún hombre que iba a cumplir lo que había prometido, y disfrutando al hacerlo, era aquel.

—No voy a huir —respondió, con la voz quebrada—. No voy a gritar.

Mientras él la ayudaba a bajar de la furgoneta, ella miró a su alrededor para memorizar todos los detalles posibles y contárselo todo a la policía. La mediana que separaba los dos carriles de la carretera estaba llena de begonias. El diseño de los edificios era variado, desde el gótico hasta los cubos de cristal y cromo.

Había visto muy poco de Manhattan desde que había llegado, porque había estado confinada en la finca de Alek, y no sabía dónde estaba.

Baden la guio hacia un edificio de piedra rojiza con ventanas de cobre. El portero les abrió la puerta sin poner objeciones, y dijo:

—Enhorabuena por su boda, señor.

Baden lo ignoró. Katarina le pidió ayuda en silencio.

El hombre le sonrió sin darse por aludido, y a ella se le hundieron los hombros de la decepción.

La gente era un asco. Sus perros la habrían ayudado sin dudarlo.

El calor del verano se apagó con el aire acondicionado. De nuevo, ella observó el entorno. El interior era muy ornamentado. El techo estaba cubierto de frescos y tenía tres enormes arañas de cristal. A la izquierda había una bella escalinata y, a la derecha, una gran chimenea rodeada de asientos.

La gente que pululaba por el vestíbulo los miró con curiosidad, pero solo un segundo, para no parecer maleducada.

«No puedo gritar, no puedo gritar, no puedo gritar».

—Vaya, puedes ser razonable —dijo Baden, cuando se cerraron las puertas del ascensor y ellos dos quedaron dentro, a solas—. Estoy impresionado.

Aquella condescendencia la irritó.

—Y tú puedes ser un gilipollas —respondió ella—. A mí no me impresiona.

—Tienes genio —dijo él.

Apretó el botón del último piso después de utilizar una tarjeta a modo de llave. El ascensor no se detuvo para recoger a otros pasajeros, así que la tarjeta debía de estar programada para hacer el trayecto sin interrupciones.

—Tu problema es que ese genio no puede enfrentarse a la fuerza bruta.

El comentario solo sirvió para irritarla aún más.

«Sé fuerte, Katarina». Las últimas palabras de su madre resonaron por su cabeza. «Sin la fuerza no tenemos nada, no somos nada».

«¡Yo soy alguien!».

—Te sugiero que tengas cuidado cuando trates con alguien como yo —añadió Baden—. Soy un monstruo.

—El hombre del saco —susurró ella.

La única emoción real que había demostrado había sido el deleite, y todo porque estaba rodeado de hombres despedazados. Era el tipo de personas que vitoreaba y apostaba mientras los perros luchaban a muerte.

«Recuérdale cuál es su objetivo».

—¿Qué tiene de especial la moneda que estás buscando?

—No lo sé.

Ella frunció el ceño con desconcierto.

—¿Que no lo sabes?

—No.

Y, sin embargo, había matado a docenas de personas para conseguirla. Incluso había planeado descuartizar a Alek.

—Explícate, por favor.

El ascensor se detuvo, y él la condujo por un pasillo hasta una puerta que se abrió a una espaciosa estancia con suelo de madera oscura y brillante, cubierto con alfombras tibetanas. Todos los muebles eran antiguos, y estaban tallados en forma de animal: un cisne, un elefante, incluso un león alado. Las cortinas que rodeaban las enormes ventanas redondas iban a juego con las alfombras.

—Siéntate —dijo él, y la empujó suavemente para que cayera en un cómodo sofá—. Quieta.

Las órdenes que ella les daba a menudo a sus perros. Katarina apretó los puños alrededor de la tela de su enorme falda, y la arrugó. Ella era la adiestradora, y no al revés.

Cuando le enviaban un perro agresivo para que lo adiestrara, se presentaba a él lentamente, fingiendo que estaba sola mientras se movía por sitios en los que él pudiera verla sin sentir que su espacio estaba invadido. Lo que no permitía era que el perro la asustara, porque eso solo serviría para que el animal reaccionara aún más violentamente cada vez que ella apareciera.

Baden no era un perro, pero era salvaje. Podía aplicar el mismo método. Así pues, se puso de pie.

Él no dijo nada cuando ella se le acercó. Katarina fingió que observaba las lámparas, jarrones y cuadros de la pared, cada uno de ellos de una flor distinta.

—Tienes una apariencia de calma y relajación, pero yo siento tu terror —dijo él. Se apoyó en el borde de un escritorio y se cruzó de brazos.

«Para enfrentarse a un perro agresivo, regla número uno: No demostrar miedo.

Regla número dos: Utilizar un tono suave, pero firme. Cualquier otra cosa puede provocar hostilidad.

Regla número tres: No olvidar que uno obtiene lo que refuerza, no necesariamente lo que espera.

En este caso, ignorar la regla número cuatro: Poner las necesidades del perro por delante.

Y saltar a la regla número cinco: Averiguar lo que mejor pueda funcionar con cada uno de los perros».

—¿Cómo sientes mi terror? —preguntó ella, con suavidad, pero con seguridad—. Yo no he dado ninguna señal.

Él se rio con algo parecido a la lástima.

—Hazme caso. Sí las has dado. Mis cualidades más salvajes se han deleitado con ellas.

—¿Y tus cualidades más salvajes piensan que debería darte las gracias por haberme secuestrado?

—Sí. Te he hecho un favor, *nevesta*. Considera esto unas vacaciones antes de la terrible vida que te espera.

—Tú no sabes nada de mi vida, ni sobre mí.

—Te has casado con Aleksander Ciernik. Me lo imagino.

«No conozco a este hombre, ni me cae bien. Su opinión no me importa».

Pero...

¿Qué haría él si ella le hablara de sus perros? ¿Entendería su difícil situación? ¿La ayudaría, o la condenaría?

«¡No se lo diré nunca!».

Era un asesino tan malo como Alek, o peor, y tal vez fuera en busca de sus perros para hacerles daño con tal de perjudicarla a ella.

—Tu avaricia no te va a aportar nada salvo dolor —le dijo él.

Ella pestañeó.

—¿Avaricia?

—Tú deseas el dinero y el poder de tu marido.

Ella se clavó las uñas en las palmas de las manos.

—¿Y su bonita cara? ¿Y la posibilidad de redimirlo? ¿Acaso no es posible que quiera convertirlo en un hombre honrado?

—Un hombre malo es un hombre malo —replicó él.

—Entonces, no hay esperanza para ti, ¿eh?

Un golpe directo. Él frunció el ceño.

Katarina se dio cuenta de que había pisado terreno peligroso, y dio marcha atrás. Esbozó una sonrisa forzada de picardía, y dijo:

—Tal vez me haya apresurado. Puede que lo que ocurre es que no te conozco bien. Todavía.

Si pudiera hacerse con aquel frasquito que él llevaba en el bolsillo, podría drogarlo. Escaparía, volvería a casa de Alek, salvaría a sus perros y huiría... durante el resto de su vida.

Se le borró la sonrisa de los labios.

—¿Por qué no pides algo al servicio de habitaciones para los dos, *pekný*? —«guapo», le dijo, y le guiñó un ojo—. Me muero por saber más cosas de ti.

Baden ya no se divertía con los arrebatos de la chica. Ni con sus enfados, ni con sus coqueteos. Cada vez le desagradaba más cómo le hacía sentirse. Lo miraba como si fuera una decepción, porque lo era. Lo consideraba tan malo como el humano con el que se había casado, y por un buen motivo.

Cuando hubiera terminado con la sirena, sería aún peor.

—Soy tu captor, no tu anfitrión.

Era muy bella y, seguramente, tenía planes para conquistarlo con sus encantos. ¿A cuántos hombres habría engañado en su vida? ¿A cuántos habría sangrado antes de dejarlos e ir en busca del siguiente?

Poder antes que sentimientos.

—¿Es que pretendes mantenerme débil a base de hacerme pasar hambre? —preguntó ella—. ¿Temes que tenga más fuerza que tú?

—No, eso no es posible. Nunca había conocido a una mujer tan débil.

Qué fácil sería rodear con las manos la elegante columna de su cuello y terminar con ella.

Katarina lo miró con ira.

—¿Soy débil porque un animal de hombre ha podido sacarme a rastras de mi boda?

—Sí. No pudiste defenderte a ti misma, ni cuidar de ti misma. Necesitas que otros lo hagan por ti.

Katarina se quedó como si la hubiera abofeteado. Entonces, pestañeó para disimular el impacto de aquella herida e hizo un mohín.

—¿Acaso alguna mujer puede defenderse de ti? —preguntó. Tomó un jarrón y lo sopesó entre las manos, como si estuviera decidiendo si era un buen objeto arrojadizo—. Seguro que destrozas corazones a menudo, figurativa y literalmente. Ah, y no olvidemos que debes de derretir con facilidad la ropa interior de las féminas.

Así, tan fácil, consiguió que él se endureciera como una roca.

William entró por la puerta principal y, al ver en qué

estado se encontraba, puso los ojos en blanco y comenzó a hablar sobre la seguridad.

«Concéntrate. Presta atención», se dijo. Sin embargo, no podía. No podía apartar su atención de Katarina. La vio tomar algo de la mesa; se acercó a ella y, ignorando el dolor que le producía el contacto con otra piel, la obligó a abrir la mano.

Ella jadeó y él dio un paso atrás, con un… bolígrafo. ¿Un simple bolígrafo?

–Bueno –dijo ella–. Quédatelo. De todos modos, no quería escribir el poema que he compuesto sobre ti.

Una mentira. Katarina quería utilizar el bolígrafo como arma contra él. Qué boba. ¿Acaso no entendía sus propias limitaciones? Había vomitado al ver la sangre. Nunca tendría el valor suficiente para atacarlo.

–Dime el poema –le ordenó–. Me muero de impaciencia.

Ella sonrió dulcemente y lo abanicó con las pestañas.

–«Su belleza es terrible, pero es muy temperamental. Cuando lo miro, lo único que hago es temblar».

Gracioso. Se inclinó hacia ella y la miró fijamente.

–¿Quieres oír el principio de mi poema? «En este momento, no soy más que un maniaco homicida. Provocarme solo sería un acto suicida».

Capítulo 5

«Si la situación se pusiera aún más dura, tendría un orgasmo».

Paris, guardián de Promiscuidad

Katarina se dejó guiar dócilmente por un largo pasillo. Seguramente, él consideraba su pasividad como otra señal de debilidad. Bien, pues era un error que la beneficiaba. Nunca esperaría que actuara contra él. Cosa que pensaba hacer en dos segundos.

Se desplomó contra él, fingiendo que tenía un desmayo, y aprovechó para robarle el frasco del bolsillo. ¡Conseguido!

Escondió el frasco entre los pliegues de la falda del vestido de novia mientras él rugía y la tomaba en brazos. La llevó a una espaciosa habitación y la arrojó sobre la cama sin miramientos.

Ella se mantuvo lánguida mientras rebotaba.

—Compórtate, chica, y mañana volverás con tu marido en las mismas condiciones en que lo dejaste.

Sonaron pasos. La puerta se cerró y la cerradura resonó con un clic odioso.

Ella esperó diez segundos antes de abrir los ojos. ¡Por fin estaba a solas! Se levantó de un salto y recorrió la habitación buscando una forma de salir. Tal vez Baden la llevara con Alek al día siguiente, o tal vez no. Seguramente, no iba a hacerlo. Ella le había visto la cara, y podía identificarlo ante la policía. Cuando él tuviera la moneda, lo mejor que podía hacer era matarla.

La ventana estaba sellada. Las puertas del balcón no tenían pomo. Bien. Cambió de idea y comenzó a buscar un arma. Sin embargo, no había cuadros en las paredes, ni adornos por los muebles, nada que pudiera romperle en la cabeza. En el baño no había ningún cepillo que clavarle.

«Piensa, piensa». Giró sobre sí misma, mirando cada uno de los muebles. ¡La cómoda! Abrió un cajón, que estaba vacío, y experimentó un sentimiento de triunfo al comprobar que los pomos estaban sujetos con clavos.

Podría usar aquellos clavos para sacarle los ojos a Baden y escapar.

Aunque se rompió varias uñas y se hizo varios cortes en los dedos, consiguió desclavar dos de ellos antes de que sonara la cerradura de la puerta.

Con el corazón acelerado, se tumbó de nuevo en la cama, escondiendo las manos entre los dobleces de la colcha.

Baden entró con un carrito de comida.

—Come. No vas a morirte de hambre bajo mi custodia —dijo. Y le lanzó un hato de ropa—. Y cámbiate, por favor. Nunca había visto un vestido tan feo.

Eso era porque no había visto el armario que Alek había llenado para ella.

—Tengo curiosidad. ¿Qué veneno has usado para aliñar esta comida?

Él la miró con el ceño fruncido, pero tomó un bocado de cada plato antes de dirigirse a la puerta.

—¿No quieres comer conmigo? Podemos…

Él cerró la puerta y echó la cerradura.

¡Magnífico! ¿Cómo iba a drogarlo, si él se negaba a estar en su presencia?

La respuesta dejó de tener importancia en cuanto percibió el olor del azúcar, las especias y de todo lo agradable que había en aquel carrito. Se le hizo la boca agua. Desde que había llegado a Nueva York, Alek la había matado de hambre.

«Tienes que mantenerte en forma».

Y, seguramente, también pretendía que se mantuviera débil y aturdida.

Levantó la tapa de todos los platos y, al intensificarse los aromas, empezó a rugirle el estómago. Había pasta con marisco, un filete con espárragos y mantequilla, una ensalada de espinacas y fresas y un cuenco de sopa francesa. Su plato favorito, sin embargo, fue la tarta de nueces pecanas con helado de vainilla. Tal vez Baden fuera un desgraciado, pero era un desagradecido con muy buen gusto para la comida.

Se comió primero el postre. Después, devoró la pasta. Sin embargo, al terminar, estaba tan llena que pensó que iba a explotar, y el vestido le apretaba mucho.

Se puso la ropa nueva: un par de pantalones cortos y una camiseta que decía: *Con la aprobación de William.*

Ambas cosas eran un poco ajustadas, pero sería más fácil moverse con ellas que con el vestido.

Baden se iba a arrepentir del regalo.

Caminó hacia la puerta. Podía abrir la cerradura, como había hecho en casa de Alek, pero no serviría de nada, puesto que Baden la detendría. Tal vez pudiera impedirle el paso durante un rato y pensar en su próximo paso sin temer que él le hiciera daño en cualquier momento.

Con un gran esfuerzo, empujó la cómoda y la colocó delante de la puerta. No era la mejor barricada del mundo, pero tenía que valer.

Pensó febrilmente mientras sacaba otro clavo. Puesto que Baden tenía cómplices, lo mejor sería reunir la mayor cantidad de munición posible. Sin embargo, al final empezó a acusar una gran fatiga. Su nivel de adrenalina comenzó a bajar, comenzaron a pesarle los miembros hasta que casi no pudo sostenerse.

«No te duermas. No se te ocurra dormirte».

Dormida estaría en una posición vulnerable. Por ese motivo, desde que Alek había entrado en su vida tan solo se permitía algún que otro duermevela.

Su mejor opción para escapar era el balcón. Se metió los clavos y el frasco al bolsillo y llevó la colcha hasta las puertas de la terraza para usarla como bandera para pedir ayuda si conseguía salir. Se envolvió el puño con una almohada y dio varios puñetazos, hasta que se rompió uno de los cristales. Los pedazos cayeron sobre la colcha y el sonido se amortiguó, pero, de todos modos, ella se encogió. Esperó un par de minutos conteniendo la respiración.

Baden no volvió a entrar en la habitación. ¿Estaba cerca, o se había marchado dejando que ella se pudriera allí?

Recogió los pedazos de cristal y salió por el agujero. El balcón estaba completamente rodeado por un muro de dos metros de ladrillo y mármol y, para poder captar la atención de alguien, tendría que trepar por él. Agarrándose a las hendiduras entre los ladrillos, escaló hasta el borde del peto, se sentó a horcajadas y se agarró con todas sus fuerzas.

«No mires abajo».

Miró hacia abajo, y el corazón se le detuvo en el pecho. Estaba a un millón de pisos del suelo. Los coches parecían hormigas y la gente, motas de polvo. Si se caía, estallaría contra el pavimento.

Aunque el sudor le empapó la piel, miró a su alrededor para localizar a alguien en los otros balcones. La mayoría tenían una barandilla de hierro, no de ladrillo. Había una mujer en uno de ellos, a la derecha.

Tendría veintitantos años y era impresionantemente guapa, con el pelo negro hasta los hombros, la cara fuerte y angulosa y el cuerpo, también fuerte. ¿Era el tipo de mujer que prefería Baden? Llevaba una camiseta de tirantes que dejaba a la vista sus bíceps y las bandas negras que los rodeaban. Eran como las de Baden. ¿Acaso aquellos brazaletes estaban de moda en Estados Unidos?

Tenía tatuajes en ambos brazos, pero ella no podía distinguir qué eran los dibujos desde aquella distancia.

La mujer tenía un cigarro entre los labios, un vaso en una mano, con un líquido de color ámbar, y una botella en la otra, con el mismo líquido.

—¡Señora! —gritó Katarina, moviendo los brazos—. ¡Señora!

La mujer la miró con unos ojos de color indeterminado.

—Me llamo Katarina Joelle, y necesito ayuda. Me ha secuestrado un hombre llamado Baden. Es un asesino. Llame a la policía…

La mujer apagó el cigarro, se dio la vuelta, entró en su habitación y cerró las puertas del balcón, sin decir una palabra.

Katarina se llevó una gran decepción. Cualquiera de sus perros habría saltado de un balcón a otro con tal de salvarla y, sin embargo, otro ser humano ni siquiera se había molestado en responder.

Demonios, ¿qué iba a hacer ahora?

Había llegado el momento de ganar su primer punto.

Baden se teletransportó al reino de los espíritus. Llegó a una casa de campo junto al mar, a juzgar por el sonido de las olas y al olor de la sal que le llevaba la fresca brisa nocturna. Había pocos muebles, solo un sofá, una mesa y una silla. No había cuadros ni adornos. No había objetos personales de ningún tipo, de los que convertían una casa en un hogar.

Se oía una dulce melodía que provenía del fondo de la casa. Era el canto de una mujer. Más concretamente, el canto de una sirena. La magia de aquella voz exuberante atrajo a Baden e incluso consiguió calmar a Destrucción.

Él cerró los ojos y disfrutó de aquel raro momento de paz.

Solo salió de su ensimismamiento al oír el ruido de unos cacharros. Sintió una punzada de ira, y Destrucción rugió. La mujer había conseguido distraerlos a los dos sin intentarlo. Si tenía el mismo poder sobre Hades…

No era de extrañar que Hades quisiera silenciarla.

A ella, a una inocente. Baden volvió a sentir una abrumadora culpabilidad.

«No puedo permitirme perder la competición», se dijo. Todavía no estaba convencido de que Hades cumpliera su palabra y liberara al ganador, pero, en aquel momento, no tenía otro remedio que participar y ganar tiempo.

Atravesó la casa y se detuvo en la entrada de la cocina. La mujer estaba secando platos y guardándolos. Se movía lentamente y palpaba los armarios como si…

¿Era ciega?

Siguió observándola durante unos minutos, solo para asegurarse, y se cercioró de que la mujer no veía. En dos ocasiones había girado la cabeza hacia él, pero en ninguna de las dos había mostrado sobresalto al verlo.

Además de culpabilidad, Baden sintió horror. ¿Hades quería que enmudeciera a una sirena ciega? No. Absolutamente, no. Había ciertos límites que no iba a cruzar. Cuando se cruzaban aquellos límites, no había vuelta atrás, y uno ya no volvía a ser el hombre que era.

De repente, la sirena se puso rígida y se quedó callada. Sus orejas se movieron.

—¿Quién está ahí?

Aquel era el momento. Se plantó frente a ella, la agarró de la cintura y, pese a sus forcejeos, la teletransportó ante Hades.

—No voy a hacerle daño —anunció, y la chica se quedó callada—. Querías su lengua. Ya la tienes, está unida a su cuerpo. Si quieres conservarla, tendrás que jurar que no le harás daño.

El rey estaba sentado en su trono. El resto de la sala estaba vacía.

—Me desafías. Asombroso —dijo, en un tono seco.

—Si querías un sirviente devoto, deberías haberle dado las serpentinas a otro.

—Lo que quería era un sirviente de la oscuridad, ¡y he conseguido a un pusilánime! Tienes que recuperarte —respondió Hades, tamborileando con los dedos en el brazo del trono—. Te voy a dar otra oportunidad para que estés a la altura. Hades, el rey del inframundo, le concede a su esclavo Baden un privilegio válido solo por hoy. Puedes usarlo como quieras. ¿Libertad? ¿Un cuerpo físico?

Baden pestañeó, y la sirena se desvaneció de entre sus brazos. Otro pestañeo, y ella reapareció sobre el regazo de Hades. Estaba temblando violentamente. Se le caían las lágrimas, y él recordó las lágrimas que Katarina no había vertido. Sintió un pinchazo en el corazón.

Hades le pasó los dedos entre el pelo a la chica sin apartar la mirada de Baden.

—Yo le quitaré la lengua. A menos que utilices tu privilegio para impedírmelo.

Baden sintió rabia. Más culpabilidad. Impotencia.

—Piénsalo bien —le dijo Hades—. No sabes cuáles son los crímenes que esta mujer ha cometido contra mí.

—Libérala —dijo Baden, con los dientes apretados—. Jura que nunca le harás daño, y que no permitirás que otros le hagan daño.

Hades enarcó una ceja.

—¿Esa es tu petición? ¿Estás seguro?

No. ¡No!

—Vaya, demonios —dijo Hades—. Eres el primero de mis esclavos que hace algo así.

¿Acaso había otros que llevaban las guirnaldas? ¿Qué había pasado con ellos?

Un rayo de esperanza. Con aquellas palabras, el rey había revelado más de lo que, seguramente, había querido revelar. Algo que él podía usar como ventaja. Encontraría las respuestas y actuaría.

Sus días como esclavo de Hades estaban contados.

—Me has decepcionado —dijo Hades—. Un día aprenderás que la gente no es lo que parece. ¿No es así, sirena?

A la sirena se le secaron las lágrimas, y se echó a reír.

—Vaya. Realmente, eres un pomposo. Deja que me levante. Esta posición no es cómoda. Con una sonrisa afectuosa, Hades la soltó. Ella le dio un puñetazo en el hombro antes de ponerse en pie. Bajó los peldaños del estrado contando en silencio.

Baden lo comprendió. Era ciega, pero no era inocente. Era astuta como el demonio.

—¿Qué habrías hecho si hubiera sacado la daga para cortarle la lengua? —le preguntó a Hades.

—Él no habría hecho nada —respondió la sirena—. Yo te lo habría impedido.

—Es una de mis mejores luchadoras —dijo Hades, con orgullo.

«La gente no es lo que parece».

Un truco. Solo una trampa.

—Espérame en mis aposentos —le dijo Hades.

—Sí, sí. Ya lo sé.

Baden le dedicó un rugido cuando ella pasó junto a él. La sirena percibió su ira pero lo ignoró, y salió por la puerta.

¿Eran triviales todas las tareas que iba a asignarle Hades? ¿O eran pruebas? ¿Qué pasaba con Aleksander y la moneda?

No, aquello no era una prueba. Él no había olido el miedo de la sirena, pero Aleksander sí había sentido miedo desde el principio.

Hades quería que él obedeciera sin saber si lo que estaba haciendo era real o era absurdo. Tal vez, él nunca pudiera planear nada ni quedarse con nada para sí mismo.

Bien, pues iba a cumplir cada uno de los encargos como si fuera lo más importante del mundo. Observaría y aprendería. Encontraría su momento… Encontraría el modo de vencer a Pandora y a Hades.

—Has cometido un gran error en el día de hoy, rey –dijo, escupiendo el título como la maldición que era.

—O tal vez haya aprendido más sobre ti de lo que tú has aprendido sobre mí –replicó Hades, con una sonrisa–. Considéralo una lección gratis, Red. La próxima te va a salir muy cara.

Katarina escaló el muro de ladrillo incontables veces aquella noche, y durante la mañana, con la esperanza de poder llamar la atención de alguien, y sin dejar de escuchar cualquier sonido por si Baden atravesaba su barricada. Entonces, se lanzaría sobre la cama y utilizaría los clavos que tenía guardados.

Cuando se sentó a horcajadas sobre el borde del peto por enésima vez, sintió que una mano fuerte la agarraba del tobillo y tiraba hacia el suelo. Cayó sobre un pecho duro y oyó un silbido de rabia mientras unos brazos fuertes la sujetaban.

¡Baden estaba allí!

Él rugió como un oso y la dejó en el suelo. Tenía una expresión muy tensa de… ¿disgusto?

Sí, claramente, de disgusto. Era su reacción favorita hacia ella.

—¿Vas a alguna parte, *nevesta*?

A ella se le heló la sangre.

—Solo quería admirar las vistas, *kretén*.

«Gilipollas».

—Vaya, esa boca traviesa otra vez –dijo él.

La luz del sol lo envolvió sin preocuparse del peligro que representaba. O de la oscuridad que guardaba en su interior.

Sin embargo, ¿podía culpar ella al sol, realmente? Baden olía increíblemente bien, a miel y a canela. Era seductor y delicioso… atrevido.

Un asesino no debería oler así.

—¿Necesitas el elixir? —le preguntó él.

—*Nie* —respondió ella. Si Baden pretendía darle la droga para castigarla por sus insultos, se daría cuenta al instante de que el frasco ya no estaba en su poder.

«Golpea. ¡Ahora!».

Con un movimiento rápido, se sacó un clavo del bolsillo y se lo clavó a un lado del cuello. Él volvió a silbar y la apartó de su lado. Ella se tambaleó hacia atrás y se golpeó con las puertas del balcón, que estaban cerradas. Se abrieron con el golpe, y Katarina cayó dentro de la habitación y se deslizó por el suelo hasta la pared. Vio estrellas por delante de los ojos.

—No me toques —le ladró él—. Nunca.

¿Acaso ella le resultaba tan repulsiva?

Cuando recuperó el aliento, Katarina respondió:

—¿Pero puedo intentar herirte?

Él se sacó el clavo de la piel y, en vez de sangre, brotó algo parecido al aceite de un motor.

—Has intentado defenderte del único modo que podías —dijo, y parecía que se sentía impresionado. Después, se enfadó—. No vuelvas a intentarlo.

Ella se levantó, temblando por una mezcla de asombro y miedo, y él se percató de su nueva ropa. De repente, perdió el aire de enemistad. Parecía que tenía una mirada de apreciación.

¿Acababa de encenderse el radiador? Porque se había puesto a sudar…

—¿Me vas a llevar con Alek?

—No.

—¿Por qué? Hoy es un día nuevo. Tal vez él tenga la moneda lista para ti. ¿No quieres tu tesoro? Has trabajado mucho para conseguirlo…

Baden se pasó una mano por el pelo y se lo despeinó. ¿Podía ser más sexy?

¡Ella debería avergonzarse por notarlo!

—La quiero —respondió él–, pero no quiero que Hades la consiga. Así que Aleksander puede esperar.

—Hades es…

—No es un tema de conversación.

Ella siguió, de todos modos. Un Baden distraído era mejor que un Baden furioso.

—¿Trabajas para Hades, pero no te cae bien? ¿Por qué no dejas el trabajo y…?

Él se cruzó de brazos. ¿Una advertencia?

—Está bien, tú ganas —dijo ella–. Podemos hablar de otra cosa mientras tomamos una copa, ¿te parece?

Después de un momento de vacilación, él se dirigió hacia la puerta del dormitorio, que seguía bloqueada por la cómoda.

—¿Cómo has entrado? —le preguntó–. ¿Por una puerta secreta?

Él guardó silencio y apartó la cómoda con un ligero movimiento del brazo, y Katarina se quedó asombrada por aquella fuerza. Recorrieron el pasillo y llegaron al salón que ella había visto al principio.

Se detuvo ante el bar y, de espaldas a él, sirvió dos copas de Whisky. Con sigilo, sacó el frasco y vació el contenido en una de las botellas. Cabía la posibilidad de que Baden rechazara la copa que ella le ofrecía, pero era probable que se tomara una después.

Mientras se tomaba una de las copas, se volvió hacia él y le ofreció la segunda. Él negó con la cabeza. Entonces, Katarina se encogió de hombros y la apuró. El alcohol le quemó al bajar, pero cayó como la miel derretida en su estómago y comenzó a calentarla.

—¿Dónde están tus amigos? —le preguntó.

Él la miró como si estuviera decidiéndose entre responder a su pregunta o estrangularla.

Ella lo observó con una expresión tranquila. Baden llevaba la misma ropa manchada de sangre del día anterior. ¿Había dormido con ella, o se había obligado a permanecer despierto? Seguramente, lo segundo. Estaba tan tenso que parecía que no había dormido nunca, el pobre hombre.

Un momento. ¿El pobre hombre? ¿Sentía compasión por él?

No. Oh, no. ¡Inaceptable! Pero se preguntó… ¿Qué era lo que le había convertido en aquel monstruo frío y calculador?

Por fin, él dijo:

—Los demás han ido a comprar lo necesario.

La sensación de miel derretida desapareció al instante.

—¿Cuerda? ¿Cuchillos? ¿Plásticos para proteger los muebles de las salpicaduras de sangre?

—Monopoly. Candy Land. Jenga —dijo él, y se sentó en la butaca que había frente al sofá.

—¿Juegos de mesa? —preguntó ella, y se mantuvo en pie para conservar la posición dominante—. ¿Para niños?

—Parece que soy aburrido. E inmaduro. En cuanto he vuelto de…

No terminó la frase. Apretó los puños sobre los brazos de la butaca, y dijo:

—Bueno, los demás se marcharon.

¿Su reacción era una muestra de que sus amigos habían herido sus sentimientos?

Qué pena.

No. No daba pena. ¡No! Se le ocurrió un nuevo plan: «Sé agradable con Baden para crear un buen ambiente con él, para asegurarse de que cumpla su palabra y no te haga daño, escápate, salva a tus perros y huye».

Regla número seis para el adiestramiento canino: Que las interacciones sean cortas y agradables.

Siete: Acabar siempre con algo positivo.

—Ya te conoceré —dijo—, y sabré si eres aburrido o no.

–Tu opinión sobre mí no tiene relevancia. Vamos a estar aquí sentados en silencio.

–Pobrecillo. Yo soy una conversadora muy buena, y temes no estar a la altura. Lo entiendo.

Él frunció los labios.

–¿Te ganaste a Aleksander con tu conversación?

–Por favor. Solo tuve que pestañear, y vino corriendo –lo cual era cierto, por desgracia–. ¿No te consideras más fuerte y más inteligente que Alek? ¿No deberías ser capaz de resistirte a mi potente atractivo?

Él se pasó la lengua por los dientes y se puso en pie. Se acercó al bar para servirse una copa, evitando su mirada.

Ella sintió esperanza. ¡Por fin! Algo estaba saliendo bien.

–¿Qué quieres saber sobre mí? –preguntó Baden, mientras volvía a su asiento con una copa medio llena–. ¿Y por qué quieres saberlo?

–¿Por qué? Porque soy curiosa. ¿Qué? Más de una vez, tus amigos y tú habéis mencionado que la gente que os rodea son seres humanos, dando a entender que vosotros no lo sois. El hombre del pelo blanco...

–Torin.

–Torin dijo, incluso, que sois mejores. El hombre del saco no es mejor.

Él continuó sujetando el vaso, sin beber.

–Sé que no eres un monstruo en el sentido literal –dijo ella.

–Entonces, piensas que somos... ¿qué somos? ¿Unos tipos que deliran?

–Sí. Pero ¿qué pensáis vosotros que sois?

–Inmortales.

A ella se le escapó una carcajada.

–¿Como los vampiros? ¿Como los hombres lobo?

–Si yo fuera un chupasangres, tú ya estarías seca. Y si fuera un lobo, estarías atada a la cama y te usaría para que toda la manada echara una cana al aire. Una *kurva jebat'*, lo llamarías tú.

Su tono de voz no era bromista, y ella se puso seria al darse cuenta de que creía de verdad lo que estaba diciendo; creía que existían las criaturas de la noche.

—No se lo diré a nadie —le dijo, alzando la mano derecha. En la ficción, los depredadores sobrenaturales querían mantener en secreto su origen y, a menudo, mataban a aquellos que descubrían la verdad—. Te doy mi palabra.

—Puedes decírselo a quien te dé la gana. Pensarán que estás loca —respondió él, y se encogió de hombros.

Y, por fin, le dio un buen sorbo a su vaso.

Ella sintió un gran alivio. Esperó y lo observó para detectar cualquier señal de sedación, pero no hubo ningún cambio.

Regla ocho: Distraer cuando fuera necesario.

—Convénceme. Háblame de tu vida.

—¿Y por qué debería molestarme?

—Porque a mí me encantaría conocer tu historia.

—Eso no es suficiente.

Su mirada se volvió ardiente. Inhaló profundamente, como si no estuviera contento con la dirección que había tomado su pensamiento. O, tal vez, estaba un poco satisfecho. De repente, sus pantalones estaban tensos.

A ella se le quedó seca la garganta.

—Vamos, cuéntamelo. Por favor.

Aquella súplica… hizo que se le suavizara la expresión.

—Viví durante siglos en el monte Olimpo. Era miembro de la guardia de Zeus. Seguro que has oído hablar de él, como todo el mundo. Mis amigos y yo nos ofendimos cuando le entregó su mayor tesoro, dimOuniak, a una guardia fémina. Vosotros conocéis este tesoro como la caja de Pandora. Nosotros la robamos para castigar a Zeus, la abrimos y liberamos a los demonios que había en su interior.

Un momento, un momento.

–¿Demonios?

–Sí. Y él decidió castigarnos a nosotros maldiciéndonos, alojando a uno de aquellos demonios en cada uno de nosotros. A mí me correspondió Desconfianza, aunque me liberé de él el día que me decapitaron.

Ella soltó un resoplido.

–¿Que te decapitaron? Y, sin embargo, aquí estás, vivo y en perfectas condiciones.

–Vivo, sí, pero no en perfectas condiciones. Nadie, ni inmortal ni humano, es solamente un cuerpo. Tenemos espíritus y, como puedes ver, mi espíritu está intacto.

–¿Quieres decir que eres un fantasma?

–En cierto modo. Me he pasado los últimos cuatro mil años atrapado en un reino prisión. Hace pocas semanas fui liberado, como los demonios de la caja.

–Demonios –repitió ella. Siempre había aceptado la existencia de lo sobrenatural. Sabía que había un dios y, que si había un dios, tenía que haber ángeles de la guarda.

Aunque el suyo estuviera de vacaciones.

Además, había visto demasiado mal como para no creer que también existían los demonios.

Pero… pero… Baden no era inmortal. No podía serlo. Esas cosas no le ocurrían a la gente como ella, normal, común y corriente.

–¿Dónde está ahora tu risa, *nevesta*?

Katarina lo miró con los ojos entrecerrados. ¿Se atrevía a burlarse de ella?

–Puede que esté demasiado ocupada preguntándome si vas a echarle la culpa de tus crímenes al demonio.

–No –dijo él, y su respuesta la sorprendió–. Ya no estoy poseído. Bueno, al menos no por un demonio. No estoy seguro de qué es lo que habita en mí ahora. Es una presencia oscura… Una bestia llamada Destrucción. Pero no le culpo a él de lo que ocurrió en la capilla. Yo tomo mis propias decisiones. Yo apreté el gatillo. Yo blandí el cuchillo.

¿Una bestia? ¿Destrucción?

—Tú mataste a los hombres de la capilla con mucha facilidad. Supongo que la violencia no es nueva para ti, seas lo que dices ser o no.

—No, no es nueva. Pero, algunas veces, es un lujo especial.

Ella sintió miedo.

—Cuanto más mal hagas, peor serás —dijo ella, suavemente. Por un momento, cerró los ojos y se imaginó que estaba a salvo, entre los brazos de Peter. Una chica con un futuro brillante, feliz y llena de esperanza—. ¿Y qué piensa tu novia, o tu esposa, de tus inclinaciones?

—No tengo a ninguna mujer. No hay nadie tan fuerte como para estar a mi lado.

«Sin fuerza, no tenemos nada. No somos nada».

—¿La fuerza es tu único requisito en una pareja?

—Sí —respondió él, y frunció el ceño—. No. No quiero tener pareja. Soy demasiado peligroso.

Apartó la mirada de su cara y la fijó más allá. De repente, palideció, y en sus ojos aparecieron manchas rojas luminosas. No, no. Solo tenía los ojos enrojecidos, eso era todo. El horror de la situación y de sus declaraciones había alterado su percepción.

Él empezó a temblar y a sudar. ¿Acaso tenía un ataque de pánico? ¿O estaba luchando contra lo que él consideraba «la bestia»?

Pensó en consolarlo, pero sabía que no debía tocarlo.

—Canta —dijo él, con la voz enronquecida—. Canta ahora.

Ella tuvo el impulso de contestarle por haberle dado una orden tan brusca, pero, en vez de hacerlo, obedeció. A menudo les había cantado a sus perros cuando estaban frenéticos, y había conseguido calmarlos. A los pocos minutos, el color rojo empezó a desaparecer de los ojos de Baden. Exhaló un enorme suspiro, y sus mejillas recuperaron el color.

Se frotó la sien, como si quisiera mitigar un dolor. O acallar una voz.

¿Estaba haciéndole efecto la droga, por fin? Katarina se humedeció los labios con nerviosismo. Si él sospechaba que...

«Distráelo».

—Bueno, ahora me toca a mí –dijo y, antes de que él le ordenara callar, añadió–: Me crie con un padre estadounidense. Era negro. Mi madre era eslovaca, y tenía la piel blanca como la nieve. La mayoría de la gente aceptaba a nuestra familia, pero algunos, no. Yo tuve problemas más de una vez por pelearme con los que no. Me expulsaban del colegio. Mi padre me decía que no se puede luchar con fuego contra el fuego, que hay que usar agua.

—Yo no tuve... madre –dijo Baden, y pestañeó rápidamente mientras se le cayó la cabeza hacia un lado. Se le cerraron los ojos lentamente, y se mantuvieron cerrados, y su cuerpo se inclinó hacia el brazo del sillón.

¿Qué quería decir con eso de que no había tenido madre?

¿Y qué importaba? No había mejor momento para actuar. Corrió hacia la puerta mientras, de camino, buscaba más armas. No encontró nada, ni cuchillos, ni pistolas. Bien, tendría que continuar con lo que ya había conseguido. Con las manos temblorosas, forzó la cerradura, abrió la puerta y salió.

Ding. Las puertas del ascensor se abrieron, y de la cabina salió la mujer de pelo negro que estaba fumando en su balcón. Llevaba un bolso negro y grande colgado del hombro, y fue directamente hacia ella.

Vaya, después de todo, había ido a ayudarla.

—¡Gracias! –exclamó Katarina, deteniéndose frente a ella–. Tenemos que avisar a la polic...

—¿Dónde está Baden? –preguntó la mujer, con una voz ronca y con un ligero acento griego, parecido al de Baden.

El acento... los brazaletes...

Katarina se sintió insegura.

—Ahí dentro, dormido. Lo he drogado.

La mujer sonrió con deleite.

–Vaya, vaya, eres una caja de sorpresas.

Katarina la agarró de la muñeca para llevarla al ascensor.

–Vamos. Tenemos que avisar a la policía. Ellos se ocuparán de…

–No, ellos no. Yo me ocuparé –dijo la mujer, y golpeó con su frente la de Katarina.

Ella se tambaleó hacia atrás y sintió dolor y vértigo. Lo último que pensó antes de que se la tragara la oscuridad fue: «Solo yo podría escapar de manos de un asesino para acabar en algo peor».

Capítulo 6

«Roba la caja, dijeron. Será divertido, dijeron».
Baden, compañero de Destrucción

Baden luchó contra el letargo. Destrucción vomitaba obscenidades en su cabeza. Era obvio que Katarina lo había drogado y se había escapado.

Por muy débil que fuera físicamente, tenía una gran fuerza mental. Había demostrado que era inteligente y astuta. Él la había subestimado. Era un error que no iba a volver a cometer.

Casi la admiraba en aquel momento. Casi.

«Hay que ocuparse de los enemigos rápidamente, sin piedad».

Destrucción no era tan fácil de impresionar.

Hacía unos minutos, la bestia se había enfurecido en la cabeza de Baden, porque la conversación sobre los padres le había hecho pensar en su madre, Jezebel. Una bruja que gobernaba una parte del inframundo antes que Hades. La malvada que le había vendido a uno de los antiguos reyes, quien, a su vez, lo había encerrado en la mazmorra muchos siglos antes.

Al recordar la calma que le había proporcionado la sirena con su voz, Baden le había ordenado a Katarina que cantara. Ella no era una sirena, pero, aun así, había provocado una reacción aún más fuerte. La bestia no se había calmado, tan solo, sino que había ronroneado de placidez.

Ella tenía poder sobre él. Otro motivo por el que tenía que morir.

Se abrió la puerta principal y se oyeron unos pasos. Eran demasiado pesados como para ser los de Katarina.

Hubo una pausa y, después, una risa suave que él reconoció. Pandora lo había encontrado.

Debía de haber pasado a Katarina a la zona de los ascensores. ¿Le habría hecho daño a la humana para llegar hasta él?

Baden se puso furioso, pero la bestia permaneció en silencio.

Pandora chasqueó la lengua.

—Vaya, parece que las féminas son tu kriptonita, amigo mío. Esta es la segunda vez que una te conduce a la muerte.

«¿Amenaza?», preguntó Destrucción. ¿Acaso no estaba seguro?

Baden intentó sobreponerse al letargo y, poco a poco, empezó a recuperarse.

—¿Te acuerdas de la sensación que te produjo el acero al cortarte el cuello? —le preguntó ella, tranquilamente—. Bueno, no te preocupes si no lo recuerdas. Estoy a punto de hacerlo yo.

Algo pesado cayó sobre la mesa de centro. Él abrió los párpados al oír el ruido de una cremallera abriéndose.

«¡Amenaza!», rugió Destrucción. «Hay que eliminarla».

—Cuando termine contigo —dijo Pandora, revolviendo dentro de una gran bolsa negra—, voy a matar a tus amigos. Y de un modo doloroso. Todos vosotros… No solo me quitasteis la caja, no solo me destrozasteis la vida, sino que me arrebatasteis la única oportunidad de… —se quedó callada y apretó los labios. Se le abrieron las ventanas de la nariz.

¿Su única oportunidad de qué? Durante todo el tiempo

que llevaban juntos, nunca le había revelado secretos de su pasado.

Ella encajó diferentes partes de metal y montó una sierra mecánica a baterías. Sonrió al arrancar el motor.

Había ido a jugar.

A él lo consumió la rabia. Destrucción estaba golpeándose furiosamente contra su pecho, un pecho que se había expandido como el resto de su cuerpo. Sintió una fuerza sobrenatural, oscura y embriagadora, mayor que la que nunca hubiera experimentado, como si la bestia se estuviera apoderando de su cuerpo.

La bestia se estaba apoderando de su cuerpo.

Pandora frunció el ceño.

—¿Cómo has…? Bah, no importa. Me lo imagino. Las guirnaldas también me han hecho cosas raras a mí. Pero tu reacción llega un poco tarde —dijo, y levantó la sierra—. Esto es el adiós, Baden. Diría que ha sido agradable conocerte, pero nunca miento.

Él apretó los dientes.

—¿Y qué hay de la advertencia de Hades?

—Si matarte significa que yo tengo que morir también, bienvenido sea.

Caminó hacia él, pero Baden se puso por fin en acción y le dio una patada en la pierna para juntarle los tobillos. Ella cayó sobre el trasero y perdió el aliento, pero consiguió retener el control de la sierra mecánica, aunque las cuchillas cortaran el suelo de madera y lanzaran astillas en todas las direcciones.

Él le agarró un tobillo y se lo retorció con fuerza hasta que le rompió los huesos para paralizarla, al menos, momentáneamente.

Ella gritó y, entonces, giró la sierra hacia él, en dirección a su cuello. Él se agachó y, cuando tuvo la oportunidad, le dio un golpetazo en el dorso de la mano. Por fin, la sierra mecánica cayó al suelo y el motor se apagó.

Él se puso en pie mientras ella se agachaba, con el pelo en punta, como si acabara de meter los dedos en un enchufe. Tenía los colmillos prolongados más allá del labio inferior, y gruñía suavemente. Los colmillos eran nuevos; más grandes que los de un vampiro, pero más pequeños que los de un cambiaformas oso. Tenía líneas negras que salían de las bandas, como él, pero las suyas estaban mezcladas con las mariposas tatuadas que tenía en los brazos.

Al principio de su posesión, apareció una mariposa tatuada en el cuerpo de Baden y de sus compañeros. Las mariposas tenían la misma forma, pero diferentes ubicaciones y colores. Pandora, sin embargo, se había hecho los tatuajes, y cada uno de ellos representaba a uno de los demonios: Violencia, Muerte, Dolor, Duda, Ira, Mentiras, Secretos, Derrota, Promiscuidad, Desastre, Enfermedad, Celos, Falsas Esperanzas y Desconfianza. Había más demonios, pero ellos habían ido a parar a los inmortales que estaban prisioneros en el Tártaro. Una prisión para los peores criminales.

Pandora no tenía problemas con aquellos prisioneros, solo con la gente que le había robado la caja.

Obviamente, las mariposas eran una lista de objetivos a los que dar muerte.

«Es una amenaza».

«Sí, claro que sí».

—¿Dónde está la chica humana? —le preguntó.

—Está profundamente dormida en los ascensores, ¿por qué? ¿Tenías la esperanza de que ella viniera a rescatarte?

—La única que está en peligro hoy eres tú. Has cometido un grave error viniendo por mí. Deberías haber concentrado tus esfuerzos en ganar tu primer punto.

—Qué adorable —respondió ella, y sonrió aún más—. Yo ya he ganado el primer punto.

Él apretó los puños. ¿Iba perdiendo, y ella, ganando? ¡Inaceptable!

–Disfruta de tu primer puesto mientras puedas, *skýla* –le dijo, llamándola «zorra»–. No te va a durar mucho. Eres débil. Siempre lo has sido. Recuerdo que Haidee me mató, sí... pero también recuerdo lo fácil que fue robarte dimOuniak. Recuerdo que Maddox te atravesó el vientre con una espada en seis ocasiones distintas. Fuiste completamente incapaz de detenerlo. Ni siquiera pudiste...

Ella lo maldijo y se lanzó hacia su cabeza. Él le bloqueó el puño con la palma de la mano y ella le lanzó un golpe con el otro brazo hacia la garganta. Él se inclinó hacia atrás y evitó el impacto, y le agarró la otra muñeca. Con un solo movimiento, la hizo girar y le retorció el brazo a la espalda.

–¿Lo ves? Débil –le susurró al oído.

–Desgraciado.

Destrucción se echó a reír mientras Baden le rodeaba el cuello con un brazo para estrecharla contra sí. La presión que utilizó habría ahogado a cualquier otra persona.

–Gilipollas –dijo ella, aunque casi no podía respirar.

Baden notó un agudo dolor en el muslo y, al instante, la pierna se le quedó laxa. Soltó a Pandora y se tambaleó hacia atrás. Vio la empuñadura de una daga que debía de estar envenenada, clavada justo por encima de su rodilla.

–Te voy a arrancar los...

Se oyó un gemido de dolor desde el pasillo, y Baden se quedó en silencio.

Katarina se estaba despertando.

–Me pido la primera muerte –dijo Torin, con deleite, y se oyó el clic del martillo de un arma.

Sus amigos habían vuelto.

Pandora se quedó rígida. Baden tiró de la daga y se la sacó y, por segunda vez desde que había vuelto de entre los muertos, sangró. Sin embargo, como antes, la sangre era negra y espesa. Solo se le ocurría un motivo: la bestia, que estaba más viva para él a cada día que pasaba.

Baden arrojó el arma. Pandora se inclinó a la derecha, pero no lo suficientemente rápido, y el arma le hizo un corte en el hombro. Ella corrió hacia la ventana, saltó y… se arrojó al vacío. El cristal explotó, y el aire caliente entró como una bocanada en el salón.

Él se asomó a la ventana y la vio caer, caer, hasta que utilizó un cable replegable para detener la caída. Se balanceó hacia delante y entró por una ventana de la mitad del edificio.

Él quería perseguirla y cazarla, pero era más urgente proteger a Katarina, la clave para conseguir su punto.

William la tenía sobre el hombro.

—¿Dónde te la pongo?

Torin y Cameo estaban cada uno a un lado de él, con las armas preparadas para atacar. Baden quería hacerles la vida más fácil, pero no hacía más que añadir complicaciones.

—En el sofá —dijo.

—¿No hay nadie a quien matar? —preguntó Torin—. Siempre me pierdo la diversión.

William tiró a Katarina sobre el sofá. Cuando ella dejó de botar, Baden vio que tenía un golpe en la frente. Uno muy parecido a los que había tenido él en varias ocasiones. Pandora le había dado un cabezazo.

Frunció el ceño y empujó a William con el hombro. Ten más cuidado. Puede que tenga una conmoción.

—Ese no es exactamente mi problema, ¿no?

Cameo le dio un golpe con la culata de su pistola semiautomática. Mientras él maldecía y se frotaba la cabeza, ella dijo:

—De ahora en adelante, considéralo tu problema. Cualquier herida que sufra ella, ya me ocuparé yo de que la sufras tú también.

Baden y Torin se encogieron al unísono.

Él no tenía ni idea de cómo podía vivir Cameo con su demonio. Cada vez que experimentaba un momento de felicidad de los que podrían cambiar su vida a mejor, el demonio borraba el recuerdo para asegurarse de que ella permaneciera siempre envuelta en la oscuridad.

Sin luz, sin esperanza, no había deseo de vivir. Eso lo sabía por experiencia propia.

—Eres peor que mis hijos —murmuró William—. Lo sabes, ¿no, Cam?

William tenía tres hijos y una hija. Su hija había sido asesinada hacía varios meses, y sus hijos estaban en medio de una guerra con la familia de quien la había asesinado. Aquella familia no podría ganar esa guerra, porque William era el padre de los cuatro jinetes del Apocalipsis.

Cameo se encogió de hombros.

Torin se guardó el arma y mostró una bolsa.

—¿A alguien le apetece jugar al Monopoly? Tengo la edición M&M. Los perros callejeros que hay fuera del hotel han mordido la caja, pero creo que he rescatado la mayoría de las piezas.

¿Más perros callejeros?

Katarina gimió y se incorporó de golpe. Entre jadeos, miró a su alrededor por la habitación. Al ver a Baden, se arrastró hasta el otro extremo del sofá, como si pensara que iba a atacarla.

—La mujer —dijo.

Se le había soltado el pelo, y las largas ondas oscuras hacían de marco para su rostro. Al verla de ese modo, se le encogió el corazón. Era muy frágil, y los frágiles morían rápidamente, pero era muy bella.

Destrucción le dio un gruñido, pero no exigió que la matara.

—Es Pandora, la mujer de la que te hablé. Es mi enemiga —dijo él.

—¿Esa es la que te atacó? —preguntó Torin, y se rio—. Vaya. La chica tiene agallas, eso está claro.

Baden frunció el ceño, y le dijo a su amigo:

–Pandora quiere matarme, sacarme del juego, antes de ir por todos vosotros.

William asintió.

–No es mala estrategia.

–Y –añadió Baden– ya ha ganado un punto.

–¿Un punto? –preguntó Katarina–. ¿A qué juego estás jugando con ella?

Él la miró con una expresión hostil. Cualquier otro humano se habría acobardado, pero ella alzó la barbilla sin echarse atrás. Valiente, pero tonta. Otra debilidad.

–Un juego oscuro y peligroso. Al final, el que tenga más puntos vive y el otro muere. Como podrías morir tú, muy pronto. Me has drogado.

Ella se estremeció.

–Si querías una prisionera pasiva, deberías haber elegido a otra.

Él le había dicho lo mismo a Hades.

«Yo no soy como el rey. Tengo límites».

Sí, era muy fácil decirlo…

–¿La humana te ha drogado? –preguntó Torin, con otra carcajada–. ¿No te da vergüenza? Yo me avergüenzo de ti.

–Como si tú pudieras hablar –le dijo William–. Tu novia te ha zurrado la badana en muchas ocasiones.

–Porque yo era muy travieso. Originé varias epidemias mundiales, y necesitaba que me dieran una lección.

–¿Epidemias? –preguntó Katarina.

William le guiñó un ojo.

–No te preocupes, preciosa. Si te toca con su piel, te pondrás muy enferma… pero siempre podrás curarte chupándole la…

Baden le dio un puñetazo en la boca y lo silenció.

–Ya sabe bastante de nuestro mundo, y yo tengo cosas que hacer –dijo, con una sensación de urgencia. Todavía tenía que ganar el punto–. Voy a llevarla con su novio. Dame tus guantes –le dijo a Torin.

Necesitaba unas barreras que impidieran el contacto piel con piel con Katarina. Las pocas veces que se habían tocado, el calor de su piel le había seducido y le había hecho sentir agonía.

Su amigo entendía su aflicción mejor que los demás, y se quitó la protección de cuero sin objeciones.

Baden se puso los guantes y le tendió una mano a Katarina.

—Ven.

Ella se puso en pie rápidamente y le dio la mano.

—Qué ansiosa estás de volver al infierno —comentó Baden. Sentía algo oscuro… No, no podían ser celos. ¡Imposible!

«Ella solo es un medio para lograr un fin, nada más».

—Tengo mis motivos —respondió Katarina.

—Claro que los tienes. Dinero, poder y seguridad.

Baden la estrechó contra sí y le rodeó la cintura con un brazo. Ella jadeó, y él se preguntó qué clase de sonidos emitiría cuando se rindiera a un hombre y fuera consumida por un placer incomparable.

Destrucción se paseaba por su mente cada vez más inquieto. Ella miró hacia arriba y lo observó a través de sus espesas pestañas… y Baden y la bestia perdieron la concentración. Ella olía suavemente a vainilla. Deliciosa. Comestible.

—Esto es un poco embarazoso, ¿no? —preguntó William, dando al traste con la sensualidad del momento.

—Pues sí —dijo Torin.

Katarina enrojeció.

Cameo les hizo un favor a todos, y se limitó a encogerse de hombros.

Baden los fulminó a todos con la mirada.

—Reparad las ventanas y las puertas, y esperadme en la fortaleza de Budapest. Volveré en cuanto pueda.

Torin se puso serio.

–¿Vas a ir a ver tú solo a Aleksander? No creo que sea inteligente, amigo mío. Estará armado, y tendrá guardias, seguro.

—No voy a correr peligro.

William le tomó del hombro.

—Tus motivos para no ir a Budapest son muy válidos. No lo olvides. Y, si decides mudarte, mantente alejado de Fox. Es mala para tu salud, y todo eso.

¿Quién era Fox? ¿Y por qué iba a encontrarse él con una tal Fox?

Al agarrar con más fuerza a Katarina contra sí, Baden notó una punzada en el pecho y un dolor entre las ingles. Ignoró ambas cosas. «No puedo desearla. No voy a desearla». Una seductora que utilizaba a los hombres acabaría por traicionarlo.

—A no ser que vayas a llevarme en brazos —le dijo ella—, ya puedes soltarme. Quiero caminar.

—No, no voy a llevarte en brazos, ni tampoco vas a caminar. Y tú no eres la que me da órdenes a mí. Yo mando, por tu seguridad, no porque me guste.

—Seguro que esa es la excusa que utilizan todos los hombres autoritarios —replicó ella, y lo empujó por el pecho, aunque sin resultado alguno. Con cara de enfado, dijo—: No sé cómo vamos a viajar sin movernos.

—No necesitas saber nada. Cierra los ojos.

Ella negó con la cabeza.

—*Nie*.

—He dicho que... —le dijo Baden. Sin embargo, se interrumpió. No importaba. Aquella mujer terca tendría que asumir las consecuencias. Reyes y Gideon siempre vomitaban después de que los teletransportaran. Paris se desmayaba—. Entonces, mantén los ojos abiertos.

—¿Psicología inversa? Buen intento —dijo ella—. Nunca me he puesto en un lugar vulnerable por voluntad propia.

Sin embargo, eso era lo que había hecho, exactamente, al

casarse con Aleksander. Tal vez en su situación hubiera más matices, tal y como ella había dicho. Aunque eso no tenía importancia, porque dentro de muy poco tiempo, él ya no estaría en su vida.

Algo que le satisfacía enormemente.

Pensó en Aleksander y, al momento siguiente, estaban en un búnker subterráneo lujosamente amueblado, con alfombras, un escritorio de caoba, una cama de matrimonio y un baño privado.

Había una gran puerta de metal junto a la puerta, pero estaba cerrada desde el interior.

Katarina soltó un jadeo.

–Cómo… Cómo hemos… No es posible.

Aleksander estaba sentado en el escritorio; era el único ocupante de la habitación, y estaba mirando unas fotografías. Al oír la voz de su esposa, se puso de pie de un salto, arrastrando la silla hacia atrás. Palideció. Sacó una pistola y apuntó a Baden.

–¿Cómo has entrado aquí? –preguntó.

¿No le preocupaba el bienestar de su mujer? Vaya idiota.

Baden soltó a Katarina y se colocó delante de ella para protegerla. Destrucción se puso furioso por aquella acción, pero dirigió su furia hacia Aleksander.

«Mátalo. Mátalo ahora».

«Pronto».

–Sí-sí –tartamudeó Katarina–. ¿Cómo hemos llegado hasta aquí?

Baden sonrió a Aleksander, pero habló para Katarina.

–Ya te lo he dicho, *nevesta*. Soy inmortal.

Capítulo 7

«Tío. No deberías haberle puesto un anillo».

Bianka la Terrible, arpía del clan Skyhawk

Katarina apenas podía asimilar todo lo que estaba viviendo. No era posible que hubiera ocurrido de verdad lo que ella pensaba que había ocurrido. Sin embargo, la verdad era la verdad: había viajado desde un lugar a otro con solo pestañear. Sin dar un paso. Sin ser transportada. Sin volar ni conducir. En un instante, la escena se había alterado.

Baden había sido sincero acerca de su origen, ¿no? Era inmortal. Y, si era inmortal, también había estado poseído por un demonio en el pasado y, en aquel momento, albergaba a una bestia con un apetito insaciable de violencia.

Se llevó la mano a la garganta. Decía que trabajaba para Hades… que era dios del inframundo, según la mitología.

«Hola, vértigo. Nos vemos de nuevo».

—La moneda —le ladró Baden a Aleksander.

Aleksander negó vehementemente con la cabeza.

—No sé dónde está. Alguien debe de haberla robado.

—Mientes. Por desgracia para ti, solo tolero a un mentiroso en mi vida —dijo Baden, y sacó la daga de la funda del cinturón. ¿Cuántas otras armas llevaría ocultas en su cuerpo?—. Y a Gideon se le da mucho mejor que a ti.

–Vete al infierno –respondió Alek, y apretó el gatillo tres veces.

Baden se estremeció a causa de los impactos, y Katarina se tapó la boca para silenciar un grito. Cualquier otra persona habría caído, pero él ni siquiera se tambaleó. Caminó hacia Aleksander, agarró la mano con la que estaba disparando y la volvió hacia él, obligándolo a que se pegara un tiro en el hombro. Alek, que solo era un humano, se desplomó sobre su sillón y comenzó a sangrar a borbotones.

Los hombres aporrearon la puerta, pero estaba cerrada desde dentro. Nadie podía entrar. Nadie podía ayudarlo.

Sus propias medidas de seguridad habían sido su perdición.

–Última oportunidad –dijo Baden.

–No puedo dártela –respondió Alek, entre jadeos–. No puedo.

–Sí puedes. Si decides no hacerlo, lo lamentarás para siempre.

Dejó la pistola en el escritorio y se colocó delante de Alek con la daga preparada.

–No miento. Te dije que me llevaría algo que valores. Hoy vas a perder una mano.

Alek intentó ponerse en pie para huir. Baden lo contuvo con facilidad y le cortó la muñeca. La mano cayó al suelo, y se oyó un aullido de dolor que reverberó por las paredes.

Slak to trafil! Baden lo había hecho. Lo había hecho de verdad. La violencia de aquel acto, la sangre y el olor… Katarina se agarró el estómago.

Baden limpió su daga en las mejillas de Alek.

–Dame la moneda, o mañana me llevaré un pie.

Entonces, se guardó la daga en la funda y se giró hacia ella.

Ella retrocedió.

–¿Qué estás haciendo? Dijiste que solo íbamos a pasar una noche juntos.

Él entrecerró los ojos.

—Esperaba que fuera así. Me equivoqué.

—No voy a ir contigo.

No podía volver a alejarse de Alek. Acababa de perder una mano, estaba sufriendo dolor y estaría enfurecido y violento. Les haría daño a sus perros solo porque sí.

—Insisto.

—Y yo paso —respondió ella, y lo rodeó para mirar a Alek—. ¿Dónde están? —preguntó, y la voz se le quebró de desesperación.

Se daba cuenta de que acababa de darle información al inmortal, y que él podría utilizar aquella información contra ella, pero ya no le importaba. La necesidad de proteger a sus animales había superado a la necesidad de protegerse a sí misma.

—¡Dímelo!

Alek intentó respirar y se sujetó el muñón contra el pecho. Estaba llorando de dolor. Con la mano ilesa, trató de agarrar el arma. ¿Acaso la temía? ¡Haría bien!

Sin piedad, Katarina tiró el arma, las fotografías y el ordenador al suelo. Tomó a Alek por las mejillas y le obligó a mirarla.

—Dime dónde están, o yo te cortaré la otra mano. ¡Dímelo! —gritó, y lo zarandeó con fuerza.

—Suéltalo —le ordenó Baden. Él siempre daba órdenes, pero, en aquella ocasión, no iba a salirse con la suya.

—¡Dímelo!

—Están… muertos —dijo Alek, entre dientes—. Murieron… anoche.

No, no, no. ¡No! No podía creerlo…

—No. No habrías actuado tan deprisa.

—Iba a usarlos para encontrarte, pero atacaron… tuve que… matarlos.

Ella se fijó en las mordeduras que él tenía en los brazos. El día anterior, aquellas marcas no existían. Los perros debían de haberla olido en él, debían de haber percibido su desesperación, y habían actuado para protegerla, para salvarla. Y él los había matado.

Sintió rabia, y comenzó a darle puñetazos en la cara. Estaba demasiado débil como para esquivarla, y tuvo que soportar todo lo que ella quiso darle. Katarina se arañó los nudillos con sus dientes, y se rompió los huesos con los de él, pero no le importó. No podía parar. Sus perros estaban muertos. Los había perdido para siempre.

Unos brazos fuertes la agarraron por la cintura y la apartaron de Aleksander.

—Ya está bien, Katarina. Te has hecho daño.

La voz calmada de Baden solo consiguió enfurecerla más.

—¡Te odio! —le escupió a Alek y, después, a Baden, que la tenía sujeta. Baden la había secuestrado. Si la hubiera dejado allí, si le hubiera permitido quedarse con su despreciable marido, sus perros todavía estarían vivos—. *Odjebat*! ¡Sois unos hombres horribles! Y, sin embargo, vosotros estáis vivos, y ellos…

Baden la apartó de Alek y del escritorio.

—¡Suéltame! No te atrevas a llevarme…

El búnker desapareció, y en su lugar apareció un dormitorio. Ella se zafó de Baden y trató de orientarse. Vio mobiliario masculino, una enorme cama con una colcha de color marrón. Muros de piedra antigua, como los que había visto cuando su familia hizo un tour por castillos abandonados en Rumanía y Budapest, cuando la vida era maravillosa y eran felices. Apliques de hierro forjado y una chimenea de mármol con rosas talladas.

¿Otra prisión? Bueno, aquella se la había ganado. No había protegido a sus perros. Cuando más la necesitaban, les había fallado. Habían muerto con dolor, solos, asustados, después de que ella hubiera prometido que los iba a proteger siempre.

La culpabilidad y el dolor se unieron a la rabia y le arrebataron las últimas fuerzas. Se le doblaron las rodillas. Si Baden no la hubiera sujetado, se habría caído al suelo.

Ella le dio una patada.

–*Panchart*! ¡No me toques! Te odio.

Él la irguió y alzó las manos enguantadas con un gesto de rendición. ¡Mentira! Aquel tipo nunca se rendía.

–Te odio –repitió.

Quería llorar. Solo quería llorar. Sus perros se merecían sus lágrimas, pero no conseguía que brotaran.

Baden se frotó el pecho, por encima del corazón.

–¿Has perdido a seres queridos?

Por primera vez desde que se habían conocido, su voz tenía un tono bondadoso, y ella lo detestó. ¿Dónde estaba aquella bondad cuando le había rogado que le permitiera registrar las casas de Alek?

–Katarina –dijo él, en el mismo tono suave.

–Mis perros han muerto –respondió Katarina.

Y ni siquiera tenía fotografías de ellos. El fuego había destruido las copias en papel, y Alek y Dominik habían borrado su página web.

–Los han asesinado. Y tú me has impedido salvarlos. ¿Os agrada eso a ti y a tu bestia?

–No. Lo siento, Katarina –dijo él, y se agachó a su lado.

–Métete tu lástima por donde te quepa y quítate de mi vista, *kretén*.

–Si lo hubiera sabido…

–¡Márchate!

Él palideció, pero no se alejó.

De repente, el escudo protector que había alrededor de su alma se hizo añicos, y las emociones se convirtieron en una fuerza incontrolable que la destruyó. Se acurrucó y comenzó a temblar violentamente. Odiaba a todo el mundo, sobre todo, a aquel hombre que la estaba viendo en un estado tan indefenso. Sin embargo, ya no le importaba dar una apariencia de valentía.

–Katarina –le dijo él, e intentó tocarle la cara–. Necesito…

Ella rodó hacia un lado. Había terminado con él, con la conversación, con la vida.

Baden se pasó una mano por el pelo con desesperación. Claramente, Katarina quería a sus perros del mismo modo que él quería a sus amigos, sin duda. Aunque no llorara, irradiaba tanto dolor y tanta tristeza como Cameo.

Para intentar salvar a sus perros, Katarina había sacrificado su felicidad y su futuro. Durante el poco tiempo que llevaba a su lado, él no había hecho más que burlarse e insultarla por casarse con Aleksander. Además, sus actos habían impulsado los actos del mafioso y habían causado la muerte de los animales.

Ella odiaba a Aleksander y lo odiaba a él. Y tenía todo el derecho.

«Katarina solo es un medio para conseguir un objetivo. No necesito su admiración».

Sin embargo, tenía un dolor en el pecho. Conocía de primera mano el horror de perder a un ser querido. Era como estar en mitad del mar durante una tormenta, batido por las olas y golpeado por las rocas, tragando demasiada agua, pero sin perder la capacidad de respirar y de alzarse. En cuanto alcanzaba la superficie, con la esperanza de que estuviera en calma, el agua volvía a tragárselo.

¿Cuántos siglos había pasado antes de dejar de echar de menos a sus amigos? Pregunta peliaguda.

Recordaba muy bien que, durante los siglos de su confinamiento, sus únicas amigas habían sido las ratas. Él adoraba a aquellas ratas, y había llorado al tener que comérselas para sobrevivir.

Supervivencia antes que sentimientos.

No, no. Las ratas… no eran un recuerdo suyo, sino de Destrucción.

Baden soltó un gruñido y se apartó el pelo de la cara.

–Aquí estarás a salvo, Katarina. Te doy mi palabra.

Se lo debía, y pagaría su deuda.

La bestia comenzó a protestar, pero pronto se quedó callada. La tristeza de la chica tocaba una fibra sensible de ambos.

Ella solo respondió con el silencio a su afirmación, y eso fue peor que un torrente de maldiciones.

Había llevado a Katarina a la fortaleza de Budapest. Las otras mujeres cuidarían de ella y le darían consuelo. Los hombres la protegerían de cualquier peligro mientras él se encargaba de castigar a Aleksander. Por haber matado a los perros, iba a perder los ojos. Para empezar.

Impaciencia....

De repente, las guirnaldas comenzaron a calentarse. Baden miró hacia abajo y vio que el metal se había puesto de un suave color rojo.

Otra llamada de Hades.

Sabiendo lo que iba a ocurrir, corrió hacia la puerta y gritó:

–¡Maddox, Ashlyn! ¡Cualquiera! No le hagáis daño a...

La fortaleza desapareció y, en su lugar, apareció la sala del trono. Hades no estaba allí. Tampoco la sirena. Lo que sí apareció fue un tornado negro sobre el último escalón del estrado real, y Baden oyó mil gritos.

El tornado se detuvo y Hades se materializó en el centro, sobre lo que debía de ser un cadáver. La carne y los músculos estaban picoteados, y los huesos, picados. El rey tenía un corazón ensangrentado en las manos. No llevaba traje, sino una camiseta negra y unos pantalones de cuero, y unas pulseras de cadenas en ambos brazos.

De la formalidad al punk rock. Aquel hombre era un camaleón.

Destrucción permaneció en silencio, y aquello irritó a Baden.

—¿Qué quieres?

Hades sonrió. Tenía sangre en los dientes.

—Estamos esperando a… Ah, aquí viene.

Baden percibió un movimiento a su derecha. Se giró, y se encontró frente a frente con Pandora.

—¡Tú! —exclamó ella, y le clavó una mirada asesina. Se le puso el pelo de punta, y comenzaron a crecerle los colmillos y las garras.

El cuerpo de Baden se expandió, preparándose para la batalla.

—No habrá sangre en mi sala del trono —anunció Hades—. Bueno, no habrá más sangre hoy.

Entonces, los paralizó a los dos. Pandora intentó luchar contra la inmovilidad. Él tomó la decisión de no actuar y se ganó la libertad.

—Bueno, bueno —dijo Hades, caminando hacia ellos—. Has violado mis normas. Intentaste matar a mi otro esclavo.

—Tú nunca dijiste que intentar matar a Baden fuera algo prohibido —replicó Pandora—. Solo que me matarías si lo conseguía.

¿Cómo se había enterado Hades del delito de Pandora?

—Pippin —dijo Hades, dando unas palmadas.

El hombre de la túnica blanca apareció en una nube de humo negro, portando la misma tabla de piedra.

—Sí, señor.

—¿Cuál es mi única norma?

—Que no hay normas, señor.

—¿Y?

—Y todo lo demás que decidáis, señor.

—Exacto. Lo que yo decida —dijo Hades, y extendió los brazos. Era la viva imagen de la masculinidad y la petulancia—. He decidido que incluso un intento de asesinato entre vosotros dos es punible. No vais a ser decapitados por ello, pero sí penalizados, y desearéis que os hubiera matado en vez de penalizaros.

Baden se tragó una maldición.

—Si puedes cambiar de opinión cuando quieras, ¿cómo podemos confiar en que cumplirás tu palabra y liberarás al ganador?

—¿Os queda otro remedio? —preguntó el rey. Entonces, le pegó un pellizco al corazón que tenía entre las manos, que todavía latía, y se metió un pedazo en la boca. Cerró los ojos, como si lo estuviera saboreando—. Espiar es mejor que el chocolate.

Pandora se estremeció, y Baden frunció el ceño. ¿Había enviado ella a alguien a espiar a Hades?

—Si vuelves a mandar a alguien, Pandora, no te va a gustar lo que va a suceder.

Hades dejó caer lo que quedaba de corazón y se limpió las manos.

Bueno, aquella era la respuesta.

—Bien —dijo el rey—. Eres afortunada, porque hoy tengo corazón —añadió, y le dio una patada al que había tirado como si fuera un balón de fútbol—. Voy a ser benévolo contigo. Por atacar a Baden, pierdes tu punto —dijo, y la miró como si la estuviera retando a que contestara—. Y tú —añadió. Lo miró a él, con el doble de furia que a Pandora—. Tú aún tienes que traerme la moneda.

¿Aquello era lo que le molestaba tanto?

—Esa tarea en particular requiere tiempo. Tú mismo lo dijiste.

—Tiempo, sí. Eternidad, no. Para acelerar un poco las cosas, Pandora te va a ayudar.

En su pecho surgió un grito. «Calma. Tranquilo». Con o sin juego, él sería quien consiguiera la moneda y matara a Aleksander. «Es mi punto. Estoy en mi derecho».

—Pandora podrá teletransportarse hasta el humano. Y, para ti, tengo una nueva tarea —dijo Hades. Extendió la mano, y Pippin puso una piedrecita en su palma.

La piedra se prendió y ardió, y se convirtió en ceniza.

Cuando la ceniza voló en dirección a Baden, Baden la inhaló.

Aparecieron imágenes nuevas en su mente. Un hombre con barba, seis dedos en cada mano y seis dedos en cada pie. Tenía muchas cicatrices en los brazos, rectas y delgadas, como si fueran las marcas de cortes de una cuchilla.

Baden pensó en las cicatrices de Katarina.

Volvió a sentir una punzada en el pecho. Ella debía de haber sufrido mucho dolor...

«Ya basta. ¡Concéntrate!».

La información continuó generándose en su mente. El hombre era un sociópata que mataba sin preocuparse de la edad ni el sexo de sus víctimas. Después de cada uno de sus asesinatos, se marcaba ambos brazos como recuerdo.

Baden se pasó la lengua por los dientes.

—¿Qué quieres que haga?

—Tráeme su cabeza —respondió Hades—. Hoy.

Baden solo había matado durante la batalla, y nunca había disfrutado haciéndolo. En aquella ocasión, sin embargo, pensó que tal vez vitoreara junto a la bestia. Sin embargo, ¿por qué iba a querer Hades la cabeza de un humano?

La respuesta apareció en su cabeza. El humano era el anfitrión de un ser oscuro. No era un demonio, ni una criatura como Destrucción, sino algo peor. Algo que Lucifer quería conseguir y utilizar contra Hades para lograr ventaja en su guerra.

Baden lo atraparía y lo llevaría al inframundo junto con la cabeza. Porque, por mucho que detestara a Hades, no podía permitir que el mal anduviera suelto por el mundo. Estaba dispuesto a hacer cualquier cosa, incluso a seguir siendo un esclavo, con tal de que Lucifer no gobernara en más territorios.

—Considéralo hecho. Un punto ganado.

Se imaginó a su objetivo... y apareció en una pequeña cabaña de troncos de madera. Pese a que había varias lámparas de queroseno encendidas, el ambiente era oscuro. O, tal vez, pareciera oscuro por el olor a podredumbre...

Baden entró en la cocina y encontró un cadáver con la cavidad pectoral abierta. Le faltaban varios órganos.

Su objetivo estaba al extremo de la mesa, comiéndose un hígado. Qué agradable. Estaba hablando con el cadáver.

—...estaba desnudo como un arrendajo. Casi lo escupo... —al ver a Baden, agarró el rifle que había apoyado en la silla—. No te muevas, ¿me oyes?

Baden se teletransportó junto a él, agarró el arma y le dio un culatazo en la sien y otro en los dientes. Los golpes lo tiraron al suelo, pero no le hicieron perder el conocimiento. Se arrastró hacia atrás con la cara cubierta de sangre.

—No me hagas daño. Por favor —dijo, mientras intentaba sacarse, con disimulo, una daga de la caña de la bota.

¿Acaso quería apuñalarlo?

Baden se le acercó y le pisó la mano. Se oyó el crujido de los huesos, y Destrucción se echó a reír con deleite. Él, también. Entonces, el hombre se enfureció, y uno de los recuerdos de la bestia apareció en la mente de Baden.

Intentó permanecer en el presente, pero la cabaña se convirtió en una celda. Ya no era un niño, sino un hombre, y caminaba hacia la primera persona que veía desde hacía siglos. Era el señor del castillo. El que había pagado a su madre unas pocas monedas para tener el privilegio de «domarlo». El que había ordenado que lo encerraran cuando se había resistido a la «doma».

El señor llevaba un traje de buen terciopelo y tenía varias medallas prendidas al pecho y a los hombros. ¿Cuántas batallas habría ganado? Incontables. Y, sin embargo, se orinó encima al verlo acercarse, porque sabía que había llegado su hora...

En el presente, notó que algo le barría los pies del suelo. Él cabeceó y pestañeó, y rompió el fuerte vínculo con el pasado. Su objetivo consiguió darle una puñalada en el pecho e intentó correr hacia la puerta, pero Baden lo agarró del tobillo e hizo que tropezara. Al humano se le partió la mandíbula, y los dientes se le cayeron sobre el suelo de madera.

Baden sacó la daga y se puso en pie. El hombre se quedó abajo.

—Tú no has tenido piedad con tus víctimas, y ahora yo no voy a tenerla contigo —dijo.

Entonces, agarró por el pelo al humano, le alzó la cabeza y le rebanó el cuello. La sangre salió a borbotones de la herida. Al instante, se le vaciaron los intestinos.

La muerte nunca era bonita.

Baden terminó de cortarle la cabeza. Cuando se erguía, del cuerpo surgió una sombra negra. Era una de las visiones que le había provocado la ceniza de Hades.

Unos ojos rojos y luminosos se fijaron en él, y unos labios de color rojo se separaron. Baden se puso fuera de su alcance, esperando la pelea. Pero la forma oscura se lanzó hacia él y se hundió en su brazo. Ante sus ojos, una de las líneas que había grabadas en su piel se engrosó.

Baden apretó las muelas al sentir una quemadura intensa en todo el cuerpo. ¿Qué demonios le ocurría?

Entró a la cocina en busca de una bolsa de basura. Encontró un saco de patatas, metió la cabeza dentro y se teletransportó a la sala del trono de Hades.

Como de costumbre, Destrucción se quedó en silencio. Pandora se había marchado. El rey estaba con un grupo de guerreros a quienes Baden no conocía. Estaban tatuados y llevaban piercings, e irradiaban la misma mordacidad que él solo había conocido en Hades y William.

Eran jóvenes, como él; no tendrían más de cuatro o cinco milenios.

Destrucción le provocó un recuerdo.

La mayoría del mundo sobrenatural creía que solo había tres reinos en el infierno. En realidad, había nueve. Los otros reinos siempre habían preferido mantenerse ocultos.

Eso había cambiado, porque habían tomado parte en aquella guerra.

Aquellos cuatro hombres eran los reyes de sus propios territorios. El más alto de todos tenía el nombre de Iron Fist, el Puño de Hierro. Era el motivo por el que existía aquella frase hecha. Los demás eran famosos, también, por tratarse de asesinos implacables y poderosos.

—… para ganar.

Al verlo, Hades se quedó callado y se puso rígido.

Todos se pusieron rígidos y, a la vez, se giraron para hacerle frente.

Él arrojó el saco a los pies de Hades.

—Me he ganado mi punto.

Hades observó la línea que había aumentado de grosor en el bazo de Baden, y asintió con satisfacción.

—Sí, ya lo veo.

Así pues, el rey ya sabía que la presencia oscura iba a penetrar en Baden; incluso quería que sucediera así.

—¿Qué es, exactamente?

Y, lo más importante de todo, ¿cómo podía librarse de ella?

—Eso, querido muchacho, es un regalo mío para ti. Un monstruo a quien temen los demás monstruos. El humano al que has matado era incapaz de controlarlo y de utilizarlo adecuadamente. Tú, sin embargo, no serás tan obtuso. De nada.

—Lo quiero —dijo Iron Fist, acariciando la empuñadura de su espada—. Dámelo a mí.

—¿Crees que puedes darle órdenes a mi asesino? —preguntó Hades, en un tono calmado y venenoso a la vez—. ¿Que puedes quitarle algo?

Su tono de voz era amenazante, y Baden pestañeó de asombro. ¿Lo estaba protegiendo, aunque él mismo hubiera amenazado su vida?

Merecería la pena explorar aquello.

–Yo ordeno y tomo a voluntad –respondió el guerrero–. He destruido reinos enteros por una baratija que después consideré indigna de mi grandeza.

–Por ese motivo me caes bien –replicó Hades–. No te empeñes en caerme mal.

Los otros reyes se irritaron. Estaba fraguándose una pelea.

–Ya no me necesitas –dijo Baden. No tenía ganas de lidiar con Destrucción, que se empeñaría en meterse en aquella pelea entre reyes. Quería regresar junto a Katarina. Tenían que terminar un asunto.

Hades le lanzó una sonrisa fría como el hielo.

–Pronto tendré otra misión para ti. Hasta entonces, sigue con vida.

Capítulo 8

«Me llamaron "zorra". Yo les llamé a una ambulancia».
Cameo, guardiana de Tristeza

Katarina estaba en el suelo de aquel dormitorio desconocido, rodeada de hombres y mujeres también desconocidos, que hablaban sobre ella como si no estuviera presente.

—¿Baden nos pidió que la protegiéramos?

—Puede que él necesite que la protejan de ella. Vamos a meterla al calabozo.

—Esa es tu respuesta para todo, Maddox.

—Porque nuestros enemigos son taimados.

—La chica no es un peligro para nadie, y menos para Baden.

—Hablando de Baden, ¿dónde está? ¿Por qué se ha marchado? ¿Y por qué ha llamado a Ashlyn?

—Puedo responder a tu última pregunta ahora mismo: me llamó por mi habilidad —respondió la aludida—. Eso significa que puedo responder a las demás preguntas en cuanto salgas de la habitación…

—Ni hablar, cariño. No conocemos a la chica, y…

—Ya lo sé. Los desconocidos son nuestros enemigos. Pero Baden no es un desconocido. Tú confías en él, y él nunca traería a una mujer mala a nuestra casa.

Katarina dejó de oír la voz dulce de la mujer. Tampoco oyó la respuesta del hombre, ni las de los otros. Si el grupo decidía encerrarla… le daba igual. ¿Qué importancia tenía otro cambio de sitio?

El dolor y la pena la sofocaban.

Alguien la recogió y la llevó hasta la cama. La taparon con una manta, y una de las mujeres, muy bella, de pelo y ojos castaño claro, se quedó con ella. Los demás se marcharon, y la mujer se sentó a su lado y le acarició la frente con los dedos.

–Me llamo Ashlyn. Estoy casada con uno de los hombres que viven aquí. Tengo una habilidad especial, la de oír todas las conversaciones que se hayan mantenido en una habitación siempre y cuando mi marido no esté conmigo. En cuanto se ha marchado, he oído lo de tus perros. Lo siento mucho, Katarina.

Ella tuvo ganas de gritarle que se callara. Tal vez la chica tuviera esa habilidad especial o tal vez hubiera micrófonos en la habitación, o tal vez hubiera escuchado a través de la puerta. De cualquier modo, no iba a hablar de sus perros.

–Aquí estás a salvo, te doy mi palabra.

Katarina cerró los ojos y se sumió en un sueño intranquilo. No supo cuándo se fue Ashlyn. Otros fueron a verla aquel día, para comprobar que se encontraba bien, y alguien le llevó una bandeja de comida. No tenía ganas de comer. Lo único que quería era seguir durmiendo. Y llorar como lloraba cuando era niña. Sin embargo, no consiguió verter ni una lágrima, lo cual significaba que no iba a experimentar ningún alivio, ninguna catarsis.

Al final, tuvo que levantarse para ir al baño de la habitación. Las paredes eran de estuco color crema y el suelo de azulejos de flores. La encimera del lavabo era de mármol y la ducha tenía una cabina de piedra y cristal. Había dos columnas blancas y, detrás, una bañera hundida en el suelo.

Era un baño tan lujoso como el de Aleksander. Ella se rio sin ganas. Los monstruos y su dinero.

Cuando salió, Baden estaba sentado al borde de la cama. Acababa de ducharse, y tenía el pelo húmedo, más oscuro de lo habitual. Se levantó al verla, y le tendió la mano.

—Ven. Voy a enseñarte la fortaleza.

Ella lo ignoró, se metió bajo la manta y volvió a dormirse.

Al despertar de nuevo, estaba sola. Sola con sus pensamientos. Sola con su tristeza y sus recuerdos.

Faith, Hope y Love la adoraban. Cuando se emocionaban, saltaban a su alrededor como conejitos. Jadeaban y sonreían cada vez que ella entraba por la puerta. Jugaban durante los paseos. Al recordar todo aquello, Katarina se echó a temblar. Al recordar sus besos babosos y sus abrazos, tembló aún más.

Necesitaba distraerse.

Se levantó con esfuerzo y se puso la primera camiseta que encontró en el armario. Había armas guardadas en un baúl sin cerrar que estaba a los pies de la cama; con un cuchillo, cortó la cuerda de un arco y se hizo una coleta.

¿Por qué no había escondido Baden el baúl? ¿Acaso no temía su ira?

Katarina salió de la habitación y se paseó por aquel enorme casón. Entró en todos los dormitorios y los salones. Había una sala de ocio equipada con todo tipo de artículos tecnológicos. Los muebles eran antiguos. En las paredes colgaban retratos de hombres musculosos con tiaras. En algunos lugares, la pintura estaba desconchada y había agujeros del tamaño de un puño.

Se encontró con Baden.

—Aleksander está encerrado en el calabozo del sótano —le dijo él—. Pandora ha hecho todo lo posible por llevárselo, pero he tomado medidas para impedirlo. ¿Te gustaría torturarlo?

Sí. Oh, sí. ¿Sería capaz de hacerlo? No.

–Quizá Alek y tú disfrutéis del hecho de torturar a alguien, pero yo no. No tengo ganas de parecerme a unos hombres a quienes desprecio.

Él se estremeció.

Varias personas se detuvieron a hablar con ellos, y se hicieron las presentaciones, pero ella permaneció en silencio. No le importaba nada. Al final, se retiró a la habitación.

Baden la siguió.

–¿No tienes hambre? Tienes que comer. Estás…

Ella subió a la cama y se acurrucó bajo las mantas.

Durante los días siguientes, o semanas, aquella fue su rutina. Dormía y, cuando no soportaba el dolor de su corazón, se paseaba por la fortaleza como un fantasma. Los residentes se acostumbraron pronto a su presencia y, generalmente, la ignoraban, tal y como hacía ella con los demás.

En una ocasión, se cruzó con una bellísima chica morena con los ojos más tristes que hubiera visto en su vida. Era joven, tal vez más joven que ella misma. Algunos la llamaban Legion, y otros, Honey. Fuera cual fuera su nombre, mantenía la cabeza siempre agachada y hablaba en voz muy baja, como si temiera que la oyesen.

Pobrecilla.

Katarina se olvidó de ella al encontrarse con Baden, que estaba en mitad de una conversación con Torin.

–Es una responsabilidad –dijo Torin–. Es adiestradora de perros. Y sabes lo que significa eso, ¿no? Que confía en los caninos para su defensa.

Baden se frotó la nuca.

Ella estuvo a punto de retroceder para evitarlo, pero tuvo curiosidad por saber qué iba a responder.

–Ahora entiendo por qué tiene esas cicatrices en las manos. La han mordido muchas veces –dijo. Después de un momento, asintió–. Si surge algún problema, la protegeremos como protegemos a los niños.

Eso daba rabia. Sin embargo, ella no le hizo ningún reproche. Su opinión le importaba aún menos que cuando se habían conocido.

—Los problemas ya están surgiendo —replicó Torin—. Por lo que he podido saber, Lucifer está haciendo todo lo que puede para derrotar a los aliados de Hades. Ya ha atacado dos reinos del inframundo. Solo es cuestión de tiempo que nos ataque a nosotros.

—Puede que le envíe un mensaje —dijo Keeley, al entrar en la habitación—. «Métete con los míos, pierde a los tuyos».

Torin se echó a reír mientras la abrazaba.

—Esa es mi chica.

—No —dijo Baden, negando con la cabeza—. Nada de hacerse cariños delante de un muerto. Yo... ¿Katarina? ¿Necesitas algo?

Ella se marchó sin decir una palabra.

Uno o dos días después, se encontró con una conversación entre una tal Anya y el guerrero de pelo negro, William.

—No debería haber vuelto —dijo William—. Y no debería estar investigando sobre la historia de las guirnaldas. Tenemos que detenerlo antes de que averigüe... Ya sabes qué.

—Tus secretos —respondió Anya, poniendo los ojos en blanco—. Sí, sí. Pero no va a descubrir la verdad. Hades se aseguró de que solo se supieran mentiras sobre ellas, ¿no?

—Una especialidad suya. Pero tú sabes igual de bien que yo que la verdad es como el sol: siempre encuentra la forma de brillar.

—¿Y qué? Si intentas evitar que Baden siga investigando, solo conseguirás estimular su curiosidad y, seguramente, sabrás lo que es estar partido en dos. Déjalo en paz y que se quede aquí. No ha perdido los estribos más que unas doce veces.

—Un milagro, sí, pero va a empeorar. No está haciendo lo que tiene que hacer. No está haciendo nada carnal con su nueva compañera de habitación...

–Sí, sí. Los dos preferiríamos que se lo montara con ella –dijo Anya, encogiéndose de hombros–, pero no lo está haciendo, así que nos aguantamos. Los chicos lo necesitan y, si los chicos lo necesitan, hará lo imposible por volver para ayudar. Está arrepentido de haberse marchado la primera vez y, ahora, con la guerra entre Lucifer y tu padre en pleno auge…

William suspiró.

–Después de la derrota de Lucy, voy a darle una paliza a Hades por darle esas bandas a Baden. Mi padre solo debería estar dispuesto a morir por mí. Yo no debería tener competidores en su afecto.

–Ahora sí que estás diciendo tonterías. A Hades no le importa nadie más que él mismo –dijo Anya, y le dio unos golpecitos en la cabeza–. Necesitas descansar. ¿Por qué no te tumbas en la cama a ver una película? Con la luz apagada. Con los ojos cerrados. Y con la televisión apagada.

Katarina se alejó en silencio y… aunque no estaba dispuesta a admitirlo, buscó a Baden en aquella ocasión. ¿Dónde estaba? ¿Qué estaba haciendo?

No lo encontró. De hecho, él no volvió a aparecer hasta la hora de acostarse, y estaba cubierto de sangre. Después de ducharse, preparó un camastro en el suelo, sin decir una palabra.

Al día siguiente, ella escuchó una conversación entre Maddox, el guerrero poseído por Violencia, y Sabin, el guerrero poseído por Duda.

–¿Cuántos puntos ha ganado? –preguntó Sabin.

–Con el de esta mañana, ocho. Pero Pandora tiene nueve. ¡Maldita sea!

Maddox le dio un puñetazo a la pared, lo cual explicaba los muchos agujeros que había visto Katarina.

–Hades ha convertido al Caballero del monte Olimpo en un asesino lleno de culpabilidad.

–Y eso no es lo peor. Baden dice que muchos de sus puntos los ha conseguido matando a humanos poseídos por algo que todavía no sabe qué es. Hades dice que esa criatura es un don. Que son monstruos a los que temen los otros monstruos.

—Voy a indagar. Tal vez alguien sepa algo.

—Bien. Torin ha estado buscando a inmortales que hayan llevado las guirnaldas de serpentinas antes que Baden, pero, por ahora, no ha tenido suerte.

Katarina se alejó. Cuando torcía una esquina, oyó a otro guerrero preguntar:

—¿Estáis seguros de que Katarina es de fiar?

—No —dijo Lucien, el guardián de Muerte—. Pero Baden, sí. Dice que va a matar a cualquiera que le haga daño.

Vaya. Eso casi era... dulce.

Aquella noche, ella se dio cuenta de que Baden acercaba su camastro a la cama, y no consiguió protestar. Porque no le importaba lo que hiciera. ¡No le importaba!

Al día siguiente, acabó en una habitación en la que las mujeres estaban entrenándose con espadas, armas y ballestas.

—La fiesta de cumpleaños de Gillian está cancelada —dijo Ashlyn—. Está muy enferma. William está hecho una furia, destrozándolo todo, farfullando sobre su libro y diciendo que esto debe de ser la maldición, que se está cumpliendo, y que tiene que hacer algo.

¿Libro? ¿Maldición?

—Y esa es la buena noticia —dijo Kaia, la Cortadora de Alas. Era una arpía pelirroja y muy bella. Las arpías eran una raza sanguinaria de ladronas que se divertían gastando bromas pesadas. Parecía humana, salvo porque tenía unas alas muy pequeñas que aleteaban con delicadeza—. He hablado con Bianka. Lysander y Zacharel también están buscando la caja. ¿Cómo se supone que vamos a luchar contra Enviados y contra sirvientes malignos?

Bianka... la hermana melliza de Kaia, según había oído decir Katarina. Lysander... el marido de Bianka. Zacharel...

no estaba segura. Enviados… una palabra que no entendía.

–Tenemos que intensificar la búsqueda –dijo Anya. Era la diosa de la anarquía y, según todos los demás residentes de la fortaleza, era terrorífica–. Puede que esos guapetones ayuden a nuestros hombres, o no. El problema es Lucifer. Si se hace con la Estrella de la Mañana… –añadió, y se estremeció sin terminar la frase.

La Estrella de la Mañana. Otro término que ella no identificaba.

–En realidad, nuestros hombres son el problema –dijo Gwen. Era la hermana pequeña de Kaia y, a menudo, le tomaban el pelo diciéndole que era la más «agradable» de todas–. Se preocupan por Baden. Cuando está aquí no hacen más que vigilarlo, como si le fuera a ocurrir algo malo.

Las chicas dieron varias ideas para arreglar la situación, hasta que se percataron de la presencia de Katarina.

–Tienes que salir de ese agujero ya –le dijo Anya–. ¿Crees que eres la única que tiene una crisis? Deberías intentar vivir varios miles de años y comprobar todas las pérdidas que puedes sufrir. Te estás comportando como una niña, y estoy harta. ¡Me estás robando mi trueno!

–Yo estoy dispuesta a destripar a la basura que mató a tus perros –dijo Gwen–. Solo tienes que pestañear dos veces si quieres que empiece. Espero… espero… Bueno. Pero el ofrecimiento sigue en pie.

–Escucha: quería hablar contigo, pero no he tenido tiempo –le dijo Danika. Era una rubia muy guapa que tenía un sobrenombre confuso para ella: El Ojo que Todo lo Ve–. Puedo ver el futuro y lo que he visto… Bueno, si no intervienes, no va a ser bonito, Katarina. Por favor, ayúdale. Ayúdanos a todos.

Entonces, ¿Danika podía prever el futuro? ¿Era adivina? Bueno, aquello explicaba su sobrenombre.

Katarina consiguió escapar del grupo sin hacer ninguna promesa.

Aquella noche, Baden puso su camastro justo al lado de la cama, así que ella podía tocarlo con los dedos de los pies si estiraba la pierna. Seguía sin importarle lo que hiciera... pero, por algún extraño motivo, le reconfortaba su cercanía.

A la mañana siguiente, se encontró con una sesión de manoseo entre Danika y Reyes, el guerrero poseído por Dolor. Había cuchillos de por medio, y a ella se le escapó un jadeo de espanto. Salió corriendo antes de que ellos se dieran cuenta de que tenían público, intentando borrarse la imagen de la mente. Sin embargo...

Ellos parecían muy felices.

A medida que pasaba el resto de la semana, Katarina presenció otras sesiones de besos y caricias entre varias parejas. Dos amantes no podían esperar a llegar al dormitorio para quitarse la ropa, y otros iban persiguiéndose por los pasillos, entre risas. Y comprendió una cosa: tal vez aquella gente fuera mala y sanguinaria, pero se querían los unos a los otros. Profundamente. Locamente. Su lealtad era algo evidente.

Y, aquella noche, en medio del silencio nocturno, con el pelirrojo dormido al otro lado de la cama y el camastro ya olvidado, Katarina no pudo seguir negando la realidad: que aquella devoción la había sacado de su aislamiento. Aquella gente se ayudaba para continuar adelante. Tenían problemas, pero no se rendían. El haber contemplado su valentía y decisión por vivir la vida plenamente había despertado algo en su interior.

Al amanecer, estaba sola otra vez. Sintió sed y fue a la cocina. Cuando estaba sirviéndose un vaso de zumo de naranja, Baden pasó por la puerta. La vio al instante.

—No puedo dejar de pensar en ti, y estoy muy angustiado —le dijo, con una mezcla de preocupación e ira—. Me dan ganas de zarandearte, pero al instante... me dan ganas de abrazarte.

«¿Que quiere abrazarme?», se preguntó ella, con asombro.

—Estás desconectada de la vida –prosiguió Baden–. Entiendo el motivo, pero necesitas una razón para volver a conectarte.

Ella la dio la espalda, aunque sabía que tenía razón. Se había desconectado, y no era la primera vez.

Después de que muriera su madre, los aspectos más bravucones de su personalidad se habían apagado. La chica a la que le encantaba reír se había convertido en una chica sombría, absolutamente centrada en su trabajo y en su padre. Después había perdido a su padre y, después, a Peter, dos nuevos motivos para centrarse aún más en el trabajo. Después había perdido su trabajo y a sus perros. Su única fuente de amor incondicional.

Katarina dejó el vaso con fuerza en la encimera. El zumo se derramó, y ella salió de la cocina y entró en la habitación de Baden. Allí, se metió debajo de las mantas de la cama.

Un instante después, Baden se tendió a su lado y le pasó los dedos por el pelo. A ella se le escapó un jadeo, y se echó a temblar.

—Sé que las palabras no pueden aliviarte, que no hay nada que pueda consolarte, pero yo siento lo que ha ocurrido.

A ella se le hizo un nudo en la garganta. La culpa también era suya, en parte. Debería haberle dicho a Baden la verdad la primera noche. Tal vez él le hubiera ayudado a rescatar a sus perros o tal vez no, pero ella le había negado la oportunidad al permitir que el miedo dictara sus actos.

—Sé lo que estás haciendo –dijo, con la voz quebrada–. Ya basta.

Él siguió acariciándole el pelo.

—Yo también he sentido el dolor de perder a alguien querido. Había más guerreros como nosotros, ¿sabes? Fuimos creados como inmortales, para proteger a Zeus. Antes de que ocurriera lo de la caja, perdimos a ocho hermanos y seis hermanas en la batalla, y yo todavía tengo las cicatrices –dijo él–. Después de morir, una vez que mi pensamiento se vio libre del demonio por primera vez después de varios siglos, me di cuenta de lo separado que estaba de los que seguían vivos, y lo odié.

¿Y si de todos modos él la hubiera dejado con Alek? Seguramente, Alek habría matado igualmente a sus perros, puesto que ya tenía el control de su vida, que era lo que quería.

Sin embargo, ella rodó por la cama y se alejó de él para terminar con aquella conversación tan dolorosa.

Aquello no disuadió a Baden.

–Mira, después de batallar con Pandora durante más de cuatro mil años, me he dado cuenta de que ella es el motivo por el que he seguido cuerdo. Estoy en deuda con ella, pero de todos modos, haré lo que sea necesario para ganar la competición. Tengo que hacerlo. Tal vez la victoria sea la única manera de liberarme de estas bandas –dijo. Se echó a reír con amargura, y añadió–: Nunca he tenido más razones para rendirme, pero tampoco nunca he tenido más ganas de vivir.

A ella se le encogió el corazón. Por su propio dolor, sí, pero también por el de Baden.

–Hablar de esto ha sido más fácil de lo que yo pensaba –dijo él.

Katarina sintió demasiada curiosidad como para no preguntar.

–¿No lo habías hecho nunca?

–¿Y por qué iba a hacerlo? Soportar cargas es mi trabajo. Mi privilegio.

–No estoy de acuerdo. Cuantas más cargas llevas, menos batallas puedes librar. Estás demasiado lastrado.

Él frunció el ceño.

–¿Y por qué has compartido eso conmigo? –preguntó ella. Él le había dicho que era para ayudarla a reconectar con la vida, pero tenía que haber algo más–. A ti no te importa mi opinión, ¿no te acuerdas?

–Sí me importa. Te hice un mal y, ahora, quiero hacerte un bien.

Qué respuesta más dulce y más sorprendente de un hombre en quien no debería confiar, pero que no conseguía odiar.

Entonces, él se marchó. En vez de recorrer la fortaleza para intentar calmar la tempestad que tenía en la cabeza, Katarina limpió la habitación. Y, aquella noche, mientras se quedaba dormida de fatiga, disfrutó de unos momentos de calma por primera vez desde que había conocido a Alek.

Se despertó cuando se abrió la puerta del dormitorio. Baden se acercó a ella con una expresión estoica y con la bandeja del desayuno en las manos.

–Vas a comer –dijo, poniéndole la bandeja delante.

Ella se enfadó.

–Tienes que dejar de darme órdenes.

–He vivido más que tú. Sé lo que es mejor para ti. Además, eres frágil. Necesitas mi ayuda.

Aquello terminó de enfurecerla.

–Soy frágil… soy débil. Lo admito –dijo Katarina. «No soy nada sin mis perros»–. Pero tú eres un imbécil condescendiente.

–Eso ya me lo has dicho.

–Bueno, pues te lo repito.

Alguien llamó a la puerta, y a Baden se le encendió una luz roja en los ojos. ¿Acaso no le había gustado el rumbo que había tomado la conversación? Se acercó a la puerta a hablar con el recién llegado, y Katarina tomó un pedazo de aguacate.

Cuando él volvió a su lado, tenía en brazos a un perro grande, negro y blanco. El animal estaba lleno de pulgas y de cicatrices, como si hubiera servido de sparring en peleas de perros.

Katarina lo reconoció. Era uno de los perros callejeros que había junto a la capilla.

—Sé que este chico no puede sustituir a los otros —dijo Baden—, pero necesita ayuda. Apareció en nuestra puerta.

¿Cómo? ¡No! Claro que no. Ya había perdido mucho, y no soportaba la idea de perder aún más.

—Llévalo al refugio más cercano. Le buscarán el microchip. Si no tiene, pondrán anuncios para encontrar a los dueños.

El perro estaba retorciéndose y gruñó a Baden, que siguió sujetándolo como pudo. Sin embargo, el animal se irritó aún más. Volvió a gruñir y mostró los dientes más afilados que ella hubiera visto nunca.

—Katarina...

—No.

«Estoy demasiado herida como para ofrecer más ayuda».

Baden, con un suspiro, se llevó al perro.

Ella dejó la bandeja en el suelo. Ya no tenía hambre. Se tapó la cabeza con la manta.

Baden volvió y se tendió junto a ella, y posó la mano enguantada en su estómago. Fue extraño, pero volvió a sumirse en un sueño plácido...

Hasta que se despertó de golpe, al oír que él murmuraba:

—¡Matar! ¡Matar!

Katarina se puso rígida. ¿Acaso quería matarla a ella? Se incorporó y encendió la luz de la mesilla. Él tenía los ojos cerrados y estaba muy pálido y tenso. ¿Hablaba en sueños?

—Shh. No es necesario que mates a nadie —le dijo ella, suavemente.

—Amenazas... Son demasiadas amenazas... No puedo permitir que vivan.

—¿Quién se atreve a amenazarte?

Él respondió como si la oyera, como si comprendiera sus palabras, pese a que estaba dormido.

—Todo el mundo.

–¿Por qué? –preguntó Katarina, y le acarició el ceño fruncido. Baden se inclinó hacia la caricia, pero ella, al recordar que él le había ordenado que no lo tocara, dejó de hacerlo.

Él volvió a fruncir el ceño y apartó la manta a patadas.

–No voy a volver a estar encerrado. Nunca.

¿Cuánto tiempo había estado aprisionado?

Aquel hombre había vivido mucho tiempo. Teniendo en cuenta lo violento que era su mundo, debía de haber tenido muchas experiencias horribles.

–Shhh –repitió ella–. Nadie te va a encerrar. Yo te protegeré.

–Solo puedo fiarme de mí mismo.

Como él había tenido una respuesta positiva antes, cuando ella había cantado, Katarina decidió canturrear. Poco a poco, la tensión fue disipándose, y Baden se relajó contra los almohadones.

Era muy guapo. Y, en aquel estado, parecía casi… alguien inocente. Como uno de los perros maltratados a quienes ella había rescatado. Le había obligado a luchar para sobrevivir, y estaba desesperado por conseguir un hogar seguro y hambriento de afecto. Por fin, había encontrado la seguridad y podía soñar con un futuro mejor.

En un cuento de hadas, él sería el príncipe y el dragón a la vez. Ella sería la princesa, la damisela en apuros. Bien, pues las cosas iban a cambiar. Aquel día iban a intercambiarse los papeles. Ella sería el príncipe y él sería la princesa. Por la mañana, quizá lo besara para despertarlo.

¿Besarlo? ¡Eh! ¡Demasiado lejos!

Sin embargo, sus labios perfectos captaron su atención. Un calor delicioso nació en su vientre.

«¡Ignóralo!». Decidió usar sus energías para proteger a aquel hombre que le había dado de comer y la había consolado, y permaneció despierta durante el resto de la noche, por si acaso. Sin embargo, nadie intentó colarse en la habitación. Ni siquiera llamaron a la puerta.

Cuando él se incorporó de golpe, completamente despierto y alerta, ella bostezó y dijo:

—Estamos solos. No pasa nada.

—Por supuesto que no —respondió él—. ¿Por qué pensabas que iba a ocurrir algo?

—Bueno… por lo que dijiste anoche.

Él se quedó inmóvil, de espaldas a ella.

—¿Qué dije anoche?

—Dijiste que yo soy el motivo por el que respiras, o que respirabas, y que sin mí estarías perdido.

—Estás mintiendo.

—No, estoy bromeando. Hay una diferencia.

—¿Bromeando? —preguntó Baden, y se giró hacia ella—. Entonces es que te estás curando.

Era cierto, ¿verdad? Y, al darse cuenta, volvió a sentir dolor y culpabilidad. Sin embargo, no fueron tan intensos como antes.

—Vas a ducharte —dijo él, asintiendo—. Hoy.

Ella tartamudeó.

—Me habría duchado si me lo hubieras pedido amablemente. Ahora, puedes tomar tus órdenes y metértelas por donde…

Él la tomó en brazos y la llevó al baño. Desprendía un olor seductor que fue una tentación para ella. Sus brazos protectores mantuvieron apartadas las peores emociones.

—No puedes manipularme a tu antojo para salirte con la tuya —le dijo, con un suspiro.

—Creo que acabo de demostrar lo contrario.

—Eres fuerte, bla, bla, bla. ¿De verdad crees que esto va a terminar bien para ti?

—Estoy dispuesto a arriesgarme a tu ira —respondió Baden, con una sonrisa de diversión que irritó a Katarina.

Cuando el agua se calentó lo suficiente, él la puso en la cabina de la ducha. Incluso la siguió al interior, completamente vestido. Y… ¡oh! Aquello tenía que ser el cielo.

Su mente la traicionó, y no encontró ningún motivo para protestar mientras él le quitaba toda la ropa salvo el sujetador y las bragas. En vez de eso, se le ocurrió una locura: «Veamos adónde llega todo esto».

Él no se quitó la ropa, ni siquiera los guantes. Se sentó y la sentó entre sus rodillas, y ella se echó a temblar de... ¿impaciencia?

—Tienes el pelo muy enredado —le dijo Baden—. Hay dos opciones: o afeitarte la cabeza, o utilizar el acondicionador que le robé a William, que va a protestar. Con cuchillos.

—Aféitamela —dijo ella. El pelo solo era pelo, y volvería a crecerle.

—Qué singular eres. La mayoría de las mujeres, y William, lucharían hasta la muerte por proteger su melena.

—¿Y tú?

—No. Yo ya tengo suficientes motivos por los que luchar. Aunque ahora me doy cuenta de que estaría dispuesto a luchar por tu melena.

Entonces, le puso acondicionador en el pelo y, mientras lo dejaba actuar, le enjabonó el resto del cuerpo, evitando las zonas íntimas. De hecho, su forma de tocarla era impersonal. Después, Baden le entregó un tubo de pasta dentífrica y un cepillo, y ella se lavó los dientes.

Él le aclaró el pelo y, al final, cerró el grifo. Salieron de la ducha y la secó con una toalla suave; después, le desenredó el pelo con delicadeza.

—¿Sigues sin querer torturar a Aleksander? —le preguntó cautelosamente.

—No voy a querer hacerlo nunca —dijo ella, y se mordió el labio inferior—. ¿Te ha dado la moneda?

La ira le enrojeció las mejillas a Baden.

—No. Se resiste.

—Lo siento —dijo Katarina. A la luz del baño, se dio cuenta de que él tenía la cara llena de cortes y de golpes. Había estado metido en una pelea—. ¿Ha sido él quien te ha herido?

–No, por supuesto que no.

Pero otros sí lo habían hecho.

«Baden dice que muchos de sus puntos los ha ganado por la muerte de un ser humano…».

Había tenido que luchar para sobrevivir.

–Me gustaría que te viera un médico –le dijo.

Él frunció el ceño.

–Estoy bien.

–Pero…

–No. Nada de tocarme –le recordó él.

–Acabamos de ducharnos juntos. Nuestros cuerpos estaban apretados el uno contra el otro.

–Eso es otra cosa.

–¿Por qué?

Él se pasó una mano por la cara.

–Ya no eres mi prisionera, Katarina. Voy a llevarte adonde quieras ir.

Cambio de tema. Bien. ¿Qué otra cosa había cambiado? ¡Ella! No quería apartarse de él, su perro abandonado, aunque debería volver a casa y reconstruir su residencia para perros. Y su cuenta bancaria.

Aquel hombre necesitaba ayuda. El juego al que estaba jugando con Pandora era una cadena y, durante todo el tiempo, sufría maltrato físico y mental. Sus amigos pensaban que ella podía calmarlo y ella deseaba demostrar que tenían razón. ¡Qué tontería!

–No tienes por qué llevarme a ninguna parte. Deseo estar aquí.

–¿Por qué?

–¿Por qué iba a ser? Porque me gusta vivir de gorra.

Él la miró fijamente, como si estuviera intentando leerle el pensamiento.

–Muy bien –dijo–. Puedes quedarte.

¿No iba a protestar por su oportunismo? Desgraciado.

–Vístete.

Otra orden. ¿Acaso nunca iba a pedirle nada?

Tal vez necesitara que le diera un ejemplo.

–¿Te importaría darte la vuelta, por favor?

Él vaciló, pero hizo lo que le pedía. Ella se quitó la ropa interior mojada y se puso una camiseta y unos pantalones cortos que estaban doblados al borde del lavabo. Le quedaban pequeños, otra vez; la camiseta no le cubría el ombligo, y los pantalones apenas le tapaban la curva de las nalgas.

–Ya está –dijo.

Cuando Baden la vio pasar a su lado, inhaló una bocanada de aire bruscamente.

–Tus piernas…

Ella se las miró, pero no encontró nada extraño.

–¿Qué les ocurre?

–Absolutamente nada.

¿Lo había dicho con un tono de reverencia, o era lo que ella quería oír?

Ella sintió calor y comenzó a juguetear con un mechón de su pelo. Él se acercó al armario para ponerse ropa seca, mostrándole su desnudez sin cohibirse en absoluto. Era magnífico. Tenía más músculos de los que ella había pensado. Era como un bufé carnal de fuerza y tendones.

–El tatuaje de la mariposa que llevas en el pecho… –dijo Katarina, con la sensación de que estaba babeando.

–¿Sí?

–Es… –era delicioso. Comestible–. Precioso.

–Cuando los demonios entraron en nuestro cuerpo, nos marcaron con una mariposa. Yo perdí la mía al morir, y pensé que tatuármela me ayudaría a volver a ser el hombre que era.

–¿Y por qué quieres volver a ser el hombre que eras? Por lo que he oído, dabas asco.

Él la miró como si fuera una criatura extraña.

–Los otros lo amaban.

–Pero ellos también daban asco, ¿no? No es una gran recomendación.

Él frunció los labios.

—Tal vez me hice la marca porque, en secreto, quería parecerme a los hombres honorables en los que se han convertido mis amigos. Para estar unido a ellos.

—Pues no lo necesitabas. Vosotros ya estáis unidos por el amor. Pero tal vez el tatuaje tenga un significado nuevo ahora, en el presente. Tú eras Desconfianza y, después de morir, resurgiste del abismo con la capacidad de volar.

Una criatura extraña y maravillosa.

Katarina se animó.

—¿Tuvisteis una aventura Pandora y tú mientras estabais confinados juntos? Ella es muy dura. Es tu tipo.

—Sí, es muy dura. Pero no, no la tuvimos. Sin embargo, tú has demostrado que eres más frágil de lo que yo creía. Y estás casada.

Pese al disgusto con el que había pronunciado aquellas palabras, era evidente que ella le parecía atractiva. Mientras la miraba, sus pupilas se expandieron, y los demás signos de excitación se hicieron más notables.

Ella también empezó a excitarse.

—Estoy casada, pero no por mucho tiempo. Voy a pedir la nulidad por la vía rápida.

Él dio un paso hacia ella.

—No es necesario. Yo te haré viuda.

Con qué facilidad hablaba del asesinato. Y, seguramente, con cuánta facilidad cometía asesinatos.

Y, en aquel momento, estaba mirándole los labios. ¿Estaría preguntándose a qué sabían?

Katarina se estremeció de deseo.

Sin embargo, alguien llamó a la puerta en aquel mismo instante.

—¿Baden? —dijo Ashlyn—. ¿Está ahí Katarina?

—Sí, ¿por qué?

—¿Estáis vestidos?

—Sí —dijo él, aunque con algo de irritación.

Entonces, Ashlyn entró en la habitación retorciéndose las manos.

—Ha aparecido otro perro callejero, y te ruego que te hagas cargo de los dos, Katarina.

No, ni hablar. No iba a adoptar ningún otro anular. No iba a volver a enamorarse y a perder otro pedazo del corazón. ¿Para qué iba a molestarse? La muerte era inevitable.

—Lo mismo que te dije con respecto al otro: llévalo a una protectora de animales.

—Me ladran cada vez que me acerco a ellos. Si los llevo a una perrera, los considerarán agresivos y los sacrificarán. Y no puedo pedirle ayuda a nadie más. Todos están demasiado ocupados preocupándose por Gilly y planeando el asesinato de William —dijo Ashlyn, y miró a Katarina—: Tienes que ser tú.

Hablaba del asesinato con tanta facilidad como Baden.

—Sé que Gilly está enferma —dijo él, frunciendo el ceño—. Pero ¿por qué atacan a William?

—La ha teletransportado a algún lugar, no sabemos adónde, y no contesta ni a las llamadas ni a los mensajes —dijo Ashlyn, y miró a Katarina de nuevo, con una expresión suplicante—. Nunca he tenido mascota, pero sé que esos perros están sufriendo. Por favor.

—Yo…

«No puedo decir que no, pero tengo que protegerme el corazón».

—Katarina —dijo Baden—. Ayúdala.

—Otra orden —replicó ella, enarcando una ceja.

—Ya te he dicho que estos perros no van a sustituir a los que has perdido, pero la pérdida de unos no impide que los otros estén desvalidos.

Sabias palabras. Y, en el fondo, más allá de su miedo a la pérdida, sentía la tentación de trabajar con aquellos perros y ofrecerles todo el amor que tenía y que, claramente, ellos necesitaban. Amor que, seguramente, nunca habían recibido.

Tenía el cien por cien de las posibilidades de recibir un mordisco. Uno de los perros ya había intentado morder a una persona, porque su primer instinto era el de atacar y, después, confiar. Necesitaba orientación además de comida. Un nuevo entorno, con gente y olores desconocidos, podía ser algo terrorífico para un perro, y los perros asustados se ponían agresivos. No todos los humanos reaccionaban comprensivamente, con paciencia o con compasión.

—Está bien —dijo, con un suspiro—. Lo haré.

Baden mostró su alivio.

—Necesitamos bozales…

—No —respondió ella—. Nada de bozal, a menos que sea absolutamente necesario.

—Sí —insistió él—. No tienes por qué arriesgarte a que te muerdan.

—Ya decidiré yo a qué me arriesgo.

—Nuestra relación no funciona así —le recordó él—. Yo soy el general, y tú eres el soldado raso. Yo ordeno y tú acatas.

—Por mi seguridad, bla, bla, bla. Bueno, pues esta soldado raso va a hacer las cosas a su manera. Y te aguantas.

—Gracias, gracias, ¡mil gracias! —los interrumpió Ashlyn, dando saltos de alegría—. Los perros están encerrados en uno de los dormitorios de abajo. Mis hijos les han llamado Biscuit y Gravy.

Niños… Ella había oído hablar de unos mellizos en algunos de los paseos, pero no había llegado a verlos.

—¿Cuántos años tienen tus hijos?

Ashlyn sonreía con orgullo.

—Urban y Ever tienen ocho me… años —dijo, corrigiéndose, y su expresión de felicidad se desvaneció.

Una reacción extraña.

Bueno, en realidad, ella misma había ayudado a su padre en cuanto fue capaz de caminar.

—Pues pueden venir a verme trabajar, pero tienen que hacer todo lo que yo diga, cuando yo lo diga.

–Qué amable por tu parte. Se lo diré. ¡Ah! Y ya les he explicado que no deben hacerte daño, así que no tienes por qué preocuparte.

¿Unos niños de ocho años, hacerle daño a ella? Por favor.

A menos que fueran inmortales.

Bien, un mundo nuevo con unas reglas nuevas. Tendría que adaptarse.

Miró a Baden.

–¿Vas a venir con nosotras?

–No. Yo también tengo trabajo.

¿Qué trabajo? Estuvo a punto de preguntárselo, pero, con él, seguramente sería mejor no saberlo.

–Ten cuidado –le dijo.

Él se sorprendió.

–Sí, lo tendré. Tú, también –respondió.

Entonces, hubo una pausa llena de tensión entre ellos, pero Katarina no pudo determinar el motivo.

Tal vez él tampoco pudiera. Baden frunció el ceño y salió de la habitación.

Ashlyn se le acercó y entrelazó su brazo con el de ella.

–Según los demás guerreros, Baden era el hombre más amable del planeta, pero la muerte lo ha cambiado, como las bandas que lleva en los brazos. Se ha vuelto más duro y más frío. Sin embargo, sé con certeza que nunca te va a hacer daño.

–¿Y por qué soy yo una excepción?

–Oh, cielo. Por cómo te miraba Baden… Bueno, estoy segura de que vas a averiguar la respuesta por experiencia. ¡Y pronto!

Capítulo 9

«Parece que es la hora de mandar todo a tomar por saco,
en punto».

Kaia, la Cortadora de Alas, Arpía del clan Skyhawk

Gillian Bradshaw era Gilly para los amigos, pero cada
día detestaba más aquel apodo, porque deseaba demostrar
que era una persona adulta y no una niña.

Tenía una fiebre terrible y no podía dejar de moverse por
el colchón. Aquellos últimos días se habían convertido en
algo borroso para ella, pero creía que recordaba a Keeley
dándole algo frío de beber.

«Feliz cumpleaños, preciosa. Ya tienes dieciocho años,
y esto va a hacer que todos tus sueños se conviertan en realidad… Sueños que ni siquiera sabes que tienes. De nada,
de nada».

Entonces, mientras ella gritaba de dolor, Keeley le decía:

«Estoy segura de que te he dado la dosis correcta. Umm…
Tus síntomas son… Bueno, esto no tiene buena pinta. ¿Tal
vez tengo que poner en marcha el plan B?».

Gillian también recordaba que William se la había llevado a… otro lugar. Debía de haberlo hecho, porque ninguno
de sus amigos la había visitado para ordenarle que se recuperara pronto.

Guerreros. «No puedo vivir con ellos, no quiero vivir sin ellos».

–Tranquila, tranquila, muñeca –le dijo William, mientras le enjugaba delicadamente la frente con un trapo húmedo–. Te vas a poner bien. Es una orden.

Ella abrió los ojos, y lo vio sentado a su lado, borrosamente. Su mente le proporcionó los datos que necesitaba: era el hombre más guapo que jamás hubiera nacido, con el pelo negro como la noche y los ojos azules como el mar.

–¿Qué me pasa? –le preguntó, con un hilo de voz.

–Algo sobrenatural. Pero tengo a los mejores médicos sobrenaturales haciéndote pruebas sobrenaturales.

Sí. Recordaba que la habían examinado y que, en medio de los pinchazos y las exploraciones, William le había dicho a alguien:

–Ten más cuidado o perderás la mano.

–Quiero irme a casa –dijo ella. Se encontraba tan mal, que estar en un lugar familiar la ayudaría un poco.

No tenía fuerzas para levantarse e ir al baño. Necesitaba ayuda, o tendría que usar el orinal, ¡qué humillación!

Quería estar con las chicas.

Notó unos dedos fríos entre el pelo.

–Baden ha vuelto a la fortaleza, y su estado de ánimo es inestable. Sé mejor que nadie lo que es capaz de hacer, porque yo experimenté lo mismo… –dijo. Entonces, se quedó callado y sonrió sin ganas–. Aquí estás más segura. Este reino está oculto. Nadie entra ni sale sin mi conocimiento. Vamos, duérmete, nena.

No, no. No quería dormirse todavía. Quería pasar más tiempo con él antes de que tuvieran que separarse para siempre…

Pánico. «No, no pienses en morirte». ¿Y si sus pensamientos abrían la puerta a la Muerte?

–No estás durmiendo –dijo William.

Su dulce William. En cuanto lo había conocido, se había sentido atraída por él de un modo que la asustaba y la excitaba a la vez. Era hipnótico. Poderoso. Perverso, listo, inteligente y bueno, con ella. Con ella, siempre. Con sus amigos, también, pero solo a veces.

Sus enemigos… bueno, ellos morían.

Los hombres lo temían, y las mujeres lo deseaban como si fuera una droga. Cuando él sonreía, las bragas caían al suelo. O se derretían. No estaba segura de cuál de las dos cosas, pero sabía que él aprovechaba la situación. Se acostaba con todas las mujeres que podía, aunque nunca se quedaba mucho tiempo con ninguna, porque siempre volvía a su lado.

Por mucho que odiara pensar que se acostaba con otras, ella nunca iba a volver a mantener relaciones sexuales. Despreciaba todo lo que tenía que ver con eso. Los olores, los sonidos, las sensaciones. El dolor… la humillación… la impotencia…

La idea de unir su cuerpo con el de otra persona le producía náuseas, no estremecimientos de deseo.

—… tus amigos te están buscando —dijo una voz desconocida. Era de hombre, grave y ronca, con el mismo tono chulesco, de diversión, que siempre tenía William—. Creo que quieren tu cabeza en bandeja de plata.

—Gracias a ti, Baden ha llevado los problemas a Budapest —dijo William, sin preocuparse por la amenaza—. En este momento, Gillian necesita paz y tranquilidad.

—Te dije que no te hicieras amigo suyo. Es humana.

—Y yo te dije que te fueras a la mierda. ¡Más de una vez!

—¿Te parece que esa es forma de hablar con tu padre?

—Padre adoptivo —respondió William—. Y tengo la tentación de decir algo peor. Vamos fuera a hablar.

Así pues, estaba hablando con Hades, el chico malo del inframundo. ¡Y eso era decir poco!

William no lo sabía, pero Hades se le había aparecido una noche. Le había hecho una advertencia.

«Aléjate de mi hijo. Tú no eres la adecuada para él. No me obligues a demostrártelo».

La había asustado, pero no le había hecho caso. William era demasiado importante para ella.

—El hecho de que no seas hijo biológico mío es un hecho vergonzoso que deberías ocultar —dijo Hades.

Gillian abrió los ojos y vio dos altísimas sombras en el balcón. «¿Tengo yo balcón?». El sonido de una cascada le acarició los oídos, y el olor a salitre le estimuló la nariz. ¡El mar!

—Está gravemente enferma. Si no la haces inmortal, va a morir —le soltó William a Hades—. Así que hazla inmortal.

—Tengo el poder necesario para eso, sí, pero si lo hago en su estado, morirá antes de convertirse en inmortal.

—Entonces, no me sirves para nada. Vete.

—Ts, ts. Qué grosero. Tal vez te vendría mejor ser agradable conmigo, hijo mío. Soy lo único que se interpone entre tú y los miles de maridos a los que has hecho cornudos todos estos siglos pasados.

—Ni siquiera todos ellos juntos podrían enfrentarse a mí.

—Cierto. Te enseñé bien. Pero la chica… a ella le harían daño sin ningún escrúpulo.

William soltó una retahíla de maldiciones.

—Si alguien la toca, me pasaré el resto de la eternidad procurando que todos sus seres queridos sufran tormentos interminables.

—Tu devoción por ella es asombrosa. Es una muchacha tan… corriente.

Corriente, ¿eh? Bueno, le habían llamado cosas peores.

—Mírame a mí —ladró William.

—¿Qué es lo que tiene de especial? —preguntó Hades.

«Sí, Liam. ¿Qué es lo que tengo de especial?», pensó ella. Siempre se lo había preguntado.

—No voy a hablar de ella contigo.

—Pues entonces, yo voy a hablar de ella contigo. No puedes estar con ella. No puedes estar con nadie. Sabes exactamente igual que yo que tu felicidad va unida a tu doom. Gillian había oído hablar un poco del doom de William. Su doom era su maldición. La mujer a quien él amara estaba destinada a destruirlo.

¿Creía ella en las maldiciones? Sí y no. Llevaba ya tres años viviendo con inmortales poseídos por demonios. Había visto cosas sobrenaturales. Cosas salvajes. Cosas imposibles. Sin embargo, las maldiciones... ¿Buena suerte contra mala suerte? No. Las cosas malas sucedían porque se tomaban malas decisiones. Punto.

Si William esperaba lo peor, solo vería lo peor, porque actuaría de acuerdo a sus expectativas, y convertiría la supuesta maldición en una profecía cumplida por él mismo.

—Estoy buscando la forma de romper... —dijo William.

—Llevas siglos buscándola —le dijo Hades, interrumpiéndolo.

—Mi libro...

—Es una tontería. Es un truco para darte esperanzas de algo que no puede ser. Si alguien pudiera descifrar el libro, ya estaría descifrado a estas alturas.

—¿Has venido a cabrearme, o qué? —preguntó William.

—No. He venido a advertirte.

—Bueno, pues ya has hecho las dos cosas.

—No, hijo, no lo he hecho —replicó Hades, y su voz se endureció—: La advertencia es esta: si crees que te estás enamorando de esa chica, la mataré yo mismo.

—Quieres decir que lo intentarás.

—Dime una cosa —dijo Hades—. ¿Estás pensando en unirte a ella?

—No —respondió William, después de una larga pausa—. No voy a unirme a nadie. Y menos a una humana.

Ay. A Gilly se le cayó el alma a los pies. Sin embargo, aquella negativa era exactamente igual que la suya. Ella nunca iba a unirse a ningún hombre. Nunca iba a casarse. Estaba demasiado herida.

De niña había tenido una buena vida, hasta que su padre biológico había muerto en un accidente de moto. Su madre se había casado de nuevo a los pocos meses, con un hombre que tenía dos hijos adolescentes. Y aquellos tres hombres habían convertido su vida en un infierno.

«Quítate la ropa, Gilly. Los chicos necesitan aprender cómo se toca a una mujer».

Las cosas terribles que le habían hecho... La habían destrozado en cuerpo y alma y, a los quince años, ya solo le quedaban dos opciones: o suicidarse, o escaparse. Aunque había estado a punto de matarse, al final había huido de aquel sufrimiento con la esperanza de que la vida mejorara.

Había llegado haciendo autostop hasta Los Ángeles, y allí había conseguido trabajo en una cafetería. Unos pocos meses después, Danika apareció en su vida y se hizo amiga suya. Y, después de que Danika y Reyes superaran sus problemas, su amiga la había invitado a ir con ella a Budapest.

Al llegar a la fortaleza, se había encontrado con todos aquellos guerreros musculosos y un ambiente lleno de testosterona y maldad... Y había tenido miedo. Sin embargo, los chicos se habían mantenido a distancia de ella, le habían dado espacio y tiempo para adaptarse.

Salvo William. Un día, él había entrado en la habitación de juegos, se había dejado caer a su lado en el sofá y le había dicho:

—Dime que se te dan bien los videojuegos. Anya es malísima.

Habían jugado a diferentes juegos durante meses, y ella había vuelto a sentirse como una niña por primera vez desde que había muerto su padre.

De repente, se hundió un lado de su cama, y volvió al presente. William se había sentado otra vez a su lado. Ella abrió los ojos y lo vio de cerca.

—Te he dicho que te durmieras —murmuró él, con suavidad. Con ella, siempre era amable.

Ella abrió la boca para preguntarle cuándo le había obedecido, pero notó que estaba sedienta.

—Agua. Por favor.

Una mano fuerte se deslizó por debajo de su nuca y le levantó la cabeza. Le puso una pajita en los labios resecos. Ella succionó, y el líquido fresco bajó por su garganta. Cuando William la tendía de nuevo en la almohada, le preguntó:

—¿Me voy a morir?

—¡No! —gritó él. Después, respiró profundamente y espiró el aire en varias ocasiones—. No. Voy a encontrar una cura.

¿Y si no había cura?

Bueno. Era hora de distraerse.

—¿Cómo te adoptó Hades?

William le apartó el pelo húmedo de la frente.

—Dice que me encontró. Me habían abandonado de niño.

Ella sintió tristeza. ¿Un niño abandonado por sus padres? ¡A ella le había pasado lo mismo! Su madre no había querido creerla cuando le había contado lo que le hacía su padrastro. Había elegido a aquel tipo antes que a ella.

—¿Dónde?

—En el inframundo.

—¿Y no sabes quiénes son tu verdadera familia?

—Tengo una idea aproximada, pero no me interesa reunirme con ellos. Te tengo a ti, y tengo a Anya y a esos imbéciles a quienes no me deja matar. Eso es suficiente para mí.

«Me considera de su familia». A ella se le llenaron los ojos de lágrimas, y le tembló la barbilla.

—¿Por qué te gusto? —le preguntó ella. A Hades no le había respondido, pero tal vez a ella sí le contestara.

—No seas tonta, muñeca. ¿Qué tienes tú que no pudiera gustarme?

¿Por dónde podía empezar? Le daba miedo la oscuridad,

estaba mentalmente dañada y nunca tendría interés por el sexo.

–Tú eres inmortal –dijo ella–. Has tenido experiencias que yo ni siquiera puedo imaginarme. Conoces todo el mundo y eres sofisticado, y yo…

–Tú eres maravillosa, y no quiero oír ni una sola palabra negativa más sobre ti. Duérmete. Obedece, porque si no, esta vez te voy a castigar de verdad.

Ella soltó un resoplido. Sabía perfectamente que él nunca le haría daño.

William le revolvió el pelo y se puso en pie.

–Hay una campanilla en la mesilla de noche. Si necesitas algo, cualquier cosa, llama. Yo vendré al instante.

¿Adónde se iba? ¿Qué iba a hacer?

Se tragó ambas preguntas. ¡Nada de colgarse de él!

Oyó pasos, y la luz se apagó, y a ella se le escapó un jadeo de miedo. La luz se encendió de nuevo, y suspiró de alivio. La puerta se cerró.

Entonces se hizo el silencio, y ella se quedó a solas con sus pensamientos. Eso nunca era bueno.

Hizo acopio de fuerzas y rodó hasta tenderse de costado; debido al movimiento, se mareó y la cabeza comenzó a darle vueltas. Quiso alcanzar la campanilla. William haría que se sintiera mejor. Sin embargo, le resultó imposible volver a moverse. Casi no podía respirar y, de repente, los miembros comenzaron a pesarle mil kilos cada uno.

Se le llenaron los ojos de lágrimas y, borrosamente, vio un par de botas peludas en el suelo. ¿Había vuelto William, con unas botas para la nieve?

Oyó un suave suspiro mientras él se agachaba, y frunció el ceño. Tenía un olor distinto. Olía a humo de turba y a lavanda, y era muy agradable, mucho, pero distinto al olor de William. Y el calor que irradiaba también era maravilloso, pero no era el de William.

Aquel hombre no era William.

Intentó gritar, pero solo consiguió gemir.

—Vamos, vamos, tranquila, no hagas eso —dijo el desconocido. Tenía acento irlandés, y su tono de voz no era malvado. En realidad, no transmitía ninguna emoción—. No he venido a hacerte daño.

¿Era una mentira para que ella mantuviera la calma?

De nuevo, intentó gritar y, de nuevo, fracasó. Tenía que avisar a William. Él nunca hubiera permitido que entrara ningún hombre en su habitación. Ni siquiera un amigo.

Cuando el desconocido empezó a colocar las sábanas a su alrededor para taparla bien, su pánico… se mitigó. Con delicadeza, él le quitó las lágrimas de las mejillas y de los ojos, y ella pudo verlo bien. Era… ¿qué era? Tenía la mitad superior del cuerpo de hombre, y la parte inferior, de animal. ¿Era una cabra? Tenía pelaje en las piernas, y llevaba un taparrabos. Y tenía pezuñas.

—Mira hacia arriba, muchacha.

Ella enrojeció y obedeció. Entonces, jadeó. El recién llegado tenía una cara tan hipnótica como la de William. Su piel y su pelo eran oscuros, tenía la nariz aguileña y los labios muy delgados. Su pelo era largo y negro. ¡Y tenía cuernos! Eran unos cuernos pequeños y curvos que le salían de la coronilla. Sus hombros eran anchos, los brazos, fuertes, y tenía garras en las manos.

Garras… ¡era un monstruo!

«No puede ser de verdad, no puede ser de verdad». ¿Era una alucinación?

—Me dijeron que podía ayudarte —afirmó él—. Que podíamos ayudarnos el uno al otro. No me dijeron que pertenecías a William el Oscuro, ni que estabas enferma. Ni que eras humana —dijo, como si aquello último fuera algo malo—. ¿Qué estás haciendo con un hombre de su reputación?

—¿Quién eres tú?

—Soy Pukinn.

Pukinn. Nunca había oído hablar de él.

–Puedes llamarme Puck. Soy el guardián de Indiferencia.

Así pues, era uno de los guerreros poseídos, pero ninguno que ella conociera. Él no había robado y abierto la caja de Pandora. Él había…

Gilly se estrujó el cerebro, y recordó vagamente que los demonios que no tenían huésped entre los guerreros habían ido a parar a los prisioneros del Tartarus, una cárcel subterránea para inmortales.

Al pensar en que aquel hombre pudiera ser un criminal, ella volvió a sentir pánico.

Él hombre suspiró de nuevo, como si estuviera decepcionado con ella.

–No estoy seguro de que tú puedas ayudarme a mí, pero creo que te permitiré intentarlo. Volveré cuando te hayas acostumbrado a la idea.

Entonces, caminó hacia el balcón y saltó por la barandilla.

Gillian se desplomó sobre el colchón, cubierta de sudor. Sin embargo, poco a poco, los latidos acelerados de su corazón fueron calmándose, y el sudor se refrescó.

Cuando William volvió a verla, estaba normal otra vez. Al menos, todo lo normal que podía estar teniendo en cuenta que estaba muriéndose. Él se detuvo a medio camino hacia la cama, olisqueó el aire y frunció el ceño. Entonces, la miró.

Ella abrió la boca para hablarle de su visita, pero cambió de opinión. Aquel extraño, Puck, no le había hecho nada, pero si le contaba algo a William, William lo buscaría y lo mataría. Después de torturarlo. Había oído hablar de las técnicas de experto que William utilizaba para las torturas, y su absoluto amor por la tarea.

–¿Estás en condiciones de que te vea otro médico, muñeca?

–Milord… señor –dijo alguien.

Entonces, Gillian se fijó en un hombre de baja estatura, redondo, que tenía escamas en vez de piel, y que estaba junto a él.

—He hablado con mis colegas, y todos estamos de acuerdo. Tiene *morte ad vitam*, y, como sabéis, no hay cura.

—¡Acuérdate! ¡Vamos! ¡Acuérdate!

Cameo, la guardiana de la Tristeza, se mesó el pelo, se golpeó las sienes con los puños y tocó la pared con la frente. Pero, por mucho que se esforzara, su mente seguía en blanco.

Estaba completamente frustrada. Desde que la había poseído su demonio, experimentaba pérdida de memoria cada vez que le sucedía algo que podía proporcionarle la felicidad. Unas cuantas semanas atrás, unos artefactos antiguos la habían enviado a otro reino. O eso creía, porque no podía recordarlo, lo cual significaba que había conocido a alguien o había encontrado algo, en aquel reino, que tenía el poder de cambiar su vida para mejor.

Los chicos le habían dicho que, al volver a casa, había mencionado el nombre de Lazarus.

Lazarus, Lazarus, Lazarus.

Seguía sin recordarlo. Tan solo sentía ganas de tomar chocolate.

¿Tenían algún tipo de vínculo?

Por supuesto, la respuesta se le escurrió entre las manos.

Con un grito, tomó el jarrón que había sobre la cómoda y lo lanzó contra la pared. El cristal se hizo añicos que cayeron al suelo. Solo quería un pequeño atisbo de felicidad que poder acariciar como si fuera un amante en mitad de la noche; eso era todo lo que pedía. Pero no... Ni siquiera era posible en su imaginación.

Tenía que haber algún modo de recordar a Lazarus, fuera quien fuera. ¿Era él el camino hacia su felicidad?

La puerta de su habitación se abrió de golpe, y Maddox apareció con una daga en la mano, mirando a su alrededor.

–Estoy bien –dijo ella, y él se encogió. Todo el mundo se encogía siempre. ¿Lazarus también?

«No pienses en él».

En vez de volver a hablar, le hizo un gesto a Maddox para que se marchara.

Él no le hizo caso.

–A mí no me parece que estés bien.

Ella enarcó una ceja, como si quisiera decirle: «Soy Tristeza, idiota, ¿cómo quieres que esté?».

Él se encogió de hombros.

–Entonces, ¿no tengo que matar a nadie por haberte molestado?

Ella negó con la cabeza.

–Muy bien –respondió él, y se dirigió hacia la puerta. Entonces señaló el marco, que estaba roto a causa de los golpes–. Deberías pedirle a alguien que arregle esto.

Ella estuvo a punto de echarse a reír, pero la risa murió en su garganta. No le estaba permitido reírse. Si se le escapaba la más mínima carcajada, sufriría.

Vaya una vida. Y lo peor de todo era que iba a vivir para siempre.

Antes, se preguntaba por qué había permitido Baden que lo mataran. Ella nunca había pensado en suicidarse, por muy triste que estuviera.

Hasta aquel momento.

La mujer de Baden estaba tan deprimida que caminaba por la fortaleza como si fuera un fantasma. Y ella se sentía responsable, en parte, como si su demonio hubiera contagiado a la chica. ¿Y Gilly y William? Gilly estaba enferma, y William estaba inconsolable. ¿Era culpa suya?

Seguramente, sí.

«El mundo estaría mucho mejor sin mí».

Con el corazón encogido, se sentó al borde de la cama.

Quería sollozar, pero llorar no iba a servirle de nada salvo para alimentar al demonio y fortalecerlo.

Si encontraran la caja, podría librarse de su demonio de una vez por todas, pero encontrar la caja parecía imposible, puesto que todos los avances que habían hecho habían quedado en nada.

¿Qué podía hacer?

Tenía que pensar en algo. Tenía que tomar algunas decisiones sobre su futuro. No podía continuar así.

Capítulo 10

«Solo una de estas frases es cierta: Nunca persigo nada,
sino que lo sustituyo. Me comeré mis palabras».

Galen, guardián de los Celos y las Falsas Esperanzas

Baden sabía lo que necesitaba: sexo.

Lo necesitaba imperiosamente, y rápidamente. Tal y
como había predicho William, el destino de la fortaleza de-
pendía de ello. Destrucción merodeaba violentamente en el
interior de su cabeza, golpeándole el cráneo.

Cada minuto de la presencia de Katarina se había convertido en un infierno especial. El día anterior, se había duchado con ella, y aunque había sufrido un dolor lacerante
que había disimulado, el placer de tenerla entre sus brazos
había sido casi mayor.

Al frotarle con el jabón, había notado que sus pezones
se endurecían y había tenido que contenerse para no restre-
garse contra su espalda. Y, después, cuando ella había salido
a la habitación con sus larguísimas piernas al aire, él había
tenido el impulso de tomarla en brazos, lanzarla a la cama,
desnudarla y hundirse en su cuerpo.

Su cuerpo aún no se había calmado.

Su mente había empezado a pensar racionalmente. Tal
vez Katarina no fuera su tipo, tal vez fuera débil, pero la

fuerza no era necesaria en una amante pasajera. Y, aunque estuviera casada con otro, solo era un matrimonio de conveniencia, así que podía pertenecerle a él también, aunque solo fuera un rato.

Pero ¿y si perdía el control de la bestia y le hacía daño, o algo peor?

No quería hacerle daño. Su bienestar le preocupaba de verdad. Al compartir algunos detalles de su vida con ella para sacarla de su depresión, había creado una inesperada conexión con ella.

Destrucción también la deseaba, y eso era parte del problema. La bestia estaba recelosa con respecto a Katarina, y no sabía qué hacer con ella.

Baden fue hacia la habitación de Strider.

—¿Alguna pista de Pandora? —preguntó. Estaba a solas, pero sabía que Torin tenía monitorizados todos los pasillos con cámaras y micrófonos.

—Todavía no —respondió Torin, a través de unos altavoces que había en el techo.

Aunque Pandora se había teletransportado al calabozo una vez para intentar llevarse a Aleksander, había conseguido evitar la trampa que él le había tendido.

No importaba. Era impulsiva e impaciente, y terminaría cometiendo un error.

Aquella semana, habían sabido que Lucifer, el rey de los Harbingers, no se conformaba con su ejército de inmortales, sino que estaba formando un ejército de humanos para su guerra contra Hades. Hades estaba cada vez más agitado, y había aumentado el número de tareas que les asignaba a Pandora y a él, entregándoles una lista.

Y... él estaba empezando a dejar de odiar a Hades. Su locura tenía cierto método, aunque él no la entendiera por completo.

Llamó a la puerta de Strider, el guardián de Derrota.

Abrió su compañera, Kaia. Lo saludó con una daga en la

mano y con su melena rojiza recogida en un par de coletas, con los ojos brillantes de furia.

«Va armada… es una amenaza. ¡Mátala!».

Baden ignoró a la bestia y miró hacia el interior de la habitación.

—¿Has conseguido hablar con tu hermana?

Se suponía que su siguiente tarea consistía en robarle unas bragas a Taliyah, la Cruel, sin tocarla ni hacerle daño. Taliyah era una arpía, la hermana mayor de Kaia, y casi tan sanguinaria como Destrucción.

¿Por qué quería Hades que hiciera algo así? No podía comprenderlo, pero ya había dejado de cuestionarse las órdenes de aquel tipo.

—Sí. Se reunirá contigo dentro de una hora, en el Downfall.

—Gracias.

—Ahórrate el agradecimiento y hazme un favor —dijo ella—. La próxima vez que hables con Hades, pregúntale dónde está escondido William.

De repente, Baden sintió un intenso impulso protector. ¿Por William, o por Hades?

«Por ambos», rugió Destrucción dentro de su cabeza. «Son míos, y yo aniquilaré a cualquiera que piense que puede hacerles daño».

Aquello era algo más que un salvoconducto para librarse de la tortura. Aquello era decisión, preocupación y afecto.

Sin embargo, la bestia no había terminado. Luchó contra el dominio de Baden y, al final, consiguió controlar su cuerpo y su mente.

Se le hizo la boca agua.

«Voy a probar su sangre. Voy a romperle los huesos».

Kaia, que también era una depredadora, notó al instante sus intenciones y reaccionó. Se agachó y se preparó para el ataque.

Baden tuvo un pensamiento racional:

«No, no. Ella no».

Sin embargo, Destrucción ya había puesto su puño en marcha para golpear. En el último segundo, Baden consiguió controlarse y dirigió la furia hacia la pared, con puñetazos y patadas.

La bestia gritaba más y más, y los amigos de Baden comenzaron a salir de sus habitaciones para agarrarlo e intentar detenerlo.

«¿Acaso piensan que van a poder sujetarme?».

Una vez más, la bestia consiguió dominarlo y lanzó a un guerrero tras otro contra la pared. Los hombres chocaban con tanta fuerza que dejaban agujeros en forma de cuerpo en los muros. El aire se llenó de polvo y de pedazos de escombro.

Él se echó a reír.

—¿Cómo podemos acorralarlo? —preguntó alguien.

—Keeley —dijo Torin por los altavoces—, te necesitan en la habitación de Strider ahora mismo.

—No hay tiempo —dijo una mujer—. Hay que ir a buscar a Katarina. Ella lo calma, creo.

Un grupo de guerreros se abalanzó sobre él a la vez. Consiguieron tirarlo al suelo, pero él se los quitó de encima sin dificultad. El poder expandió sus miembros y reforzó sus huesos. Consiguió ponerse en pie.

Un rubio sonriente se puso delante de él. Era Strider. Matarlo sería un placer.

Baden le gritó a Destrucción: «Es mi amigo. ¡Todos son mis amigos!».

—¡Eh! ¡Aquí! —exclamó una de las mujeres—. Te voy a destrozar la cara.

«No son amigos míos», respondió Destrucción, mientras agarraba a la mujer del cuello y la levantaba del suelo. Anya. Destrucción se había aprendido los nombres de quienes vivían en la fortaleza. Era bueno conocer al enemigo.

—¡No! —gritó Lucien, embistiéndolo por detrás.

La diosa de la Anarquía rodeó el cuello de Destrucción con ambas piernas y apretó con una increíble fuerza.

Por el rabillo del ojo, él vio a Katarina y a Ashlyn entrar por la puerta. Ambas se detuvieron en seco y se quedaron mirándolo boquiabiertas. Él se detuvo, sin saber bien por qué, y le dio a Baden la oportunidad de recuperar algo de control. No tanto como para que se hiciera de nuevo con el dominio de su cuerpo, pero sí lo suficiente como para que ralentizara su avance mientras sus dos voluntades luchaban. Él gritó hacia el techo.

—¡Corre, Ashley, y llévate a la chica! —gritó Maddox—. Lo está empeorando.

«Katarina… ¿irse?».

Baden y Destrucción trabajaron juntos para quitarse a Anya del cuello y dejarla caer al suelo. Pasaron junto a Lucien y caminaron hacia la mujer que los tenía obsesionados. La mujer que les pertenecía. Aunque solo fuera durante un rato.

—¡Vete! —gritaron todos a la vez. Los guerreros iban siguiéndolo, intentando distraerlo del objeto de su fascinación.

Ashlyn intentó llevarse a Katarina a tirones, pero Katarina se zafó de ella y dio un paso hacia delante. Hacia él.

En cuanto pudo tocarlo, tomó su cara entre las manos. Él tuvo que agacharse para facilitárselo, lo cual no era precisamente una postura defensiva adecuada, pero merecía la pena.

—¿Qué te pasa? —le preguntó ella.

Él tomó aliento y percibió su dulce olor, y se sintió como si volviera a la vida.

—Son amenazas.

—No, no lo son. Aquí no hay amenazas.

—Son amenazas —insistió él.

Ella le acarició los pómulos con los pulgares, suavemente, e incluso aquel suave roce le produjo dolor. Sin embargo, no se apartó. El aire que había entre ellos se hizo denso y empezó a chisporrotear a causa de la atracción. A él le gustó.

Los demás se habían quedado inmóviles y estaban susurrando con incredulidad.

—¿Está ocurriendo esto de verdad, o tengo alucinaciones? —preguntó alguien.

—¿Es que la humana tiene poderes mágicos?

—Tienes que hacer un trabajo —le recordó Katarina, ignorando a los demás—. ¿Por qué no vas a hacerlo, y yo me ocupo de las amenazas que hay aquí?

Él soltó un resoplido.

—No tienes la fuerza suficiente.

—Eso es lo que tú te crees.

—Vaya, tíos, ¿no estaba casada? —preguntó Kaia.

Él le rugió a la arpía, aunque no apartó los ojos de Katarina. Ella había adelgazado y parecía aún más frágil que antes, pero su belleza seguía robándole el aliento.

¿Aliento que necesitaba para sobrevivir?

—Baden —dijo ella.

—Destrucción —corrigió él.

—Como tú le afectas a él, estoy segura de que él te afecta a ti. ¿Qué te parece si te llamo Baduction? —le preguntó ella, con una sonrisa, invitándolo a jugar—. Y me quito el sombrero, porque si tu nuevo trabajo es mirarme fijamente, lo has clavado.

Él no sabía jugar, pero le gustaba verla así. Feliz, en vez de desganada.

No debería importarle lo que sentía. Eso le hacía vulnerable.

Frunció el ceño.

—No te metas en líos hoy.

—No, no lo voy a hacer. Y espero que tú también vuelvas ileso.

Entonces, ¿a ella también le importaba que él estuviera bien? Eso… sí podía permitirlo.

«Yo no voy a sufrir ningún daño. Soy fuerte».

Sin embargo, Destrucción no era tan fuerte como para poder seguir dominando a Baden. El guerrero ganó la batalla.

Baden se agitó mientras recuperaba su tamaño normal. Todavía tenía que seguir agachado para tocar la frente de Katarina con la suya, y lo hizo. Estaba muy contento de que la bestia no le hubiera hecho nada, y se sentía culpable por permitir que hubiera ocurrido aquella pelea. Además, le preocupaba la reacción de sus amigos.

—Lo siento —dijo.

—Ah, ya has vuelto —respondió ella—. Mi Baden.

Katarina abrió unos ojos como platos al darse cuenta de lo que había dicho.

—Sí —respondió él.

—En tu trabajo de hoy… ¿podrías intentar no matar a nadie? —le pidió ella. Se puso de puntillas, y le susurró—: Si te controlas, te compensaré con…

Él se tensó de excitación, y sus miradas quedaron atrapadas la una en la otra. Ella tenía las mejillas muy rojas, y se le aceleró la respiración.

—¿Con qué? —preguntó él.

Ella se humedeció los labios y miró los de él.

Erección instantánea.

Entre ellos se creó un arco de sorpresa y de anhelo.

—Me controlaré —dijo Baden, y se teletransportó al club Downfall antes de llevársela directamente a la cama.

El club estaba en el tercer nivel de los cielos, y era un paraíso para degenerados.

Se apartó de la cabeza el golpe que acababa de asestarle la bestia, porque no quería pensar en la impotencia que acababa de experimentar, y se abrió paso entre la multitud. Las paredes y el suelo estaban hechas de nube, y entre algunos jirones blancos se atisbaban el cielo negro y las estrellas, aunque el edificio fuera sólido. A la izquierda había una banda tocando en directo y, a la derecha, había una barra en la que varios camareros atendían al público. Junto a la barra había una pista en la que la gente bailaba con desenfreno.

Destrucción le golpeó el cráneo.

«No confíes en nadie. Mata a todo el mundo».

«Ya basta», contestó él.

Había un solo motivo por el que había elegido aquel bar para entrevistarse con Taliyah: que los dueños eran tres Enviados. Los Enviados eran guerreros con alas y sin piedad, y tal vez supieran algo sobre las guirnaldas que llevaba en los brazos. Además, aquellos guerreros estaban en guerra contra Lucifer y sus sirvientes, y se ocupaban de estar al tanto de lo que ocurría en el inframundo.

Baden tomó dos vasos de Whisky y ambrosía de la bandeja de un camarero que pasó junto a él. Se bebió ambos de golpe, y notó que el calor se le extendía por todo el cuerpo.

—Eh —le dijo el camarero—. Esas copas eran para…

Con solo mirar a Baden, cerró la boca y aceptó los vasos vacíos en la bandeja sin decir una palabra.

Cuando iba a atravesar la puerta de la zona VIP, un gigante se interpuso en su camino. Tenía unos músculos enormes, el pelo rubio como un león y la mandíbula de un oso. Sin duda, era un Berserker.

Baden decidió tratarlo con amabilidad.

—He venido a hablar con los Enviados.

—¿Tienes cita?

—No, pero haré un esfuerzo y hablaré con ellos de todos modos.

El Berserker se cruzó de brazos.

—Están ocupados, y no se les puede molestar.

«¿Nos lo niega? Vamos a enseñarle que ha cometido un error».

«¿Es que ahora formamos equipo?», preguntó Baden. Todavía estaba nervioso, y accedió a la petición de Destrucción. «Solo esta vez».

Destrucción se echó a reír de alegría e inyectó una fuerza oscura en las venas de Baden.

Como Kaia, el Berserker adoptó una posición de ataque, pero Baden le dio un puñetazo en el pecho. Al recordar lo que le había prometido Katarina, reprimió su fuerza para no matarlo. El Berserker salió impulsado hacia atrás, se golpeó contra el muro y se deslizó hasta que quedó sentado en el suelo. No perdió el conocimiento, aunque tenía el centro del pecho hundido, como si Baden le hubiera atravesado la piel, los músculos y los huesos. Tal vez lo hubiera hecho; una niebla negra le salió de las palmas de las manos y, al cabo de un instante, desapareció. Aquello lo había visto antes; con Hades.

Baden no supo qué pensar. Al menos, el Berserker se recuperaría.

Todos los que estaban en la sala VIP se quedaron callados. Varias mujeres lo observaron con interés, mientras que los hombres lo observaron con miedo. Notaban que era un depredador tan peligroso como ellos. Normalmente, los Berserkers estaban en la cúspide de la cadena alimentaria, y Baden acababa de desactivar a uno de ellos de un solo golpe.

Destrucción ansiaba más.

Baden respiró profundamente para resistir la tentación.

En la esquina más alejada, dos hombres se pusieron en pie. Eran los Enviados. Tenían unas alas enormes, blancas y doradas, que se arqueaban por encima de sus hombros.

Aunque Baden nunca había conocido a aquel par de Enviados, sabía quiénes eran. Todo el mundo lo sabía. El del pelo blanco, la piel blanca llena de cicatrices y los ojos rojos era Xerxes. El del pelo oscuro, la piel bronceada y los ojos del color del arcoíris era Bjorn.

—Has atacado a nuestro hombre —le dijo Xerxes, apretándose los nudillos—. Hoy es el día de tu muerte.

—No quería hacerle daño —respondió él—. He venido en busca de respuestas.

Detrás de ellos, el Berserker se levantó de golpe y comenzó a rugir. Creció casi veinte centímetros más, y de las puntas de sus dedos surgieron garras.

Baden frunció el ceño. De repente, pensó en uno de los recuerdos de Destrucción. Cuando se había enfrentado a los guardias de la prisión, sus cadáveres habían quedado apilados a su alrededor, y él se había expandido más que nunca. Además, por primera vez, sus uñas se habían convertido en garras. En garras exactamente iguales que... aquellas.

¿Acaso la bestia era Berserker, en parte?

Baden oyó unos jadeos de asombro que lo devolvieron al presente. Tenía fuego en las puntas de los dedos. Se miró las manos, y vio que él también tenía garras. ¿Acaso él también era un Berserker?

Agitó las manos con asombro, y las uñas desaparecieron.

Bjorn extendió un brazo y, con su gesto, detuvo a Xerxes y al Berserker a la vez. Sin apartar la vista de Baden, dijo:

—Cálmate, Colin, o te calmo yo mismo.

La advertencia funcionó, y el Berserker no se movió de su sitio.

—Mírale los brazos al guerrero —le dijo Bjorn a Xerxes—. Lleva guirnaldas de serpentinas.

Baden se miró los brazos, y dijo:

—Estas bandas son uno de los motivos por los que quiero hablar con vosotros.

Xerxes vaciló un momento, pero, finalmente, le hizo un gesto para que se acercara. Bjorn llamó a su camarero personal.

Baden se encaminó hacia el rincón, que estaba iluminado con velas. Había tres mujeres escasamente vestidas tendidas en un sofá y en una butaca, que lo miraron con un deseo descarado. Baden pensó que iba a sentir un arrebato de lujuria, porque aquellas mujeres le estaban ofreciendo el sexo que necesitaba, el sexo que quería. Fácil y complicado.

Liberación y alivio. Sin embargo, no eran Katarina, y su cuerpo no reaccionó.

Frunció el ceño. No debería tener ninguna importancia quién fuera su amante. El deseo era su arma, el mejor medio que tenía para gobernar a la bestia. El hecho de desear a una sola mujer convertía las sensaciones en una debilidad, le transfería el poder a ella.

—Marchaos —les dijo Xerxes a las mujeres, y las tres se pusieron en pie y se marcharon sin decir nada.

Él se sentó en la butaca y dejó el sofá, que no tenía respaldo, para los Enviados, que necesitaban espacio para sus alas.

—¿Quién te dio las guirnaldas? —le preguntó Bjorn—. ¿Hades o Lucifer?

—Hades.

—Entonces, estás bajo su control.

—Sí —dijo él.

Lo admitió de mala gana, pero era esencial decir la verdad. Los Enviados percibían el sabor de las mentiras.

—No puedo quitarme las bandas sin cortarme los brazos, y eso es algo que no quiero hacer. Sin las bandas, moriría de nuevo y, esta vez, sería una muerte definitiva.

Los Enviados asintieron.

—¿Cómo funcionan? —les preguntó Baden.

Bjorn ladeó la cabeza.

—Mira, piénsalo así: si sacas una semilla de una fruta, la plantas y la riegas, la semilla germina y crece una planta que produce fruta propia. Son diferentes, pero son la misma.

¿Y qué significaba eso?

—Tengo visiones de otra vida. Las guirnaldas eran otra persona… una criatura.

—Tienes razón —dijo Xerxes—. Las guirnaldas se crearon a partir del corazón de Hades. Él se lo quitó, lo quemó y forjó las bandas con las cenizas. Por eso, contendrán su esencia para siempre.

Entonces, ¿Destrucción era Hades? ¿Los recuerdos eran de Hades?

No, no. Eso era imposible. Sin embargo… muchas cosas empezaron a tener sentido. La manera de actuar de Hades, que le amenazaba de muerte y cambiaba de opinión casi como si él le importara… En realidad, solo se importaba a sí mismo. La bestia conocía a Keeley porque ambos habían estado prometidos. La bestia se quedaba callada en presencia de Hades porque quería lo mismo que él.

–¿Cuántas guirnaldas existen? –preguntó.

–No se conoce el número exacto –respondió Bjorn–, pero yo creo que no hay demasiadas.

Baden no sabía si estaba bendecido o maldito. ¿Qué le ocurriría a Destrucción cuando consiguiera quitarse las bandas? Aquella criatura estaba unida a las guirnaldas, pero no a él, ¿verdad? ¿Podría vivir, por fin, sin ningún tipo de posesión, como siempre había soñado?

Sintió emoción…

Y rabia, por cortesía de la bestia.

«¡Yo viviré!».

–¿Y mis nuevos tatuajes? –preguntó Baden–. Surgieron de las guirnaldas, y se hacen más gruesos cada vez que mato a los objetivos de Hades.

–En este momento –dijo Xerxes–, la herida está abierta y no puede luchar contra la infección. Es necesario que cicatrice para poder protegerse.

–¿Y?

–El mal infecta, se extiende y crea otros males –dijo Bjorn.

Baden esperó, pero el Enviado no dijo nada más.

–No he oído la respuesta a mi pregunta.

–Que no la hayas oído no significa que no te la hayamos dado.

Vaya un petulante y un…

En aquel momento, llegó una camarera con unas copas

de ambrosía. Después de que Baden se tomara tres seguidas, Bjorn le hizo una señal para que se marchara.

Él sabía que los Enviados también tenían sus problemas. Bjorn había sido forzado a casarse con una especie de reina de las sombras, como las sombras de Hades... ¿y como las suyas? Y aquella reina le estaba succionando la vida lentamente. Se rumoreaba que Xerxes estaba intentando dar caza a aquella criatura que quería matar a su amigo.

Se oyeron gritos y vítores en el local, y alguien llamó a Taliyah.

Acababa de llegar.

—Pase lo que pase en la guerra entre padre e hijo —dijo Bjorn— no podemos permitir que gane Lucifer. Nuestros oráculos han hablado. Si Hades sale victorioso, el mundo sobrevivirá.

—Si gana Lucifer —prosiguió Xerxes— el mundo terminará.

«Apocalipsis», susurró Destrucción.

—Seguro que tienes más preguntas —dijo Bjorn, y Baden asintió.

—Pero nosotros no tenemos más respuestas que darte —dijo Xerxes.

Claro que tenían respuestas, pero no querían compartirlas con él. Sin embargo, no iba a presionarles. Estaba en deuda con ellos, y no iba a pagarles con violencia.

—Gracias por la charla —dijo, mientras se ponía en pie.

Los Enviados también se levantaron.

—La noticia de tu asociación con Hades se va a extender. No hay forma de pararlo, así que mantente alerta. Lucifer enviará a alguien a matarte.

Ya lo había hecho: las prostitutas a las que había matado William.

—Yo saldré victorioso —dijo. Y, con eso, se marchó en busca de la arpía.

La encontró rápidamente. Estaba subida en un toro mecánico que había en medio del local, y su pelo rubio danzaba alrededor de sus hombros mientras el toro se balanceaba hacia atrás y hacia delante. Ella tenía ambas manos libres, y se sujetaba solo con la fuerza de sus muslos.

El toro dio un giro brusco y le mostró a Baden la espalda de la arpía y sus dos pequeñas alas iridiscentes.

Era una mujer muy bella, sin duda… pero no podía compararse a Katarina.

Taliyah saltó del toro y cayó justo frente a él.

—He oído que tienes una pregunta que hacerme –le dijo–. Voy a permitir que me invites a una copa. Bueno, a doce. Sí, a doce. Y, cuando hayamos terminado la última, nuestra conversación tiene que haber concluido, ¿está claro? –dijo.

Después se encaminó hacia la barra balanceando las caderas. Sin embargo aquel movimiento sensual no afectó a Baden.

La arpía pidió quince copas de ambrosía, y él puso una moneda de oro en el mostrador. Torin había ganado mucho dinero para él durante aquellos siglos.

—Bueno, empieza a hablar –dijo ella, y vació un vaso. Después, otro.

—Dame tus bragas.

Ella acababa de echarse la quinta copa a la garganta, y se atragantó. Cuando recuperó el aliento, se echó a reír y dijo:

—Vaya, vaya. No eres muy amable pidiendo las cosas. ¿Qué pasa, que quieres ponértelas, o algo así?

—No –dijo él, sin dar ninguna explicación.

Ella dejó de reírse y lo miró con los ojos entrecerrados.

—¿No? ¿Es eso todo lo que vas a decirme?

—Está bien. Hades está…

—¡Hades! Claro, claro. Ahora eres su criado, y tienes que hacer lo que a él le plazca –dijo la arpía. Se tomó otra copa y se echó a temblar, pero no de miedo–. Voy a imaginarme que te ha enviado para que me toques las narices. Muy bien, pues yo se las voy a tocar a él.

Entonces, se agachó, se quitó unas bragas de color azul y las colgó delante de la cara de Baden.

—Te las voy a dar a cambio de algo.

—Por supuesto. Dime qué.

—¿Lo que yo quiera, cuando lo quiera? ¡Ah, ya sé! Vas a llevar un mensaje de mi parte. Palabra por palabra.

Aquello no podía terminar bien para él, ¿verdad?

—Trato hecho.

Ella sonrió, se puso de puntillas y le susurró el mensaje al oído. Él se puso rígido y suspiró. No, aquello no iba a terminar bien.

—Se lo diré —prometió Baden—. Palabra por palabra.

Ella le lanzó las bragas, y él las agarró. La arpía terminó la última copa y, antes de que él pudiera darle las gracias, se marchó hacia la puerta, lanzándole una sonrisa burlona.

—Hoy no ha sido un buen día —dijo Hades, en un tono de ira, cuando Baden fue a llevarle la prenda de Taliyah—. Será mejor que traigas lo que te encargué.

—Sí, lo tengo —respondió él, y lanzó las bragas al otro lado de la habitación—. He ganado mi siguiente punto.

Tenía dieciséis, en total; había empatado con Pandora.

Nueve de sus puntos eran asesinatos, cuatro eran robos y, otros dos, estupideces, como pedirle las bragas a una arpía. Sin embargo, había empezado a entenderlo. Los asesinatos habían acabado con importantes agentes de Lucifer, aquellos que afectaban a los humanos de manera adversa. Los robos de los artefactos impedían a Lucifer que los utilizara contra Hades, mientras que las bragas, y otras cosas, le divertían. La diversión le mantenía cuerdo y le proporcionaba luz en un momento de fatalidad y oscuridad.

Hades sonrió al tomar la prenda.

—¿Cómo las conseguiste? Cuéntamelo rápidamente.

–Se las pedí. A cambio, le prometí a la Arpía que te daría un mensaje de su parte.

Hades lo miró con impaciencia.

–Dámelo.

Baden cerró los ojos y respiró profundamente.

–«Eres sexy, guapo y delicioso, pero ¿ofrecerte mis encantos? No. Se me humedecen las bragas cada vez que alguien menciona tu nombre, pero voy a seguir procurando que tengas siempre las pelotas azules».

Hades se echó a reír con un humor genuino.

–Qué zorrita más lista.

Aquella transformación fue asombrosa, como si un lobo de la manada se hubiera convertido en un perro con un juguete nuevo. Pero, por supuesto, aquella era la magia que podía hacer una mujer, si era la mujer idónea, con un hombre, ¿no? Aunque Taliyah no fuera la mujer de Hades.

Solo había que ver a sus amigos. Antes eran salvajes y, ahora, estaban domesticados.

Katarina apareció en su mente, con sus delicados rasgos, y su cuerpo reaccionó al instante. Baden soltó una maldición. Ella no podía ser su destino. No formaban una buena pareja.

Se le escapó otra imprecación.

«Vamos, ocúpate de lo que tienes entre manos».

–Tu hijo, William –dijo–, ha escondido a la muchacha humana, Gilly, y queremos saber dónde está.

Hades perdió el buen humor.

–Te sugiero que te marches ahora mismo.

–Vaya, ¿y no me das un abrazo de despedida? –preguntó Baden, irónicamente.

Al ver que el rey se lanzaba por una espada, dijo:

–Me lo tomo como un «no».

Al instante, se teletransportó a la fortaleza.

Capítulo 11

«Haznos un favor a los dos y lárgate de aquí».

Strider, guardián de Derrota

La siguiente semana pasó rápidamente. Katarina esperó con impaciencia que Baden le pidiera el favor que ella le debía. Después de todo, no había vuelto ensangrentado. Sin embargo, él no había mencionado su recompensa. ¿Había matado durante su misión, o había cambiado de opinión y ya no la deseaba?

Bien, pues no iba a preocuparse más, ni a pensar en él, ni a desear besarlo. Nada de nada, cero, *nie*.

Se concentró en el trabajo. Los niños de Ashlyn se habían negado a ayudarla porque era una desconocida, pero la seguían a menudo, miraban y se reían a escondidas. Ella se aseguró de que Biscuit y Gravy recibieran un baño, la medicación necesaria, el alimento diario y un buen refugio, haciendo lo posible por no proteger sus emociones. «Sin amor, no hay dolor». Y, sin embargo, poco a poco empezó a pasar más tiempo con los perros. Estaba empeñada en que se acostumbraran a su presencia, a que empezaran a desear estar con ella.

Los premios y regalos que dejaba después de cada visita habían obrado maravillas y, ahora, en vez de gruñirle cada vez que se acercaba, movían la cola y saltaban a su alrededor con entusiasmo.

Qué precioso. Y eran de su raza preferida: perros callejeros adoptados. Bueno, también eran una mezcla de otras razas: tenían el pelo corto y la cabeza grande y cuadrada, y el pecho musculoso como los pit bulls. Sin embargo, eran tan grandes como un gran danés, y por sus afilados dientes ella sabía que los dos tenían menos de cuatro meses.

«Me gustan los perros grandes, no puedo mentir».

Biscuit tenía un marcado prognatismo mandibular. Gravy, que era casi completamente blanco, tenía una línea de pelo negro sobre el labio superior. ¡Un adorable bigote! A los dos les encantaba luchar y morderse.

Había intentado ponerles collar en tres ocasiones, pero habían rasgado el cuero las tres veces, y detestaban la correa. Cada vez que intentaba atarlos, se revolvían como si fueran un toro en un rodeo.

Cada vez que se les acercaba otro ser humano o inmortal, se quedaban callados y quietos, pero no de miedo, sino de curiosidad. Observaban el mundo con inteligencia. Sus ojos cambiaban de color con el cambio de sus emociones, de negro a azul y a verde, y eso era algo que ella nunca había visto en un perro.

Los dos animales solo se agitaban cuando se les acercaba Baden, y ella no estaba muy segura de por qué.

En el pasado, su lema había sido: «Si no les caes bien a mis perros, vete al cuerno».

Aunque, en realidad, Biscuit y Gravy no eran suyos. Sin embargo, ella sabía que Baden no era malo. No podía serlo. Llevaba semanas cuidando de ella, y le había dado comida, un techo y ropa. La había consolado durante la peor parte de su duelo. De hecho, todavía la consolaba.

Cuando tenía otro momento de abatimiento y dolor, y se quedaba acurrucada en la cama, él la abrazaba y la acariciaba hasta que volvía a sentirse normal.

«¿Acaso sé ya lo que significa «normal»?».

Él iba y venía cuando quería. E incluso cuando no quería. A veces desaparecía con el ceño fruncido, porque las bandas de los brazos se le habían puesto al rojo vivo. Algunas veces, volvía igual que se había marchado. Otras, volvía lleno de sangre. Siempre se le aparecía a ella en primer lugar, estuviera donde estuviera.

La primera vez, se había ofrecido a lavarlo como él la había lavado a ella una vez. Él había aceptado de mala gana, como si pensara que iba a atacarlo mientras estaba de espaldas. La segunda vez, y todas las demás veces, él le había entregado un trapo antes de que ella hubiera podido decir una sola palabra.

En alguna ocasión, al volver, se había puesto a caminar de un lado a otro de la habitación, hablando solo.

–Soy un caballero. La vida es algo muy valioso… salvo que se trate de la vida de mis enemigos. Todo el mundo es mi enemigo. No, no, también tengo amigos.

Enseguida, ella se había dado cuenta de que eran charlas para darse valor a sí mismo, y le había parecido adorable. Baden no quería hacerle daño a la gente, pero tenía dentro una bestia en el sentido literal de la palabra, y esa bestia estaba sedienta de sangre. Eso hacía que su ofrecimiento de darle lo que quisiera fuera una estupidez por su parte. Sin embargo, no se arrepentía de haber participado en la lucha a su lado. Baden estaba cegado por la rabia, y ella deseaba con todo su corazón calmarlo.

Pero habría podido calmarlo cantándole una canción. Cada vez que canturreaba, él se estiraba en la cama y se quedaba plácidamente dormido.

Estaba claro que su perro callejero era adiestrable.

Lo vio caminar hacia la perrera que ella había construido en el patio. Biscuit y Gravy también lo observaron. Sin gruñir. Ah, aquel era un gran progreso.

Baden estaba muy tenso y tenía los puños apretados. +`

–Con todos los viajes que has hecho últimamente, ¿no te has encontrado con mi hermano? –le preguntó ella, con la intención de distraerlo.

–No –dijo él. Una sola palabra. Ni más, ni menos.

–Ahora que Alek ya no está por medio, espero que Dominik se rehabilite.

En aquella ocasión, solo hubo silencio.

Estaba decidida a entablar conversación con él, así que cambió de tema.

–¿Sabes que Biscuit y Gravy son los mismos perros que nos encontramos en Nueva York?

Baden frunció el ceño, pero siguió caminando en silencio.

–Alguien debe de haberlos traído a Budapest, pero no sé quién, ni por qué.

–Si alguien me hubiera seguido, me habría dado cuenta –murmuró él.

Ella esperó a que dijera algo más, pero Baden no lo hizo. Demonios, ¿por qué estaba tan alterado?

Después de ponerles la comida a los perros, se acercó a él. Baden ni siquiera se fijó en ella, y ella se interpuso en su camino. Él se detuvo en seco y la miró con los ojos, de un precioso color cobre, entrecerrados.

Pero ella ya no le tenía miedo.

Él dio un paso hacia un lado para rodearla, pero ella le puso las manos en los hombros para detenerlo.

–Quiero saber qué te ocurre. Dímelo.

–Crees que quieres saber qué me ocurre. Pero te equivocas.

Ella replicó, irónicamente:

–Me alegro mucho de que sepas lo que pienso mejor que yo misma.

–Muy bien. Necesito sexo –dijo él, lanzándole las palabras como si fueran armas–. Lo necesito desesperadamente.

¡Vaya! ¡Alucinante!

Con el corazón acelerado, Katarina apartó las manos de él.

—¿Sexo… conmigo?

—Sí. Solo contigo.

Solo. Era asombroso que una única palabra pudiera provocar tanto placer.

—Me dijiste que no te tocara nunca —respondió Katarina. Cosa que acababa de hacer, por cierto.

—He cambiado de opinión —dijo él, y clavó la mirada en sus labios.

—Pero… tú y yo… somos de distintas especies.

Como si eso le importara a su cuerpo.

Él dio un paso hacia delante e invadió su espacio personal.

—Encajaremos bien, te lo prometo.

Tristo hrmenych! Su voz enronquecida, como si fuera de humo y gravilla, le produjo un escalofrío. Katarina se estremeció de deseo. «Tengo que resistir su atractivo».

Pero… pero… ¿por qué? Antes de comprometerse con Peter, habían salido juntos y se habían besado en los cines y en el coche. A ella le había gustado besarse y acariciarse con él y, después de comprometerse, se habían acostado juntos. Al principio, él no sabía qué hacer con ella, porque ninguno de los dos tenía experiencia, y ella se había quedado decepcionada en todos sus encuentros. Sin embargo, finalmente había encontrado el valor para decirle lo que quería, y él la había satisfecho.

Echaba de menos el sexo. Sin embargo, la conexión… la intimidad… era eso lo que más echaba de menos.

Biscuit le ladró a Gravy, y Katarina salió de su ensimismamiento. Habían dejado los platos limpios, y querían jugar. Ella tomó de la mano a Baden para sacarlo de la perrera. Él se zafó rápidamente para cesar el contacto entre los dos.

Una sola acción. Toneladas de dolor.

—Entonces, puedo tocarte y quieres acostarte conmigo,

pero todavía te doy asco –dijo Katarina, y salió a zancadas de la perrera. Ya tenía suficiente con él–. Bueno, pues me voy. De todos modos, tu actitud autoritaria ya me estaba molestando demasiado.

Él se puso frente a ella y la detuvo.

–No, no me das asco. Tú me necesitas, y he terminado aceptándolo –admitió él, apartando la mirada–. Pero tocar a otra persona es doloroso para mí. Tendremos que acostarnos con una tela entre nosotros. Y tú tienes que dejar de sentirte molesta conmigo.

Otra orden. ¡Por supuesto!

–En primer lugar, yo no te necesito. En segundo lugar, ¿por qué es doloroso para ti? ¿Y cómo vas a hacerlo sin algún tipo de contacto?

–Puede que el motivo sea físico, psicológico o ambas cosas a la vez. He pasado miles de años sin tocar a nadie. Y en cuanto al cómo… me lo estoy imaginando. Yo me quedaré con la ropa puesta, pero tú te la quitarás. Me pondré guantes y llevaré un preservativo. Te inclinaré sobre mi cama, te excitaré y te separaré las piernas. Después…

–Ya, ya está bien. Me hago una idea –dijo ella.

La imagen que le estaba describiendo no era exactamente… agradable.

Tal vez él se tomara su silencio como un rechazo. Se pasó la mano por la cara y dijo:

–Debería elegir a otra mujer.

Ella sintió un arrebato de celos.

–¿Me deseas solo a mí, o no?

–Solo a ti –dijo él, y se le dilataron tanto las pupilas que el negro casi cubrió todo el dorado–. Mucho. Solo pienso en ti, y solo te anhelo a ti.

Katarina sintió un enorme placer y una gran calidez.

–Entonces, te permito que salgas conmigo.

Baden no era la mejor opción para ella, ni para ninguna persona cuerda. Además, formaba parte de un mundo del que sabía muy poco, y que no estaba segura de que le gustara. Sin embargo, él era increíblemente guapo y le producía sentimientos que la alejaban de la pena y la fatalidad.

–¿Que me lo permites? –preguntó él, y posó las manos en su cintura.

–Bueno –dijo ella, deleitándose con su calor–. Si tienes alguna queja, no, *kretén*.

Él sonrió ligeramente.

–No, no tengo quejas. Solo admiración.

La atrajo hacia sí y la pegó contra su pecho, y ella pensó que estaba reencontrándose con la muchacha valiente que había sido una vez. La muchacha a la que le encantaba reírse.

La euforia hizo que le diera vueltas la cabeza.

–Qué buen chico.

–Un chico travieso. Cuando sonríes, haces que…

Entonces, se puso muy rígido, y en sus ojos aparecieron chispas de color rojo.

¿Acaso la bestia estaba imponiéndose?

«Que la interacción con él sea corta y dulce. Déjalo siempre deseando algo más».

–Está bien –dijo ella, como si no hubiera notado su reacción negativa–. Concédeme una hora para prepararme para nuestro mutuo placer.

Se apartó de él y se alejó, meciendo las caderas.

–Me voy a asegurar de que la espera merezca la pena.

Al entrar en la fortaleza, oyó el sonido de su gruñido entrecortado y, por primera vez desde hacía mucho tiempo, se echó a reír.

Aquello iba a ser divertido.

Baden apareció junto a Aleksander, que seguía encerrado en el calabozo de cemento y acero. La celda no tenía puerta; el único modo de acceder a él era teletransportarse.

Aleksander estaba acurrucado en un rincón, cubierto de barro y sangre seca. Tenía el pelo oscuro despeinado, en picos. Miró a Baden con los ojos inyectados en sangre.

Al fijarse en su brazo herido, Baden frunció el ceño. Parecía que los huesos de su muñeca habían crecido dos centímetros y medio desde el día anterior, cosa que era imposible. Los seres humanos no podían regenerarse como los inmortales.

—Nunca te voy a decir dónde he escondido la moneda —dijo el hombre.

—No pasa nada. Uno de mis amigos es un genio de la informática. Está hackeando tus cuentas bancarias y transfiriendo tu dinero a las nuestras. Mañana, lo único que te quedará será esa moneda. Ah, y también está averiguando el nombre y el paradero de todas las chicas que tienes esclavizadas. Serán liberadas, y tus guardias serán despedidos. Despedidos de la vida.

Aleksander palideció.

—La última vez que Pandora estuvo aquí, me dijo que te gusta mi mujer. ¿De veras quieres dejar a Katarina en la pobreza?

Baden sonrió con frialdad. Deseaba a la mujer y la tendría, pero su encuentro no iba a cambiar el futuro. Sexo, alivio… y un día, adiós. ¿Era cruel por su parte? No. Lo mejor para ella era que la dejara antes de que la bestia decidiera que era una amenaza a la que no podían dejar vivir.

—No voy a dejarla en la pobreza. Cuando llegue el momento, le daré tu fortuna. Se la ha ganado.

Aleksander le soltó una ristra de obscenidades.

—¡Es mía, demonio! ¡Mía!

Baden tuvo que luchar contra algo oscuro.

—Yo ya no soy un demonio. Ahora soy algo peor. Y no puedes hacer nada por detenerme.

Aleksander no se acobardó. Extendió una pierna para darle una patada.

–Algún día te arrepentirás de haberte cruzado conmigo.

«Amenaza. Ahora debe morir».

Sí. Sí. La sangre que podrían saborear… los gritos que podrían oír…

Baden se acercó a Aleksander con impaciencia, y Aleksander se encogió aún más. Sin embargo, ya era demasiado tarde para demostrar miedo. Baden le agarró el brazo ileso y sacó la daga para cortárselo.

Aleksander intentó empujarlo, y Baden comprobó que le había crecido la muñeca. Eso solo tenía una explicación: no era humano.

Hades tenía la capacidad de convertir en inmortales a ciertos humanos. También había ciertos artefactos que podían conseguirlo. La moneda… Baden todavía no sabía mucho sobre ella. Utilizarla era, supuestamente, una manera de obligar a Hades a llevar a conceder un privilegio. Sin embargo, ¿cuáles eran los límites? ¿Y las consecuencias?

–Córtame la otra mano, si quieres –le dijo Aleksander–. Pero nunca podrás quitarme a mi mujer.

–Ya lo he hecho –dijo Baden, y aquella oscuridad que había experimentado aumentó, se hizo más y más caliente, hasta que le quemó el pecho–. Y si dices una palabra más sobre ella, te mataré.

El acre aroma del miedo perfumó el ambiente. Delicioso.

–Pandora –gritó Aleksander–. ¡Pandora!

–Sé que ha prometido que te ayudaría –le dijo Baden.

Había cámaras escondidas en todas partes, incluso en la celda, y Torin había capturado todas las apariciones de Pandora. Le había avisado todas y cada una de las veces, y los dos la habían visto tratar de liberar al humano de las cadenas, unas cadenas que estaban unidas a la pared con fuerzas místicas. Solo podían abrirse de dos maneras: con una llave específicamente fabricada para aquella cerradura, o con la Llave Que Todo Lo Abre, que podía abrir cualquier cerradura. Torin llevaba aquella llave en su espíritu.

En cuanto Pandora tocara uno de los eslabones, ella también quedaría atada por las cadenas y no podría teletransportarse fuera de la celda. Sin embargo, era lista, y evitaba todos los puntos de contacto.

—¡Pandora! —gritó Aleksander de nuevo.

Baden percibió un movimiento a su derecha y se giró al tiempo que saltaba hacia atrás. Se salvó por poco de una cuchillada de Pandora en la espalda.

Se enfrentaron el uno al otro.

—¿Es que estás intentando matarme? —le preguntó Baden—. Tss, tss. A Hades no le va a gustar nada.

—Puede que solo quiera afeitarte. Tienes barba de varios días.

Vaya. Entonces, tal vez él también debiera afeitarla a ella. Sacó una navaja automática que llevaba en el pantalón, y la hoja brilló a la luz de la bombilla de la celda.

—Este hombre me pertenece —dijo ella, señalando a Aleksander—. Es mi punto.

—¿Lo quieres? Pues tómalo —respondió Baden, sonriendo—. Yo no voy a tratar de detenerte.

Ella señaló la navaja.

—Solo vas a blandir un arma, imagino.

Él abrió los brazos con un gesto de inocencia.

—No, no voy a hacerlo. Te doy mi palabra.

Ella lo conocía, y sabía que cumplía su palabra. También sabía que siempre tenía un plan.

—Libéralo —le dijo Pandora—, o tomaré una página de tu libro y te robaré otra cosa. Algo nuevo cada día.

—Puedes intentarlo.

—Muy bien. Recuerda que fuiste tú el que escogió este camino —le dijo ella, con una sonrisa de malicia.

Después, se desvaneció.

Aleksander también sonrió con malevolencia. Parecía

que, ahora que pensaba que tenía una aliada, sentía más confianza.

Baden sonrió.

—Intenta no gritar. Bueno, en realidad, grita todo lo que quieras. Yo voy a disfrutar oyéndote.

Baden apareció a la entrada del dormitorio de Torin. Había aprendido a no teletransportarse directamente al interior de ningún dormitorio, salvo el suyo. A menudo, se había encontrado a una pareja en una habitación, manteniendo relaciones sexuales. Incluso en el salón. Ya nadie tenía límites.

Llamó a la puerta.

—Si no es asunto de vida o muerte —dijo Torin—, lárgate.

—Sí, lo es.

Se oyó un gruñido de irritación, el crujido de la ropa y unos pasos. Keeley abrió la puerta con la camiseta del revés y miró a Baden de arriba abajo:

—Tienes un aspecto estupendo, pero te odio —dijo, y se dio la vuelta, murmurando—: No te va a gustar la venganza.

La bestia intentó tomar el control de su cuerpo para atacar a la compañera de Torin, pero Baden oyó la risa de Katarina al otro extremo del pasillo y mantuvo un control estricto. ¿Qué era lo que le divertía tanto?

«¡Concéntrate!».

Bien. Entró al dormitorio mientras Torin se abrochaba el pantalón y se sentaba en una silla delante de su panel de control.

—Tienes que reforzar la seguridad —le dijo Baden—. Pandora me ha amenazado con robarme algo nuevo cada día.

—La seguridad ya está reforzada. Y es obvio que no te has enterado de lo ocupada que ha estado Pandora. Kaia y Gwen estaban en la ciudad cuando atacó. Intentaba hacerles daño a Sabin y a Strider, sin duda, pero se llevó una buena tunda y tuvo que retirarse –le contó Torin, mientras tecleaba–. A propósito, Galen ha venido antes a pedirme que hablara contigo sobre tu antiguo amigo Desconfianza...

–El demonio nunca fue amigo mío. Y no quiero hablar sobre él. Tengo que pedirles disculpas a Kaia y a Gwen, a Strider y a Sabin.

–¿Por qué? Strider y Sabin ayudaron a robar la caja. Se ganaron la ira de Pandora igual que tú.

De todos modos...

–Bueno, lo que ocurre es que Desconfianza ha poseído a una mujer que se llama... –Torin se rascó la cabeza–. Se me ha olvidado, aunque Galen acaba de recordármelo. Sea quien sea, le vendría bien tu...

–No –dijo Baden. Ya tenía suficientes preocupaciones–. ¿Has averiguado algo más sobre la moneda?

–No. Los únicos que saben algo sobre ella le pertenecen a Lucifer, y no me fío de sus socios.

Baden vio a Katarina en una de las pantallas del panel de seguridad. Estaba charlando con Anya junto a la habitación de Ashlyn y Maddox. Movía las manos con suavidad al hablar, un rasgo adorable. Algo que él no había visto todavía.

Adorable... y muy sexy.

La bestia rugió, pero no le ordenó que la matara. Solo que la... ¿protegiera?

Las dos mujeres siguieron caminando por el pasillo y se separaron junto a la puerta de Baden. Katarina entró en el dormitorio. Muy pronto, él se reuniría con ella.

De repente, todos los músculos de su cuerpo vibraron de deseo. «Mía... durante esta noche». Y, tal vez, al día siguiente, también.

«Una vez. Solo una vez», dijo Destrucción. «Quizá».

Baden notaba el deseo que la bestia sentía por ella. Destrucción la deseaba con una fuerza que no entendía, pero tampoco quería debilitarse, y aquellos dos deseos contradictorios lo habían situado en un tira y afloja que significaba luchar con Baden o rendirse.

Decidiera lo que decidiera la bestia, Baden ya había elegido. Iba a tomar a Katarina. Iba a oír su voz enronquecer de pasión y susurrar su nombre. Iba a notar las paredes de su cuerpo contrayéndose alrededor de su miembro.

«Es mía», gritó Aleksander dentro de su mente.

Baden apretó los puños. Aquel matrimonio era una farsa. No debería molestarle en absoluto. Sin embargo, de repente, le molestaba en todos los sentidos.

–Vaya –dijo Torin–. Aparta eso de mí.

Con «eso», su amigo se refería a su erección. Baden se pasó una mano temblorosa por el pelo y se alejó de Torin.

–Voy a utilizar tu ducha –le dijo.

No esperó a que le respondieran; entró en el baño y se duchó para quitarse de encima el sudor y la suciedad que le había provocado su encuentro con Aleksander. También se ocupó de su problema.

Cuando terminó, se puso ropa limpia que sacó del armario de Torin.

–¿Adónde vas a llevar a tu chica en vuestra primera salida juntos? –le preguntó el guerrero. Lo había oído todo.

–Aquí mismo –dijo.

No había ningún motivo para arriesgarse a tener un flashback de la vida de Hades en un lugar público, algo que les pondría en una situación vulnerable a Katarina y a él. Tampoco había ningún motivo para poner a posibles víctimas en el camino de Destrucción. Además, ¿y si Hades lo convocaba? Katarina se quedaría sola.

La chica era la quintaesencia de la damisela en apuros.

Torin dejó de teclear y le lanzó una mirada de desaprobación.

–Eres tonto. A las mujeres les encanta el romanticismo y tú, amigo mío, no sabes lo que significa esa palabra.

Cuando Destrucción comenzó a patearle el cráneo y a gritar «¡Yo sé ser romántico!», Baden murmuró que tenía que irse, y salió rápidamente de la habitación.

Le quedaba media hora para la cita. Iba a volver al Downfall; allí, se buscaría un montón de peleas con otros inmortales para dejar exhausta a la bestia.

Y, después… Katarina sería suya.

Capítulo 12

«Cuando una chica te dice que te vayas a divertirte, no vayas a divertirte. ¡Misión abortada!».

Scarlet, guardiana de las Pesadillas

«¿Acaso creo que voy a poder adiestrar a una bestia tan malvada que tiene por nombre Destrucción? He perdido el juicio. Esa es la única explicación».

Al oír que alguien llamaba a la puerta de la habitación, se alisó con las manos temblorosas el precioso vestido que le había prestado Anya. Intentó calmarse. No había ningún motivo para estar nerviosa. Si la cita salía mal, no habría pasado nada del otro mundo.

Alzó la barbilla y abrió la puerta. Baden estaba apoyado en el marco y... con solo verlo, se sintió embriagada por el deseo, como si le corriera por las venas como el champán.

«Va a ser mío».

Él se había apartado el pelo rojizo de la cara y se había puesto una camiseta y unos pantalones negros.

Era una dulce perfección carnal.

Tenía algunos cortes en la frente y la mandíbula, y los nudillos amoratados, pero las heridas aumentaban su atractivo de chico malo.

Ella deseaba todo lo que él pudiera darle. Sus besos, sus caricias y el roce de su cuerpo.

De repente, aquel deseo arrollador la deprimió. Ella seguía adelante con su vida mientras sus perros se pudrían en la tumba.

Un arrebato de dolor se apoderó de ella.

Baden notó el cambio y la abrazó, envolviéndola con su fuerza.

—Te tengo, Rina. Aquí estoy.

Ella se apoyó en el consuelo que él le daba con tanta facilidad, y el dolor fue remitiendo.

«¡Magnífico! Estoy revelando toda mi debilidad». Se apartó de él avergonzada, y se humedeció los labios. «Vamos a tomar las riendas de la situación».

—Voy a ser sincera contigo: sé que estoy increíble, pero estos tacones me están matando.

A él se le escapó una risotada, pero el sonido fue tan oxidado que Katarina se dio cuenta de que hacía mucho tiempo que no se reía así.

—¿No se supone que tienes que hacerme un cumplido a mí?

—No, de eso nada. Las damas primero —dijo ella.

Él la recorrió con la mirada, y se le entrecerraron los párpados.

—Voy a ser sincero contigo: Yo no me merezco ningún cumplido. No estoy a la altura de una belleza tan exquisita.

¡Vaya alabanza! El dolor volvió, pero fue distinto... Fue un latido caliente y glorioso. Peter le había dicho cosas muy bonitas y muy a menudo, pero ella las había dado por supuestas. Y nunca más iba a volver a hacerlo.

—Gracias —dijo. «No pienso caer entre tus brazos antes de la cena»—. Y, Baden, tú te mereces mil cumplidos. Eres un festín para mis ojos, y no hay ningún otro hombre que pueda comparársete.

Porque no era un hombre, pensó Katarina. Era un inmortal, y la vida y la muerte significaban cosas distintas para él. Aunque eso no tenía nada de trascendente, puesto que no estaban intentando crear un vínculo eterno entre ellos dos. Aquello era algo temporal.

En aquel momento de su vida, lo único que necesitaba y que quería era un poco de diversión.

Él se quedó muy serio.

—¿Qué te ocurre? —le preguntó Katarina, sin saber qué había podido hacer mal.

—Piensas que soy bello.

—Sí.

—Mi belleza solo es algo exterior.

—Eso no es cierto. También veo la belleza de tu interior.

Él estudió la expresión de su rostro, como si no pudiera creer lo que decía, pero tampoco se le ocurriera ninguna forma de refutarlo. Con un suspiro, alzó una mano enguantada. Ella anhelaba tener contacto piel con piel, pero contuvo su desilusión y entrelazó sus dedos con los de él.

Baden había dicho que el contacto le haría daño, pero que no sabía si el problema era físico o psicológico. Ella suponía que era algo físico. Algunas veces, cuando un perro se pasaba la vida atado en el exterior, con poco contacto humano, su piel se volvía excesivamente sensible.

Si estaba en lo cierto, Baden necesitaba contacto. Era la única manera de que aquella sensibilidad desapareciera. No obstante, no debía presionarlo demasiado. Tenían que avanzar paso a paso.

Mientras caminaban por el pasillo, ella le preguntó:

—¿Qué hacen los inmortales cuando salen con alguien?

—No lo sé, pero este inmortal va a cenar a la luz de las velas con su humana favorita —respondió él—. A menos que prefieras hacer otra cosa…

Ella se giró a mirarlo, y se dio cuenta de que él la estaba devorando con sus ojos dorados. Sintió una cascada de estremecimientos, y el latido que tenía entre las piernas se intensificó. Los pezones se le hincharon contra la tela del sujetador. Estaban desesperados por notar su contacto.

Pese a aquel deseo de estrecharse contra él, posó las palmas de las manos sobre su pecho para mantenerlo a distancia.

—¿De verdad piensas que soy tan fácil?

—¿Y si dijera que me hago ilusiones?

—Tu sinceridad me dejaría impresionada, pero no me haría flaquear. Vamos a comer.

Él le pasó la lengua por la unión de los labios.

—¿Y si dijera que quiero comerte a ti?

Oh, Dios Santo.

—Yo no estoy en la carta. Todavía.

—Es una pena, *krásavica* —dijo él, frotando su erección entre las piernas de Katarina—. Una verdadera pena.

A ella se le escapó un gimoteo.

—Creo que tienes que mejorar tu eslovaco. *Krásavica* significa «chica glamurosa».

La moda nunca había sido lo suyo, y nunca lo sería.

—Lo sé. Las chicas glamurosas son encantadoras y bonitas.

—Bueno, eso podría ser un sinónimo de «inútil». Yo tengo un nombre, y prefiero que me llames Katarina —dijo ella y, con el ceño fruncido, lo empujó.

—No quería ofenderte. En una vida tan fea como la mía, la belleza no es inútil. La belleza no tiene precio.

Ella se sintió culpable. Tal vez hubiera sido demasiado dura con él.

—Disculpa que haya sido tan borde.

—No te preocupes. Da la casualidad de que me gusta tu antipatía.

Baden la llevó hasta la cocina, que estaba en el piso bajo, donde había preparado una mesa para dos a la luz de las velas. Olía a marisco, a mantequilla y a levadura, y a ella se le hizo la boca agua.

–¿Lo has preparado tú? –le preguntó. Sin embargo, se dio cuenta de que era imposible. Solo le había dado una hora–. Seguro que has mandado a una de las chicas al restaurante más cercano.

–No. Le he pedido a Lucien, el guardián de Muerte, que...

–Sí, sé quién es. Lo he conocido estos días.

Lucien parecía el más equilibrado de todo aquel grupo. Le encantaban las normas, intentaba llegar a una solución pacífica cuando sus amigos se peleaban y siempre era encantador con Anya, su prometida. Se había ganado su respeto.

–Lucien puede teletransportarse. Él encargó la comida y fue a recogerla. A París.

Impresionante. Ella se sentó y preguntó:

–¿Por qué no has ido tú a recogerla? Tú también puedes teletransportarte.

Él se sentó a su lado, y sus muslos se tocaron.

–Yo solo puedo teletransportarme junto a determinada gente. Y a cualquier lugar que considere mi hogar.

Gente como Aleksander. Entonces, ¿las víctimas de Baden?

Él le pasó un dedo por la mandíbula.

–Acabas de estremecerte. ¿Por qué?

–Porque he pensado en tus intenciones hacia Aleksander.

A Baden le vibró una vena en el centro de la frente.

–Si vas a pedirme que lo libere, no te molestes. No va a salir vivo de la fortaleza.

Por una parte, ¡magnífico! Ya no habría un Alek loco y cruel aterrorizando al mundo. Pero, por otra...

–El asesinato a sangre fría no es una solución aceptable para nada. Y no quiero que lo liberes. Quiero un anulación... y que lo dejes encerrado para toda la vida. Siempre que hay vida, hay esperanza.

–No es humano, así que va a vivir...

–¿Cómo? ¿Es inmortal?

Baden frunció el ceño.

–La bestia me está pateando la cabeza… Creo que Aleksander solo es medio inmortal, así que vivirá mucho más que tú, pero no para siempre –dijo Baden, y le sirvió una copa de vino tinto–. No quiero hablar de él.

Qué gesto tan normal para un hombre que no lo era en absoluto.

–Pues, para que lo sepas, tus deseos no son más importantes que los míos.

Él la miró a los ojos y asintió.

–Tienes razón. Ahora, el que lo siente soy yo. ¿Me perdonas?

¿Cómo iba a negárselo, cuando él no se lo había negado a ella?

–Sí, te perdono –le dijo, con una sonrisa.

Mientras ella tomaba un sorbito del vino delicioso que él le había servido, Baden levantó las tapas de las fuentes de comida.

–¿Te gusta el marisco?

–Me encanta.

Fingir que era refinada, tomando solo pequeños bocados, no le resultó difícil porque, con la mirada de Baden fija en ella, tenía un cosquilleo en el estómago. En el resto del cuerpo, tenía otro tipo de dolor.

–Parece que estás incómoda –dijo él, con petulancia.

–Pues sí, lo estoy.

Vaya, estaba siendo demasiado directa.

Sin embargo, ¿qué importaba? Hacía demasiado tiempo que no experimentaba ningún tipo de placer. Si una noche con Baden le servía para olvidar los seis meses anteriores, aunque solo fuera un rato, estaba dispuesta a un poco de jugueteo aquella noche.

–¿Cómo conociste a Aleksander? –le preguntó él, con un gruñido.

Si Baden fuera un perro, le habría ladrado. Tal vez, incluso, le hubiera dado un pequeño mordisco de advertencia: sus emociones oscuras estaban aumentando.

Si la causa fuera el miedo, sabía que tenía que poner distancia entre ellos al mismo tiempo que permanecía a la vista. Sin embargo, aquel no era el caso. Baden no tenía concepto del miedo. Estaba enfadado, pero ¿con ella? ¿O con sus circunstancias?

Para ser un hombre que decía que su estado civil no le importaba nada, eso sería grande. Enorme.

—Creía que no querías hablar de él.

Él frunció el ceño y enseñó los dientes.

—No quería. Ahora, sí quiero.

Y lo que quería Baden, lo conseguía.

Ella le pasó los dedos por el brazo enguantado. Aquel gesto tenía un doble propósito: ayudarle a que se acostumbrara a sus caricias sin que le doliera y recordarle que era ella la que estaba a su lado, no Alek. Esperaba que eso pudiera aplacar su ira.

Él la miró con confusión y con… ¿anhelo?

Oh, sí, y ella casi se deshizo. Siguió acariciándolo, y dijo:

—Él quería comprarme unos perros de seguridad para su casa. Me refiero a Alek.

Baden volvió a fruncir el ceño.

Caricias, caricias.

—Entonces, cuando ya lo tenía en mis manos, lo seduje para hacerme con su dinero y con su poder.

«No le recuerdes todo lo que ha hecho Aleksander».

Baden la observó fijamente.

—¿Quieres que lo mate?

—No. Solo te estoy recordando lo que tú pensaste de mí.

Él exhaló un suspiro.

—Lo siento. Ahora te conozco mejor, y sé que solo te casaste con él para salvar a tus perros.

Ella se hundió de repente. Tuvo que abrazarse a sí misma, y dejó de acariciarlo.

—Pero fracasé.

Él se inclinó y le dio un beso suave en los labios, y la rozó con la mejilla. Hizo un gesto de dolor y, para desilusión de Katarina, se apartó.

—Cuando me negué a venderle los perros a Alek —prosiguió ella—, me pidió que saliera a cenar con él. Le dije que no, y él consiguió que mi hermano se volviera adicto a la heroína. Así que, cuando Alek le dijo a Dominik que envenenara a Midnight, el miembro más antiguo de mi manada, Dominik obedeció —dijo, con la barbilla temblorosa. Sin embargo, como de costumbre, no sintió el ardor de las lágrimas en los ojos.

—¿Tu propio hermano te traicionó?

Ella tuvo un sentimiento de vacío. ¿Dónde estaría Dominik en aquel momento?

—Para intentar salvar a mis otros tres perros, les busqué un nuevo hogar. Alek los encontró y, con la ayuda de mi hermano, los robó y los escondió. Me enseñó fotografías y dijo que me los devolvería después de la boda. Yo… —aquella narración era demasiado dolorosa, y Katarina no pudo seguir—. Vamos a cambiar de tema.

Él movió la rodilla, y tocó la de ella ligeramente.

—¿Por qué no lloras nunca?

No era el primero que se daba cuenta, pero sí era el primero que se lo preguntaba.

—Lloré mucho cuando mi madre se puso enferma. Después de que muriera… ya no pude llorar más. Supongo que me quedé seca.

—¿Sufrió?

—Sí, mucho.

—Entonces, sentiste alivio cuando su sufrimiento terminó. Y te sentiste culpable por sentir alivio.

—Sí —dijo ella. Pensó que aquel era un análisis muy inteligente para alguien que se había descrito como un bruto insensible–. ¿Cómo lo sabes?

–Cuando me decapitaron, no fue algo que me tomara por sorpresa. Podría haberme agachado. Podría haber luchado, pero no lo hice. Permanecí inmóvil. Yo… me suicidé con la esperanza de salvar a mis amigos de Desconfianza.

–Tal vez lo hicieras también por ti mismo, para conocer la paz, por fin.

¿Era aquel el verdadero origen de su sentimiento de culpabilidad?

Él asintió con tirantez.

No era de extrañar que detestara la debilidad. Su mayor pérdida, y su mayor arrepentimiento, habían surgido en el momento en que había dejado de luchar.

–Ahora eres otro hombre –le dijo–. No volverías a hacer lo que hiciste. Creciste y aprendiste.

Y, en aquel momento, los dos se merecían avanzar y romper con el pasado.

Katarina tiró del cuello de su camisa y lo atrajo hacia sí, como si tuviera pensado darle un beso. Él se puso tenso, esperando el contacto de sus labios, pero ella lo soltó y se apartó.

En el rostro de Baden apareció una oscura decepción, y ella estuvo a punto de echarse a reír. En un instante, se sintió muy animada, casi… ¿traviesa?

–Estoy intentando decidirme… –dijo ella. Oh, sí. Traviesa.

–¿Entre?

Ella bajó la voz y respondió con un ronroneo.

–Entre tomar lo que quiero o hacer que tú vengas por ello.

Baden la miró como si acabara de bajar del cielo. Le agarró las caderas y la sentó en su regazo, y ella no tuvo más remedio que colocarse a horcajadas sobre sus muslos.

–Voy a ir por ello –dijo él, y le mordisqueó la barbilla.

—Tal vez yo te compense por tomar la iniciativa —le dijo ella, y palpó su miembro con una mano. Estaba muy excitado, y era más grande de lo que pensaba—. Tal vez no —dijo Katarina, apartando la mano—. ¿Te duele?

—Sí, pero no me importa.

Ella no quería que sintiera dolor. Sin embargo, tampoco quería acabar aquel juego.

—¿Te debo alguna compensación más?

—Sí. Cualquier cosa que yo quiera —dijo él.

Entonces, la deslizó hacia atrás por sus muslos, hasta que quedó al borde de sus rodillas, y la inclinó hacia atrás, de modo que sus sexos se frotaron el uno contra el otro.

Ella se estremeció y jadeó:

—¿Qué quieres?

—Que te corras encima de mí.

Qué hombre tan adorable.

—Eso se puede arreglar…

Katarina arqueó las caderas y siguió frotándose contra él, una, dos, tres veces. Gimió, se agarró a sus hombros y disfrutó de los movimientos.

Él la tomó por las caderas y la obligó a ir más despacio, de una forma agonizante, hasta que… ¡llegó! A ella se le nubló la mente por la intensidad del placer.

—¡Esto es genial! No pares. Por favor, Baden, no pares.

Él no se detuvo. Cuando ella posó los pies en el suelo y se apretó con fuerza contra su cuerpo, él tomó aire bruscamente.

—Me gusta esto —susurró Katarina—. Creo que podría quedarme contigo.

Él se puso rígido y, después, se quedó inmóvil.

—Sabes que esto no puede ir a ninguna parte, ¿no?

—Por supuesto. Me refería a que puedo quedarme contigo una temporadita —respondió ella. Le pareció un poco insultante que él le pidiera que se explicara, y añadió—: Tú sabes que solo te estoy utilizando para distraerme de mis problemas, ¿no?

Él la agarró con más fuerza, casi haciéndole daño. ¿Acaso no agradecía su sinceridad? ¿Quería ser el único que considerara su aventura algo temporal?

¡Hombres!

—Somos demasiado distintos —dijo ella. Estaba tan desesperada por moverse, que siguió su afirmación con un gemido, y añadió—: Vamos, ya es suficiente…

—¿Porque soy inmortal?

—Y porque eres un asesino —contestó Katarina. Se mordisqueó el labio inferior. Su pasión se estaba apagando. Le acarició los brazos de nuevo, y preguntó—: ¿Qué es lo que quiere la bestia en este momento?

—Follar contigo y luchar, por ese orden.

—¿Luchar contra mí?

—No, contigo no.

Bien.

—Entonces, no vas a hacerme daño.

—No, y no —dijo él—. Nunca.

—Pero ¿la bestia podría hacerme daño sin querer? —preguntó ella, sin dejar de acariciarlo suavemente—. Tal vez tengamos que distraerlo. O tal vez necesite conocerme antes de follar conmigo. Así, después solo querrá abrazarme.

De repente, él irradió pura agresión. Le gustaban las chicas que llamaban a las cosas por su nombre, ¿eh?

—¿Qué quieres hacer primero? —le preguntó ella, poniendo la boca junto a su oído, y soplándole con suavidad—. ¿Conseguir tu distracción o conocerme mejor?

—Vamos directamente al sexo —dijo él, casi gritando. Y ella tuvo la certeza de que oía dos voces.

Sus músculos se contrajeron con impaciencia. Realmente, le gustaba su fuerza.

Le acarició con los dedos los mechones de pelo suave antes de tomar sus manos enguantadas y colocárselas sobre el pecho.

–Está bien, pero solo si me dices tres cosas que te gusten mucho de mí.

A él se le dilataron las pupilas.

–Eres guapa. Creo que ya te lo había mencionado.

–Sí, pero hay miles de mujeres que son más guapas que yo.

–No, no hay ninguna –dijo él, y observó cómo se endurecían sus pezones mientras se los acariciaba–. Y tienes la singular capacidad de hacerme reír.

Mejor. Más puntos para aquello.

–¿Y qué más?

Katarina oyó ladrar a uno de los perros y, después, al otro. Fueron unos ladridos amenazantes. Se puso muy rígida, y los brazos se le cayeron a ambos lados de los brazos.

–Tengo otra cosa que decirte.

Baden le tomó las muñecas a Katarina y metió estas entre su pelo mientras sus manos le acariciaban los pechos.

«No voy a tomarles cariño a esos perros, ¿acaso lo he olvidado? Voy a mantener la distancia y proteger mi corazón…».

Otro ladrido.

–Eso tendrá que esperar –le dijo, y saltó al suelo con las piernas temblorosas, terminando de golpe con aquel juego sensual–. A los cachorros les pasa algo.

Salió corriendo hacia la izquierda, pero dio con la puerta de la despensa. Todavía tenía que aprenderse la distribución de la casa.

–Katarina…

–Pandora está aquí –dijo Torin, por los altavoces.

¿Pandora?

–¿Tu enemiga amiga? –preguntó ella.

–En este momento, enemiga. Quédate aquí –dijo él, y salió corriendo.

¿Que se quedara allí? Por favor. Katarina lo siguió como si fuera su sombra.

–Vuelve a la cocina –le soltó él, sin dejar de correr por el pasillo.

–Ni lo sueñes. Y, para que lo sepas, si quieres que sigamos saliendo juntos, tienes que dejar de darme órdenes.

Salieron por la puerta del patio, a la luz del sol, al calor del verano. Se oía a los grillos y a las langostas. Olía a pino. Katarina percibió todos aquellos detalles que deberían haberla deleitado, pero vio a la bruja de pelo negro del hotel, que tenía a Gravy en los brazos. El enorme cachorro forcejeaba para liberarse mientras Biscuit, que seguía encerrado en la perrera, golpeaba los barrotes para intentar ayudar a su hermano.

Pandora sonrió al oír que Baden rugía su nombre.

–No des un paso más –dijo ella, y puso un cuchillo en el cuello del perro.

Katarina se quedó paralizada de terror.

«No puedo hacer nada. Otra vez. Tengo que quedarme quieta mientras otro animal inocente corre peligro».

–¡No! No voy a permitir que hagas eso –gritó, y se movió–. ¡Suelta a Gravy!

Baden la agarró de la muñeca para impedir que continuara. Aunque ella intentó zafarse, él era demasiado fuerte.

–Dame a Aleksander –dijo Pandora– y yo te daré al perro.

–No acepto. Prefiero que te marches con esto –dijo él, con maldad, y le lanzó una daga.

Un segundo después, Pandora se tambaleó hacia atrás con la daga clavada en un ojo. El perro se le cayó de los brazos.

Capítulo 13

«Es una observación excelente. Permíteme que te dé mi respuesta: vete a la mierda».

Reyes, guardián de Dolor

En un momento dado, Baden tenía el control de su temperamento pero, al siguiente, Destrucción tomó las riendas. Sin embargo, de algún modo, Baden conservó su propio pensamiento, como si la bestia y él estuvieran compartiendo su mente, como si ya no fueran dos seres distintos, sino alguien nuevo.

Alguien extremadamente furioso.

Su cuerpo creció… y creció… su piel se estiró sobre los músculos aumentados y los huesos prolongados. De sus labios surgió un rugido animal, y su visión se convirtió en un túnel que llevaba la luz roja de sus ojos directamente hacia Pandora.

Ella lo había amenazado; había amenazado a su mujer y a sus perros. Lo pagaría con sangre. Las reglas podían irse al cuerno.

Le ardían las puntas de los dedos, y sus garras se afilaron. Mientras caminaba a grandes zancadas hacia ella, sacó una daga. Pandora tenía un río negro por la cara. Se puso en pie con las piernas temblorosas. Él la había visto en condiciones peores, pero iba a verla muerta.

A ella se le prolongaron los colmillos y sobrepasaron su labio inferior, y salió corriendo hacia él. Chocaron a medio camino y se convirtieron en una gran masa de furia. Se acuchillaron y se mordieron como animales salvajes, y se golpearon contra la perrera, con tanta fuerza, que la derribaron por completo.

Él la agarró del pelo y la lanzó contra una parrilla que había en el patio. Ella partió la parrilla en dos, y se formó una nube de carbón a su alrededor. Le lanzó un dardo de metal a Baden y consiguió clavárselo en el pecho. Él se arrancó la pieza del pecho mientras ella se le abalanzaba y lo empotraba contra la muralla de la fortaleza. La piedra se resquebrajó y se formaron masas de polvo.

—Te tengo, tranquilo —dijo con delicadeza Katarina, y él se consoló con su voz, aunque sabía que les estaba hablando a los perros—. No voy a permitir que te pase nada.

«Me gusta su instinto maternal».

Tendría que acordarse de decírselo. Estaba deseando retomar las cosas donde las habían dejado.

Pandora se concentró en ella. Todavía llevaba la daga ensangrentada en la mano. Baden casi pudo oír el pensamiento del ser que había en su mente: «Mata a la chica. Es una amenaza».

Baden, entre jadeos, se quedó inmóvil. Katarina estaba agachada delante de los perros, manteniéndolos a su espalda mientras caminaba hacia atrás como un cangrejo para protegerlos. Un acto muy valeroso, pero temerario. ¡Podía resultar herida!

Se teletransportó justo delante de ella y le dio un terrible puñetazo en la mandíbula a Pandora.

Otros dos guerreros llegaron al patio.

—¿Qué quieres que hagamos? —preguntó Maddox—. Tus deseos son nuestras órdenes.

Pandora y Baden se fijaron en él.

«Demonio. Amenaza».

«Amigo. Es mi amigo».

«¡La peor clase de peligro!».

Baden se acercó a Maddox. Pandora caminó a su lado.

El guerrero frunció el ceño.

—¿Qué estás haciendo?

—Matar —dijo Pandora.

—Buena idea. No me importaría nada —dijo Anya, la otra recién llegada. Dio un salto y pateó a Baden con tanta fuerza que su cerebro rebotó en las paredes del cráneo.

«Diosa, anarquía, amenaza. ¡Amiga!».

«Pues razón de más para que le resulte más fácil llevarnos a una trampa...».

Después, Anya atacó a Pandora. Ambas cayeron al suelo, y Pandora trató de apuñalarla mientras rodaban.

—Ayuda a los demás, Baden —dijo Katarina, con aquel tono delicado—. Por favor, no les hagas daño. Te necesitan.

Su atención cambió hacia ella. Los perros se pusieron a ambos lados de su cuerpo y le gruñeron. ¿Para advertirle que se mantuviera alejado? «¡Nadie me aleja de ella!». Les mostró los dientes a los animales.

—Maddox, ayúdame un poco, por favor.

Anya le lanzó un puñetazo a Pandora, pero Pandora la bloqueó y le destrozó los nudillos, riéndose.

Maddox se puso delante de la diosa, para protegerla, y se llevó un puñetazo destinado a ella. Del impacto, se le desplazó la mandíbula.

«¡Matar!». Destrucción se concentró en Maddox.

No. Baden se agachó y consiguió cambiar la dirección de su ataque hacia Pandora. Ambos rodaron por un desnivel. Antes de detenerse, pudo clavarle la daga en el costado. Baden recibió varias puñaladas en el costado y, si hubiera sido humano, se habría desangrado allí mismo. Con una expresión torva, la agarró del cuello y de la muñeca y le apretó la garganta para cortarle la respiración.

«Ni siquiera sé si necesita respirar».

Él había empezado a necesitarlo lentamente, y no sabía si a ella le había ocurrido lo mismo. Le apretó el cuello con más ferocidad.

Ella forcejeó, le clavó las garras en el brazo y le rasgó la piel.

¡Bum!

El suelo vibró, y él sintió una explosión de calor por encima del cuerpo. De no haber estado de rodillas, se habría caído.

—¡Bomba! —gritó Anya.

¿Era cosa de Pandora?

Maddox gritó los nombres de los miembros de su familia mientras salía corriendo hacia la fortaleza, seguido por Anya.

—¿Cuántas has puesto? —le preguntó Baden a Pandora.

—Yo… no he sido.

—¡Baden! —gritó Katarina—. ¡Ayúdame, por favor!

Baden oyó su tono de dolor, soltó a Pandora y subió rápidamente por el desnivel del terreno. Pandora todavía no se había recuperado lo suficiente como para impedírselo, pero siguió su avance con los ojos entrecerrados. Baden vio a Katarina en el suelo. Había caído una viga de madera sobre su pierna y las caderas de Biscuit. Gravy y ella trabajaban febrilmente para intentar levantar la viga, pero ninguno tenía la fuerza suficiente.

¡Bum!

Se produjo otra explosión que lanzó a Baden al otro lado del jardín. Se levantó rápidamente, llegó hasta ellos y apartó la viga de un golpetazo.

—¿Puedes andar? —le preguntó a Katarina. Ella estaba sangrando, porque tenía una herida bajo la falda.

Debería estar gritando de dolor.

Sin embargo, no lloró, y él estuvo a punto de desmoronarse. A ella no debería negársele nada, ni siquiera las lágrimas.

–Creo que sí –dijo con la voz temblorosa–. ¿Qué pasa?

–¡Allí arriba! –gritó Pandora.

De no haber sido por el grito chirriante que se oyó en el cielo, Baden la habría ignorado. Miró hacia arriba y encontró rápidamente una espantosa criatura alada que sobrevolaba la fortaleza. Emanaba humo de todo su cuerpo. Tenía la piel morada y unos cuernos muy gruesos. En las manos y los pies tenía unas garras amarillas y afiladas, y de los talones le salían otros cuernos, más pequeños que los de su cabeza. Llevaba un taparrabos de color carne. ¿Era carne humana convertida en cuero?

Con una sonrisa de perversión, la criatura extendió la mano, y en su palma se formó una bola de fuego negro y rojo. Apuntó hacia Baden.

Lo único que pudo hacer él fue agarrar a Katarina ya los perros y teletransportarse a la celda donde estaba encerrado Aleksander, para evitar que el monstruo los hiciera volar por los aires. Aleksander estaba encadenado a la pared y no podría tocar a Katarina.

–No te apartes de este lado de la celda, y no podrá hacerte nada– le dijo Baden. Destrucción se golpeó contra su cráneo, enfurecido, dispuesto a matar–. Apriétate la herida del muslo y quédate aquí. No se te ocurra acercarte a ese hombre.

¡Bum!

Los muros retumbaron y el aire se llenó de polvo.

–No me dejes aquí, Baden. Yo…

No tenía tiempo para razonar. Se teletransportó a la fortaleza. O, más bien, a lo que quedaba de ella. Entre los escombros, Baden vio una mano de huesos finos con las uñas pintadas de rosa. Ignoró el deseo de la bestia de ir a dar caza al nuevo enemigo, y comenzó a apartar piedras y escombro. Por fin, descubrió una melena rubia rojiza, y el estómago se le encogió. Era Gwen, la compañera de Sabin. Tenía los ojos vidriosos, y su pecho no se movía. Tenía la cara cubierta de sangre y hollín.

Baden la liberó, preguntándose si iba a encontrarse al guardián de Duda junto a ella, muerto. Cuando iba a buscarle el pulso a la muchacha en el cuello, las bandas de sus brazos se calentaron. «¡No! Ahora no!». Sin embargo, no pudo hacer nada para resistir el mandato de Hades, y apareció en la sala del trono, junto a Pandora.

–Mándame otra vez a la fortaleza –ordenó. Intentó teletransportarse, pero no lo consiguió–. Ahora.

Hades estaba en pie junto a una mesa larga y rectangular, acompañado por los otros cuatro reyes.

Iron Fist no llevaba camisa, y su piel estaba cubierta de tatuajes como los de Hades. Eran extraños y… ¿tenían vida? Aquellas marcas se movían por su piel. Tenía el pelo largo, negro y ondulado, y una espesa barba.

Otro guerrero, que tenía la piel ligeramente azulada y los ojos rodeados con un círculo de pintura negra, y todas las cejas recorridas por piercings, se echó a reír.

–Tu marioneta piensa que puede mandar. Adorable –dijo, con un ligero acento.

Destrucción rugió de odio.

Baden saltó sobre él y le lanzó un puñetazo con la fuerza de un ejército. El guerrero se tambaleó un poco, dio un paso atrás y movió la mandíbula.

–No está mal.

–Te dije que es fuerte –le dijo Hades, como si fuera un padre orgulloso.

–Pero no es muy listo –dijo alguien, a su espalda, justo antes de que lo levantaran por los aires, por encima de la cabeza de Iron Fist, que lo lanzó al otro lado de la habitación–. Tal vez con el golpe recupere algo de sentido común.

A él se le rompieron los huesos y sintió un dolor insoportable, pero no le importó. Se puso en pie y se acercó a ellos cojeando. «Amenaza. Matar».

De nuevo, Pandora caminó a su lado. Solo tenía un ojo

ileso, y estaba fijo en el guerrero que lo había lanzado por los aires.

—A mí me está permitido atacarlo —le dijo ella—. A ti, no.

—Ya está bien —dijo Hades, con cara de aburrimiento.

Baden y Pandora quedaron paralizados.

—Déjame volver ya —repitió Baden.

—¿Ese es tu agradecimiento? Te he traído aquí para avisarte. Lucifer ha enviado a un asesino para que acabe contigo. Se llama… no me acuerdo. Se me ha olvidado porque no me importa. Va a utilizar…

—Lo sabemos —gritaron Pandora y él, al unísono.

—Está en la fortaleza —dijo Baden— y es posible que ya la haya destruido.

—Bien, bien —dijo Hades—. Para vencer a un enemigo así, vais a necesitar un poco de ayuda.

Tocó las bandas de ambos y el calor aumentó mil grados.

Baden rugió, y le fallaron las rodillas. Destrucción rugió también. Sin embargo, el dolor no fue lo único que sintió. Un poder increíblemente grande explotó dentro de él.

—El que venza a ese asesino —dijo Hades, con una sonrisa—, ganará cinco puntos extra. Id.

Baden no perdió el tiempo. Se teletransportó a casa. Pandora apareció a su lado, con la misma determinación que él por ganar aquellos puntos.

La tregua había terminado.

—Es mío.

Baden la agarró y la tiró al otro lado de los escombros.

Destrucción, embriagado por todo aquel poder, se puso frenético, y le ordenó que no dejara de matar.

Baden apretó los puños. Estaba dispuesto a acabar con cualquiera que fuera lo suficientemente estúpido como para interponerse en su camino. Se concentró en el asesino. Sus amigos, Paris, Sabin, Maddox y Torin habían conseguido derribarlo, y estaban enzarzados en una batalla con él, utilizando espadas, disparando armas, propinando golpes y lanzando dagas. Conseguían herirlo, pero no matarlo.

De repente, Baden pudo saborear el deseo de acabar con él. Su sangre estaba ardiendo cada vez más, aunque las bandas se enfriaron.

—Mío —dijo.

Dio un solo paso, y estaba delante de su enemigo. Maddox ya había lanzado un puñetazo y fue él quien lo recibió, en la nuca, pero apenas sintió el golpe, que habría acabado con cualquier otro ser.

El asesino sonrió y le arrojó una bola de fuego a la cara, y a Baden le encantó. Las llamas le proporcionaron aún más poder, como si alimentaran al que ya le había concedido Hades.

Al asesino se le borró la sonrisa de la cara, y se tambaleó hacia atrás.

Baden lo siguió. Le dio un puñetazo tan fuerte que le atravesó el esternón. Después, le sacó el corazón.

Pandora apareció detrás de la criatura y, de un espadazo, le cortó la cabeza. El cuerpo cayó al suelo como un fideo y la sangre creó un charco.

Uno menos, pero quedaban muchos. Sus enemigos estaban debilitados a causa de la batalla. «¡Mata ahora!».

«Shh. No necesitas matar a nadie. Yo voy a protegerte».

La voz de Katarina resonó suavemente en su cabeza y calmó a Destrucción, y Baden frunció el ceño. Ella no estaba presente, y nunca le había dicho aquellas palabras. Además, no tenía la fuerza suficiente como para protegerlo.

—¿Estás bien, tío? —le preguntó Sabin, dándole una palmadita en el hombro.

«Calma. Tranquilo».

Baden dejó caer el órgano podrido y dijo:

—¿Cómo está Gwen? ¿Y los demás?

—Lucien se la ha llevado a una casa segura —dijo el guerrero, con angustia—. En cuanto Cameo consiguió despertar a Keeley, ella utilizó lo que le quedaba de fuerza para teletransportar a los demás. Todos, salvo Galen, están a salvo. Si está aquí, está enterrado bajo los escombros.

–No, no está aquí. Lleva fuera varias horas –dijo Torin, y se pasó una mano por la cara–. Esta criatura sabía que tenía que inhabilitar primero a Keeley para que ella no pudiera ayudarnos. Bombardeó nuestro dormitorio antes de seguir con el resto de la fortaleza.

–¿Están todos…?

Sabin asintió.

–Vivos, sí. ¿Estables? No.

Baden miró a Pandora.

–Si no hubieras atacado a mis perros –le ladró– no habríamos estado distraídos.

Un instante después, estaban enfrentándose.

–¿Quieres luchar conmigo? –rugió ella–. ¿Eh?

–¿Otra vez? ¿Qué tal el ojo?

Ella chilló con fuerza y lanzó un puñetazo. Maddox se interpuso y los separó.

–Márchate –le dijo a Pandora–. Ahora. O Baden no será el único que te golpee.

Ella abrió la boca para protestar, pero Maddox la interrumpió.

–Te estoy dando esta oportunidad porque te infligimos un gran daño cuando te robamos la caja. Porque yo te hice un gran mal después de mi posesión. Pero no voy a darte otra.

–No vas a ganar esta batalla –le dijo Sabin–. Estamos demasiado alterados, y tú estás herida.

Ellos no sabían nada acerca del poder extra que les había concedido Hades, ni que tal vez Pandora fuera capaz de ganarlos a todos. Sin embargo, Sabin era experto en crear dudas. Ella palideció y se desvaneció.

Baden miró la devastación que había a su alrededor. No podrían recuperar la fortaleza. Se sintió culpable.

–Yo tengo la culpa de todo esto. No debería haber vuelto. No debería haber venido a vivir aquí.

–No digas tonterías –le dijo Torin, y apartó un pedazo de madera de una patada–. Vamos a recuperar todo lo que podamos mientras esperamos a que vuelva Lucien. Estamos mejor todos juntos, y punto.

–Me alegro de verte… esposa mía.

Katarina le soltó un siseo de odio al hombre que le había hecho tanto daño.

–Tú no eres mi marido. Eres mi chantajista y el camello de mi hermano. Y ahora, eres el asesino de mis perros.

–Puedes comprarte más perros. Muchos más. De hecho, parece que ya has empezado.

¡Canalla! El odio que sentía se desbordó y estuvo a punto de ahogarla, como el dolor. Se merecía sufrir, pero parecía que estaba perfectamente. La única señal de que no era libre era la cadena que le rodeaba la cintura.

–¿Te compró el pelirrojo esos chuchos? Deberías devolverlos. Te mereces perros con pedigrí.

Los perros estaban sentados a su lado, con el lomo erizado, con la vista fija en Aleksander. Se estaban comportando tan bien como si llevara meses trabajando con ellos.

–Baden no es asunto tuyo. Ni yo. Ni los perros.

Katarina rasgó el bajo de su vestido y se vendó la herida de la pierna para frenar la hemorragia.

–Y el pedigrí no dice nada acerca del valor de un animal.

Él la fulminó con la mirada.

–¿Te has acostado con él?

–Aunque me acostara con un ejército, seguiría sin ser asunto tuyo.

–No te engañes. Tú eres mía. Eres mi esposa, eres mi propiedad.

Los perros se ofendieron con su tono de voz. Se irguieron y empezaron a gruñir.

Ella sabía que no debía sobresaltar a un animal enfadado con una caricia que no deseaba, así que empezó a canturrear. Ellos se relajaron y volvieron a sentarse.

El techo vibró, y cayó más polvo sobre ellos. ¿Dónde estaría Baden? ¿Estaría bien?

—Te sugiero que seas agradable, esposa mía —dijo él—. Muy pronto utilizaré la moneda para destronar a Hades y ocuparé su lugar en el inframundo. Seré rey.

—¿Eso es lo que puedes hacer con la moneda? ¿Comprarte un reino?

—Puedo obligar a Hades a concederme un deseo, sea cual sea.

—¿Y cómo la conseguiste?

Él vaciló, pero acabó por responder.

—Me la regaló mi madre.

—¿Tienes madre? Vaya, ¿y está orgullosa de su hijo psicópata?

—Murió por culpa de mi padre —dijo él, con una sonrisa de locura—. Pero él se va a llevar su merecido, al final. Yo me ocuparé. Y, si quieres conservar tu preciosa lengua, no vuelvas a hablar de mi madre.

Los perros ladraron, pero permanecieron en su sitio.

—¿Sigue vivo mi hermano, o lo has matado a él también? —le preguntó ella, mientras palpaba la pared de fría piedra para ver si encontraba una forma de salir de allí. No dudaba de que estaba a salvo, pero tal vez las mujeres y los niños la necesitaran. A ella, y a los perros.

—Después de la masacre de la capilla, envié a Dominik a mi finca del campo. No voy a hacerle daño... siempre y cuando me trates con el respeto que merezco.

Así habría sido su vida si Baden no se hubiera entrometido. Una vida de amenazas y coacción. Tenía una deuda muy grande con aquel guerrero.

Consiguió sacar una piedra que ya estaba aflojada.

—¿Acaso piensas dejarme aquí? —inquirió Alek, e hizo resonar las cadenas al intentar levantarse—. No. Vas a quedarte, ¿me oyes? ¡Vas a quedarte!

Katarina se dio la vuelta con intención de lanzarle la piedra, pero se quedó atónita. Él tenía los ojos rojos como si fueran chispas.

Baden tenía razón. Aleksander no era humano.

¿Cómo era posible? ¿Y cómo era posible que ella no se hubiera dado cuenta?

—Cuando sea el rey del reino de Hades —prosiguió Alek—, tú serás mi reina. ¿Acaso no quieres ser mi reina, *princezná*?

—Prefiero servir a un buen rey que ser la reina de uno malo.

—Entonces, ¿sí?

—No.

Sin embargo… Katarina respiró profundamente y exhaló todo el aire. En aquel momento, formaba parte del mundo de Baden. Él admiraba la fuerza, y ella le había dicho varias veces que era fuerte. Había llegado la hora de demostrárselo.

Si no podía escapar, al menos podría conseguir información.

—¿Dónde está la moneda? —le preguntó ella, y se estremeció. Demasiado, y demasiado rápido.

Él volvió a sonreír como un maníaco.

—Puedes buscar por todo el mundo, pero no la vas a encontrar.

Qué seguro de sí mismo. Buscar por todo el mundo…

Entonces, ¿tendría que buscar en el inframundo?

No, no era probable. Él no le confiaría aquella moneda a nadie.

—Por mucho que te odie, tampoco quiero ser prisionera. Si te ayudo a escapar, tienes que llevarme contigo. Y soltar a mi hermano.

Él entrecerró los ojos, pero asintió.

–De acuerdo.

¿Capitulaba tan fácilmente? ¡Mentiroso!

Ella se puso en pie y dio un paso hacia él. Entonces, fingió que lo pensaba mejor y retrocedió. Cuando él se puso tenso, ella dio otro paso hacia delante.

–¿Cómo voy a liberarte? –le preguntó.

–Abre el candado de las cadenas, como hiciste con la cerradura de tu habitación –respondió él, vibrando de impaciencia–. Yo haré el resto.

–En otras palabras, que haga todo el trabajo a cambio de una recompensa muy pequeña. ¡No! Yo también quiero la moneda.

«Mírame. Baden se sentiría orgulloso si me viera interpretando este gran papel de oportunista».

–La compartiré contigo –respondió él, aunque, claramente, se había puesto furioso.

Otra mentira.

–¿Y cómo sé yo que la tienes de verdad?

–Tendrás que confiar en mí.

–¿Después de lo que les hiciste a mis perros? No, no confío en ti. Tienes que demostrarme su existencia.

–La tengo, lo juro. Eso es todo lo que tienes que saber.

–Lo siento, marido mío, pero tengo que verla.

Él le mostró los dientes con un gesto ceñudo que ella solo había visto cuando trataba con empleados que le habían traicionado.

–Suéltame –le ordenó– y te la enseñaré.

Ella observó la cerradura a distancia.

–Parece complicada. Si fuera fácil de abrir, tú ya habrías encontrado la forma de hacerlo. Tal vez yo no tenga la suficiente habilidad…

–La llave. Busca la llave.

–¿Cómo? Baden vigila todos mis movimientos. ¿Por qué no usas la moneda? Podrías convertirte en rey y llamar a un ejército entero para que te liberara. Vamos, dime dónde está. Convenceré a Baden para que me teletransporte a ese lugar y la esconderé en mi ropa antes de que él la encuentre. No se enterará.

Alek dio una patada, pero no consiguió alcanzarla. Su cordura estaba empezando a fallar.

—¡Zorra! ¡Lo que quieres es usarla tú!

Ella les hizo unas caricias a los perros detrás de las orejas antes de que tuvieran tiempo de reaccionar, y alzó la barbilla.

—Yo soy débil. Nunca me atrevería a acercarme a Hades sin ti. Pero no puedo arriesgarme a incurrir en la ira de Baden. Es un hombre cruel —dijo, y se estremeció fingidamente—. Muy peligroso.

Alek resopló y resopló. Consiguió disimular la ira en los rasgos de su cara, pero no pudo ocultar el brillo de furia de sus ojos.

—Eres una mujer. Seguro que encuentras la forma de distraerlo de su ira.

¿Ya estaba dispuesto a que su esposa se convirtiera en una prostituta?

—Está bien —dijo ella—. Pondré mi vida en peligro y seduciré a Baden... si me demuestras que la moneda existe.

Alek miró más allá de Katarina, y palideció.

Oh, oh. Problemas.

—Has cometido un grave error, *nevesta* —dijo Baden, a su espalda. Su voz tenía una especie de eco, como si hablara al mismo tiempo que la bestia—. Verdaderamente grave.

Capítulo 14

«Hay tres formas de mirar el vaso: medio lleno, medio vacío y ¿por qué estás mirando mi vaso, imbécil?».
Gwendolyn la Tímida, arpía del clan Skyhawk

Una brisa cálida y salada acarició la piel de Gillian. Estaba en una tumbona en la playa privada de William, bajo un dosel blanco. Se estaba poniendo el sol, y el cielo estaba teñido de rosa, morado y oro. Estaba a pocos centímetros de la orilla, donde las olas de agua clara rompían en la arena blanca. Tan cerca, pero tan lejos.

Lo único que perturbaba toda aquella belleza eran los ocho guardias vestidos de negro y armados. Habían formado un perímetro octogonal a su alrededor.

William se había marchado a hacer algo, aunque ella no sabía qué. Su padre había aparecido y le había dicho:

—Hay problemas.

Pobre Liam. Tiraban de él en demasiadas direcciones. Y ella solo estaba empeorando las cosas.

Antes de que ellos se marcharan, William la había sacado allí para que tomara el sol y el aire fresco, con la esperanza de que recuperara fuerzas.

«Odio tener que decírtelo, Liam, pero este experimento es un fracaso».

Estaba tan débil como antes, pero, además, estaba enfadada. Se merecía una respuesta a la pregunta que le había formulado, lanzándosela como si fuera una bomba: ¿Qué era morte ad vitam?

¿Cuál había sido su respuesta?

—Estás cambiando, muñequita.

Ella lo sabía, pero se trataba de su vida… de su muerte. Se le escapó un gemido. No estaba lista para morir.

—¿Necesitaba algo, señorita Bradshaw? —le preguntó uno de los guardias. Aquellos hombres eran muy formales con ella, porque William les había dicho que iba a castrar a cualquiera que la ofendiese.

—No, gracias —dijo ella. «De vosotros, no».

Un segundo más tarde, se oyó un golpe.

Ella casi no tenía fuerzas para volver la cabeza, pero lo hizo, y vio a dos de los guardias tendidos en la arena, inmóviles. Otros tres corrían hacia ellos, con las armas preparadas, pero chocaron contra un muro invisible y también cayeron desplomados al suelo. Los otros tres decidieron acercarse a ella y rodearla. Sin embargo, todos acabaron boca arriba en la arena.

Puck se acercó a ella, tan calmado como el mar, y ella jadeó. Llevaba otro taparrabos, en aquella ocasión hecho de cabellos trenzados. Sus piernas peludas le resultaron menos sorprendentes que antes, y extrañamente atractivas.

La inválida y la bestia.

—¿Los has matado? —le preguntó.

—No. Solo los he dejado dormidos para un rato, pero, si quieres, puedo cortarles el cuello.

—No-no. Por favor, no.

—Muy bien, no.

Él no dijo nada más, y el pánico de Gilly fue desapareciendo.

Los rayos de sol creaban un halo alrededor de Puck. Lo cual era extraño, porque tenía cuernos. Era en parte ángel y en parte demonio. Y, en parte, cabra. Todo guerrero. Las cuchillas que tenía enredadas en el pelo brillaban al sol.

—¿Por qué has venido? Yo no puedo ayudarte —dijo ella, al recordar las palabras con las que se había despedido la vez anterior.

Él se encogió de hombros.

—Me dijeron que tu situación es tan triste, que he decidido que me importe.

—¿Quién te lo ha dicho? —le preguntó. No era posible que se lo hubiera dicho William—. ¿Y por qué quieres que te importe?

Recordó que él le había dicho que estaba poseído por Indiferencia y, seguramente, el demonio borraba sus sentimientos antes de que él pudiera experimentarlos. Las posesiones de los demonios siempre tenían consecuencias.

—¿Te importa?

Él pensó un instante, y suspiró.

—Ni lo más mínimo.

Vaya, de repente, ella sintió envidia. ¿Cómo sería el hecho de que su pasado ya no la afectara? ¿No volver a tener miedo ni pesadillas? Un regalo inconmensurable.

—¿Alguna vez sientes algo?

—Muy rara vez y, cuando sucede… —Puck se quedó callado y volvió a encogerse de hombros.

—Qué suerte.

—¿Suerte? Chica, no tengo suerte. Podría prenderte fuego, ver cómo te quemas gritando de dolor y no interesarme por nada más que por el calor que dan las llamas en una noche fría.

—Está bien. Tal vez la palabra «suerte» es demasiado fuerte. Pero… ¿vas a prenderme fuego?

—No. Me he dejado las cerillas en casa.

Qué reconfortante. Y, sin embargo, por primera vez desde que se había puesto enferma, tuvo ganas de sonreír.

Siguieron allí sentados, en silencio, durante unos minutos. Ella cada vez sentía más interés por él. Era un hombre muy guapo y, aunque normalmente parecía que todos los inmortales tenían la misma edad, aquel aparentaba ser más joven. ¿Por qué?

Una brisa fría y salada hizo que se estremeciera. Inmediatamente, él se quitó la camisa y la envolvió con ella. Ella miró su pecho y... vaya. Tenía músculos y músculos, al contrario que su padre y sus hermanastros, que eran...

De repente, le costó respirar. Volvió la cabeza para no ver a Puck y buscó una distracción.

Su nariz rozó el algodón suave de su camisa, y experimentó una deliciosa sensación. No había nada que oliera tan bien como aquello, a lavanda y a humo de turba. ¡Y qué calidez! Los rayos del sol no habían podido darle calor, pero aquella camisa la estaba sofocando.

—Gracias —murmuró.

—De nada —dijo él.

Volvieron a quedarse en silencio. Si aquello seguía así, tal vez él se marchara. Ella no quería que se fuera.

«No quiero estar sola. Eso es todo».

Se estrujó el cerebro para dar con un tema de conversación. Lo mejor que se le ocurrió fue:

—Eh... ¿cómo te hiciste invisible?

—No me he hecho invisible. Lo que pasa es que puedo moverme demasiado deprisa como para que me vean los demás.

Respondía con claridad y sin titubeos. Aquello era algo nuevo, porque William siempre hablaba con acertijos, y los guerreros de Budapest evitaban sus preguntas como si temieran revelarle demasiado a una mortal.

Tal vez Puck le respondiera la pregunta más importante.

—¿Qué es morte ad vitam?

Él enarcó una ceja.

—¿Es eso lo que te ocurre?

—Sí. Todos los médicos están de acuerdo. ¿Qué significa?

–Que tu cuerpo está intentando evolucionar, convertirse en inmortal, pero no es lo suficientemente fuerte.

¿Cómo? No, eso era imposible. Ella era humana. Siempre iba a ser humana.

–La única posibilidad de que sobrevivas –dijo él– es que te vincules a un inmortal, que unas tu fuerza vital a la suya. Claro que, ni siquiera eso es una garantía. Podrías succionar toda su fuerza y convertirlo en humano.

Un vínculo… como podría ser el matrimonio. Algo que William se negaba a contraer con ella o con cualquier otra. Y mejor, por supuesto.

El matrimonio conllevaba una serie de deberes, como, por ejemplo, mantener relaciones sexuales. Y ella prefería llevar un cinturón de castidad eternamente.

Seguramente, William no quería seguir aquel camino debido a la maldición que pesaba sobre él. O por algún otro motivo que ella no conocía. Varios de los Señores del Inframundo se habían unido a sus compañeras formando un vínculo, pero eso había tenido consecuencias. Las parejas estaban atadas para siempre, en lo bueno, en lo malo y en lo triste. Si uno de ellos moría, el otro lo seguiría rápidamente.

–Vaya, qué asco –dijo. Preferiría morir en aquel mismo instante que William corriera un peligro innecesario por su culpa–. ¿Cuánto tiempo me queda?

–Bueno, teniendo en cuenta tu estado, yo diría que una o dos semanas.

Como mucho, catorce días.

–Ya no voy a poder hacer todas las cosas que tenía pensadas antes de morir.

–Tal vez debieras hacer una lista. Puedo ayudarte.

Ella frunció el ceño.

–¿Y por qué quieres ayudarme?

–A ti te vendría bien distraerte y, a mí, tener un nuevo objetivo. La mujer a la que deseaba no me deseaba a mí, así que nos hemos separado. Y, ahora… –se encogió de hombros.

–¿Es que para ti las mujeres son objetivos?

–¿Por qué no? Mis objetivos no me permiten quedarme tirado en el sofá, viendo culebrones y comiendo pizza de ayer.

–Pero, si no sientes nada, ¿cómo sabes cuándo deseas a una mujer?

–Yo casi nunca siento emociones, pero a menudo siento deseo. Las dos cosas no son exclusivas, muchacha.

–Eso es cierto –dijo ella, con una sonrisa llena de tristeza–. Yo siento todo tipo de emociones, pero no siento deseo.

Él la miró con curiosidad.

–Eres mayor de edad, ¿no?

–Sí.

–¿Y no has deseado nunca a un hombre?

Ella se quedó mirando hacia el mar. El sol se estaba escondiendo en el horizonte. Respiró profundamente y exhaló el aire, intentando luchar contra la vergüenza, el odio y el horror que siempre se apoderaban de ella cuando surgía aquel tema.

–Ah. Lo entiendo. Alguien te hizo daño –dijo él.

Ella se enfadó.

–No quiero hablar de esto. Cambia de tema o márchate.

Él no hizo ni lo uno ni lo otro.

–Mataré al culpable. Dime quién es.

–Quiénes. En plural –respondió Gilly, y apretó los labios.

Sabía que William ya los había matado. Llevaba tres años viviendo con los Señores del Inframundo y, alguna vez, buscaba los nombres de sus torturadores, un impulso que despreciaba en sí misma. Un día había encontrado un informe policial sobre sus espantosos asesinatos. Aunque no habían encontrado los cadáveres, había sangre y pedazos de carne por las paredes y el suelo de la misma casa donde ella había sufrido. El caso seguía sin ser resuelto.

Cuando le había preguntado a William, él la había distraído con un vídeo juego, como si temiera su reacción. ¡Y él nunca le tenía miedo a nada!

Sin embargo, ella también temía su propia reacción. La gratitud le parecía poco adecuada, pero también la furia.

—Un hombre o cien. No me importa —le dijo Puck.

—Gracias por el ofrecimiento, pero ya han muerto.

Él asintió.

—William debió de encargarse de ellos.

—¿Tú eres amigo de William? —preguntó Gilly.

—He oído hablar de él, y estoy seguro de que él ha oído hablar de mí, pero nunca nos han presentado.

—Si quieres ser su amigo, meterte en su propiedad no es…

—No quiero ser su amigo. Si me odia, me da igual. No me importa una cosa ni la otra.

—Eso no es inteligente por tu parte. Si no eres su amigo, eres su enemigo, y sus enemigos mueren dolorosamente.

Puck sonrió. Por un momento, le pareció… ¿adorable?

—Mis enemigos mueren con agradecimiento, porque se alegran de poder escapar de mí.

Ella puso los ojos en blanco.

—Vosotros, los inmortales, y vuestras peleas de sangre.

—¿A qué te refieres con eso de «vosotros, los inmortales»?

—Yo voy a morir, ¿no te acuerdas? —respondió ella, con una punzada de tristeza—. Antes de que se termine mi transformación. Y no quiero pensar en una lista de cosas que no voy a poder hacer.

—Sí, es cierto que vas a morir —dijo él—. Yo puedo casarme contigo, supongo. Para salvarte.

Ella se lo quedó mirando boquiabierta.

—¿Me estás pidiendo matrimonio?

—Sí. No. Yo no quiero casarme contigo, pero tampoco quiero no casarme contigo. Es algo que podría ser beneficioso para los dos.

«¡Podría vivir!». Tal vez. O podría matar a Puck.

Bien, si se casaba y sobrevivía a la transformación, ¿qué haría entonces? Serían marido y mujer. Él querría hacer cosas con su cuerpo, y ella lo temía. El estómago se le llenó de ácido.

—¿Y no te preocupa que yo te convierta en un ser mortal?

—Yo soy el dominante. Mi fuerza vital es mucho más poderosa que la tuya.

Parecía que él estaba muy seguro, y Gilly sintió la tentación de aceptar. Pero ¿merecía la pena vivir con todos los problemas que tendrían después a causa de aquel vínculo?

—Gracias por la oferta, pero creo que no voy a aceptar.

—¿Por mis cuernos?

—No.

Sus cuernos eran casi… atractivos. Y quizá, un poco sexis. ¿Sexis? No, no había nada que fuera sexy para ella.

Él se merecía saber la verdad.

—Tú querrás tener… ya sabes, relaciones…

—¿Relaciones sexuales?

Ella se ruborizó y asintió.

—Sí, tienes razón. Querría.

—Bueno, pues yo, no. Nunca.

—Eso lo piensas ahora, pero yo te haría cambiar de opinión. Aunque no te forzaría. Nunca. Esa es una de mis normas. Esperaría a que tú lo desearas.

—Te digo que por muy habilidoso que seas, tendrías que esperar para siempre.

Él soltó un resoplido.

—Te tendría en mi cama en menos de un mes. Garantizado.

A ella se le aceleró el corazón, y sintió algo caliente en las venas. Algo que nunca había experimentado antes.

Él ladeó la cabeza, y su oreja puntiaguda se movió.

—William ha vuelto. Va a estar aquí dentro de cinco… cuatro… tres…

–Por favor, vete –le susurró ella con preocupación–. Por favor...

–Uno.

William entró por la puerta del salón y bajó a la playa. Se agachó a su lado y frunció el ceño.

–¿Estás bien, muñequita? Los guardias...

–Sí, estoy bien –dijo ella, rápidamente, mirando a su alrededor. Puck había desaparecido como por arte de magia. Y William no tenía ni idea, porque, de lo contrario, se habría ocupado primero del intruso.

Ella exhaló un suspiro de alivio. No quería presenciar una pelea, y menos cuando no podía hacer nada por ayudar a ninguno de los dos... No, no. Por ayudar a William. Solo a William. Por supuesto.

Él estaba en primer lugar.

–¿Qué les ha ocurrido a los hombres? –preguntó él, observando sus cuerpos dormidos sobre la arena de la playa. Ella tuvo la certeza de que los guardias estarían muertos aquella mañana, o deseando morir.

–Algo es lo que les ha ocurrido –respondió Gilly. Tenía que decírselo–. Un hombre. Puck. Ha venido moviéndose con tanta rapidez que ninguno de nosotros pudimos verlo. Los guardias no están a la altura de su velocidad y su fuerza.

William se puso en pie con rapidez. Tenía una daga en cada mano.

–Puck. El guardián de Indiferencia. Ha jurado que se vengaría de Torin por atraparlo en otro reino. ¿Cómo escapó?

Puck no le había contado eso. Además, ella no se le imaginaba vengándose de nadie, porque no creía que nada pudiera importarle como para llegar tan lejos.

–¿Cómo sabes que ha jurado venganza, si no lo conoces?

–Por mis espías. Ellos están en todas partes.

–O eso es lo que te ha dicho Torin –respondió ella, con ironía.

–¿Te ha dicho algo Puck? ¿Te ha hecho algo?

–Me dijo lo que significaba morte ad vitam –respondió Gilly y, mientras William soltaba una imprecación, ella prosiguió–: No quiero que le hagas nada por explicármelo. Ni que lo mates. Ni que pagues a ningún otro para que lo mate. Tú eres quien deberías haberme contado la verdad, pero no lo hiciste, así que él me ofreció ayuda amablemente.

–¿Ayuda? ¿Qué clase de ayuda? –preguntó él. Al darse cuenta de que ella estaba envuelta en una camisa, su mirada se volvió oscura.

«Estoy en terreno peligroso. Será mejor que ande con cuidado».

–Prométemelo primero –le dijo–. Por favor.

Él se quedó callado. Le quitó la camisa de encima y la arrojó al agua. Gilly se tragó un gemido.

William la tomó en brazos y se la llevó al interior de la casa. Ella había visto muy poco de aquel lugar, solo el camino hacia el dormitorio. El salón era enorme, y estaba situado para tener las mejores vistas del mar. Los ventanales cubrían las paredes de techo a suelo y permitían que la naturaleza entrara en la casa.

Había un sofá semicircular y dos sofás, todo en blanco, delante de una chimenea. Parecía que la mesa estaba hecha de madera reciclada que hubieran encontrado en la playa.

–¿Cuál es tu veredicto? –preguntó William.

–Limpio, clásico y, al mismo tiempo, acogedor. No es tu estilo –dijo ella. William era extraordinario, único y perverso–. ¿Cuánto tiempo hace que tienes esta casa?

–Desde el día que llegamos. Yo… reubiqué al dueño.

¿Cómo?

–Liam, no puedes…

–Puedo, y lo hice.

Subió la escalera de caracol con facilidad y entró al primer dormitorio a la derecha. Las paredes eran amarillas y el edredón de la cama azul claro. Le recordaba a una mañana de verano.

Él la depositó en el colchón y la tapó.

—¿Tienes hambre o sed?

Claramente, había dado por zanjado el tema de Puck. Qué hombre tan frustrante.

—Mi conciencia no puede permitir que…

—Tu conciencia no tiene que permitir nada. Ya llevará la mía esa carga.

—Ese es el problema. Que tú no tienes conciencia.

—Tal vez la adquiera —respondió él—. ¿Cuánto crees que cuestan hoy en día?

¿Qué les pasaba a los hombres de su vida?

—¿Tienes sed? —volvió a preguntar él.

—No —respondió Gilly, malhumoradamente—. Y, para que lo sepas, no me voy a casar contigo.

Él se sentó a su lado. Estaba muy tenso.

—No recuerdo que te lo haya pedido, muñeca.

—Sé que no me lo has pedido y que no me lo vas a pedir. Así, cuando haya muerto, no tendrás que sentirte culpable preguntándote si deberías habérmelo pedido.

—Tú no vas a morir —replicó él—. No te lo permitiré.

Había cosas que ni siquiera él podría evitar.

Gilly lo tomó de la mano con las pocas fuerzas que le quedaban.

—Te quiero, Liam. Cuando no tenía a nadie, ni nada, tú me diste tu amistad y me alegraste, y siempre te estaré agradecida.

Él entrecerró los ojos.

—Deja de hablar como si esto fuera tu final.

Ella le dedicó la misma sonrisa triste que le había lanzado a Puck. ¿Dónde habría ido? ¿Qué estaría haciendo? ¿Y por qué a ella siempre le importaban hombres a quienes no les importaba nada?

—Tienes defectos. Muchos defectos. Pero eres un hombre maravilloso.

—Pues este hombre maravilloso va a encontrar la forma

de salvarte. Estoy trabajando en ello todos los días, todas las horas, todos los minutos. Ahora, descansa un poco –dijo él.

Después, se levantó y salió de la habitación dando un portazo.

Lo más triste fue que ella se quedó mirando al balcón con la esperanza de que apareciera Puck. Sin embargo, él no volvió, y Gilly se quedó decepcionada. Cerró los ojos.

Mientras se dormía, creyó que percibía el olor a humo de turba y a lavanda… y que oía una voz grave que le decía:

–Duerme, muchacha. Yo me ocupo de que estés a salvo.

Capítulo 15

«Siempre debes creer a una mujer que dice que es inocente. Al menos, así nunca podrá echarte en cara tu falta de confianza en ella».

Gideon, guardián de Mentira

A Baden se le llenó la cabeza con miles de nuevos recuerdos. Recuerdos de Destrucción. Recuerdos de Hades. Se apropiaron de él, lo consumieron, y la bestia comenzó a echar espumarajos por la boca. Quiso hacer jirones a Katarina. Le había traicionado tanto como su propia madre.

Cuando era niño, Jezebel lo había atado a un potro de tortura, y le había desencajado todos los huesos. Su querida madre había asado sus intestinos sobre el fuego, clavados en una espita, mientras se comía su hígado sin arrancárselo primero. Se había reído y le había echado encima cubos de insectos demoníacos. Los insectos se le habían metido por la boca, habían bajado por la garganta y habían salido por todos sus orificios.

Como no había conseguido matarlo, matar al hijo que iba a destruirla a ella, según las profecías, se lo había vendido a uno de los reyes del inframundo. El rey tenía bajo su control a una manada de perros del infierno a base de amenazas: «Obedece, o mataré a tu compañera».

Siguiendo sus órdenes, habían seguido el rastro de Hades y lo habían despedazado.

Tanto dolor, y tanta agonía del cuerpo y del alma. Él había querido a su madre, y también la había odiado.

Y, en aquel momento, Katarina pensaba que tenía la inteligencia y el valor suficientes como para engañarlo. ¿Pensaba que podía liberar a su marido y dejarlo?

Destrucción rugió de rabia, y la emoción se traspasó a Baden. Poder antes que sentimiento. Los débiles siempre buscaban un protector. A cualquier protector. Era un factor vital.

Una parte de Baden defendió a Katarina. Era inteligente y astuta, y podría sobrevivir en aquel mundo sin él, sin Aleksander, y prosperar.

No. Aquel pensamiento no podía ser el correcto. Ella necesitaba a un hombre fuerte para sobrevivir. Siempre necesitaría que la salvara un hombre fuerte.

Ella alzó la barbilla, con los ojos verdes también llenos de furia, como si lo desafiara a hablar contra ella.

¿Acaso en el momento del descubrimiento de su traición ella osaba desafiarlo?

Tal vez no fuera tan inteligente, después de todo. Sacaba a la superficie su peor faceta deliberadamente.

«Calma. Tranquilo».

Baden puso a Biscuit en brazos de Katarina y tomó a Gravy con una mano. Entonces, con el brazo libre, estrechó a Katarina contra su cuerpo y, antes de que Aleksander pudiera alcanzarlos, la teletransportó hasta el exterior de la casa segura. Aquel hogar temporal tenía el aspecto de un cobertizo en el exterior, pero, por dentro, era un arsenal y hospital. Soltó a Katarina rápidamente, como si fuera tóxica, y dejó el perro a sus pies.

Baden esperaba que se agarrara a su brazo y le rogara, que sollozara y excusara su comportamiento.

«Lo has entendido mal...».

«Estaba asustada y confundida, pero ahora ya no lo estoy».

«Nunca te traicionaría. Te deseo demasiado».

Sin embargo, Katarina se limitó a apartarse el pelo del hombro y a mirarlo con desdén.

—No te hace falta Destrucción para ser un *kretén* desconfiado y poco razonable, ¿eh?

—¿Por qué soy poco razonable? Tus propias palabras te delatan.

—Tienes razón. Ahora, vete. Tú solo oyes, pero no escuchas.

—¿Qué significa eso?

En aquel momento, Sienna entró desde el porche, y la conversación terminó. Su demonio, Ira, percibió el enfrentamiento que había entre ellos y se deleitó con ello, cosa que irritó a Baden y a su demonio.

—Puede que os venga bien esto —dijo Sienna, y les mostró dos arneses y dos correas.

—Gracias, eres muy amable —dijo Katarina.

Los perros empezaron a moverse nerviosamente cuando les puso los arneses, pero ella empezó a canturrear y, de repente, se calmaron y se comportaron dócilmente.

Baden frunció el ceño. Con qué facilidad los había dominado. Antes, a él le había hecho lo mismo, pero no iba a permitirlo más.

—Eh… ¿De nada? —dijo Sienna. Después salió de la casa nuevamente.

Cuando Katarina iba a seguir a la chica, Baden la agarró de la muñeca.

—El ataque que acabamos de sufrir ha sido ordenado por alguien. Soy un hombre amenazado —le dijo con ira—. Hades tiene dos hijos: William, a quien ya conoces, y Lucifer, que es la oscuridad absoluta. Él está dispuesto a robar a cualquiera, a matar a cualquiera y a destruirlo todo. Quiere que yo muera. Quiere que mueran todos mis aliados. Necesitas mi protección, y harías bien en no olvidarlo.

–Lucifer… ¿el demonio? ¿El ángel caído?

–El mismo.

–Bueno, pues yo no tengo nada que temer. No soy aliada tuya. Métete tu protección donde te quepa.

Katarina alzó la barbilla, tiró del brazo y se encaminó al interior de la casa, seguida por los perros.

Baden también la siguió y la alcanzó en un salón. Allí había un sofá, dos butacas y una mesa de centro.

–¿No necesitas más curas en la pierna? –le preguntó con tirantez.

–No. Solo es un corte pequeño.

Él quería verlo para asegurarse de que no era más profundo de lo que ella pensaba, pero se mordió la lengua. No tenía por qué preocuparse de sus heridas. Ya, no.

–Si valoras tu vida, quédate aquí, en silencio.

Se encargaría de su traición después de haber visto a sus amigos. Hombres y mujeres que nunca iban a traicionarlo.

–Puedo ayudar… –dijo ella.

–Pero no lo vas a hacer. No confío en ti.

–Muy bien. Nos quedaremos apartados de la acción –respondió Katarina. Se sentó en el sofá y dio una palmadita a su lado. Los perros saltaron y se sentaron junto a ella–. Pero no porque tú lo ordenes, sino porque mis pequeños necesitan tiempo para calmarse.

«Se ocupa de los perros, pero no de satisfacerme a mí».

Baden salió por la puerta de la derecha y entró a un pequeño invernadero. Keeley estaba allí, sobre un montón de tierra. El invernadero estaba cálido y húmedo, y olía a rosas. Su carne estaba en proceso de volver a unirse.

Torin estaba agachado a su lado, acariciándole el pelo rosado. Él estaba muy pálido y tenía una expresión de dolor.

–Te quiero, princesa. Necesito que te recuperes. Puedes conseguirlo. Tú puedes conseguir cualquier cosa.

Detrás de ellos estaban Paris y Amun, echando palas de tierra en una carretilla. ¿Para ponérsela a Keeley por encima?

—¿Puedo ayudar? —preguntó él.

Se le había quedado la garganta seca. Lo que sus amigos sentían por sus mujeres… Para él era algo extraño, pero le provocó una chispa de anhelo. Tener a alguien a su lado…

Torin lo miró con lágrimas en los ojos.

—No, no puedes. Yo la tengo a ella, y ella tiene su tierra.

Keeley era una Curator, un espíritu de luz que tenía la tarea de salvaguardar el planeta, y estaba ligada a la tierra y a sus estaciones.

Baden se pasó una mano por la cara.

—Lo siento. Sé que creéis que estamos mejor juntos, pero debería haberme marchado de la fortaleza hace varias semanas. Mi conexión con Hades ha puesto a todo el mundo en mitad de su guerra contra Lucifer. William me lo advirtió, me dijo que solo iba a causar daño.

—William no lo sabe todo —replicó Paris—. Pase lo que pase, tienes que estar con nosotros. Y, de todos modos, nosotros estamos del lado de Hades. Lucy habría venido a vernos más tarde o más temprano.

—Por lo menos, ahora sabemos sin ninguna duda que estamos en el bando correcto —dijo Torin.

Sí. Aunque él ya no le guardaba rencor a Hades, sí tenía algo de resentimiento por las tareas más oscuras que le encomendaba. Pero eso iba a cambiar. A partir de aquel momento lo haría todo con urgencia y entusiasmo.

Lucifer iba a pagarlo caro por lo que había sucedido aquel día. Su mayor debilidad era la Estrella de la Mañana, y ese era el motivo por el que quería poseerla. La muerte de los Señores del Inframundo solo era una ventaja adicional.

Encontrarla era lo más importante para Baden.

—Llámame si hay algún cambio.

Entonces, se fue hacia la zona de enfermería, donde estaban reunidos los demás.

Ashlyn estaba tendida en una camilla. Tenía un corte en

la mejilla; seguramente, le dejaría una cicatriz. Los mellizos estaban agarrados a su pecho, llenos de moretones y chichones.

Gwen estaba consciente, y succionando la carótida de Sabin como si fuera un vaso de zumo. Las arpías, como los vampiros, necesitaban la sangre para curarse. Sabin debía de tener una sangre poderosa, porque su mujer ya tenía color en las mejillas.

Scarlet, la guardiana de las Pesadillas y esposa de Gideon, que estaba embarazada, había posado la pierna izquierda en un montón de almohadones. Tenía una fractura expuesta, y la tibia se le veía a través de la piel. Estaba sangrando.

Gideon estaba junto a la cama, vomitando en un cubo. Debía de haber pronunciado alguna palabra verdadera durante el caos, y eso había permitido que el demonio le pusiera enfermo. Se limpió la boca con la mano temblorosa y apartó el cubo con el pie.

—No lo siento —dijo, con la voz ronca, a su mujer—. Me encanta verte así.

Gideon tenía un terrible corte desde el comienzo del pelo hasta la mandíbula, que le había atravesado un ojo y prácticamente le había cortado la nariz en dos.

—He estado peor —le dijo ella—. Y no te lo tomes a mal, cariño, pero tienes un aspecto horrible. Ve a tumbarte. Lucien y Anya son los médicos y pueden…

Gideon negó con la cabeza.

—Sí, estás bien. Me marcho.

—Yo puedo enyesarle la pierna —dijo Baden—. Sé hacerlo —añadió. En el reino de los muertos había tenido que curarse a sí mismo muchas veces—. Puedo ayudar.

El alivio se reflejó en la expresión de Gideon.

—Ni hablar. No, gracias.

Baden reunió todo lo que necesitaba y se puso a trabajar. Scarlet no quiso tomar Whisky con ambrosía para anestesiarse a causa del bebé. Baden nunca comprendería el amor que una madre podía sentir por su hijo. No estaba entre sus recuerdos y, mucho menos, entre los de Destrucción.

Gideon le sostuvo la mano a Scarlet mientras Baden le colocaba los huesos. Sin embargo, ella solo empezó a rugirle cuando le cosía la herida. Ya había soportado demasiado dolor.

En un abrir y cerrar de ojos, Baden vio arañas por toda la habitación. Era una ilusión óptica creada por el demonio de Scarlet, que estaba especializado en hacer aparecer los peores miedos de la gente. En aquella ocasión se trataba de uno de los temores de Gideon, que se tambaleó hacia atrás, sacudiéndose los brazos y maldiciendo.

Las arañas evitaron por completo a Baden, como si ellas le temieran a él.

—Este juego es divertido —gritó Gideon.

—Lo siento, lo siento muchísimo —dijo Scarlet. Cerró los ojos, frunció el ceño, y las arañas comenzaron a desaparecer.

Cuando Baden terminó su tarea, Scarlet se dejó caer sobre el colchón con un suspiro de alivio.

—Nada de gracias, tío —le dijo Gideon, dándole palmaditas en el hombro. El contacto irritó la piel de Baden, pese a la camisa que llevaba. Gideon se volvió hacia su mujer.

—Te odio. Te odio muchísimo.

—Yo también te odio.

Un momento conmovedor entre dos personas que darían la vida una por la otra.

Baden notó un dolor en el pecho. Se lavó las manos y fue a comprobar qué tal estaban los demás pacientes. La mayoría estaban ya vendados, curándose.

«Golpea ahora. Sin resistencia, obtendrás la victoria total».

«Si vuelves a amenazarlos, hallaré la forma de destruirte».

La bestia empezó a tartamudear. Era como si se hubiera quedado sorprendida y... ¿dolida?

Sin embargo, él ya había aguantado hasta el límite. Nadie estaba preparado para lo que había ocurrido aquel día, y era culpa suya. Sabía que Lucifer iba a mandar a alguien a atacarlo; le habían avisado. Sin embargo, había pensado que él era capaz de arreglárselas solo, y se había equivocado.

Lucifer mandaría a otro asesino, y pronto.

Baden era un gran peligro para Lucifer, puesto que era uno de los hombres de confianza de Hades. Así pues, iba a marcharse para alejar el objetivo de ellos y darles tiempo para que se curaran de sus heridas.

Se llevaría a Katarina, a pesar del peligro. Si ella ayudaba a Aleksander y les hacía daño a los hombres, mujeres y niños a quienes él adoraba...

Sus amigos protestarían por aquella decisión. Seguramente, se empeñarían en irse con él. Los únicos a quienes él aceptaría serían Cameo y Galen, puesto que eran los únicos que no tenían pareja. Sin embargo, no quería poner a Cameo en peligro innecesariamente. A Galen... Baden se encogió de hombros. No tendría problemas a la hora de poner a Galen en peligro. Había formas de asegurarse de que aquel imbécil mentiroso fuera leal.

Miró a su alrededor y divisó a Galen apoyado contra la pared más alejada, observando a los demás con una expresión de aburrimiento.

Como era el guardián de los Celos y las Falsas Esperanzas, Galen tenía tendencia a crear problemas allá donde fuera. ¿Sabía de antemano que el asesino iba hacia la fortaleza, y por eso se había marchado varias horas antes?

¡Traidor!

Destrucción lanzó a Baden directamente hacia Galen. Baden lo agarró del cuello y lo puso en pie.

Sonriendo... ¿Sonriendo? Galen alzó las piernas y le rodeó el cuello a Baden. Aquella posición obligó a Baden a doblar los brazos de una manera imposible y, aunque a Galen le habían cortado las alas hacía varios meses, ya le habían crecido lo suficiente como para permitirle mantenerse en el aire, mientras Baden se tambaleaba hacia atrás.

Con un rápido movimiento, Galen puso los pies en los hombros de Baden y lo empujó, aumentando la distancia que había entre los dos. Baden ya no pudo guardar el equilibrio y Galen aterrizó en el suelo agachado. Miró a Baden con sus ojos azules entre mechones de pelo pálido, con una sonrisa cada vez mayor.

—¿Quieres que hablemos de tu problema, o prefieres seguir llevándote una tunda?

—¿Dónde estabas durante el ataque?

—Fuera.

—¿Haciendo qué?

—No es asunto tuyo.

—Todo lo que represente un peligro para mis amigos es asunto mío.

—¿De verdad? —preguntó Galen, enarcando una ceja rubia—. ¿Pensabas lo mismo hace cuatro mil años, cuando permitiste que un tipo te cortara la cabeza?

Aquellas palabras fueron como una puñalada en el corazón. En otros tiempos, Galen fue el líder de los Cazadores, un grupo de humanos que tenía la determinación de librar al mundo de los malvados inmortales. Humanos que no sabían que también su líder era un inmortal.

—¿Ayudaste al asesino que envió Lucifer?

—Vete a la mierda. Puede que esté podrido, pero no soy idiota.

—Eso no es una respuesta.

—Bien, porque no era mi intención responderte.

—No confío en ti. Nunca confiaré en ti.

Galen puso una exagerada cara de pena y se posó la mano sobre el corazón.

—¿Estoy llorando? Seguro que estoy llorando.

Destrucción rugió.

–Hace meses nos dijiste que Cronus te encerró en el Reino de la Sangre y las Lágrimas. Sin embargo, Cronus ya estaba muerto cuando te encerraron.

–¿Y qué?

–Que has mentido.

–Eso es lo que tú piensas. Yo no sé cómo pudo hacerlo, pero Cronus me encerró. Y a otros guerreros poseídos también. A Cameron, a Winter y a Puck. Pregúntaselo a Keeley.

–No puedo. Está debatiéndose entre la vida y la muerte.

En el rostro de Galen apareció una expresión de angustia, como si de verdad le importara.

–Que sepamos, Cronus tiene un hermano gemelo.

–¿Y nos enteramos ahora? No.

–¿Una realidad alternativa? ¿Viajes en el tiempo? Cualquier cosa es posible.

–No me vas a convencer…

Una risa femenina lo interrumpió. Baden se giró y vio a Katarina junto a la cama de Ashlyn, dándole la mano a Biscuit. ¿Ya había conseguido enseñarle un truco?

Una bruja bella y astuta. Seguramente, había mentido con respecto a la muerte de sus perros para ganarse sus simpatías.

¿Era posible que hubiera fingido todo aquel dolor?

Los niños chillaron de alegría. Se los había ganado por completo.

«Como a mí. Qué ingenuo…».

–Deberías dominarte –le dijo Galen con ironía–. Mirar a tu chica como un obseso solo te va a servir para que te impongan un alejamiento. O para que te den una cuchillada en el cuello. Yo podría haberte matado cinco veces desde que has empezado a mirarla.

–No es mi chica.

–De todo lo que te he dicho, ¿es eso lo que te ha llamado

la atención? –dijo Galen, y puso los ojos en blanco–. Estás peor de lo que pensaba. Tan mal como los demás.

Tal vez, porque él siguió mirándola sin poder apartar los ojos. No podía negar el deseo que sentía por ella. ¡Tonto! Quería tenerla entre los brazos, en su cama. Y la tendría. No era necesario que confiara en ella para disfrutar de su delicioso cuerpo.

Lo primero era lo primero. Tenía que encontrar un nuevo hogar y convencer a Galen de que se uniera a él. Con el incentivo adecuado, tal vez aquel idiota quisiera proteger a Katarina cada vez que él tuviera una misión nueva.

«Si me traiciona…».

«Yo me aseguraré de que el incentivo le motive a comportarse como es debido».

Baden lo pensó un instante y, después, asintió con determinación. Sabía lo que tenía que hacer.

Katarina evitó a Baden mientras comprobaba el estado de la gente que se había preocupado de ella mientras estaba sufriendo por la muerte de sus perros. Algunos estaban mejor que otros, pero… vaya. Los inmortales podían sufrir heridas tan graves como las de los seres humanos. ¿Quién iba a imaginárselo?

–He visto la cara de Baden –dijo Maddox, que se había colocado junto a la camilla de su mujer, y tenía a su hija en el regazo–. Nos va a dejar otra vez.

A Katarina se le aceleró el corazón. Mientras acariciaba a los perros, le dijo al guerrero:

–Si quiere marcharse, no intentes detenerlo.

Maddox la miró fijamente.

–¿Qué eres tú para él? ¿Y para nosotros? Lo has calmado una vez. No tienes por qué decir cómo debemos tratarlo.

Ay. Vaya modo de ponerla en su sitio.

Ashlyn le dio un golpe en el brazo.

—¡Grosero!

—No te casaste conmigo por mi delicadeza —le dijo Maddox, mordisqueándole los dedos.

Katarina se echó el pelo por detrás del hombro.

—No tengo por qué ser nadie para Baden, ni para vosotros, para saber que unos barrotes de acero no son lo único que puede crear una cárcel. Queréis a Baden, y seguro que no deseáis que albergue ningún resentimiento hacia vosotros. Por lo tanto, tenéis que dejar que se marche.

Y ella también tenía que dejar que se marchara. Estaba segura de que él la iba a dejar en cualquier sitio en cuanto terminara allí. Había oído que le juraba lealtad a Aleksander, y creía que era una fulana sedienta de poder. Le dolía mucho, porque el hombre que la había abrazado y la había consolado ni siquiera le había concedido el beneficio de la duda. No le había pedido que le contara su versión de la historia. Pues, bien, ella no iba a darle ninguna explicación. Podía pensar lo peor.

¡Gracias a Dios que no se había acostado con él! Un hombre que pensara que tenía razón todo el tiempo y que no prestara atención a sus deseos no merecía su atención.

Y, sin embargo, sentía decepción por no haber podido adiestrarlo y por no haber podido curar la hipersensibilidad de su piel. Y pensar que no iba a volver a verlo la dejaba hundida. Bueno, ¡él se lo perdía! Ella le habría hecho feliz.

—Es alguien especial para él —dijo Ashlyn—, y tú lo sabes. Todos lo sabemos. Puede dar su opinión.

Antes de aquello, ella misma habría pensado que tenía algo de especial para Baden. Sin embargo, ya no podría averiguarlo nunca.

—No. Maddox tiene razón. Yo no tengo nada que decir sobre Baden. Voy a volver a mi casa. Os echaré a todos de menos —dijo. Las mujeres de aquella casa eran encantadoras.

Se preguntó si podría seguir teniendo relación con ellas.

–Espero que nos mantengamos en contacto –añadió, dándole un suave apretón a Ashlyn en el pie–. Podéis encontrar mi número en la guía telefónica.

A los niños, les dijo:

–Voy a llevarme a los perros. Podéis ir a verlos…

–Por encima de mi cadáver –le soltó Urban.

–Sí –corroboró la pequeña Ever, asintiendo, mientras sus rizos dorados rebotaban junto a sus sienes–. Por encima de nuestro cadáver.

–Niños –dijo Ashlyn, con un suspiro–. ¿Qué os he dicho sobre lo de intimidar a los demás?

–Que antes nos aseguremos de que se trata de una situación de vida o muerte –dijo Urban, refunfuñando.

–Exacto.

Katarina contuvo la sonrisa. Notó un calor familiar en la espalda y se puso rígida al percibir el olor de Baden.

«Estoy furiosa con él. No debería desearlo así».

–He hablado con Galen –les anunció Baden–. Se viene conmigo. Esto es por la seguridad de todos a quienes quiero –añadió cuando comenzaron las protestas.

–No hagas esto otra vez –le dijo Lucien.

–Nos necesitas –dijo Sabin–. Y nosotros también te necesitamos a ti.

Reyes, el guardián de Dolor, lo fulminó con la mirada.

–Somos parte de esta guerra aunque tú no estés con nosotros.

Baden no se dejó conmover.

–Necesitáis tiempo para curaros, y yo voy a conseguíroslo manteniendo ocupado a Lucifer, de modo que no pueda prescindir de un solo soldado para mandarlo a atacaros. Puedo teletransportarme al inframundo, y vosotros no. Incluso Lucien está bloqueado –añadió. Aprovechó la pausa tensa que se produjo después de sus palabras, y prosiguió–: Sé que no tengo derecho a pediros que me dejéis marchar,

que lo aceptéis, pero, de todos modos, os lo pido. Por mí...
y por vuestras mujeres.

Poco a poco, los guerreros entraron en razón. Siendo tan
obstinado como era, ellos ya debían de haber aceptado algo
que Katarina sabía desde el principio: que Baden movería
cielo y tierra para salirse con la suya.

Él le susurró al oído:

—Tú, *krásavica*, no vas a irte a tu casa. Vas a venir conmigo.

¿Cómo? Él le rodeó la cintura con un brazo fuerte y cálido. Un placer y un dolor a la vez.

—Estás tan equivocado que resulta hilarante. Claro que
me voy a ir a mi casa.

—Una vez te dije que te llevaría donde quisieras, pero tú
me elegiste a mí. Ahora tienes que enfrentarte a las consecuencias de tu decisión.

Ella se puso rígida.

—Entonces, ¿soy tu prisionera de nuevo?

—Si quieres decirlo así...

—No quiero decir nada de eso en absoluto.

—Bueno, no puedo dejarte suelta para que te vayas a ayudar a tu precioso maridito, ¿no crees?

—Eres idiota. Lo sabes, ¿verdad? Si me encierras, yo... yo...

En aquel momento, Maddox se puso en pie de un salto,
con los ojos enrojecidos.

—Estáis provocando a Violencia.

Baden la agarró y la colocó a su espalda, y señaló con un
dedo a su amigo.

—Es mía. Nadie puede tocarla ni asustarla. Ni mirarla.

Primero, la acusaba de ser una traidora y, al segundo siguiente, la defendía. ¡Qué hombre tan desconcertante!

En cuanto Maddox se retiró, Baden se giró hacia ella y,
con una mirada fulminante, le dijo:

—Puede que sea un idiota, pero tú todavía me deseas, así
que, ¿en qué te convierte eso a ti?

—Yo no te…

Él se inclinó y le mordisqueó el lóbulo de la oreja.

—Te corre tan rápido la sangre en las venas que casi puedo oírla. Se te acaban de endurecer los pezones, y despides un olor... delicioso.

Ella se estremeció de excitación.

—No deberíamos tener esta conversación aquí. Con testigos.

—Está bien —dijo, y se dirigió a los demás—: Os enviaré mensajes de texto.

La habitación desapareció y, en su lugar, apareció otra nueva. Las paredes estaban forradas de encaje y terciopelo, y por todas partes había retratos de un guapísimo rubio, Galen, que tenía unas enormes alas. El guerrero debía de haber perdido las alas en algún momento, porque ahora solo eran unos muñones. Los muebles eran una mezcla de madera brillante, mármol y hierro forjado; había gruesas alfombras en el suelo y una espectacular chimenea de mármol con vetas azules.

¿Era aquella su nueva jaula de oro?

Se apartó de Baden.

—¿Cómo te atreves a dejar a mis perros…?

—¿Ahora son tuyos? —preguntó él. Se acercó al mueble bar y se sirvió algo que parecía Whisky, pero que tenía un olor mucho más dulce—. Con cuánta rapidez cambias de opinión.

Los perros eran suyos. Se habían quedado a su lado durante el ataque de Pandora, y le habían hecho saber a Aleksander que la defenderían con la vida… Sí, eran suyos. Y ella era suya. No de Baden.

—Voy a luchar contigo día a día, minuto a minuto, hasta que los traigas…

—Tranquila. Galen los va a traer.

—Si les hace algo…

—No les va a hacer nada. Está advertido —dijo Baden, y

se sirvió otra copa. Se la tomó de un trago y se giró hacia ella con los ojos entrecerrados–. Hay algo sin resolver entre nosotros.

«Ahora va a recriminarme mi supuesta traición». Y, sí, de acuerdo, lo que había oído era condenatorio, pero él debería confiar más en ella…

–Si me insultas… –le dijo.

–¿Qué?

–Retiraré la oferta de las relaciones sexuales.

Un momento, ¿no la había retirado ya?

–Esa oferta se mantiene vigente pase lo que pase.

¿Ah, sí?

–¿Es que piensas violarme?

–Como si tuviera que hacer eso. Parece que estás a punto de violarme tú a mí.

¡Estúpidos pezones! Todavía estaban endurecidos, preparados para él.

Se sentó en la mesa de centro. De ese modo, adquirió una posición de desventaja, algo que nunca habría hecho al empezar a adiestrar a un nuevo perro, pero Baden era de una raza única. Al ponerse en una supuesta posición débil, tal vez consiguiera que él dejara de estar a la defensiva y comenzara a escuchar lo que ella tenía que decir.

–¿Sabías que la moneda puede comprar un título real en el inframundo? –preguntó ella–. En realidad, puede obligar a Hades a concederle un deseo a su propietario, sea cual sea.

Él estaba sirviéndose otra copa, pero se giró lentamente a mirarla.

–¿Cómo lo sabes?

–Me lo ha dicho Alek, por supuesto.

–No se puede confiar en ese tipo, igual que no se puede confiar en ti.

–Tienes mucha razón. Yo tengo el propósito de destruirte –dijo ella–. Esa ha sido mi intención desde el principio. Por eso te rogué que me secuestraras de mi propia boda.

Él siguió hablando como si no la hubiera oído.

—Sin embargo, en este caso, los dos decís la verdad.

Entonces, fue ella la que continuó como si no hubiera escuchado su respuesta.

—Alek me ha prometido que me hará su reina. Todas las chicas sueñan con ser reina.

Baden caminó hacia ella… y se detuvo.

—No vuelvas a pronunciar el nombre de ese desgraciado.

—¿O qué?

Él dio otro paso hacia Katarina, y apretó los puños.

—Deberías estar pidiendo perdón. O piedad.

Ella se echó a reír sin ganas.

—No tengo por qué pedir disculpas. No he hecho nada malo. Y dudo que tú seas capaz de tener piedad.

—Tu traición…

—¿Qué traición? Alek es…

Baden rugió:

—Ese nombre.

—Tú ya has tenido tu turno para hablar. Ahora me toca a mí. No eres mi marido —dijo Katarina—, así que no tengo por qué serte leal a ti. Debería ser leal a Alek —añadió. Aquella idea le parecía asquerosa, pero tenía que dejar clara una cosa. Sonrió con dulzura, y preguntó:

—¿No crees?

Capítulo 16

«Cuando te enseñe el dedo corazón, echa a correr. Acabo de decirte cuántos segundos te quedan de vida».

Maddox, guardián de Violencia

La rabia se mezcló con la lascivia y un sentimiento posesivo, y aquella combinación se apoderó de Baden. Se arrodilló ante Katarina y le separó las rodillas con un solo movimiento. Ella lo observó con los ojos brillantes, y no protestó cuando él se situó entre sus muslos.

—¿Qué estás haciendo? —le preguntó, suavemente. Su cuerpo menudo estaba temblando.

Katarina estaba casada, algo que a Baden cada vez le gustaba menos. Lo había utilizado, pero, en aquel momento, no le importaba. Quería marcarla. Quería demostrar que ella le pertenecía solo a él.

—Tú me debes lealtad a mí —le dijo—. Me necesitas para sobrevivir en este mundo. Para que te proteja a ti y a tus perros.

—Por supuesto que noooo…

—O, claro que sí —dijo él.

Entonces, lentamente, pasó la lengua por la unión de sus labios y saboreó su dulzura.

Ella pronunció su nombre con un jadeo y dio un respingo.

—No voy a hacer esto.

—Claro que sí. Quieres más, *krásavica*, así que deja que te dé más.

—Yo ya no te gusto.

—Tampoco creo que yo te guste a ti, pero eso no importa. Te deseo.

Entonces, ella se inclinó hacia él, derritiéndose, pero se contuvo en el último instante. Maldijo su nombre y tiró del cuello de su camisa.

—Eres demasiado viejo para mí.

—La edad no te importó antes, cuando te frotaste contra mis muslos —replicó él—. Tú eres demasiado débil para mí, pero me adaptaré.

—No soy demasiado… Bah, ¿sabes una cosa? No importa. Solo eres una distracción temporal para mí. Aunque no eres el adecuado para mí, sí puedes darme un orgasmo. Me lo merezco, después de aguantarte tanto.

Él sabía que aquello era algo temporal, pero su actitud de indiferencia no le agradó. Sin embargo, no se lo reprochó, porque eso habría sido contraproducente para su objetivo: tomarla entre sus brazos y obtener placer.

Ella le metió los dedos entre el pelo.

—¿No haces gestos de dolor, ni siseas? Parece que alguien está consiguiendo progresos, ¡y esa soy yo!

A él le encantaba su forma de mover los labios. Su mente estaba envuelta en una neblina de deseo, y no consiguió procesar sus palabras.

—¿Qué significa eso?

—Que creo que puedo curarte la hipersensibilidad de la piel. Así que será mejor que me des ese placer que me prometiste, antes de que cambie de opinión sobre todo esto.

No, no iba a cambiar de opinión. Baden tenía el ceño fruncido, pero volvió a pasar la lengua por sus labios. En aquella ocasión, ella también le acarició con la lengua, y él ardió de deseo con unas llamas salvajes que no podían apagarse. Sintió dolor, pero nada comparado a su necesidad.

La bestia protestó.

«Es una traidora. Quiere hacernos daño… quiere…».

Katarina gimió como si se estuviera deleitando tanto como él. Sabía a menta y a nata. Era algo adictivo, como un maravilloso postre.

«Quiero… más».

Sí. Más. Baden mordisqueó sus labios mientras le agarraba las manos y las llevaba detrás de su espalda, haciendo que se arqueara para que sus pechos quedaran aplastados contra su torso.

—Deja los brazos así —le ordenó. Quería que su dolor se mitigara, sí, pero también quería que ella fuera vulnerable y no pudiera hacerle nada mientras estaba distraído.

—Lo haré… siempre que tú consigas que merezca la pena.

Su voz enronquecida despertó en Baden una urgencia que nunca había conocido, la de darlo y tomarlo todo.

Ella frotó los pechos contra él y, pese a la camisa que llevaba, Baden sintió dolor y un placer cada vez más intenso. Nunca había tenido entre sus brazos algo tan femenino. Hizo más profundo su beso, y ella emitió deliciosos gemidos, sonidos de rendición. Aunque la bestia le exigía que la tendiera en la mesa y la poseyera en aquel instante, Baden se contuvo. Iba a ser delicado, o se marcharía.

—Te he dejado claro que voy a utilizarte para tener un orgasmo, ¿verdad? —le preguntó ella, entre jadeos, en cuanto tuvo la menor oportunidad—. En cuanto lo consiga, habré terminado contigo.

Él quería negarlo, pero se rio.

—Puede que yo consiga mi orgasmo y te deje desesperada. O que te obligue a rogar el tuyo.

Ella lo miró con lástima.

—Como si me importara. Solo me interesan el dinero y el poder, así que siempre puedo irme con cualquier otro.

–Mataré a cualquier hombre que toque lo que es mío –dijo él.

Entonces volvió a besarla para terminar con la conversación. Fue un choque brutal de labios, lengua y dientes. En aquel momento, solo vivió para ella.

–Espera. Necesito poder acceder mejor a ti –le dijo Katarina, y le empujó por el pecho, como si quisiera que su camisa desapareciera–. Ayúdame a ponerme en pie.

Ella había desobedecido su orden, pero él la obedeció sin protestar. Se puso en pie y la ayudó a levantarse sin dejar de besarla. Entonces, ella le hizo caminar hacia atrás hasta que lo sentó en una butaca reclinable, y se colocó a horcajadas sobre él. Aquello era un juego de poder, pero solo de la ilusión del poder. Fuera cual fuera la posición, él siempre sería el más poderoso, e iba a demostrárselo.

La tomó de las caderas y la apretó contra su erección, moviéndolos a ambos con un ritmo frenético para llevarlos al borde de la locura. «Quiero lo que es mío… lo necesito… ahora». En su cita, había sido ella la que había acelerado las cosas, y él había sido quien lo había calmado todo. Sin embargo, en aquel momento, estaba moviéndose con toda la rapidez de la que era capaz.

«¡Más! ¡Dame más!».

–Es delicioso, *pekný* –dijo ella. Le agarró las muñecas y le puso las manos sobre los brazos de la butaca–. Pero hoy no hay motivo para apresurarse.

Le mordió el labio inferior y, con otro empujón, cambió el ángulo de su cuerpo y le obligó a permanecer tumbado. Entonces, oh, entonces, comenzó a frotarse contra él, lentamente, muy lentamente.

–Puedes disfrutar de mí mientras me tengas.

Otra alusión a su partida. Baden apretó tanto los brazos de la butaca que partió la madera.

–Me necesitas –le recordó a Katarina–. Y no solo para esto.

–No es cierto.

Él no volvió a responder. Tenía las terminaciones nerviosas electrificadas, y el deseo que sentía por ella iba en aumento. Se inclinó hacia delante y le clavó los dientes en los tendones que iban desde su cuello hasta su hombro. Por fin, le había dejado su marca.

Ella se estremeció contra él y susurró su nombre maravillada. Entonces, giró las caderas e incrementó gradualmente la presión, causándole una agonía.

–¿Te gusta esto?

–Me... encanta –dijo él.

Con la respiración acelerada, él alzó la mirada hasta su cara. Ella tenía los rasgos luminosos, los párpados medio cerrados, los labios rosados y suaves, y ligeramente hinchados por sus besos. Tenía las mejillas sonrojadas, y sus rizos oscuros caían por sus hombros en deliciosos enredos.

Él agarró los mechones de su pelo.

–Quédate conmigo y deja que me ocupe de protegerte hasta que termine la guerra con Hades.

Ella se quedó inmóvil, con las uñas clavadas en sus hombros.

–No dejas de recordarme lo débil que soy.

–Porque me necesitas. Yo soy fuerte.

–También eres obstinado. Pero ¿qué te parece esto? Voy a dejar que me proporciones placer, e incluso puede que me quede una temporada, pero solo si te guardas tus comentarios sobre la fuerza y la debilidad –dijo ella, y le provocó, rozándole con el cuerpo, ligeramente, la erección–. Di que sí, y volveremos a lo importante. Ya estoy húmeda. ¿Te lo demuestro? Sí. ¡Sí!

Ella se puso en pie y se quitó el vestido por la cabeza. Llevaba un sujetador y unas bragas azules, y las bragas tenían una mancha húmeda en el centro. Él gruñó al admirar el resto de su cuerpo. Tenía unas piernas largas, interminables, y de piel oscura. Tenía la herida vendada. Las curvas de sus caderas formaban un corazón. Tenía el estómago plano, y el sujetador de encaje no escondía los picos de sus pezones.

Era pura feminidad, y él quería tenerla encima.

—Vuelve conmigo.

—¿Y si hacemos otro trato? —preguntó ella, y colocó una pierna a cada lado de él—. Me quedo aquí… si metes los dedos en mi cuerpo.

¿Agonizar? No, ya no. Katarina lo estaba matando. Era una clara amenaza para su supervivencia, pero Destrucción estaba dispuesto a morir felizmente.

Tuvo un impulso casi irresistible de quitarse los guantes, pero sabía que no podía arriesgarse. Aquel era su segundo encuentro con el placer durante varios siglos. Si lo echaba a perder por un dolor innecesario…

—Acepto tus condiciones.

Metió los dedos en sus bragas e incluso a través del cuero pudo sentir que resbalaba, y notar su calor femenino. Introdujo un dedo en su cuerpo, profundamente, y las paredes femeninas de su cuerpo lo atraparon.

Gimiendo, ella se tomó los pechos y se pellizcó los pezones, para deleitar a Baden y para deleitarse a sí misma. Y aquella reacción tan desinhibida le encantó.

Entonces, metió otro dedo en su cuerpo, lentamente. ¡Era perfecto!

Ella emitió un gruñido de hambre.

—Es estupendo…

Bien. Sí. Pero podía ser mejor.

—Muévete sobre mis dedos.

Él tenía la mandíbula tan apretada que apenas podía hablar. De algún modo, ella lo había privado de su humanidad y lo había convertido en un animal salvaje que solo tenía una meta: el clímax.

O en una bestia.

—¿Así? —preguntó ella. Se irguió y volvió a deslizarse hacia abajo—. Ummm… Espero que sí, porque es increíble.

–Sí, así –dijo él, y le presionó el centro del cuerpo con el dedo pulgar–. Me estás apretando, me estás quemando.

Ella hizo que ladeara la cabeza para tener acceso a sus labios, y le pasó la lengua por el borde de la boca.

–Quiero tomarte en mi mano. ¿Me lo permites?

¡Sí! Todavía no podía arriesgarse a sentir el contacto piel con piel, así que se pondría un preservativo. ¿Dónde estaban? No, no tenía tiempo para buscar.

–Mantén la mano por fuera de mi calzoncillo.

–Lo haré… si me besas con más fuerza.

–Por favor, negocia siempre así –le dijo él. Le aplastó la boca con los labios y ella gimió. Mientras, le bajó la cremallera del pantalón–. No pares nunca.

A Baden se le escapó un silbido cuando ella le rodeó el miembro con los dedos y comenzó a acariciarlo. ¡Sí! Aquello hizo que perdiera la cabeza. La fricción encendió un fuego en él, hasta que todo lo que sentía, salvo la excitación, ardió por completo.

Entonces, introdujo dos dedos en su cuerpo.

–¡Sí! Estoy muy cerca –dijo ella, con la voz enronquecida, arqueando las caderas hacia su mano.

Él le apretó con el pulgar el centro más sensible de su cuerpo, y ella gritó de placer y llegó al orgasmo. Se movió contra su mano, una, dos, tres veces, clavándole las uñas en los hombros.

Apoyó la cabeza en su hombro y jadeó:

–Lo necesitaba. Gracias –dijo. Y, con la respiración entrecortada, apretó la base de su miembro–. Ahora, vamos a ocuparnos de ti.

Él se echó a temblar al tiempo que enarcaba una ceja.

–Shh, Rina. ¿Por qué piensas que he acabado contigo?

Katarina vibraba de impaciencia y satisfacción. Todavía tenía los dedos de Baden en el cuerpo, y todavía ardía de deseo pese al orgasmo. Había sido una pequeña muestra de placer que hacía que sintiera más hambre por aquel hombre oscuro y peligroso.

Apretó su miembro largo y grueso, y le preguntó:

—¿Te hago daño?

—El dolor es bueno.

¿Ya lo estaba desensibilizando? ¿O acaso aquello era una manifestación de su separación del mundo?

«Ya lo averiguaré luego. ¡A disfrutar!». Con un gemido, arqueó la espalda y le acercó el escote.

—¿Quiere mi *krásavica* que le lama los pezones?

—Sí —dijo ella—. Lo deseo mucho.

Con la mano libre, él tiró del broche de su sujetador y liberó sus pechos. Ella notó el aire fresco en la piel, y eso aumentó su necesidad.

Él se humedeció los labios como si ya pudiera saborear-la.

—Tus pequeños pezones están desesperados por mí, ¿no?

—Desesperados… Me duelen.

Se agarró al respaldo de la silla con una mano sin soltar su miembro y se inclinó hacia delante, poniéndole un pezón en la boca. Era un ofrecimiento.

Y él lo aceptó. Su lengua emergió y rozó su pico. Al principio, con dureza y rapidez y, después, lentamente, con calma. El dolor que ella sentía entre las piernas empeoró. O mejoró. Le empapó los guantes y, tal vez, empapó también sus bragas. Qué travieso era aquello. Baden estaba completamente vestido, mientras que ella solo llevaba un pequeño trozo de tela que él podría apartar fácilmente.

Él succionó su cuerpo, y un placer increíble la devoró. Entonces, no pudo permanecer quieta y empezó a moverse hacia arriba y hacia abajo por sus dedos.

Cuando él pasó su atención al otro pezón, dijo:

—Estás hecha de ambrosía, sin duda.

Siempre tan halagador. Katarina lo deseaba más y más.

Empezó a mover la mano hacia arriba y hacia abajo por su miembro, y a él se le entrecortó la respiración. Cuanto más rápidamente se movía, más juramentos soltaba él. Pronto, Baden empezó a sudar. Estaba muy cerca.

Ella atrapó el lóbulo de su oreja entre los dientes.

—Tal vez algún día, si te portas bien, tomaré tu miembro con la boca y te succionaré. ¿Te gustaría eso?

Él respondió con un gruñido, y empezó a girar el dedo pulgar en su cuerpo. El placer era tan intenso que ella casi llegó al orgasmo por segunda vez. La casa podría haberse derrumbado, o podría haber entrado un ejército. Aunque hubiera terminado el mundo, a ella no le habría importado. Solo le importaba la satisfacción. La propia y…, sorprendentemente, la de él también.

«Necesito más».

—Saca los dedos —le ordenó. Por una vez, era ella la que daba las órdenes.

Sin embargo, él no le hizo caso. Introdujo los dedos más profundamente, y ella apenas pudo pronunciar sus siguientes palabras.

—Quiero sentir tu orgasmo contra mí.

Él deslizó los dedos hacia fuera una segunda vez. Ella gruñó por el vacío que le había dejado, pero él la apretó contra su erección y frotó, frotó… Y ella le correspondió con más dureza, con más rapidez, usando su clítoris para provocarle un orgasmo a él y a ella, también…

De repente, él rugió su nombre.

La agarró de las nalgas, clavándole los dedos en la carne, y llegó al éxtasis dentro de su ropa interior, mojando la tela y su mano. Ella lo había notado todo, y le había encantado.

Katarina se desmoronó contra él, con la respiración acelerada. No habían mantenido relaciones sexuales y, sin embargo, él había conseguido que llegara al clímax dos veces.

Aquel hombre… Oh, aquel hombre la afectaba.

—Baja —le dijo él, sorprendiéndola. Ella no se movió lo

suficientemente rápido, y él se levantó, haciendo que se deslizara de su regazo.

Ella tenía las piernas temblorosas, y tuvo que esforzarse por no caer mientras se apartaba.

—Vístete —le ordenó Baden, mirando a todas partes, menos a ella.

—Sí, pero porque yo quiero vestirme —dijo Katarina.

Su actitud le había causado dolor, pero ¿qué esperaba? Él no la respetaba. Ella no le gustaba. Así que, ¿por qué iba a querer acurrucarse contra ella?

A Baden le encantaba decirle que ella lo necesitaba, y eso implicaba que él no la necesitaba a ella.

Katarina sintió ira.

—Vaya, vaya. Mira qué prisa tienes por cambiarte de ropa interior. Has vertido un cubo de líquido, ¿eh?

Él le lanzó la ropa en silencio. Ella se vistió con movimientos bruscos, intentando disimular que temblaba.

—Para que lo sepas, has tenido un gran comienzo, pero el final ha sido deplorable —murmuró.

—Tú has disfrutado —dijo él, secamente.

—Y tú también. Entonces, ¿qué problema tienes?

—Tal vez el contacto me haya provocado más dolor del que he admitido.

Quizá… no era una respuesta. Aquella palabra extraía la verdad y la mentira de la frase. ¿Qué era lo que no quería que supiera?

—Puede que estés empezando a sentir algo por mí, y eso no te gusta.

—Deberías rezar para que no suceda nada de eso —respondió él—. Soy peligroso.

«Para mí, no». Incluso cuando pensaba que ella lo había traicionado, le había ofrecido placer en vez de castigo.

Baden añadió:

—Dentro de mí hay oscuridad, y crece cada día. No tengo luz.

—¿Sabes una cosa? Dentro de mí sí hay luz y, cuando la luz y la oscuridad se encuentran, la oscuridad sale pitando y la luz gana.

Él frunció el ceño.

—¿Acaso crees que puedes salvarme?

—No seas tonto. Una persona nunca puede salvar a otra. Cada uno toma sus propias decisiones. Lo único que digo es que estoy dispuesta a compartir contigo.

Él permaneció en silencio.

—Antes tenías a un demonio dentro –prosiguió ella– y, sin embargo, conseguiste mantenerte cuerdo hasta que pudiste vencerlo, ¿no? Ahora puedes hacer lo mismo con la bestia.

—Lo dices como si fuera muy fácil, pero no tienes ni idea de la batalla que…

—Claro que sé que es una batalla. A menudo, nuestra cabeza es nuestro peor enemigo –respondió ella, y sonrió con tristeza–. Cuando yo perdí a Peter…

—¿Peter? ¿Quién es Peter?

—Mi prometido. Antes de Alek.

—¿Y quién rompió?

A ella se le encogió el corazón.

—Ninguno de los dos. Lo mató Alek.

Él se suavizó.

—Lo siento.

—Gracias. Lo que iba a decirte es que yo quería revolcarme en mi dolor, pero no lo hice. No podía, porque los perros me necesitaban.

—Y, después, Alek te arrebató también a los perros.

A ella le tembló la barbilla.

—Ya viste lo que ocurrió cuando me revolqué.

—Sí. Y también vi lo que ocurrió cuando paraste.

—Tuve que cambiar la forma de pensar. En vez de lamentarme por lo que perdí, tuve que concentrarme en lo que me quedaba. Mis emociones siguieron a mi cabeza. Y, para ti, puede ser igual.

Él reflexionó un momento sobre sus palabras, y respondió:

—Nuestras situaciones son distintas. Tú no estabas influida por una fuerza externa.

—Y tú sí. Vaya, qué desgraciado eres. Supongo que no tienes la fuerza suficiente como para superarlo. Yo sí.

Él se lo tomó como un desafío, como una provocación, y dio un paso hacia ella.

—Tienes que…

—Si no te gusta lo que estoy diciendo, niégalo, pero no te atrevas a insultarme ni a ordenarme que sienta esto o aquello.

Él se detuvo, apretando y relajando los puños. «Buen chico», pensó Katarina, al ver que conseguía calmarse sin que ella tuviera que esforzarse más.

Su adiestramiento iba a ser más fácil de lo que había pensado. Bella iba a poder domar a Bestia. Solo tenía que concentrarse y dejar de embobarse con su atractivo sexual.

«¿Acaso no había decidido dejarlo cuanto antes?».

Bueno, cambio de planes. Otra vez.

La puerta se abrió de golpe, y apareció Galen con cara de pocos amigos, llevando las correas de Biscuit y Gravy, que tiraban hacia atrás.

—Traigo un envío especial. Que lo disfruten. O, más bien, no.

Katarina sintió felicidad. Galen soltó las correas, y los perros salieron corriendo hacia ella, que se agachó y abrió los brazos para recibirlos. Ellos le lamieron la cara mientras ella los acariciaba y los alababa. La mayoría de los adiestradores intentaban reducir los lametones, pero ella siempre disfrutaba de aquellas muestras de afecto canino.

—¿Qué es esa mancha que tienes en el pantalón? —le preguntó Galen a Baden. Era obvio que estaba intentando no echarse a reír—. ¿Qué habéis estado haciendo mientras yo estaba fuera? ¿Lo adivino?

Ella apretó los labios para no reírse.

Baden soltó una maldición entre dientes.

—Katarina, seguro que ya has visto a Galen alguna vez. Es el guardián de los Celos y las Falsas Esperanzas. Esta casa es suya, y está en otro reino.

Ella había visto a Galen en la fortaleza, sí, pero nunca había hablado con él. Sí se había dado cuenta de que la mayoría de los guerreros lo evitaban.

—¿Otro reino? —preguntó ella.

Baden asintió.

—Puedes confiarle tu vida a Galen, pero ninguna otra cosa.

Galen se puso de mal humor al instante.

—Vaya, a la bestia asesina le gusta tirar piedras a los demás. Estupendo. Podríamos jugar un partido de lanzamiento de piedras. O hacer un equipo de lanzamiento de peñascos, como las arpías.

—Tengo que marcharme antes de hacer algo de lo que luego pueda arrepentirme.

Baden salió de la habitación, y Katarina también se quedó malhumorada.

Miró a Galen. Era tan guapo que casi resultaba hipnótico, pero tenía un aura de asesino en serie.

—¿Qué quería decir con eso de que estamos en otro reino?

—Considéralo otro mundo, porque eso es lo que es.

Inmortales… Otros mundos… ¿Qué otras cosas ignoraba?

—¿Y por qué hay esa enemistad entre vosotros?

Él ignoró su pregunta, y dijo:

—Se supone que tengo que protegerte cuando Baden esté fuera, en alguna de sus misiones para Hades, pero no voy a vacilar a la hora de destriparte si tengo la sospecha de que eres un peligro para él.

Biscuit caminó lentamente hacia Galen, gruñendo, hasta que ella lo llamó para que fuera a su lado.

–¿Tú quieres a Baden? –le preguntó.

Galen se encogió de hombros.

–Me quiero a mí mismo, y necesito a Baden. Tú, querida, no tienes tanta suerte.

Capítulo 17

«Ojalá estuviera besándote, en vez de echándote de menos».

Aeron, antiguo guardián de Ira

Baden se quitó la ropa manchada, encendió la chimenea de la habitación y la quemó. Aquella ropa solo iba a servirle para recordar cómo había llegado al orgasmo, como si fuera un adolescente, con Katarina. Había sido humillante, sí, pero también había merecido la pena.

Entró en la ducha y dejó que el agua caliente le cayera por la cara y los hombros. Sin embargo, no pudo dejar de pensar en ella. El placer que le había proporcionado… Él nunca había experimentado nada igual. Había sentido por ella un placer tan grande que habría estado dispuesto a hacer cualquier cosa que le hubiera pedido. Habría muerto por ella.

Katarina tenía aquel poder sobre él y, también, sobre la bestia. Destrucción estaba dispuesto a matar por ella. Por ella, sí, pero no por él. Era como si los enemigos de Katarina tuvieran más importancia que los que le amenazaban a él. Era como si hubiera que enseñarles a todos los enemigos que cometerían un gran error si ponían sus miras en la humana.

Volver a estar con ella no era algo opcional, sino que se había convertido en una necesidad. Volver a disfrutar de su sabor, de sus ronroneos, de sus gemidos, y de la manera en que pronunciaba su nombre con la respiración entrecortada. De su pasión desencadenada.

Dio un puñetazo en la pared. ¿Qué demonios iba a hacer con ella?

Al menos, con algo de su lujuria aplacada, tenía la cabeza más clara, y la bestia estaba tranquila. Baden pudo pensar en lo que Katarina le había dicho a Aleksander.

«Pondré mi vida en peligro y seduciré a Baden... si me demuestras que la moneda existe».

Aquel tipo había matado a sus perros. Ella lo odiaba. ¿Estaba de verdad dispuesta a liberarlo solo para convertirse en reina del inframundo? No, no era posible. Así pues, ella debía de tener un buen motivo para hacer aquella promesa.

De repente, él tuvo una sospecha: ¿Acaso Katarina quería encontrar la moneda para él?

Sí. Estaba claro. No había duda. Baden maldijo su explosivo genio, maldijo su paranoia. Le debía una disculpa a Katarina, aunque las palabras no serían suficientes para resolver los problemas que él mismo había creado.

Cuando cerraba el grifo, las bandas comenzaron a ponerse al rojo vivo en sus bíceps. La cabina de la ducha se llenó de un resplandor suave. Rápidamente, intentó tomar una toalla, pero no lo consiguió. Desapareció, y volvió a aparecer en el salón del trono de Hades, mojado y desnudo, sin armas.

Percibió el olor del humo y oyó gritos discordantes y lejanos mientras miraba a su alrededor con rapidez. No había nadie tan cerca como para que pudiera golpearlo, pero sí había una fila de guardias junto al muro más lejano, y todos lo miraron con lascivia. Él los fulminó con la mirada, retándolos a que dijeran una sola palabra.

–Por el bien de mis ojos, vístete –le dijo Hades, y captó su atención.

El rey se había materializado en su morboso trono, con un traje de tres piezas.

Baden extendió los brazos. «Deléitate, imbécil».

–Alguien debería haberme avisado de que había que venir con vestimenta formal.

–¡Pippin!

El anciano apareció en medio de una nube de humo negro.

–Sí, milord.

–Dale ropa a Baden.

–Sí, milord.

Pippin sacó una piedrecita del borde de su tabla.

Hades. Llamas. Cenizas.

Aquellas cenizas se le adhirieron a la piel y, al instante, se convirtieron en unos pantalones de cuero negro con muchas cremalleras y en una camiseta blanca. Ambas le quedaban como un guante.

Baden quería una de aquellas tablas.

–Mucho mejor –dijo Hades, mientras tamborileaba con los dedos en el brazo de su trono–. Ponme al día en cuanto a tu búsqueda de la moneda.

–Aleksander ha resultado ser más terco de lo que yo pensaba.

–¿Y las demás tareas?

–Casi terminadas.

–Entonces, te complacerá saber que tengo un nuevo trabajo para ti.

Uno de los recuerdos de Destrucción se abrió paso en su mente. Su madre, una bellísima mujer morena que se había comido el hígado de su hijo, estaba sentada en aquel mismo trono. En el trono de Hades. Ella se encogió al ver que su hijo se acercaba, y clavó las garras en los brazos del asiento para levantarse, pero no pudo hacerlo. Él la mantuvo inmovilizada con un poder al que ella no podía hacer frente. Las sombras de Hades la rodearon, siseando.

—¿Me estás escuchando? —le espetó el rey.

Hades había sufrido mucho a manos de su madre, y la había matado por ello. Había matado a su propia madre sin piedad.

No había límite que Hades respetara si se le traicionaba.

«¡Concéntrate!».

—Sí, estoy escuchando.

—Quiero que este artefacto esté en mi poder antes de que termine el día».

Dio unas palmadas, y Pippin le puso otra piedrecita en la palma de la mano.

Llamas. Ceniza. Baden inhaló profundamente. El artefacto era un collar al que todo el mundo conocía como coeur de la terre. Doscientos quilates de coral azul. Era de una belleza exquisita, pero su mayor atractivo eran sus propiedades sobrenaturales. Con aquel collar, cualquier ser podía vivir y respirar bajo el agua con los Mers.

La propietaria era, en aquel momento, la amante de Poseidón, una ninfa del bosque de aspecto delicado.

—Hay un detalle que debes saber con respecto a esta misión —dijo Hades—. Si lo consigues, el rey de los mares perderá a su concubina favorita, y enviará asesinos para que te maten.

Maravilloso.

—No será el primero ni el último. Me las arreglaré.

Hades miró a su sirviente.

—¿Lo ves, Pippin? No estoy siendo innecesariamente cruel. Baden ha aceptado el reto.

—Sí, milord.

Hades le dijo a Baden:

—No mates al rey de los mares. Si su concubina tiene que morir, que muera. Y recuerda que todo lo que haces, lo haces para conseguir un bien mayor.

El mayor bien: la victoria. La seguridad de sus amigos... y de Katarina.

—Conseguiré el collar.

La condición de hacerlo antes de que acabara el día dejaba tiempo suficiente para lanzar un golpe contra Lucifer primero. Ya estaba en el inframundo, así que, ¿por qué no?

—Basta. Conozco esa expresión —dijo Hades, frunciendo el ceño—. ¿Qué estás pensando? Dime la verdad.

Baden respondió sin poder evitarlo, obligado por el poder del rey.

Hades reflexionó un momento y asintió.

—Está bien. Voy a ayudarte, incluso. Pippin, por favor...

Con otro pedazo de la tabla, Hades le proporcionó un mapa de los nueve reinos del inframundo y la capacidad de teletransportarse a cualquiera de ellos. El único lugar que tenía prohibido era el interior del palacio de Lucifer, cuyos muros estaban bloqueados de una manera mística.

Sin embargo, siempre había una manera de hacer las cosas. O la habría, antes de que se le terminara el tiempo.

Notó un peso en la cintura del pantalón y miró hacia abajo. Había aparecido una granada colgada de cada trabilla del cinturón. Sonrió. Allí estaba la manera.

Lucifer había destruido su hogar, y él iba a destruir el de Lucifer.

Se teletransportó a los alrededores del palacio. Era un edificio enorme, altísimo, construido con huesos y sangre. El foso que lo rodeaba estaba lleno de ácido mezclado con las lágrimas de los condenados. Por un cielo de humo y fuego volaban dragones. Olía a azufre y se oían gritos de dolor y miedo de fondo, gritos mucho peores que los que había oído en el reino de Hades.

Había guardias recorriendo el parapeto del castillo y, cuando lo vieron, dieron la alarma. Baden lanzó una granada y, con la explosión, el parapeto se desmoronó y se convirtió en un montón de escombros. Se teletransportó al otro lado del palacio y lanzó una segunda granada. Continuó su asalto hasta que todas las trabillas del cinturón estaban vacías. No tardó más de diez minutos pero, durante ese tiempo, varios guardias consiguieron dar con su situación y le arrojaron lanzas. Otros guardias arrojaron lanzas en todas las direcciones, de manera que, cuando se teletransportara, alguna de ellas le atravesara.

Cosa que ocurrió.

Con el impacto, Baden perdió la capacidad de teletransportarse, como si se lo impidiera una barrera invisible. Destrucción rugió. Todos los guardias se concentraron en él y le arrojaron más lanzas. Justo antes de que la avalancha lo alcanzara, la bestia pudo liberarlo.

Baden volvió a teletransportarse con la intención de agarrar unas cuantas lanzas, pero apareció sobre una trampa de metal especialmente concebida para aquellos con la capacidad del teletransporte. Unos dientes de metal se cerraron y atraparon su tobillo y le impidieron volver a cambiar de lugar. Las líneas que marcaban cada uno de los asesinatos que había cometido en nombre de Hades comenzaron a hincharse y a quemar, como si la bestia respirara fuego a través de ellas, desde el interior de su cuerpo. Salió humo de su piel, un humo que formó un muro a su alrededor.

Baden se dio cuenta de que no era humo, sino las criaturas que habían vivido dentro de sus víctimas.

Se quedó conmocionado. Había visto a las sombras elevarse desde Hades, había visto un atisbo de sombras al enfrentarse al Berserker, pero nunca hubiera esperado aquello.

A su alrededor se formó un ejército.

¿Y qué demonios se suponía que tenía que hacer? Los humanos que habían hospedado demonios no sabían cómo utilizarlos, según Hades. Él tampoco lo sabía y, sin embargo, ¿le estaban ayudando?

Sí. Las criaturas se separaron de él, pero un lazo invisible las mantuvo atadas a su alma, de manera que no pudieran ir demasiado lejos. Ellas detuvieron todas las armas que le lanzaban, incluso una granada. Se formó un remolino de fuego a su alrededor, pero no le tocó. A los pocos segundos, las sombras mordieron y royeron el cepo de metal y lo liberaron.

«Prepárate», le dijo Destrucción.

En cuanto las sombras fueron reabsorbidas en sus brazos, Baden se teletransportó a su casa. No iba a pensar en las sombras, ni en lo que podían hacer. Todavía no. Tenía demasiadas cosas que hacer.

¿Dónde estaba Katarina?

Recorrió la casa. Era una fortaleza en un reino desértico donde nadie se atrevería a aventurarse. El único verdor estaba en un oasis cercado que había en la parte trasera. Cuando había negociado con Galen, le había exigido un lugar donde los perros pudieran correr y jugar. Galen se lo había concedido, aunque a su manera. Aparte del palacio y del oasis, en aquel reino solo había kilómetros y kilómetros de piedras ardientes, sol abrasador y dunas de arena negra.

Bienvenido al reino de los Olvidados.

Para entrar allí era necesario tener una llave, y solo Galen y él la tenían.

Cuanto más permaneciera allí, más posibilidades tenía de que todos quienes lo conocían se olvidaran de él. Aquel riesgo lo había asumido, pero no quería que Hades lo olvidara. Más misiones significaban más puntos.

A cambio de la llave, él había tenido que conseguirle una cita con Legion a Galen. O con Honey. O como se llamara aquella chica humana, que antes había sido un demonio.

Aeron quería a la muchacha como si fuera una hija. Después del terrible maltrato y los abusos que había sufrido en el infierno, Aeron había hecho todo lo posible por sanar su mente y su cuerpo. El cuerpo se había sanado, sí, pero la mente, no. Legion seguía sufriendo. Tal vez Galen fuera la respuesta; la chica y él tenían una historia.

Baden oyó unas voces y torció una esquina. Entró en una cocina grande con electrodomésticos modernos y encimeras de piedra relucientes. Su mujer, su dulce tormento, apareció ante su vista, y su cuerpo se endureció.

Katarina se había duchado y se había cambiado de ropa. Llevaba una camiseta rosa y unos pantalones vaqueros desgastados; tenía un aspecto delicado y femenino, pero él quería verla desnuda.

Ella puso unos cuencos con comida y agua delante de los perros mientras hablaba con…

De repente, recordó el nombre: Fox. Y se dio cuenta de por qué lo había olvidado. Fox era la nueva guardiana de Desconfianza, y había estado allí todo el tiempo.

«Mantente alejado de Fox».

Eso era lo que le había dicho William. ¿Por qué?

Fox era la mano derecha de Galen. Tenía el pelo negro, los ojos azules y los rasgos marcados y angulosos. Era esbelta, pero fuerte. Era el tipo de mujer que a él siempre le había resultado atractiva. Sin embargo, no podía compararse a la delicadeza de Katarina.

—¿Y cómo es? —preguntó Fox.

—Terco —respondió Katarina—. Irritante. Desconfiado…

—Eso sí puedo entenderlo.

¿Se refería a él?

Baden apretó los dientes.

Sin embargo, Katarina no había terminado.

—Es frustrante, molesto —dijo. Después, con un suspiro, añadió—: Inteligente, sexy y protector. ¡Demasiado protector!

«Piensa que soy sexy».

Galen estaba sentado en la mesa de la esquina, afilando un cuchillo. Ellos dos se miraron, y Galen se encogió de hombros, como diciendo: «¡Mujeres!».

—No me dijiste que había alguien más viviendo aquí —dijo Baden.

Las chicas se sobresaltaron y se volvieron hacia él. Katarina se quedó boquiabierta.

–Estás negro de humo –dijo.

–Ya lo sé –dijo él, y miró a Fox. Sintió una especie de efervescencia...

¿Deseo? ¿Por ella? No. Nunca. Tenía que ser por Desconfianza. Pero Baden no quería tener nada que ver con ningún demonio. No iba a echar de menos un cáncer que había conseguido extirparse, ni ninguna otra enfermedad que hubiera padecido.

Salvo que, algunas veces, su demonio había sido su única compañía. Incluso cuando estaba con los demás guerreros, se sentía aislado.

Sin embargo, los sentimientos no siempre eran exactos, ¿verdad?

A Fox empezaron a salirle llamas del pelo. ¿Su demonio se había enfurecido? ¿Por él?

–Vaya –dijo Katarina–. ¿Qué te pasa?

Fox se frotó las sienes, y las llamas se apagaron.

–Lo siento. Todavía estoy aprendiendo a controlarme.

Galen sonrió a Baden.

–¿Puedes creer que me había olvidado de mi querida Foxy Roxy?

No, pero no iba a contradecirle.

–Necesito armas, las mejores que tengas.

Katarina lo fulminó con la mirada.

–¿Me estás ignorando?

–No –dijo él.

Ella frunció los labios.

Fox lo saludó.

–Me alegro de conocerte. Supongo.

Él volvió a mirarla, y Destrucción reaccionó.

«Ella se volverá contra nosotros. Mátala ahora».

«El asesinato a sangre fría nunca será una buena respuesta». La voz de Katarina resonó en su mente.

Galen se puso de pie y dijo:

–Si quieres armas, yo tengo armas. Por aquí.

Baden lo siguió por un largo pasillo.

Katarina corrió a su lado.

–¿Por qué parece que has estado en un incendio? ¿Y por qué necesitas armas?

–Estoy en una guerra. Y me han asignado otra misión.

–¿Y es una misión peligrosa?

–Por supuesto. ¿Por qué lo preguntas? ¿Es que te vas a empeñar en acompañarme?

–Eh… no. Tú tienes un trabajo, y yo tengo otro. Cuidar y alimentar a mis nuevas mascotas.

–¿No te importa si muero o vivo? ¿No deberías querer guardarme las espaldas?

Ella soltó un resoplido y le dio una palmadita en el brazo. Aquel contacto piel con piel le provocó un dolor lacerante. Baden tomó aire bruscamente, y ella apartó la mano. Y, sin embargo, al perder el contacto, él solo sintió decepción.

Galen se detuvo y entró en un dormitorio que había convertido en la fantasía de un guerrero. Las paredes estaban llenas de estanterías, y las estanterías, atestadas de armas. Había pistolas, espadas, dagas, granadas, lanzallamas y muchas más cosas.

–Querrás cambiarte –dijo, y presionó un botón.

Entonces, se abrió un armario y aparecieron trajes distintos. Galen sacó una camiseta negra y se la lanzó a Baden.

–Tiene dos aberturas en la espalda, para las alas. Puedes utilizarlas para esconder un par de espadas.

Baden se cambió.

–También necesito un teléfono móvil.

Galen se sacó uno del bolsillo y se lo entregó. Mientras salía de la habitación, murmuró:

–El antiguo líder de los Cazadores, reducido a hacer de canguro. Para tu información, esto no formaba parte de mi plan de vida.

Baden le envió a Torin un mensaje de texto para decirle que estaba bien, que había encontrado un lugar nuevo y que esperaba que ellos se hubieran recuperado. Después, se guardó el teléfono y miró a Katarina.

—Entiendo que te enfadaras cuando te acusé de haberme traicionado. Siento mucho haberlo hecho —dijo.

Ella se quedó boquiabierta.

—Espera, espera. ¿Acabas de admitir que te has equivocado?

—Pues sí —respondió él—. Un acto sin precedentes que debería ser cantado por un coro de ángeles.

Ella sonrió, pero, al instante, se le borró la sonrisa de los labios.

—He visto cómo la mirabas.

Su tono de voz… ¿era de celos?

—¿Cómo la he mirado? —le preguntó él, mientras revisaba las armas y seleccionaba dos dagas, una pistola semiautomática y tres cargadores.

—Como estás mirando esas armas —respondió ella, con la voz un poco chillona—. Como si fueran la respuesta a todos tus problemas.

—Ella lleva una parte de mi pasado. De todos modos, solo voy a quedarme con las armas, no con Fox. Mi deseo no es para ella.

—Entonces, ¿para quién?

Él se acercó a ella y le clavó una mirada ardiente. Sin embargo, en vez de responder a su pregunta, le ordenó:

—No te pelees con ella mientras no estoy aquí.

Katarina se enfadó aún más.

—No hagas esto. No hagas lo otro. ¡Idiota! Yo haré lo que quiera…

—Si ella te hace daño, tendré que matarla, y su demonio quedará libre por el mundo o, tal vez, vuelva a intentar entrar en mí.

—Ah. Bueno. Si tienes un motivo tan poderoso… —respondió Katarina, y se apoyó en él, derritiéndose, mientras le acariciaba las puntas del pelo–. Además, yo soy demasiado dulce como para pelearme con nadie.

–Lo que sí es cierto es que tienes un sabor muy dulce, y eres la única a la que yo deseo.

Ella le dedicó una sonrisa resplandeciente y preguntó:

–¿Por qué no tomas un poco de mi dulzura en tus labios, ummm?

Él no pudo negárselo. Se inclinó y le dio un rápido beso, con la única intención de que sus lenguas se acariciaran una vez o, quizá, dos… Pero, sin poder evitarlo, la apoyó contra la pared y se dio un festín con ella. La agarró por las nalgas y la levantó del suelo, y ella tuvo que rodearle la cintura con las piernas para poder sujetarse. Él le apretó la erección contra las ingles y a ella se le escapó un jadeo de necesidad. Katarina se arqueó para devolverle las acometidas.

–Me encanta cómo haces que me sienta. Tengo calor, siento deseo y… necesidad –le dijo, con un ronroneo.

Si no se marchaba ya, pensó Baden, no iba a poder marcharse nunca.

«Ve por el collar, gana un punto y, después, toma a Katarina».

Se apartó de ella. Ambos se quedaron jadeando.

–Estate desnuda cuando vuelva –dijo él, en un tono que no admitía réplica.

Ella se estremeció, pero respondió:

–Pídemelo con amabilidad.

Baden estaba dispuesto a rogar con tal de conseguir aquello.

–Estate desnuda, por favor.

–¿Y negarte el privilegio de desnudarme? ¡No! Estaré completamente vestida, y tú me lo agradecerás.

Él tuvo que hacer un esfuerzo para mantener sus prioridades. Primero, obtener el punto. Después, a la mujer.

–No voy a tardar mucho.

Se teletransportó directamente junto a la ninfa del bosque... que estaba en una fiesta, en una cúpula sumergida en el agua, pero cuyo interior estaba seco. Allí había muchos inmortales, tantos, que parecían sardinas en lata. Todos iban vestidos de gala. Baden, por el contrario, no había ido ataviado para la ocasión. Y Destrucción no estaba muy contento, precisamente, rodeado de vampiros, cambiaformas, sirenas, arpías, hadas, duendes, gorgonas, brujas e, incluso, un cíclope.

«Calma. Tranquilo».

De repente, oyó un grito que le resultó familiar. Se puso muy tenso y se abrió paso entre la gente, siseando de dolor cada vez que alguien lo rozaba. Pasó entre unas columnas de mármol talladas con la forma de Poseidón y llegó junto a la ninfa, que estaba tambaleándose junto a Taliyah. Estaban tomándose unos chupitos y succionando rodajas de lima.

Tras ellas había un estrado, desde el que Poseidón las observaba. Estaba sentado en un trono de coral. Baden sabía que el rey pasaba medio año en el agua y el otro medio en la tierra, debilitado a causa de una maldición. Aquel era un periodo de tierra y piernas.

El rey estaba concentrado en la ninfa, y tenía una expresión de deseo sin satisfacer.

—Esta vez —dijo Taliyah, arrastrando las palabras—, vamos a tomarnos los chupitos mientras tú eres yo y yo soy tú. Vamos a cambiarnos de ropa y de joyas rápidamente.

Baden se puso aún más tenso. Así pues, la arpía también había ido hasta allí para robar el collar, ¿no?

Entonces, Taliyah lo miró y le guiñó un ojo.

—¡Vaya! ¡Es la mejor idea del mundo! —dijo la ninfa, y tomó con ambas manos el broche del collar.

Poseidón se levantó de un salto y rugió:

—¡Ni se te ocurra!

Muchos de los invitados se sobresaltaron.

Taliyah puso mala cara, pero, rápidamente, ocultó su enfado, disfrazándolo de desilusión.

–Vaya, ahora nuestros chupitos no van a estar tan buenos.

–¡Está bien, está bien! –exclamó la ninfa, y le hizo al rey un gesto con ambos pulgares levantados.

Todo el mundo se apartó del camino de Poseidón, que se acercó a ella rápidamente y la tomó del brazo. Un par de guardias se acercaron también.

–Llevadla a su habitación y permaneced delante de su puerta –ordenó el rey–. Que nadie entre ni salga.

–Vaya… –dijo ella, mientras se la llevaban–. Ahora que la fiesta se estaba poniendo interesante…

Baden miró por última vez a Taliyah, con un gesto ceñudo, antes de mezclarse con la gente de nuevo, para evitar que Poseidón se fijara en él.

–Oh, mira que hombre más apetecible –dijo una arpía pelirroja, y le acarició el brazo. Él la fulminó con la mirada y se apartó de ella, pero se tropezó con otra arpía. Aquella era negra e increíblemente bella, con los ojos del color del ámbar y los labios rojos y carnosos. «La conozco…».

De repente, recordó quién era: Neeka la No Deseada. La mejor amiga de Taliyah. En el pasado había sido una prisionera de los fénix.

Ella le clavó las garras en el brazo y, aunque le sonreía, irradiaba desprecio.

–El collar es nuestro. Márchate o lo lamentarás. Tú decides.

Baden la agarró del cuello y apretó antes de poder evitarlo. «¡Maldita sea, bestia!». La soltó rápidamente.

Ella no parecía muy afectada.

–Me alegro de conocerte, guerrero.

Taliyah, la pelirroja y ella se perdieron entre la multitud. Baden siguió por el camino que habían tomado los guardias y, cuando llegó a un pasillo separado, encontró a uno de los guardias inconsciente, detrás de una gran maceta. Las chicas trabajaban rápido.

Encontró a otro guardia sin conocimiento delante de una puerta cerrada, y supo que había llegado a su destino. Sin perder más el tiempo, se teletransportó al interior de la habitación. Las tres arpías, Taliyah, Neeka y la pelirroja, estaban rodeando a la ninfa, que luchaba como una asesina bien adiestrada y que no parecía en absoluto borracha, como en la fiesta. Las cuatro se enzarzaron a puñetazos, arañazos de garras y patadas. Se movían con tanta rapidez que él tuvo que concentrarse para captar cada movimiento individualmente. Entre gruñidos y rugidos, hubo una salpicadura de sangre, y un diente salió volando por el aire.

—Dame el collar —ordenó Taliyah.

—No lo necesitas, zorra —respondió la ninfa.

—Tú tampoco, puta —respondió Neeka, y le dio una patada en el estómago—. Estás a punto de morir.

—¡Me han asegurado que no voy a morir hasta dentro de un año, como mínimo! —respondió la ninfa—. No sabéis lo que he tenido que soportar. Preferiría morir que rendirme.

—Bueno, pues yo he venido a complacerte —dijo la pelirroja—. Va a ser el siguiente premio en los Juegos de las Arpías.

La ninfa era muy buena, pero no iba a poder seguir resistiendo contra tres arpías bien entrenadas. Casi nadie podría.

Destrucción quería bailar en la sangre de las mujeres, pero incluso él se dio cuenta de que era bastante improbable que saliera indemne.

Baden se teletransportó al interior del círculo, junto a la ninfa, y empezó a bloquear los golpes dirigidos a ella. Garras a su cuello. Un puño a uno de sus riñones. Una bota al estómago.

Las agudas lanzadas de dolor que le producían aquellos golpes avivaron su furia. Se prendió, creció, se extendió. Lo consumió. Apuntó con la pistola semiautomática y le pegó un tiro a la pelirroja entre las cejas. La arpía despertaría… unos días más tarde.

Después, disparó a Taliyah, pero ella esquivó la bala.

A Baden le surgieron garras del final de los dedos, y perdió el dominio del arma, que cayó al suelo. En realidad, no la necesitaba.

Las sombras se estaban elevando...

Neeka tiró de Taliyah hacia la puerta mientras Destrucción le proporcionaba a Baden una corriente de información. Las sombras eran hijas de Corrupción. Si quedaban libres, su oscuridad infectaría a su huésped y dirigiría sus pensamientos y sus actos.

Con un solo roce, aquella oscuridad infectaría como un virus a las arpías, también, y comenzaría a dirigir sus pensamientos y sus actos.

Las serpentinas protegían a Baden como si fueran una armadura, y le hacían inmune a su poder.

Las arpías agarraron a la pelirroja y la apartaron de él. Las sombras observaron, retorciéndose, preparadas para entrar en combate.

Taliyah lo fulminó con la mirada.

—Quiero ese collar, pelirrojo.

—Hades lo tendrá dentro de una hora. Si se lo pides con encanto, tal vez te lo regale.

—No me entiendes. Si se lo das, vas a arrepentirte. Mucho.

Él ya se arrepentía de muchas cosas, y aquello no iba a ser otro motivo de arrepentimiento.

Las sombras sisearon y se movieron hacia ella. Taliyah sacó a sus compañeras al pasillo y cerró la puerta. Lo último que él vio fue su gesto torvo.

Las sombras volvieron a sus marcas.

Entonces, se le rompió un jarrón de cristal contra la cabeza. Mientras los añicos caían al suelo, él se giró para mirar a la ninfa con una expresión de furia. La ninfa abrió mucho los ojos, con horror, al ver que él seguía en pie.

Le mostró la daga.

–Voy a marcharme con ese collar, de un modo u otro, así que vamos a hacerlo del modo más fácil. Dámelo.

El semblante de la ninfa se llenó de ira, pero, al instante, se evaporó como el rocío de la mañana. Sonrió, y lo abanicó con las pestañas.

–¿Por qué no me robas mi virtud, en vez del collar? Disfrutarás más, te lo prometo.

Baden no sintió la más mínima tentación. Deseaba a la humana, y solo a la humana. De alguna manera, ella lo había hechizado.

–Dame el collar. No quiero hacerte daño, pero tendré que hacértelo si me obligas.

–También podrías marcharte –dijo la ninfa.

–Última oportunidad –dijo él, mostrándole la daga–. Mi mujer me va a recompensar si te dejo con vida. Quiero mi premio. Pero, si no le llevo el collar a Hades, me castigará, y enviará a otro guerrero por ti.

–Me esconderé antes de que…

–No podrás. Pandora te encontrará.

–¿Pandora? –preguntó la ninfa, y palideció–. Toma. ¡Toma el collar y márchate!

Capítulo 18

«¿La definición de matrimonio? Cuando una mujer adopta a un hombre adulto infantil a quien sus padres ya no pueden soportar más».

Olivia, Enviada, ángel caído

Katarina, cero. Baden, uno.

«Potrebujem pomoc».

«Necesito ayuda».

Katarina se había olvidado de su deseo de adiestrar a Baden en cuanto él había mirado a Fox, una mujer que no era débil, con anhelo. Aquello había sido un duro golpe para su orgullo.

Sin embargo, al ver que él se enfurecía un instante después, había comprendido la verdad. El anhelo provenía de la camaradería más que de la sensualidad. Era como si hubiera visto a una vieja amiga después de varios años, y ambas miradas iban dirigidas a Desconfianza.

Él odiaba al demonio, pero, tal vez… también echaba de menos su compañía. En aquel momento, confiaba muy poco en sí mismo como para estar en compañía de los demás, ¡y con razón! Hades estaba haciendo todo lo posible por convertirlo en un pit bull de pelea cuyo único instinto fuera el de atacar.

Bien, pues Hades iba a salir perdiendo. En realidad, los pit bulls eran gigantes con un corazón de oro. Si recibían la educación adecuada, eran unos animales dulces y bondadosos.

Así pues, era hora de poner en marcha su plan, pensó Katarina. Una prueba de fuego. O, más bien, una prueba de caricias.

Las caricias eran la mejor arma de su arsenal. Piel con pelaje, o piel con piel, era fácil crear un vínculo entre dos criaturas. Las caricias querían decir «No estás solo. Yo estoy aquí contigo».

Y, realmente, tenía ganas de volver a acariciarlo.

Biscuit y Gravy le mordisquearon los bolsillos, y ella se los llevó al dormitorio en el que se había instalado. La estancia tenía cortinas doradas, retratos de reyes y reinas y muebles tallados a mano.

Katarina acababa de terminar de hornear unas galletas sin azúcar, y ordenó a los perros que se sentaran antes de darles un premio. Después, hizo que le dieran la pata, y les obsequió con otra galleta. Cuando la hubieron devorado, ella sintió un gran amor. ¿Por qué había intentado protegerse de aquel amor para evitar el sufrimiento de la pérdida? Los seres humanos necesitaban el amor para sobrevivir. El amor era alimento, y era vida. Cuanto más amor les diera a los demás, más amor le devolverían.

Biscuit le lamió la mano, y Gravy se puso a saltar a su alrededor como un conejito mientras trataba de morderle la cola a su hermano. Se produjo una lucha amistosa. Los dos animales estaban más y más felices cada día, más juguetones y más seguros.

Katarina había empezado a pensar que podrían ser unos magníficos perros guardianes. El adiestramiento Schutzhund funcionaba mejor cuando los cachorros estaban calmados y felices desde el principio, y si habían recibido una buena socialización temprana, de modo que no se sobresaltaran por cualquier cosa. También era posible adiestrar a perros nerviosos e inseguros, pero, a menudo, era equiparable a darle un rifle a un hombre asustado que crispaba los dedos cada vez que veía su propia sombra. Además, los perros nerviosos tenían tendencia a la audición selectiva y, muchas veces, ignoraban las órdenes y mordían a cualquiera, incluso a su adiestrador, por miedo con respecto a su propia seguridad, no por el deseo de proteger.

Seguramente, Biscuit y Gravy no habían recibido la socialización adecuada y, a juzgar por su modo de reaccionar hacia los extraños, habían sido maltratados. Sin embargo, estaba claro que tenían la seguridad suficiente. Además, tenían un gran impulso de buscar una presa; la necesidad de encontrar, perseguir y capturar la comida. O, algún día, a los tipos malos.

Los dos cachorros ya habían superado el adiestramiento básico de obediencia, y aunque ella acababa de empezar a enseñarles a seguir rastros, habían demostrado que también eran muy hábiles para ello y que tenían un gran sentido del olfato. Lo siguiente sería enseñarles a morder, cosa que comenzaría como un juego.

De hecho, ella hacía que el adiestramiento fuera un juego desde el principio hasta el final. El protector de brazo que se ponía para el adiestramiento era, en realidad, un juguete para morder. Ellos jugaban al tira y afloja con él, y su entusiasmo iba aumentando poco a poco, se iba convirtiendo en excitación. El objetivo no era que causaran daño, sino que se aferraran al juguete hasta que ella les ordenara que lo soltasen.

La clave estaba en redirigir la agresión. Y en quererlos. En darles su amor, siempre.

Muchas de las personas que la habían contratado le habían preguntado cómo conseguía hacer tantos milagros con los perros. En primer lugar, ella recogía a sus perros de refugios. ¡Adoptaba, no compraba! Los perros de la perrera sabían que un hogar era un regalo. Y, en segundo lugar, el afecto daba lugar a un sentimiento de protección, tan sencillo como eso.

Sus otros perros, aquellos que había rescatado del mundo de las peleas caninas, habían necesitado más afecto y más seguridad que aquellos dos. Y más tiempo. La tarea había sido agotadora y, a la vez, estimulante. Otro motivo por el que había tenido que ser fuerte después de la muerte de su madre.

«Sin la fuerza, no tenemos nada».

Ella había tenido algo que dar.

—Voy a cuidaros —susurró—. Y os voy a dar la vida que os merecéis.

Ellos dejaron de luchar entre sí y la miraron con adoración, como si hubieran comprendido sus palabras. A Katarina le pareció que le respondían: «Nosotros también vamos a cuidarte a ti».

Se miraron con… ¿impaciencia? Gravy ladeó la cabeza. Biscuit asintió. Se acercaron a ella a la vez, y cada uno le acarició una de las muñecas con la nariz. Cuando ella intentó darles la vuelta a las manos para acariciarlos, los perros le clavaron los colmillos en las venas.

¡Un torrente de dolor! Katarina gritó e intentó liberarse, pero ellos la mordieron con más fuerza. Por fin, el dolor cesó, y fue sustituido por una rápida descarga de…

¡Tristo hrmenych! ¿Estaba drogada? Ella nunca había tomado drogas, pero aquello encajaba perfectamente con la descripción que le había hecho su hermano: vértigo, una sensación de ligereza, éxtasis… Era como si pudiera flotar por el aire y todo estuviera bien en el mundo. ¿Qué le estaba ocurriendo?

Por fin, los perros la soltaron, y ella cayó hacia delante. Le temblaban los miembros y le vibraban los huesos. Cada uno de los órganos de su cuerpo se prendió, y las llamas la consumieron. Empezó a sudar profusamente. Se estaba muriendo. Tenía que estar muriéndose. Ella…

De repente, alguien chasqueó los dedos delante de su cara. Katarina pestañeó, y se dio cuenta de que no estaba tendida en el suelo, sino sentada. No sentía ningún dolor, lo cual le resultó aún más desconcertante, y estaba completamente seca, sin rastro de sudor. La única indicación de que había ocurrido algo era un sabor metálico que tenía en la boca. ¿Se había mordido la lengua? No, no tenía ninguna llaga.

Galen estaba agachado frente a ella con cara de preocupación.

—¿Qué te pasa? Llevas cinco minutos ahí sentada, gruñendo al estilo zombi.

Pero… si solo habían pasado unos segundos, ¿no?

—Estoy bien, no me pasa nada —dijo.

Le ardía la garganta, como si llevara varios días sin hablar. Movió la cabeza de lado a lado para intentar despejarse.

Biscuit y Gravy estaban sentados a su lado, observando con calma al guerrero. Por un momento, ella tuvo la sensación de que notaba su desagrado por el extraño, y su férrea determinación de proteger a su humana, que era un poco boba.

Katarina frunció la frente y alzó las manos para mirarse las muñecas. No había ni rastro de los mordiscos. ¿Acaso se lo había imaginado todo?

—De veras, no me pasa nada —repitió. Tal vez se hubiera quedado dormida y hubiera tenido un sueño. Era totalmente posible. Cosas más raras sucedían cada día; por ejemplo, ella misma estaba saliendo a medias con un guerrero inmortal—. ¿Qué estás haciendo aquí? —le preguntó a Galen.

—He preparado la comida. Mi especialidad: sándwiches de jamón.

¿La comida? Entonces, no habían pasado minutos, sino horas.

—Gracias, pero no tengo hambre —dijo. Tenía el estómago encogido.

—De acuerdo —dijo Galen, que se incorporó con fluidez y agilidad—. Voy a dejar uno en la nevera por si cambias de opinión. Si te entra hambre más tarde, sírvete tú misma.

—Eres muy amable.

—Ya lo sé. Y, ahora que ya te he hecho la pelota…

—¿Por qué me has hecho la pelota? ¿Es que quieres tirarme los tejos?

Galen movió las cejas de arriba abajo.

—Ya te gustaría a ti. Lo que pasa es que quiero que convenzas a Baden para que ayude a Fox a entendérselas con Desconfianza.

—¿Tiene problemas?

—Todos los días.

Katarina sintió compasión, pero recordó que Galen la había amenazado cuando la había conocido. Así que dijo:

—Si me llamas tu dulce angelito de ahora en adelante, pensaré en mencionarle el nombre de esa mujer a Baden.

Él sonrió.

—Espero que seas así también con el pelirrojo… angelito.

Entonces, salió de la habitación y la dejó dentro, con los perros.

Durante el resto del día, se dedicó al adiestramiento sin pensar en lo que había ocurrido, y salió varias veces con ellos al oasis para que hicieran sus necesidades.

El palacio tenía un millón de habitaciones y era fácil perderse, así que siempre recorrió el mismo camino. El oasis estaba rodeado de un alto muro de oro, acero y hierro. La hierba, los arbustos y las flores estaban perfectamente mantenidos, y había muchos árboles para dar sombra.

Cuando terminó el adiestramiento, volvió a salir al jardín y dejó que los perros corrieran y saltaran a su antojo mientras ella hacía una lista de la compra mentalmente. Una puerta para que pudieran salir, comida orgánica, etiquetas para los collares, unas correas más fuertes y juguetes.

«Juguetes».

Oyó una voz que no le resultaba familiar, y se percató de que aquella palabra había sido pronunciada en un idioma que ella desconocía, pero que, de todos modos, la había entendido. Frunció el ceño y giró a su alrededor. Estaba sola.

Sin embargo, ambos perros se pusieron tensos.

«Viene la chica endemoniada».

De nuevo, aquella voz desconocida tomó por sorpresa a Katarina. La frase había sonado dentro de su mente, pero no se había originado allí, y los únicos seres que la acompañaban eran…

Katarina miró a los perros. No, no. Era imposible, ¿no?

Los perros se colocaron delante de ella, y Biscuit gruñó a Fox, que abrió la puerta y se apoyó en el marco.

Katarina notó la ira de los perros. «Esto es muy extraño».

—Eres muy buena con ellos —le dijo Fox.

—Los quiero —respondió ella.

Tanto Biscuit como Gravy le sonrieron, como si hubieran entendido lo que acababa de decir.

Fox se frotó la sien.

—¿Quieres a Baden? Espera. ¿Sabes? No importa. No respondas a eso. De todos modos, no voy a creer lo que me digas —afirmó, con una risa llena de amargura—. Es por el demonio, ¿sabes?

Katarina acarició a los perros detrás de las orejas.

—Tiene unos terribles efectos secundarios de paranoia, ¿no?

—Si supieras la de teorías de la conspiración que se me pasan por la cabeza en cualquier momento…

—¿Y tienes la esperanza de que Baden vuelva a quedarse con el demonio?

—Sí. No. No lo sé. Ya no sé nada.

Katarina sintió compasión por ella. No podía hacer mucho para ayudar a la chica, pero podía ofrecerle distracción.

–Como estás aquí, me vendría bien que me ayudaras a conseguir unas cuantas cosas para los perros.

–Dame una lista y lo traeré todo personalmente.

–Estupendo –respondió Katarina, y recitó lo que quería–. Pero… eh… también necesito unas cuantas cosas personales –dijo. Para empezar su seducción… adiestramiento con Baden–. Como un masajista.

–Bien. Tengo uno en plantilla.

Incluso mejor.

–¿Y tiene camilla portátil?

–Sí. La tiene.

–Muy bien. También necesito ropa interior, y que sea provocativa. Y necesito cosméticos, preferiblemente con olor a vainilla. Y preservativos, muchos preservativos. Y un traje de baño. ¿Hay piscina? No importa. Un biquini. ¿No necesitas apuntarlo todo?

«¿Vamos a buscarlo y te lo traemos?».

Katarina volvió a oír aquella voz desconocida, más alto y más claro que antes. Miró a los perros. Ambos la observaban con expectación, esperando su respuesta.

¿Estaban hablando con ella?

Era una idea absurda, pero tuvo una fuerte sospecha.

–No –les dijo, solo por si acaso–. No es necesario que vayáis a buscarlo.

Ellos suspiraron con desilusión.

–¿Hablas con tus perros? –le preguntó Fox, con el ceño fruncido.

–¿Tú no?

Fox la miró de reojo, y respondió:

–Te traeré lo que me has pedido hoy, a última hora.

–O antes –le dijo Katarina, pensando en que Baden podía volver en cualquier momento–. Dentro de dos horas.

–Haré lo que pueda. Pero tú… no le hagas daño al guerrero. Si lo haces…

–No voy a hacerlo.

—Pero si se lo haces…

—No voy a hacérselo, de verdad. Me gusta.

—…te mataré —dijo Fox.

Los perros le gruñeron mientras se daba la vuelta y se alejaba.

Katarina se arrodilló para acariciar y alabar a sus estudiantes. Habían percibido una amenaza y habían reaccionado, pero con calma, manteniéndose a su lado. Ellos movieron la cola y la besaron.

Aquel mundo en el que se encontraba era diferente que cualquier otro que hubiera conocido, pero aquellos perros eran su normalidad. Y Baden… era suyo. Por el momento.

Baden se teletransportó junto a Hades. El rey estaba sentado junto a su trono, dictándole instrucciones a Pippin, que las anotaba en su tablilla de piedra.

—Decapitarlo, desmembrarlo, abrirle el pecho y…

Al percatarse de la presencia de Baden, le preguntó:

—¿Y bien?

Baden le arrojó el coeur de la terre.

—Otro punto.

—Excelente.

Hades se enroscó el collar en la muñeca y miró a Baden con algo parecido a la ira.

—¿Les has hecho daño a las arpías?

—No. No fue necesario.

Hades se relajó un poco.

—Dame detalles.

Baden contó toda la historia y terminó con las sombras que habían ahuyentado a las arpías.

—Esas sombras… son los sirvientes de Corrupción, ¿no? —preguntó.

Corrupción era uno de los señores de los demonios, que tenía la capacidad de unirse a cualquier espíritu humano.

Obtenía placer solo cuando conseguía corromper a una buena persona.

Hades se dio unos golpecitos con los dedos en la barbilla, como si estuviera pensando en sus próximas palabras, y dijo:

—Sí. Su mal nace dentro del corazón humano.

Destrucción había acertado. Y, en aquel momento, sin el calor de la batalla, no se sentía… satisfecho. Llevaba en su propia carne la semilla de Corrupción.

—¿Por qué estás tan serio? —le preguntó Hades—. Las guirnaldas te hacen inmune a las sombras. Ellas solo desean protegerte, porque eres su anfitrión, y consumir a tus enemigos.

—Ya. ¿Y qué pasará cuando yo gane tu juego y me libere de las serpentinas?

Una sonrisa enigmática.

—Entonces tampoco tendrás que preocuparte.

¿Acaso no iba a sobrevivir después de que le quitaran las bandas de los brazos?

No. Hades y él tenían un vínculo, y ninguno de los dos podía negarlo. Todavía no tenía clara cuál era la respuesta.

—Pippin —dijo Hades—. ¿Decidí castigar o perdonar la desobediencia a mi orden de no luchar uno contra el otro?

—Perdonar, milord.

Hades giró los hombros con cara de decepción.

—Muy bien. Yo nunca refuto mis propias decisiones.

—Salvo las que refutáis, milord.

—Cierto. Tú me comprendes, Pippin. Por eso no te he despedido hoy.

—Todavía nos quedan varias horas, milord.

Baden intervino.

—Asígname otra tarea.

Hades lo observó con atención.

—¿Tan ansioso estás por vencer a Pandora?

—Estoy ansioso por vencer a Lucifer.

La aprobación brilló en los ojos negros del rey.

–Cada día estamos más cerca de la victoria –dijo–. Ahora, márchate –le ordenó a Baden–. Descansa mientras puedas.

No había descanso para los malvados. Tenía que ocuparse de otro asunto: destruir los lazos que unían a Katarina con Aleksander.

Se teletransportó al calabozo que había bajo la fortaleza de Budapest, pero el hombre y sus cadenas habían desaparecido.

¡Maldición! Aquel canalla no se había liberado con la Llave Que Todo Lo Abre. Torin nunca lo traicionaría. Se enfureció al pensar en que no iba a poder liberar a Katarina de su matrimonio tan pronto como había pensado. Alguien debía de haber encontrado la llave de las cadenas entre los escombros de la fortaleza. Alguien con la capacidad de teletransportarse… O con la capacidad de teletransportarse junto a Aleksander específicamente.

Pandora. Aquel nombre era como un detonador en su mente. Destrucción rugió.

Iba a pagarlo muy caro. Él también tenía la capacidad de teletransportarse hasta Aleksander, lo que significaba que el tipo acababa de escapar de allí; de lo contrario, él habría aparecido en otra parte. Tomó una daga con cada mano y se teletransportó…

Apareció en medio de una autopista. Oyó un bocinazo y vio que estaba a punto de ser arrollado por un camión. Pandora estaba intentando matarlo sin desobedecer las normas. Volvió a teletransportarse justo cuando el vehículo le arañaba el brazo, y apareció en un callejón lleno de pintadas.

Oyó varios tiros, y recibió un balazo en una clavícula. Su mirada se cruzó con la de Pandora. El ojo que él le había destrozado con una daga estaba curándosele. Las partes más vulnerables de su cuerpo requerirían más tiempo. Al menos, pese a que era un espíritu, se estaba regenerando.

Así pues, el crecimiento de nuevos miembros era posible, pero ¿solo con las bandas?

Pandora llevaba una camiseta negra de tirantes. En sus brazos podían verse las marcas que le había dejado Corrupción.

En cuanto a los seres humanos que habían matado, estaban a la par. Baden tenía otros seis puntos, sin contar los puntos que habían compartido por matar al sirviente de Lucifer. ¿Cuántos puntos más tenía ella? ¿Y por qué él no sentía el deseo de matarla, después de lo que había hecho Pandora aquel mismo día?

—Hola, Baden —dijo ella, con una sonrisa; recargó su arma y volvió a apuntar contra él. Tenía a Aleksander atado a la cintura y a una muñeca con una cuerda. Aquello era una desventaja para ella. Perfecto.

—Como puedes ver, tu pequeña trampa ha fallado. Encontré la llave entre los escombros.

—Tienes algo que me pertenece —dijo Baden, mientras Destrucción rugía.

—¡Es mío!

Baden le lanzó una daga para cortar la cuerda.

Pandora debió de pensar que quería matar a aquella rata, porque dio un salto y paró el recorrido del cuchillo con su propia pierna. Se estremeció de dolor e hizo dos nuevos disparos. Las balas le acertaron a Baden en el estómago. Él empezó a sangrar con un líquido negro.

—Si muere —le dijo Pandora, sin bajar el arma— no podrá decirnos dónde tiene la moneda.

Ella no dejó de apuntarlo, aunque le temblaba el brazo y también tenía una hemorragia de aquel líquido negro.

¿No podía seguir haciéndole daño? Entonces, ella también debía de sentir la conexión.

—No nos lo va a decir nunca —respondió Baden—. Y la moneda no es el motivo por el que lo quiero —dijo, y le ordenó a Aleksander—: Di en voz alta que te divorcias de Katarina.

–Nunca –dijo Aleksander.

–La chica, otra vez –dijo Pandora, cabeceando con desagrado–. Lo único que importa es la moneda. Eso obligará a Hades a concederme el mayor de mis deseos.

–¿Cómo lo sabes?

–Tú no eres el único que tiene amigos.

Él ladeó la cabeza.

–Has planeado utilizar la moneda para conseguir un reino propio, ¿no es así?

–¡Sí! ¿Acaso tú no?

–No –dijo él. Al menos, Pandora era sincera–. Tú nunca has estado poseída. No conoces los horrores de vivir con un demonio.

–Soy anfitriona de unas sombras y de un ser que tiene recuerdos que yo nunca he vivido. Puedo arreglármelas con los demonios.

«Te equivocas. Tú nunca te las has arreglado con un demonio. Tú les mataste de hambre».

–Además, un ejército es un ejército –añadió ella–. ¡Nunca volveré a estar indefensa!

Él compartía aquel deseo, hasta cierto punto.

–Hay otras formas de conseguirlo, Pandora.

Ella negó violentamente con la cabeza.

–Si te marchas ahora, vivirás. Si te quedas, lucharemos hasta tu muerte.

Destrucción piafó dentro de su mente para embestir a Pandora. Una amenaza era una amenaza, pese a los vínculos.

Katarina estaría en desacuerdo.

«Si hay vida, hay esperanza».

–¿De veras estarías dispuesta a perder la libertad y quedarte con las serpentinas para siempre? –le preguntó.

Baden sabía que Hades perdonaría unos cuantos golpes y hematomas, pero no un asesinato.

Ella, con una mirada enloquecida, respondió:

–Con esa moneda podré comprar mi libertad y mi reino.

Tal vez hoy te perdone la vida para poder tenerte como esclavo mañana.

¿Acaso era aquel su magnífico plan?

—¿Es que crees que Hades no tiene a los reyes bajo su dominio? Tú los has visto igual que yo. Aunque tengas tu propio reino, no serás libre.

—Sí, lo seré —dijo ella, en tono de desesperación—. No puedo continuar así.

Baden sintió compasión, algo que casi nunca sentía por una mujer. Culpó a Katarina. Ella debía de haberle contagiado su capacidad de empatizar.

Aleksander le sonrió con desprecio por encima del hombro de Pandora, y Destrucción se golpeó contra el cráneo de Baden en un frenético intento de alcanzarlo.

A Baden le latieron las sienes. «Concéntrate».

—No voy a permitir que…

—Concédeme una noche con él, y te juro que nunca le haré daño a tu humana.

Aquellas palabras de Pandora cortaron su advertencia al instante, e incluso acallaron a Destrucción. Acababa de ofrecerle lo único que no podía rechazar.

—Te lo cedo una noche.

Aquello era un riesgo, porque, si Pandora encontraba la moneda, ganaría otro punto. Y, aunque no lo consiguiera, Aleksander no iba a estar bajo el estricto control que él le había impuesto.

—Mañana —dijo—, iré a buscarlo.

—Trato hecho. Pero si vienes antes y me tiendes una emboscada, iré por tu chica.

—Y yo me ocuparé de que te conviertas en una cáscara sin piernas ni brazos.

Ella soltó un resoplido.

—Me gusta imaginarte en una jaula que yo misma haya fabricado. Tal vez me pase toda la noche creando trampas para ti.

Él sonrió.

–Si no lo hicieras, me decepcionarías.

–Bien, hasta mañana –dijo ella, y se desvaneció con Aleksander, que todavía tenía aquella sonrisa de petulancia.

Idiota. Tal vez pensara que, como Pandora era una mujer, sería más fácil escapar. Baden la conocía bien. Ella hería a sus víctimas de una manera que las traumatizaba durante el resto de su vida. La ninfa lo sabía y, muy pronto, Aleksander iba a saberlo también.

«Vuelve con Katarina. Reclámala».

Su sonrisa de desafío se transformó en una sonrisa de seducción cuando se teletransportó a casa.

Capítulo 19

«El bow chicka wow wow es algo poderoso. Si no lo usas, lo pierdes».

Danika, el Ojo Que Todo Lo Ve

Katarina recorrió su dormitorio mientras repasaba la lista. La luz apagada y las velas con olor a vainilla y lavanda, encendidas. La camilla de masaje bien colocada y cubierta con una manta caliente. Su propio cuerpo, perfumado de vainilla y cubierto solo con una bata de cachemir.

Los perros dormían plácidamente en el baño. El masajista estaba esperando su llamada. Lo único que faltaba era Baden. ¿Dónde estaba?

Se sentó junto a la chimenea encendida y se inclinó hacia atrás en la butaca, con la esperanza de resultar sexy. Sin embargo, una hora después estaba en pie, paseándose de un lado a otro. Si Baden pasaba toda la noche fuera de casa… ¡arg! Se iría a la cama frustrada. Y se vengaría procurando que él estuviera frustrado toda la semana. No… El refuerzo negativo les haría daño a los dos.

Con un suspiro, se acercó a la ventana y miró al exterior mientras pasaban los minutos. Empezó a pensar en cosas inquietantes. Allí estaba ella, con la intención de seducir a

Baden, mientras su hermano… ¿qué? Su hermano estaría por ahí, drogado, volando como una cometa. O tal vez hubiera tomado una sobredosis y ya no tuviera la oportunidad de rehabilitarse. Dominik era la única familia que tenía, y estaba unida a él.

Para siempre.

—Katarina.

Al oír la voz de Baden, se sobresaltó, y tuvo una cascada de estremecimientos. Se giró temblorosa hacia el objeto de su fascinación, la única persona que podía distraerla de sus problemas simplemente diciendo su nombre.

Como de costumbre, la belleza de Baden le cortó la respiración. Se había duchado y tenía el pelo húmedo, de un color rojo oscuro, casi marrón. Llevaba una camiseta negra, unos pantalones de camuflaje y unas botas de combate. Tenía los guantes puestos.

—Estabas triste. ¿Por qué?

—Estoy preocupada por mi hermano.

—Pues ya basta… Por favor. Él te ha hecho daño. No debería tener el privilegio de formar parte de tu vida.

Vaya. Baden estaba aprendiendo a pedir, en vez de ordenar. A su manera, sí, pero un progreso era un progreso. Y su forma de hacerle cumplidos…

Él la miró atentamente y se fijó en su cuerpo, escasamente vestido. Entonces, se puso tenso, y el ambiente se llenó de electricidad.

—Me gusta la bata. Quítatela.

Oh. Vaya. De acuerdo. Parecía que había veces en las que sí le gustaban sus órdenes. Sin embargo, respondió:

—Pídemelo con amabilidad.

La coherencia era clave para que un adiestramiento tuviera éxito.

—Por favor, ¿te importaría quitártela?

Ella sonrió. Se sentía orgullosa de él.

—Sí, me la voy a quitar. Para mi masaje.

Baden la deseaba y, claramente, pensaba tomarla, pero había planeado hacerlo sin que hubiera contacto piel con piel. Eso era inaceptable.

—¿Masaje? —preguntó él, con intriga.

—Un masaje que necesito desesperadamente. Estoy dolorida del trabajo que he hecho últimamente.

Tomó el teléfono de la habitación. Había un sistema de interfonos que permitía comunicarse con cualquier parte de la casa, aunque no con el exterior. Marcó el número de la zona de servicio y pidió que avisaran al masajista de Fox. Cuando se puso al teléfono, ella dijo: «Estoy lista».

Baden se cruzó de brazos.

—Un masaje. De una mujer.

Ella se echó a reír.

—No seas tonto —le dijo, y le señaló una silla que había colocado junto a la camilla—. Siéntate.

Él bajó los brazos y posó una mano en la empuñadura de una de sus dagas.

—¿De un hombre?

—Sí. Me gusta que sea un masaje profundo y, tal y como tú has dicho varias veces, los hombres son más fuertes —respondió Katarina, pestañeando.

—No siempre —replicó él—. Las mujeres pueden ser...

—Pero no te preocupes —dijo ella, interrumpiéndolo—. Voy a dejar que lo veas.

—Yo lo haré. Yo te daré el masaje —respondió Baden—. Soy más fuerte que cualquier humano.

Ella hizo un mohín.

—No, porque tocar a otra persona te hace daño, y esta noche solo quiero que sientas placer.

Él inhaló con fuerza.

—Llevo guantes. No me va a doler.

—Es que... deja que me explique mejor: quiero carne contra carne. Es más cálido y más delicioso. Y, ahora, si eres tan amable de sentarte...

Baden no lo hizo, así que ella lo empujó para que cayera sobre la silla. A él le vibró un músculo bajo el ojo.

–No me gusta esto.

«Eso está meridianamente claro, querido».

–¿Ya te está pidiendo la bestia un asesinato?

–¡Sí! Y está muy empeñada.

–Bueno. Hagas lo que hagas –dijo ella, inclinándose para rozarle la oreja con los labios–, no ataques al humano. Repito, no ataques al humano.

–No puedo prometerte nada.

Ella se irguió.

–Vas a hacerme esta promesa en concreto, o no te dejaré mirar.

Oh, oh. Eso no le gustó nada. Se le encendió una luz roja en los ojos y, cuando volvió a hablar, sonaron dos voces, ambas llenas de furia y… ¿posesión?

–¿Acaso crees que me puedes echar, dulce Rina?

–No –dijo ella, consciente de que habían entrado en un terreno peligroso–. Pero puedo irme a otra habitación.

–Y yo puedo seguirte. Ninguna puerta me va a separar de ti. Ni ninguna pared. Para alcanzar lo que deseo, soy capaz de derribar cualquier barrera.

–Bueno, pero yo puedo negarte el acceso a mi zona de juegos –dijo ella y, para asegurarse de que él lo entendía, pasó las manos por las curvas de su cuerpo–. Y no hay nada que puedas hacer para evitar eso.

Hubo un silencio tenso.

Finalmente, él asintió con tirantez.

–Está bien. No mataré al humano.

Había sido casi demasiado fácil. Ella contuvo una carcajada.

–Tampoco vas a hacerle daño.

–No, no le haré daño.

–Y vas a hablar con Fox. Tienes que ayudarla. Me cae bien.

—Sí —dijo él—. Voy a ayudarla.

Qué buen chico. Y los buenos chicos se merecían una recompensa. Katarina le tomó la mano enguantada y le posó la palma sobre uno de los pechos. Él gimió mientras que, con la otra mano, se acarició la erección.

—Mira lo que me haces, Rina.

—Si tú pudieras sentir lo que me haces a mí…

Alguien llamó suavemente a la puerta. Baden se puso rígido y ella sonrió de alegría. Se apartó de él con esfuerzo y fue hacia la puerta. «Que comience el juego».

Al ver al masajista, se quedó asombrada. Era humano, como ella. Seguramente, no tenía más de veinticinco años. Tenía el pelo castaño y liso, recogido en un moño, y los ojos oscuros. Era fuerte; obviamente, hacía ejercicio. Aunque ni pasándose una vida entera en un gimnasio llegaría a ser como Baden, por supuesto.

—Pasa, por favor —le dijo.

—Gracias. Me llamo Thomas.

Entró con una cesta de aceites. Al ver a Baden sentado junto a la camilla, vaciló.

—No te preocupes —le dijo ella—. El guerrero ha prometido que no va a hacerte daño ni a matarte.

Thomas palideció.

—Eso es… reconfortante.

Baden se limitó a fulminarlo con la mirada.

—Muy reconfortante —respondió Katarina—. Ahora, por favor, date la vuelta y cierra los ojos mientras me quito la ropa y me sitúo en la camilla.

—Por supuesto —respondió Thomas, y obedeció rápidamente.

Y no solo porque temiera la reacción de Baden. Fox le había contado a Katarina que había rescatado al chico de una horda de vampiros hacía unos años y que, a partir de aquel momento, Thomas le era completamente leal, y la servía a ella y al resto de sus invitados lo mejor que podía.

Katarina se desató el cinturón y Baden se quedó inmóvil, totalmente concentrado, como si ella fuera la única persona sobre la tierra. Katarina dejó que la bata cayera por sus hombros hasta el suelo y, al instante, quedó completamente desnuda.

Él se agarró a los brazos de la silla.

—Eres…

El aire fresco le acarició los pechos, mientras que el calor de la mirada de Baden la excitó y le provocó calor. Se pasó la yema del dedo por el esternón, hasta el ombligo, y se dio la vuelta para mostrarle la espalda.

—¿Soy?

—Katarina —dijo él, con la voz enronquecida—. Eres exquisita. Todas mis fantasías hechas realidad.

«¡Oh, las cosas que me dice, las cosas que me hace sentir!».

—Y esto es solo el comienzo… —dijo, olvidándose por un momento de que tenían público. Subió a la camilla y se cubrió la mitad inferior del cuerpo con la manta—. Estoy preparada.

Thomas seleccionó uno de los aceites que había llevado y se lo echó en las manos.

—Avísame si aprieto demasiado o si me quedo corto —dijo, e irradió olor a lavanda al mover los brazos hacia ella.

Al oír que Baden gruñía, el muchacho titubeó.

—Baden —dijo ella—. Compórtate, o esto va a terminar.

Él se quedó callado al instante.

Bien, bien. A él no le gustaba que la tocara otro hombre, pero sí le gustaba el espectáculo.

Thomas empezó a trabajar, hundiendo los dedos en sus músculos doloridos. No le había mentido a Baden al decirle que estaba dolorida de la actividad física. Además, estar con inmortales podía resultar estresante.

Él estudió su rostro con más y más intensidad a cada

nuevo roce de las manos de Thomas. ¿Estaba juzgando sus expresiones?

–Más fuerte –dijo ella, y Thomas obedeció, sacándole un gemido de entre los labios. Katarina no apartó los ojos de Baden, cuyo rostro estaba tenso de deseo, de sensualidad y de celos.

Tenía una erección enorme, y no trataba de disimularlo. Claramente, sus músculos estaban hechos nudos, y él también necesitaba un masaje.

«Tengo que ponerle las manos encima. Pronto…».

Pasaron los minutos, y la tensión de Baden se intensificó hasta que ya no pudo soportarlo más.

–Márchate –le dijo a Thomas–. Ahora mismo. Y, por tu propia seguridad, no vuelvas nunca.

Thomas no se molestó en recoger sus cosas. Salió rápidamente, y cerró la puerta con un suave clic.

Katarina no esperó a que Baden le diera ninguna orden, porque él no estaba al mando en aquella ocasión, sino que se puso en pie con las piernas temblorosas.

–Voy a pensar que tu mala educación proviene de tu propio dolor, y que necesitas pasar por la camilla. Vamos, ven.

–No. Ven tú –dijo él, y le hizo una señal con el dedo.

Ella se dio cuenta de lo que tenía pensado: una repetición de lo que habían hecho antes. Y tuvo la tentación de obedecer, una tentación muy grande. Tener sus dedos enguantados dentro del cuerpo había sido muy placentero, pero ella quería aún más.

–No, *pekný*. Voy a quedarme aquí. Pero tú vas a quitarte la ropa y te vas a tumbar en la camilla. Cuanto antes lo hagas, antes te pondré las manos encima.

A él se le dilataron las pupilas de lujuria.

–¿Vas a tocarme?

–Oh, sí. Es muy posible que el dolor sea temporal. Una sensibilidad que desarrollaste cuando eras un espíritu y no podías tocar a nadie. Si es así, vamos a conseguir acabar con esa sensibilidad. Ya eres capaz de aguantar un poco más que antes, ¿no?

—Sí —dijo él, con una expresión de deseo. Sin embargo, vaciló—. Siempre he querido esto, me lo he imaginado. No debería correr el riesgo de hacerte daño con mi fuerza. No debería bajar la guardia ni ponerme en una posición vulnerable…

—Pero…

—Pero voy a confiar en que puedo ser delicado. Y voy a confiar en que tú no me vas a traicionar. Porque te necesito más de lo que nunca he necesitado a ninguna otra persona, ni a ninguna otra cosa.

Entonces, mientras ella asimilaba aquellas palabras, él se puso en pie y se sacó la camisa por la cabeza. Su pecho era ancho y musculoso, y tenía la piel bronceada. Katarina tuvo la esperanza de poder trazar todas las líneas de su tatuaje de mariposa con la lengua.

«Algún día voy a devorar a este hombre».

Él se quitó los guantes, y las líneas negras que tenía en los brazos le recordaron la violenta vida que había vivido, una vida que ella quería llenar de calma. Katarina se había dado cuenta de que las líneas estaban más acentuadas cada vez que él volvía de cumplir una de sus misiones para Hades, y sabía que representaban la muerte que había causado.

Antes, una idea como esa le habría causado temor. Baden y ella eran muy distintos. Sin embargo, su amabilidad y su forma de protegerla habían construido un puente que atravesaba el extenso golfo que los separaba.

Él se quitó las botas, el pantalón y la ropa interior y quedó completamente desnudo. Oh, él sí que era exquisito. Era la perfección absoluta.

—Te has quedado mirando, *krásavica* —dijo él, y agarró con una mano la ancha base de su miembro erecto—. ¿Te gusta esto? ¿Lo quieres?

–Sí –respondió Katarina, pero sabía que debía mantenerse firme para conseguir su objetivo–. Claro que lo quiero. Así que vamos a hacer lo necesario para que pueda conseguirlo.

Él se acercó, pero se detuvo cuando estaban a un centímetro de distancia. Su olor delicioso y su calor la tentaron. Con una sola inhalación de aire, podría frotarse los pezones contra su pecho, crear una fricción crucial… y su resistencia se desmoronaría.

Se mordió el labio inferior y se acercó a la camilla. Él se tendió boca arriba, de cara a ella.

Qué pícaro.

–Quieres verme, ¿verdad?

–Siempre –respondió él.

Ella tomó un frasco de aceite con olor a vainilla y se lo echó en las manos. Entonces, mantuvo los dedos justo encima de su pecho, pero sin tocarlo, dejando que la impaciencia de Baden se intensificara hasta que él vibró.

Entonces, pasó un dedo, suavemente, por su esternón, y él inhaló profundamente.

–¿Te ha dolido?

–Sí.

Era de esperar. Por el momento.

–Si va a peor, dímelo.

Entonces, pasó el dedo por el mismo sitio, una y otra vez, siempre con suavidad, dejando un rastro de aceite hidratante.

Después de un rato, él dejó de fruncir el ceño.

–¿Tan malo como antes? –le preguntó ella, fijándose en el tatuaje.

En aquella ocasión, él vaciló.

–¿Sí?

Una pregunta, no una afirmación tajante. Era un progreso.

El nuevo territorio que ella iba conquistando hizo que él

frunciera el ceño de nuevo. Por suerte, el contacto prolongado lo calmó, como antes. Cuando ella hubo acariciado todo su pecho, él dejó de ponerse rígido y empezó a arquearse para recibir sus caricias.

«¡Tengo que hacer una sesión corta y dulce! Y terminar siempre con algo positivo».

Aunque se echó a temblar pensando que iba a morirse de deseo, Katarina terminó con la sesión mientras los dos estaban deseando continuar. Él protestó airadamente, pero ella le prometió que empezarían de nuevo a primera hora de la mañana, y él tuvo que conformarse.

Sin embargo, aquella noche fue una tortura. Una noche que pasaron en habitaciones distintas… «Necesito volver a ponerle las manos encima».

Se puso la bata. Baden la esperaba, desnudo, al otro lado de la puerta. Estaba erecto y tenía una expresión feroz. En silencio, la guio hasta la camilla y se tendió en ella. Esperó.

—¿Estás listo? —le preguntó ella, mientras se hidrataba las manos con el aceite de vainilla.

—Más que listo.

Al primer roce, Baden gruñó con desesperación. Al segundo, se puso rígido. Al tercero, se relajó. Ella siguió trabajando hacia abajo, acercándose más y más a su miembro, al objeto de su fascinación.

¿De veras estaba preparado para seguir adelante?

«No debo apresurarme solo porque me muera de deseo por él».

Katarina cambió de dirección y comenzó a ascender. Rodeó uno de sus pezones y, después, el otro. Baden maldijo, aunque sus pequeños picos marrones se endurecieron.

—¿Crees que podrías aguantar el contacto de mi boca? —preguntó ella, sin poder disimular su necesidad.

—Creo que no me importa si puedo o no. Quiero sentir tu boca. Por favor.

El dolor que ella sentía entre las piernas… ¡era demasiado! Sin embargo, inclinó la cabeza y le lamió los pezones. Cuando él pasó de los gemidos a las peticiones enronquecidas, ella comenzó a succionar.

–Katarina –susurró Baden, y trató de agarrarse el miembro para acariciar su erección.

–No –le dijo ella, agarrándolo de la muñeca–. Eso es mío. No lo voy a compartir.

–Entonces haz algo al respecto. Esta vez no te vayas.

Debería hacer algo, sí. Pero todavía no. Si hacía demasiado con demasiada rapidez, su dolor podía superar por completo su placer.

–No, esta vez no me voy a ir –le dijo.

Él se agarró al borde de la mesa mientras ella descendía por los músculos de su estómago. Su boca la siguió. Se recreó en su ombligo, trazando con la lengua el contorno del hueco y, después, bajó hacia sus muslos y se los besó.

Él apartó la pierna de golpe, y ella se detuvo.

–¿Necesitas un descanso?

–¡No! –exclamó Baden, con una gota de sudor en la frente–. Continúa. Por favor.

«Distráelo», se dijo Katarina.

–¿Qué pensaste de mí el día que nos conocimos? Sé que estaba espantosa. Recuerdo tu repugnancia.

–La repugnancia no iba dirigida a ti, sino a mí. Te deseaba de una forma que no entendía. No tenía planeado llevarte conmigo, pero tampoco podía dejarte. No fui lo suficientemente fuerte.

Aquella confesión le produjo un sentimiento extraño a Katarina.

–Yo pensé que habías ido a rescatarme y, por una vez, no me importó ser la damisela en apuros. Ahora sé que me rescataste, y que eres una de las mejores cosas que me ha pasado en la vida.

El orgullo brilló en los ojos castaños de Baden. El orgullo y el placer.

–Yo siempre voy a protegerte. Puedes apoyarte en mí, Rina. Te voy a cuidar.

Por muy bonito que fuera aquel sentimiento, ella no quería apoyarse en él. Eso crearía un desequilibrio en la relación. Cuando una de las personas era la que siempre daba y la otra la que siempre tomaba, la relación nunca se compensaba.

Sin embargo, aquel no era el momento para tratar un asunto tan serio.

–¿Cómo te sientes?

–Estoy bien. Preparado. Te deseo y te necesito. Tómame en tu boca, o tómame en tu cuerpo. Pero tómame.

Éxtasis… dolor… Ambas cosas se apoderaron de ella. Tal vez ellos dos no estuvieran tan faltos de equilibrio, después de todo. El poderoso guerrero estaba dispuesto a rogarle.

–¿Sientes dolor?

–Sí, pero ahora es un dolor distinto. Es mejor y peor, al mismo tiempo –respondió él, y se puso en pie de golpe–. Quiero poseerte –gruñó.

Agarró las solapas de la bata de Katarina y se la quitó. La prenda cayó al suelo, y ella se quedó desnuda. Él le pasó la mirada de pies a cabeza, con reverencia y lascivia a la vez, y ella se estremeció.

–Sí, vas a poseerme –dijo ella.

Tenía una necesidad asombrosa que nunca había experimentado, pero que le encantaba.

–¿Cómo me deseas? –le preguntó.

–De todas las formas posibles –respondió él.

La agarró por la cintura, la llevó hasta la cama y la tendió sobre el colchón. Entonces, apoyó una rodilla en el borde y gateó hasta ella.

–Separa las piernas.

Ella sonrió lenta y seductoramente.

–¿Estás diciendo que esto va a durar hasta el amanecer, *pekný*?

–Estoy diciendo que por fin voy a tomar lo que es mío.

Capítulo 20

«El único motivo por el que una mujer debería echar a patadas a un hombre de su cama es para hacerle el amor en el suelo».

Amun, guardián de Secretos

Baden se irguió de rodillas. Sin duda, Katarina era la fémina más erótica de la creación. Con su cuerpo desnudo colocado en ángulo hacia él, ella se apoyó sobre los codos y arqueó la espalda para captar toda su atención en sus pechos.

Destrucción ronroneó de aprobación y no dio ninguna orden. Quería lo mismo que él. Tal vez, incluso, lo necesitara.

Él fue incapaz de resistirse a su magnetismo. Pasó la mirada por su estómago plano y llegó al diminuto grupo de rizos oscuros, que ya estaban húmedos de excitación. Tal y como él le había ordenado, ella separó sus largas piernas y flexionó las rodillas, y le ofreció una vista frontal de su nuevo paraíso.

—¿Te gusta esto? ¿Lo deseas? —le preguntó, con la voz enronquecida, repitiendo sus mismas palabras. Sabía que tenía poder sobre él, y eso le causaba deleite.

Baden no podía culparla, porque estaba temblando de deseo.

–«Gustar» es una palabra demasiado suave.

Temblaba, y sentía dolor. Pero ya no le importaba si el contacto piel con piel era doloroso. El dolor de no sentir sus manos sobre aquella mujer era mucho peor. Aquella noche no había podido dejar de dar vueltas en la cama, como un hombre obsesionado.

–Tengo que saborearte –dijo.

–Ya lo has hecho –respondió ella, en broma. Sin embargo, no estaba tan calmada como aparentaba. Tenía las uñas clavadas en el colchón–. ¿O es que se te ha olvidado?

Como si pudiera olvidarlo.

–En esta ocasión, quiero ir directamente a la fuente. Permítemelo.

Lentamente, le agarró los tobillos con los dedos para tirar de ella hacia él. Era suya, y podía devorarla. Se miraron a los ojos mientras él se colocaba sus pies en los hombros. Entonces, se inclinó hacia delante y esperó, esperó hasta que ella jadeó su nombre y movió las caderas. Entonces, lo hizo. Pasó la lengua por el corazón de su placer. Ella gritó; su pasión fue demasiado grande como para que su pequeño cuerpo pudiera contenerla. «Yo lo he hecho. Yo he causado esto».

Sintió orgullo y se deleitó con su dulce sabor. Katarina era como un caramelo, como un néctar que iba a anhelar todos los días de su vida.

Destrucción le exigió más, y Baden obedeció gustosamente. Lamió, succionó y mordisqueó, e introdujo la lengua en su cuerpo, imitando los movimientos del sexo. Ella retorció las caderas cada vez más rápidamente, persiguiendo su lengua cada vez que él levantaba la cabeza.

–Baden… quiero… necesito…

–Lo sé.

El día anterior, y aquel mismo día, ella lo había dejado reducido a una masa temblorosa de sensaciones, de deseo. Lo justo sería que él le devolviera el favor.

Mientras él seguía succionando su nudo de nervios, ella le apretó las sienes con los muslos. Baden se dio cuenta de que ella tenía la carne de gallina, y supo que estaba muy cerca del orgasmo. Disminuyó la presión y comenzó a lamer su cuerpo, apartándola del borde del placer.

«No voy a dejar que caiga. Todavía, no».

–*Kretén* –gruñó ella, y golpeó el colchón.

–Maldíceme todo lo que quieras, *krásavica*. No te va a servir de nada. Pero no te preocupes. Dejaré que tengas un orgasmo… al final.

Ella se estremeció y volvió a maldecirlo.

–Eres un hombre muy cruel. Tal vez tenga que castigarte.

–No, querida. Tal vez tengas que rogarme.

La deseaba desesperadamente. La deseaba más de lo que nunca hubiera deseado a nadie. Y lo quería todo de ella, incluyendo su rendición total. Se puso en pie y se acarició el miembro, porque sabía que a ella le gustaba que lo hiciera. Su mirada la delataba.

–¿Quieres esto? Entonces, pídemelo amablemente.

Ella se rio con suavidad, y el sonido de su carcajada fue tan poderoso como una caricia.

–Si no tienes más cuidado –respondió, acariciándose los pechos y arqueando las caderas– voy a hacer que me mires mientras obtengo mi propio placer y, después, te dejaré erecto y dolorido.

Él se rio, en voz baja, con la voz ronca, y se sorprendió al encontrar diversión en un acto que solo había servido para volverlo loco desde que había vuelto a la vida.

–Alejarte de mí ya no es una de tus opciones, *krásavica*. Voy a demostrártelo.

Deslizó un dedo en su interior y, por primera vez, notó sus músculos rodeándolo con fuerza sin ninguna barrera. El calor, la humedad y la suavidad de su cuerpo eran mucho mejor de lo que nunca hubiera imaginado–. Me necesitas dentro de ti.

«Más que ninguna otra cosa».

Él introdujo otro dedo, y ella gimió. Katarina se arqueó para seguir su deslizamiento hacia el interior y el exterior. Aunque todo su cuerpo gritaba de urgencia, Baden estableció un ritmo calmado.

—Estás hecha para esto —dijo en tono de alabanza. «Estás hecha para mí».

Su sentimiento de posesión aumentó. «Mía, mía, mía. Nunca te compartiré».

En aquel momento, decidió que nunca iba a separarse de ella, que Katarina iba a ser mucho más que un botín de guerra. Sería el botín absoluto. Después de haber soportado una vida de guerra y de pérdida, una muerte que le había llevado a siglos de impotencia y cautividad, una resurrección que le había llevado a lo mismo, se merecía tener en su cama a una mujer, a aquella mujer, todas las noches y todas las mañanas.

Por ella, merecía la pena soportar cualquier dificultad.

—Te necesito entero. Por favor. Te lo estoy pidiendo… con amabilidad…

«Me está matando… pero qué manera tan maravillosa de morir».

Baden introdujo otro dedo y trató de que su cuerpo se adaptara a él.

—Espera —jadeó ella, e intentó apartarse de su invasión—. Espera. ¡Baden! Eso no es exactamente agradable.

Él hizo lo que le pedía, aunque le costó un esfuerzo sobrehumano.

«¡Dámelo todo!», le ordenó Destrucción. «¡Ahora!».

«No voy a hacerle daño. Si la asustamos, nunca volveremos a tener esto».

Una pausa.

«Espera», le ordenó Destrucción, entonces.

Ella respiró profundamente; sus paredes internas seguían tirantes alrededor de sus dedos, y no se relajaban. Él se inclinó y, una vez más, pasó la lengua contra su pequeño nudo de nervios. Ella volvió a jadear, pero, en aquella ocasión, el jadeo fue más de placer que de dolor.

–¿Mejor?

–O, sí, mucho mejor –ronroneó Katarina.

Él succionó con fuerza.

–¡Sí! Estoy cerca… muy cerca.

Él succionó aún con más fuerza, y le provocó un clímax brutal y rápido. Sin embargo, no le permitió que disfrutara durante mucho tiempo. Cuando ella gritó, él retiró los dedos, y el grito se convirtió en un gimoteo.

–Baden –dijo Katarina, con la respiración entrecortada–. Por favor.

–¿Ya me echas de menos?

–¡Sí! Estoy vacía sin ti.

–Entonces, me tendrás –dijo él–. Me tendrás por completo.

Ella señaló la mesilla de noche con un dedo tembloroso.

–Preservativo. Estaba tomando la píldora… pero ya, no. Preservativo –repitió ella, al ver que él permanecía inmóvil.

Baden no estaba seguro de que pudiera dejarla embarazada y, de repente, aquel pensamiento le causó ira.

Algún día, ella querría tener hijos. Una familia.

Aleksander podía darle ambas cosas.

Baden estuvo a punto de estallar de furia.

–Guerrero –dijo Katarina, elevando las caderas–. ¿A qué estás esperando? Ponte el preservativo y lléname.

Ya no era una petición, sino una orden. Aquello gustó más a Baden.

Abrió el cajón de la mesilla, sacó un paquetito, lo rasgó con los dientes y se lo colocó. Katarina observó todos sus movimientos con hambre. Buena chica.

Se inclinó hacia delante, pero no entró en su cuerpo, sino que le puso las manos en las sienes y la obligó a mirarlo a los ojos.

–Después de esto, no habrá marcha atrás –le dijo. Era una advertencia que ella debía tener en cuenta.

–Bien –dijo Katarina–. No quiero dar marcha atrás.

Él no estaba seguro de que entendiera lo que quería decirle, y tuvo que controlarse para poder decir, entre dientes:

–Eres mía, Rina.

–Y tú eres mío –susurró ella.

Baden no pudo esperar más. Entró en ella con un solo movimiento.

Ella gimió y se arqueó para recibirlo en su cuerpo. Sus paredes internas lo apretaron con más fuerza que cualquier puño, con más humedad que cualquier boca y, durante unos momentos, él sintió una incomparable dicha. El placer era dolor y el dolor era placer, y los dos quedaron tan entrelazados que Baden ya no sabía dónde empezaba uno y terminaba el otro. Solo sabía que le encantaba lo que estaba sucediendo.

–¿Agradable? –preguntó.

–¡Sí! ¡Muévete! –le rogó, mientras le arañaba la espalda. Le mordió el hombro, y añadió–: Muévete deprisa.

Aquellas muestras de pasión despojaron a Baden de cualquier dominio sobre sí mismo, y no pudo actuar con lentitud para saborear cada momento. Se retiró de su cuerpo y volvió a hundirse en él. De nuevo, ella recibió su embestida arqueándose. Le rodeó la cintura con las piernas y le apretó con fuerza la cintura. Lo rodeó y lo poseyó. Lo salvó.

–No voy a poder aguantar mucho más –le dijo–. Si te hago daño… grita.

–*Drahý*, voy a gritar hagas lo que hagas. Dame todo lo que tengas.

Fue un animal.

Katarina se deleitó con cada una de sus acometidas. El cabecero golpeó la pared y los cuadros cayeron al suelo.

Los muelles del colchón rechinaron, y las patas de la cama rayaron el suelo de madera.

Con cada uno de los deslizamientos del miembro de Baden, sus pezones se frotaban contra su pecho masculino. La fricción atizaba un fuego que ya ardía en sus venas. Él despertó en ella unas sensaciones que Katarina no imaginaba. Hizo que le hirvieran los nervios y las células.

Nunca había estado tan excitada.

Él era tan grande que la expandía, y tan fuerte que, seguramente, la estaba magullando, pero a ella le encantó todo lo que sucedía.

Una vez, Baden le había dicho que las mujeres solo querían dos cosas de los hombres: dinero y poder. Con él, ella quería afecto y sexo. Mucho sexo. Sin embargo, en aquel momento, el sexo y el poder eran sinónimos, porque el frenesí de sus acometidas la inundaba de una fuerza femenina que no había conocido nunca.

¿Débil? Ni por asomo.

—Echo de menos tus pezones —dijo él, y se inclinó para succionar con fuerza cada uno de los picos duros.

—¡Baden! —gritó ella.

¡El placer había sido impresionante!

Él enganchó un codo por debajo de una de sus rodillas y se echó hacia atrás, y levantó su pierna para separar más su cuerpo. Entonces, volvió a embestirla y se hundió aún más profundamente. Ella gimió y gritó, porque el orgasmo estalló con la fuerza de un ariete.

La fuerza de las contracciones de sus paredes internas llevó a Baden al borde del placer. Él gruñó y aumentó el ritmo, moviéndose con más rapidez, prolongando su orgasmo y provocándole otro más. Aquello era increíblemente bueno. Todas las células de su cuerpo explotaron. Katarina se sintió consumida, destruida y renacida.

Él la embistió por última vez, con un gruñido animal, y llegó al clímax sujetándola por las caderas. Después, le clavó los dientes en el cuello para sujetarla con más fuerza y marcarla, mientras ella se aferraba a él.

Al final, Katarina se desplomó en el colchón y él se desplomó sobre ella. Los dos estaban sudorosos, jadeantes; aunque a ella le encantaba sentir su peso, Baden rodó para no aplastarla.

Katarina se acurrucó contra su costado porque sin su cuerpo ya no se sentía completa y necesitaba algún tipo de conexión con él. Era el primer hombre con el que había estado desde Peter.

Al recordar a su prometido, siempre se entristecía. En aquella ocasión, la tristeza la dejó vulnerable.

«Por favor, por favor, que Baden no tenga un final tan horrible».

Cuando su corazón se calmó, decidió hacer una pequeña comprobación.

—¿Cómo te encuentras?

—¿No te lo imaginas? —preguntó él. Su tono de voz era ligeramente burlón, y ella se relajó.

—¿Sientes dolor? —preguntó ella, y pasó el dedo por su tatuaje—. ¿Te duele esto?

—Pregúntamelo otra vez cuando me despierte de un coma de placer.

Ella soltó una risita y se apoyó en un codo para mirarlo a los ojos. Con vacilación, le acarició un pezón con la yema del dedo, dibujando un círculo alrededor. Él no se estremeció, no hizo un gesto de dolor, y ella sintió una enorme satisfacción.

Cuando levantó la mano, él le agarró la muñeca para obligarla a que posara la palma sobre su pecho.

Había pasado de pedirle que no volviera a tocarlo a obligarla a acariciarle el pecho. ¡Cuánto habían cambiado las cosas!

—La próxima vez —dijo él—, voy a besarte cuando te tome.

Ella le sonrió.

–Qué seguro estás de que va a haber una segunda vez, ¿no?

–¿Con esta cara? –preguntó Baden, dándose unos golpecitos en las mejillas–. Sí.

Ella se echó a reír mientras él se quitaba el preservativo. Le hizo un nudo y lo arrojó a la papelera.

–Bueno –dijo Katarina–, supongo que podría considerársete un poco guapo –«termina siempre, siempre, con algo positivo»–. Pero eres muy, muy bueno con las manos. Y con la boca.

Él se estiró a su lado, como si también necesitara estar en contacto con ella.

–Se te ha olvidado mencionar otras partes de mi cuerpo.

Ella le mordisqueó el lóbulo de la oreja.

–No se me ha olvidado. Estaba guardando lo mejor para el final.

–¿De verdad?

–Umm… –murmuró Katarina. Se puso en pie, con las piernas temblorosas, y le tendió la mano–. Has demostrado cuáles son tus habilidades en el dormitorio. Ahora tienes que demostrar qué tal se te da la cocina. Tengo hambre –dijo. Tenían que ser capaces de conservar aquellas buenas vibraciones en diferentes contextos.

–Nada es gratis –dijo él. Tomó su mano y tiró de ella hacia la cama–. Te haré un sándwich… a cambio de un pago.

Baden se movía por la cocina con una sonrisa en la cara. ¡Una sonrisa! Tenía la cabeza más clara que nunca, la bestia estaba en calma, la tensión había desaparecido de su cuerpo y había una bella mujer dormida en su cama. Aquella era la vida que siempre había querido. La vida que nunca hubiera pensado que podía tener.

–Pareces feliz.

Fox. La sonrisa se le borró de los labios. Había permitido que alguien se le acercara mientras tenía la guardia baja, y eso no volvería a suceder.

Recordó la promesa que le había hecho a Katarina y la saludó con un asentimiento.

—La humana es buena para ti —dijo ella.

—Sí —respondió él, mientras terminaba de preparar un sándwich de queso y huevo y metía los restos en la nevera—. Dime, ¿de quién desconfías más hoy?

Una pausa. Después, Fox respondió:

—De la humana.

Él se puso rígido.

—¿Por qué?

—Te hace feliz, pero ¿por cuánto tiempo? Es una responsabilidad. ¿Y si la capturan y la torturan tus enemigos? Hablará en un abrir y cerrar de ojos. ¿Y si es una espía? He trabajado con los Cazadores, así que me los conozco. Son estupendos, pero solo en apariencia. ¿Y si ha sobrevivido una facción de los Cazadores y siguen operando en la sombra? Podría ser un Cebo y llevarte a una segunda muerte.

¿Así era como hablaba él hacía varios siglos?

Sabía lo que iba a llegar: un ataque contra la persona de la que desconfiara.

Fox debería temerle. Si le hacía daño a Katarina, él le haría daño a ella. Mil veces más.

—Siéntate a la mesa —le ordenó a Fox—. Ahora.

Ella olvidó sus sospechas lo suficiente como para gruñir:

—Vaya, ¿eres siempre tan simpático?

—Sí. ¿Quieres que te ayude, o no?

Ella se sentó con un resoplido.

Baden cascó un huevo en una sartén, y dijo:

—Cuando el demonio te llene la cabeza con pensamientos de la posible traición de alguien, escribe todas las cosas buenas que recuerdes de esa persona. Cosas buenas que te hayan dicho y que hayan hecho por ti. Su sonrisa. Entonces, lee la lista una y otra vez hasta que el demonio se calle la boca.

Aquellas listas habían sido durante muchos años la única forma con la que podía detener un ataque a sus amigos.

Ella lo miró con cautela.

—Si hacer listas es la mejor forma de encontrar la paz, ¿por qué tú permitiste que te mataran?

¿Ella sabía la verdad? Katarina no debería habérselo dicho.

Al percatarse de lo que él estaba pensando, Fox añadió:

—Desconfianza compartió el recuerdo conmigo.

Por supuesto. Aquel desgraciado...

—Dejé de escribir las listas. Escuchar al demonio era... más fácil. Llevaba luchando tanto tiempo que ya me había cansado de todo.

Siguió haciendo el sándwich mientras hablaba con Fox y, al rato, Galen entró en la cocina. El rubio se detuvo al verlos y enarcó una ceja.

—¿Interrumpo algo, chicos?

—Sí —dijo Fox, al mismo tiempo que Baden respondía «No».

Él puso los huevos revueltos con el queso entre el pan y anunció:

—Yo ya he terminado.

—Esa es una forma poco amable de decir que no puede estar un segundo más lejos de su preciosa humana. A propósito —le dijo Galen—, ¿os importaría hacer un poco menos de ruido la próxima vez que os pongáis como conejos? Algunos necesitamos dormir.

—Algunos lo que necesitan es una daga en el corazón —respondió Baden.

—¿No te has enterado? Ahora no tengo corazón —dijo Galen, en tono de amargura—. Se dice que nunca lo he necesitado.

—Te voy a dar unas ideas: no hables de tus amigos después de ayudarles a planear un allanamiento con robo, para asegurarte de que los pillen. No envíes a asesinos humanos cuando te maldigan por tu traición, y no te quejes cuando uno de ellos se abandona a los placeres mientras tú tienes que arreglártelas con tu vieja amiga –le dijo Baden, señalando la mano derecha de Galen.

El guerrero le dio una sorpresa, porque se echó a reír, en vez de atacarlo.

–¿Cómo puedes ser tan cursi? ¿«Se abandona al placer»? ¿De verdad? ¿Es que ahora vas a ser poeta?

Baden se encogió de hombros. Había oído a sus amigos llamarle de muchas formas ridículas al sexo.

–Además –añadió Galen–, tienes que trabajar más en el perdón. Las palabras hacen daño.

–Y las dagas –zanjó Baden.

Para terminar con la conversación, se teletransportó al dormitorio y dejó el sándwich en la mesilla de noche.

Katarina seguía dormida. Él no quería molestarla, pero el deseo lo estaba consumiendo. Había conocido la dicha de sus caricias y sospechaba que no iba a pasar un momento más sin anhelarla.

Decidió distraerse haciendo algo que Katarina no le había pedido, pero que iba a demostrarle lo mucho que ella le necesitaba.

Según Hades, siempre podría teletransportarse a casa. Una trampa del rey para mantenerlo contenido. Durante los siguientes minutos, consideró su casa la mansión que Aleksander tenía en el campo. Se teletransportó allí y recorrió los pasillos. Cada uno de los asesores y guardias del mafioso tenía su propio dormitorio, y él se teletransportó dentro y fuera de las estancias con tanta rapidez que nadie se percató de su presencia. Solo fue cuestión de tiempo que encontrara al hermano de Katarina, tirado en el suelo con un torniquete en el brazo y una aguja clavada en la vena.

Estaba inconsciente, y tenía un charco de vómito junto

a la cabeza. Si no hubiera estado de costado, ya se habría ahogado.

«Matar». Una orden causada por la ira, no porque existiera el riesgo de sufrir un ataque. «No». Pese a todo lo que aquel humano le había hecho a Katarina, ella lo echaría de menos y sufriría por su pérdida. O, más bien, por la pérdida del niño que había sido.

Baden lo agarró del pelo y lo teletransportó a la celda que había ocupado Aleksander. Se dio cuenta de que la mano que le había cortado seguía allí, y eso era lo que le permitía teletransportarse sin tener que ajustar el pensamiento. Después, llevó comida, botellas de agua y un cubo. Provisiones suficientes para una semana.

Le envió un mensaje de texto a Torin para que buscara y llevara hasta allí todo lo necesario para empezar un proceso de desintoxicación.

Aquel tipo iba a rehabilitarse, quisiera o no.

«¿Y tendremos recompensa?», preguntó Destrucción.

Sí, y Baden sabía exactamente lo que quería…

Capítulo 21

«Yo resuelvo mis problemas a la vieja usanza. Gasolina y una cerilla».

Kane, antiguo guardián de Desastre

A Cameo se le llenó la cabeza de estadísticas deprimentes al mirar el reloj. Había casi doscientos millones de huérfanos en el mundo, y casi el quince por ciento de ellos se suicidaría antes de cumplir los dieciocho años. Más de veinte mil niños morían al año a causa de la pobreza.

Cada segundo era una agonía para ella.

Pero, por fin, afortunadamente, el último de sus amigos se retiró a su habitación. Todos ellos estaban ocupados manteniendo relaciones sexuales.

«Que comience el maratón», pensó, con algo de envidia. Después del ataque a la fortaleza, todos estaban aliviados y alegres de estar vivos, y lo celebraban en privado ahora que se habían recuperado.

Por supuesto, había dos manchas en su felicidad: William había secuestrado a Gilly, y Baden se había mudado. A todos les preocupaba que muriera de nuevo. Sin embargo, Galen les había estado enviando mensajes de texto acerca de su amigo y, por el momento, todo iba bien. No había problemas, porque la chica humana, Katarina, tenía centrado a Baden.

«¿Tal y como me mantenía centrada Lazarus a mí?».

Tenía que saberlo. La desesperación se apoderó de ella, y la esperanza la provocó. Tenía la oportunidad de volver a sentir felicidad. Tenía que volver a sentir la felicidad. Y tenía un plan.

Según lo que le habían dicho, había conocido a Lazarus al ser succionada hasta otro reino. Así pues, era lógico pensar que volvería a encontrárselo si permitía ser succionada de nuevo a ese reino.

Para poder hacer aquel viaje, necesitaba tres artefactos y una pintura: la Capa de la Invisibilidad, la Vara Cortadora y la Jaula de la Coacción. El cuadro lo había pintado Danika, el Ojo Que Todo lo Ve, que podía ver en el cielo y en el infierno. Danika tenía la capacidad de darle vida a las cosas que veía, y esas imágenes servían como guía en los diferentes reinos. Sin la pintura adecuada, ella podía terminar muy alejada de Lazarus.

La buena noticia era que, cuando Keeley los había llevado a todos a aquella casa, había teletransportado también los artefactos y los cuadros.

¿La mala noticia? Que todo estaba a buen recaudo, y a ella no le habían dado ninguna llave.

Sus amigos la conocían, y habían adivinado cuál era su plan incluso antes de que ella misma lo hubiera pensado. «Voy a volver con él... volver con Lazarus».

Sintió un cosquilleo, como si tuviera cientos de mariposas revoloteando en el estómago.

«Conozco a Lazarus», le había dicho Strider. «Puede que haya sacrificado su vida por la mía, pero su motivación no era altruista. Es peligroso, es hijo de una criatura conocida por ser el progenitor de todos los monstruos».

¿Tenían importancia los motivos por los que Lazarus había salvado a Strider? Lo importante era que había salvado a su amigo. ¿Acaso eso era algo malo?

Y, en realidad, el sacrificio de Lazarus lo había dejado

atrapado en otro reino y lo había convertido en un espíritu. Ella debía de haber tocado a aquel espíritu cuando había estado con él, porque, de otro modo, ¿cómo podía haberla hecho feliz?

«Quiero volver a tocarlo. Quiero que él me toque a mí».

Placer… Oh, cuánto lo anhelaba.

«No creo que estés entendiéndonos», le había dicho Kaia. «Lazarus es el consorte de una arpía, y ella irá por él, ¡y por ti!, si descubre que su espíritu está por ahí y que tú estás intentando pasártelo bien con él».

Para empezar, por lo que ella sabía, Lazarus nunca había considerado que la arpía fuera su compañera. Y, en segundo lugar, si había la más mínima posibilidad de que ella pudiera cambiar su vida a mejor, tenía que intentarlo. Eso significaba que iba a tener que cometer un robo aquella noche. Cuando tuviera los artefactos en su poder, debía despedirse de sus amigos.

En aquella ocasión, cuando entrara al reino, tal vez no volviera a salir.

Gillian sabía que había llegado al final del camino, al punto en el que iba a acabar su vida.

No podía dormir. Ni siquiera tenía fuerzas para moverse por la cama, y le dolía el cuerpo como si le hubieran clavado agujas en todos los órganos. Tenía los pies y las manos helados. Cada vez que conseguía tomar aire, oía un extraño estertor.

Puck le había dicho que le quedaban unas pocas semanas de vida, pero ni siquiera había sobrevivido una semana entera.

Se le llenaron los ojos de lágrimas. Se había pasado la mayor parte de la infancia asustada por su padrastro y sus hermanastros. Se había pasado los últimos tres años asustada por unos inmortales que nunca le habían hecho daño, que solo la habían protegido. Se había pasado aquel tiempo asustada de todo y de todos. ¡Tonta! Aquel miedo le había robado muchas cosas, y no podía echarle la culpa a nadie. Ella había elegido esconderse en su habitación en vez de salir con amigas del colegio y crear recuerdos felices.

William estaba fuera de sí de preocupación y tristeza. Aquella mañana se había paseado junto a su cama, gritándoles a los médicos. Incluso había vuelto a gritarle a su padre, pidiéndole que la convirtiera en inmortal.

«No puedo», había dicho Hades.

«Sí puedes».

«Está bien, sí puedo, pero no voy a hacerlo. La mataría, hijo».

«Se está muriendo de todos modos».

«Eso es cierto, pero yo no voy a ser el instrumento de su muerte. Nunca me lo perdonarías».

«Si muere, voy a destruir el mundo».

«Entonces, únete a ella».

«No puedo. Lo sabes».

«No es cierto. No quieres, y no deberías. Pero eso no tiene por qué ser el final para ella. Puedes capturar su espíritu cuando deje su cuerpo. Yo le daré un par de guirnaldas de serpentinas y...».

«¡No! No voy a permitir que la esclavices ni la corrompas».

«Te juro que nunca utilizaré sus servicios», le dijo Hades, en tono ofendido.

«No podrías evitarlo. La guerra con Lucifer se recrudece a medida que pasan los días. Los intervinientes están tomando partido. Los próximos meses van a ser malos y sangrientos. Los dos ejércitos van a sufrir muchas bajas, y no voy a permitir que ella presencie todo ese horror».

Cuando Hades le recordó a William que él era uno de los primeros objetivos de los asesinos y que ya habían intentado matarlo varias veces mientras recorría el mundo en busca de médicos, ella se había echado a llorar. Su muerte solo iba a servir para distraerlo y hacerle correr todavía más riesgos.

—Yo voy a encontrar la forma de salvarte —le dijo William, en aquel momento. Su voz estaba llena de agonía—. Solo tienes que darme un poco más de tiempo, preciosa. Aguanta por mí, ¿de acuerdo?

Bien. El primer asunto de su lista apareció de repente en su mente, claro como el agua: salvar a William de sí mismo.

Tenía que sobrevivir.

Hasta el momento, su mejor opción era casarse con Puck. William nunca iba a pedírselo y, si se lo pidiera, Puck le había dicho que cabía la posibilidad de que ella convirtiera a su marido en un ser mortal. Ella no podía arriesgarse a debilitar a William de tal modo, y menos cuando sus enemigos daban vueltas a su alrededor como una turba de tiburones.

Sin embargo, Puck se había mostrado dispuesto a correr aquel riesgo. Si todavía lo estaba, ella se casaría con él. Viviría, aunque lo convirtiera en mortal.

En cuanto al sexo… Si Puck se empeñaba, seguramente ella podría superarlo. Pero, tal vez, él no insistiera. Era el guardián de Indiferencia, y fácilmente podía irse con otra fémina.

Por otra parte, William sí querría mantener relaciones sexuales. Lo necesitaba. Era una criatura muy sexual y, si juraba que iba a serle fiel, nunca se iría con otra mujer a menos que ella le diera permiso…

Cosa que sí haría. Con todo su corazón.

Y no iba a llorar cuando él lo hiciera. De veras.

Sin embargo, en el fondo de su corazón, Gillian sospechaba que terminaría odiando a William si se iba con otras mujeres. Lo cual era absurdo, teniendo en cuenta cuál era su propia posición en aquel asunto. Pero, al final, los dos serían desgraciados.

Así pues, sí. Su marido tenía que ser Puck. Lo único que

tenía que hacer era encontrarlo. O más bien, conseguir que
él fuera allí, puesto que ella no podía levantarse de la cama.

Gimoteó. ¿Cómo iba a atraerlo? No podía levantar la cabeza… No podía pensar…

Empezó a perder la consciencia y, cada vez que la recuperaba, los silbidos de sus pulmones eran peores.

De repente, alguien levantó su cuerpo de la cama, y ella
se sintió rodeada por un calor delicioso. La sujetaban unos
brazos fuertes, y un corazón latía junto a su oreja. Se sintió
confusa. ¿La estaba llevando William fuera? ¿Iba a llevarla
a morir a la orilla del mar?

–¡Gillian! –rugió, pero su voz sonaba muy lejana.

Entonces, no estaba en sus brazos. Percibió el olor a
humo de turba y a lavanda.

Sintió un dulce alivio. Puck había ido a buscarla.

–Lo siento, muchacha, pero he decidido que no voy a
dejar que mueras. La última vez que te dejé, sentí algo. Creo
que fue pesadumbre, pero quiero volver a experimentarlo.

¿Su mayor aspiración era sentir pesadumbre? Entonces,
la vida de Puck era tan triste como la suya.

–Casarnos… –murmuró ella. Intentó ver dónde estaban,
pero todo era borroso. Debía de estar caminando a toda velocidad–. ¿Qué tenemos… que hacer?

–Solo tienes que repetir unas palabras conmigo –dijo él,
y torció una esquina–. Las palabras son: Te doy mi corazón,
mi alma y mi cuerpo.

Puck esperó hasta que ella lo repitió todo con un hilo de
voz, entre jadeos. Después, añadió:

–Ato mi vida a la tuya y, cuando tú mueras, yo moriré
contigo.

El tono de su voz se había hecho más profundo, como si
las palabras que acababa de pronunciar tuvieran más significado que cualquier cosa que hubiera dicho antes.

Ella entendió la magnitud de lo que estaba haciendo. No
había vuelta atrás; una vez que se hubieran unido, él sería

su marido. Serían una unidad, una familia y, aunque nunca mantuvieran relaciones sexuales, él tendría que ser lo primero. Puck, antes que William.

Sintió un ardor en los ojos. ¿Iba a hacerlo de verdad?

Tenía los pies y las manos más fríos a cada segundo que pasaba, y ni siquiera tenía fuerzas para estremecerse. Estaba muy cerca del final. Demasiado cerca. ¡Sí, iba a hacerlo!

De nuevo, repitió las palabras de Puck.

Él continuó.

—Esto es lo que digo, esto es lo que hago.

—Esto es lo que digo, esto es lo que hago.

Entonces, Puck se quedó callado, y ella se dio cuenta de que habían terminado. Espero a que ocurriera algo maravilloso, esperó notar fuerza y calor. ¡Algo! Sin embargo, no sintió nada.

—No ha servido de nada —susurró.

—No te preocupes, muchacha —le dijo Puck.

Por fin, dejó de correr. La depositó sobre algo suave y se irguió.

—Todavía no hemos terminado.

Le puso algo caliente en los labios, algo húmedo, y ella notó un sabor metálico en la lengua. Tuvo náuseas.

¿Era sangre?

—Traga —le ordenó él.

Ella negó con la cabeza.

—Claro que lo vas a hacer —dijo Puck.

Le sujetó la mandíbula y la nariz con una mano y, con la otra, mantuvo la copa sobre su boca. La sangre llegó, por fin, a su estómago. Vio que Puck levantaba uno de sus brazos, le hacía un corte en la muñeca y lamía la sangre.

—Sangre de mi sangre, aliento de mi aliento —dijo él—. Hasta el final de los tiempos. Repite.

—No.

—Entonces, vas a morir, y William y yo nos enfrentaremos por nada.

¡Arrg! No podía permitir que William tuviera que luchar en otra guerra. Repitió las palabras y, por fin, ocurrió algo. Empezó a sentir una avalancha de fuerza y calor. Se sintió como si se hubiera tragado el sol.

También tuvo una punzada de tristeza, porque nunca había experimentado nada tan magnífico, pero no estaba con William en aquel momento.

De repente, la oscuridad desapareció de su mente, y pudo ver. ¡La luz del sol! Un dormitorio abierto, lleno de aire fresco. Olía a lavanda, y ella estaba tendida en una gran cama. Del dosel colgaban cortinas blancas y vaporosas a las que mecía el viento.

«¡Estoy viva!», pensó. Se echó a reír y se incorporó. Puck estaba a su lado, observándola con una expresión neutral y, en un arrebato de agradecimiento, ella le rodeó el cuello con los brazos. La había salvado, pese al riesgo que corría al hacerlo. ¡Oh, no! ¡El riesgo! ¿Lo castigaría William?

No, no. Por supuesto que no. Puck la había salvado, y eso era lo que William, su amigo, quería.

Y, puesto que aquello era un matrimonio de conveniencia, Puck podía ir a vivir a la fortaleza. Ella podría volver a su casa con su marido. ¡No había cambiado nada!

Gilly intentó apartarse de él, pero él la abrazó con fuerza. ¡Demasiado sexual! Demasiado rápido. Se echó hacia atrás con el corazón acelerado, y él frunció el ceño.

—Lo siento —murmuró ella.

Puck no dijo nada, pero continuó mirándola. Tal vez fuera a causa del vínculo que les unía, pero… él le parecía más guapo, incluso, que antes. El color de su piel era más intenso, y le brillaba el pelo. Incluso las cuchillas que había en sus mechones brillaban, y resultaban hipnóticas. Tenía unos ojos deslumbrantes de pestañas largas, y su nariz afilada le daba a su rostro una fuerza increíble. Sus labios carnosos subrayaban aquella fuerza.

Él, vacilante, le metió el pelo detrás de la oreja. Sus dedos le dejaron un rastro de fuego en la piel, y ella se inclinó hacia su contacto.

—Eres exquisita —le dijo Puck.

Ella se ruborizó.

—Gracias. Y tú…

—Yo no lo soy —respondió él, en un tono un poco más duro—. Ya lo sé.

—No. No me atribuyas palabras que no…

—¡Gillian!

El grito de William retumbó por las paredes, y él entró un segundo más tarde, echando la puerta abajo. Tenía una daga en cada mano, y los ojos iluminados, rojos, con una mirada asesina.

Su pelo negro flotaba alrededor de su rostro, como si lo moviera un viento que ella no podía sentir. Por un momento, hubiera podido jurar que tenía rayos bajo la piel. Sin embargo, lo más asombroso de su transformación eran unas sombras que se alzaban por encima de sus hombros. ¿William tenía alas?

Él miró a Puck.

—Vas a morir, pero no antes de haberte pasado siglos pidiéndome clemencia. Ella es mía, y yo protejo lo que es mío.

—En realidad, es mía —dijo Puck, y se puso en pie lentamente, sin miedo. A Gillian se le resecó la boca—. Yo nunca le haría daño a mi chica.

Los rayos volvieron a estallar bajo la piel de William. Dio un paso hacia delante y alzó una daga, dispuesto a lanzarla.

Gillian se puso en pie de un salto y protegió a Puck.

—William, no puedes hacerle daño.

—Oh, preciosa. Claro que puedo.

—No lo entiendes. Me ha salvado. Es mi… marido —dijo ella, y las palabras le produjeron un sabor extraño en la lengua–. Si le haces daño a él, me haces daño a mí. ¿No es así?

Puck asintió.

William se quedó sin habla, con una expresión de horror.

–El vínculo –dijo–. Lo has aceptado.

Ella asintió, y se le llenaron los ojos de lágrimas. Las cosas sí que iban a cambiar.

–No quería morir, y tú dijiste que no ibas a unirte a mí. Te oí.

Sin embargo, una vez que tenía la cabeza clara y no sentía dolor, no estaba segura de haber tomado la decisión más acertada.

Tal vez lo hubiera echado todo a perder.

Tal vez William nunca la perdonara. Y Puck… Tal vez Puck quisiera matar a Torin, su amigo. En medio de su dolor, ella se había olvidado de que Puck quería vengarse de Torin.

–No sabes lo que has hecho –dijo William, en voz baja–. Te está utilizando para algo.

–Lo sé –dijo ella. Se estaban utilizando el uno al otro.

–¿Lo sabes? ¿Sabes que le perteneces y que vuestros lazos no pueden romperse nunca?

–Lo siento –susurró ella.

Puck le puso la mano sobre un hombro, de manera posesiva, y ella tuvo la sensación de que estaba… bien. Sin embargo, también estaba mal. Hizo todo lo que pudo para disimular sus sentimientos contradictorios con respecto a los dos hombres.

William se posó una de las dagas sobre el corazón y dio un paso hacia delante. Por primera vez desde que se conocían, él había dejado de fingir, y ella vio su deseo, un deseo tan intenso, que tuvo ganas de arrojarse a sus brazos y sollozar.

–Puedo encerrarlo –dijo él–, tenerlo siempre a salvo y alejado de ti.

Ella iba a protestar, pero solo pudo emitir un gemido.

—Adelante, inténtalo —dijo Puck, y la agarró con más fuerza.

—Gillian, ¿quieres que lo encierre?

A ella se le cayeron las lágrimas. No podía pagarle a Puck su bondad con un acto tan cruel.

—No. Lo siento —dijo.

En un instante, la expresión de William se volvió pétrea, y a ella se le rompió el corazón. Él no dijo nada más. Se dio la vuelta y se marchó.

«¿Qué he hecho?».

Cayó sobre el colchón, llorando. Puck se sentó a su lado y le acarició el pelo.

—¿Lo quieres? —le preguntó, cuando ella se calmó.

—Sí. Es mi mejor amigo.

—Yo seré tu mejor amigo a partir de ahora.

Mientras su marido continuaba pasando los dedos entre los mechones de su pelo, ella se relajó, se calmó. No, no era calma lo que sentía, sino… ¿indiferencia? Dejó de importarle todo, y fue muy agradable. ¿Acaso su vínculo estaba en acción?

—¿Soy inmortal? —preguntó—. ¿O te he convertido a ti en un ser mortal?

—Ya te lo dije: yo soy la fuerza dominante.

Así pues, ella era inmortal. Iba a vivir durante toda la eternidad sabiendo que le había hecho el peor daño posible a William. Que había cambiado un infierno por otro.

—Ahora vamos a cimentar nuestro vínculo —dijo él, y se puso en pie para quitarse la camisa.

Ella negó violentamente con la cabeza.

—No. Nada de sexo. Nunca. Te doy permiso para que estés con otras. Con cuantas quieras. Pero conmigo, nunca.

Él volvió a fruncir el ceño.

—Somos marido y mujer.

—Lo sé, pero te dije que nunca experimento deseo, y es la verdad.

Él lo pensó un momento y asintió.

–Muy bien. Será como tú quieras.

Después, se dio la vuelta y se marchó por la misma puerta que William.

Ella comenzó a llorar de nuevo.

Capítulo 22

«¿Juego de tronos? No, juego de préstamos. Voy a prestarle mi pie a tu trasero».

Taliyah, la Cruel

Katarina posó la cabeza en el hombro de Baden y le acarició el pecho mientras pensaba en lo que había ocurrido durante las últimas horas. Primero, él había recibido un mensaje de texto de Torin y, al leerlo, había empezado a soltar juramentos.

William está frenético. Gilly está mejor, pero se ha casado con Puck. Y, posiblemente, se ha convertido en inmortal, así que la rabia de William va a durar siempre.

Baden le dijo a Katarina que el vínculo del matrimonio había convertido a la chica en inmortal y que había unido sus futuros. Después, le había hecho el amor con dulzura. Después, la había abrazado y se habían susurrado secretos a oscuras.

Ella le había dicho que, cuando tenía cinco años, su padre la había convencido de que podía hacer magia y cambiar la luz de los semáforos. Si les lanzaba un beso a las luces, el rojo cambiaría a verde. Todavía hoy les soplaba besos a los semáforos cada vez que conducía.

Baden le contó que, hacía muchos siglos, le había permitido a Paris que le rompiera el brazo con una maza, porque Paris le había jurado que a las mujeres les encantaba besar una herida y curarla. Sin embargo, el beso que había recibido no le había curado la herida, y él le había roto a Paris los dos brazos.

–¿Y no lo mataste? –le preguntó Katarina–. Oh, Baden, ¡qué orgullosa estoy de ti!

–Por contenerme, me gané el apodo que tenía: el Caballero del monte Olimpo.

Ella se echó a reír, y él le hizo cosquillas. Ella pidió que parara, aunque tenía la esperanza de que siguiera. Cuánto había echado de menos aquello durante toda la vida: juegos infantiles, diversión inocente… conexión con alguien, pensó Baden.

Hicieron el amor otra vez, y él se quedó dormido con una sonrisa, y con una sola palabra en los labios: matrimonio.

¿Estaba pensando en convertirla en inmortal a través del vínculo del matrimonio? ¿Y ella? ¿Se lo estaba planteando?

No, no. Por supuesto que no. Lo suyo era algo temporal. Eso no había cambiado, ¿o sí?

Katarina observó a Baden en aquel momento. Sin las preocupaciones de la vida y sin las exigencias de la bestia, que tiraban de él en direcciones diferentes. Y ella le había ayudado a llegar a aquel punto.

–Has parado –dijo él, con una voz más enronquecida de lo normal. Volvió la cara para mirarla, y a ella se le escapó un jadeo. Las pupilas consumían todo su iris y ocultaban aquel color bronce que a ella le gustaba tanto. Había parpadeos de rojo en el negro de la pupila. Estrellas de sangre–. Empieza otra vez.

–¿Que empiece qué? –preguntó Katarina con desconcierto.

Él la agarró de la muñeca con demasiada fuerza, como

si no conociera su propia capacidad, y le posó la mano en su pecho.

—Haz esto —dijo, y la soltó—. Y no vuelvas a parar.

Normalmente, Baden no era tan áspero con ella, así que, de repente, lo comprendió. Estaba hablando directamente con la bestia. Y no era la primera vez que sucedía.

«Ve con pies de plomo», se dijo. La bestia necesitaba mucho más adiestramiento que Baden. Era salvaje e impredecible.

—¿Te gusta que te acaricien?

—No.

Ella estuvo a punto de reírse. A punto. Él no tenía una expresión divertida, ni mucho menos.

—Entonces, ¿por qué me ordenas que continúe?

—Me gusta que me acaricies tú. Eres débil. No eres una amenaza.

¡Aarg! Otra vez. ¿Qué haría falta para demostrarles a aquella gente y a aquellas criaturas que tenía fuerza, pero de una clase distinta a la suya?

—¿Y qué otras cosas te gustan?

—Sangre. Muerte. Venganza. No me traiciones nunca, mujer.

—Como si me atreviera —dijo ella, con ironía.

Él la miró de un modo fulminante.

—¿Te burlas de mí?

—No. Bromeo contigo. Es distinto. Una cosa es cruel, la otra es divertida. Lo divertido me hace feliz.

Lentamente, él se relajó.

—Creo que me gusta que seas feliz.

—Me alegro. A mí también me gusta que tú seas feliz.

—Solo porque me tienes miedo. Al menos, eres sabia. Algunas veces.

—A mí no me das miedo. ¿Por qué iba a temerte? Somos amigos.

Él frunció el ceño debido a la confusión.

–Yo no tengo amigos. Los amigos son un estorbo.

–Los amigos son una bendición. Te guardan las espaldas y…

–Yo no confío en nadie a mi espalda –ladró él. Había vuelto a enfurecerse.

Sin embargo, ella continuó como si no hubiera dicho nada.

–Te acarician cuando lo necesitas.

Él frunció los labios. No podía reprenderla sin decirle que parara de acariciarlo.

–Te hacen sonreír cuando estás triste –añadió–. Te dan alegría cuando la tristeza intenta apoderarse de ti. Te alumbran en la oscuridad.

–Yo puedo ver en la oscuridad –gruñó él.

Al menos, ya no estaba iracundo; el peligro había pasado. Ella exhaló un suspiro de alivio.

–Tu hermano no te ha protegido, y no ha sido una bendición para ti. Te hizo daño.

–Sí. Eso no puedo negarlo. Pero nunca he dicho que fuera mi amigo.

Pasó un minuto de silencio, durante el cual él rumió la contestación de Katarina. Después dijo:

–No volverá a hacerte daño. Ahora está encerrado; no puede comprar droga ni comunicarse con otros seres humanos.

A Katarina se le aceleró el corazón.

–¿De veras?

–Sí. Nos hemos asegurado bien. Por ti.

«Por mí».

–Gracias.

Ella sabía que era necesario que Dominik quisiera seguir rehabilitado de su adicción cuando volviera a ser libre para que todo saliera bien, pero, aquello… aquello era un regalo.

–Bueno, chicarrón. Vamos a hacer un ejercicio de confianza.

Él volvió a arrugar la frente.

—Yo no...

—Sí, ya lo sé. No confías en nadie. Pero vamos a hacer el ejercicio.

—Mujer, no puedes obligarme a...

Ella le puso un dedo en los labios para acallarlo. Él abrió unos ojos como platos, como si no pudiera creer su atrevimiento.

—Tu comentario no es oportuno. Cállate.

Él le mordisqueó el dedo.

—Eres valiente. Y tonta.

No tan valiente, ni tan tonta, como decidida a ganarse a aquella criatura.

—Date la vuelta.

—No. Si tratas de hacerme daño, tendré que matarte.

—Vamos, date la vuelta —repitió ella, empujándolo un poco—. Voy a acariciarte la espalda.

Sus músculos se endurecieron como rocas.

—Eres más fuerte que antes —dijo él. Le agarró la muñeca y se llevó su mano a la nariz. Mientras olfateaba, la rabia convirtió sus pupilas en humo, y unas volutas oscuras pasaron por encima de sus iris—. Hueles vagamente a perro del infierno, pero esa raza se extinguió hace muchos siglos. ¿Cómo es posible?

¿Que olía como los perros del infierno? ¿Ella? Imposible. A no ser que...

Se le pasó una idea por la cabeza, y tuvo que respirar profundamente.

—Sé muy poco de vuestro mundo inmortal, pero adoro a los perros. Háblame de esos perros del infierno.

Su disgusto fue palpable.

—Algunos procuraban la seguridad del inframundo y otros cazaban a los espíritus que conseguían escapar. Se comunicaban por telepatía: lo que sabía uno, lo sabían todos. Y podían teletransportarse entre reinos.

Aquella idea comenzó a tomar forma, y Katarina sintió miedo.

–Y la gente a la que mordían… ¿se contagiaba? Es decir, ¿podía convertirse en hombre lobo, o algo así?

–En cierto modo, sí. Pero había muy pocos que sobrevivieran a un mordisco. Cuando un perro del infierno probaba la sangre de alguien, la necesidad de alimentarse de ese ser en concreto eclipsaba a todo lo demás.

¡Qué alivio! Sus perros no podían ser perros del infierno. Si la hubieran mordido de verdad, la habrían devorado.

–¿Y cómo sabes todo esto?

–El tipo que me tuvo prisionero controlaba a una manada. Ellos… jugaban con mis extremidades.

A ella se le encogió el estómago. Sintió dolor por el sufrimiento que debía de haber experimentado.

–Lo siento muchísimo.

Aquellas palabras no eran lo suficientemente buenas. No existían palabras que pudieran consolarlo.

Él le apretó la mano con tanta fuerza que estuvo a punto de hacerla llorar de dolor.

Después, aflojó la presión, y dijo:

–De niños, los inmortales no pueden regenerarse. Pero yo soy algo más que inmortal. Y nunca olvido el mal que se me ha hecho. Si los perros del infierno consiguieron sobrevivir, deben ser erradicados.

Pese al espanto que le causaba su pasado, el instinto de protección se abrió camino en su alma. ¿Destruir a una raza entera por los crímenes de unos cuantos? ¡No!

«¿Necesitas ayuda?».

«No, no». Proyectó aquel pensamiento, con la esperanza de que sus perros pudieran oírla. Estaban encerrados en el baño, pero eran perfectamente capaces de abrir con las zarpas. «Estoy bien. No salgáis de ahí».

Si se equivocaba, si la raza había cambiado y había aprendido a controlar la sed de sangre, y aquellos cachorros eran perros del infierno… Si Destrucción dirigía su ira hacia ellos…

Se lo haría pagar caro.

–Baden nunca me dijo nada de este olor –dijo.

–Sus sentidos no están tan desarrollados como los míos.

Aunque con esfuerzo, Katarina consiguió disimular sus emociones.

–Bueno. Como has dicho, los perros del infierno se extinguieron. Han pasado varios siglos. Tal vez tu sentido del olfato te esté engañando. O también puede ser que aquí vivieran perros del infierno en el pasado. Este sitio es muy viejo. Y, ahora, deja de remolonear y date la vuelta.

Por fin, él obedeció, pero Katarina sabía que no era porque confiara en ella de repente. Seguramente, tenía la intención de ponerla a prueba. Y ella iba a aprobar el examen con matrícula de honor.

Pasó los dedos por su espina dorsal, por sus hombros y hacia abajo, por las curvas de sus nalgas, y continuó hasta que él se derritió contra el colchón. Muy pronto, comenzó a ronronear.

–Eres tan duro y tan blando al mismo tiempo…

–Te gusta –dijo él, en tono de afirmación, no de pregunta.

–Sí.

Katarina aumentó la presión de sus caricias y comenzó a masajearle los músculos. A los pocos minutos, sus ronroneos se convirtieron en… ¿ronquidos? ¿Se había quedado dormido? ¿De veras? A ella se le dibujó una sonrisa en los labios. Claramente, acababa de domar a dos bestias.

Cuando la luz de la mañana ya entraba a raudales en la habitación, Baden se puso unos pantalones de faena. Estaba un poco desconcertado. Destrucción estaba en calma, casi satisfecho. ¿Acaso iba a ponerse a cantar como una princesa de Disney?

«Soy feliz».

«Sí, lo sé. Y eso me extraña muchísimo».

Baden se prendió varias armas a los brazos, a la cintura y a los tobillos, observando a Katarina mientras ella se tomaba el desayuno de agradecimiento que le había preparado Fox. Tortitas y huevos revueltos. Tenía manchas oscuras en los antebrazos. Seguramente, eran hematomas. Sintió ira… la había tratado con rudeza. La próxima vez tendría que ser más cuidadoso.

Ella tenía una expresión luminosa, suave, y la piel todavía sonrojada de la sesión de aquella mañana.

El teléfono vibró en su bolsillo, y él miró la pantalla. Era un mensaje de Torin: *William quiere vengarse del sátiro y quiere que le ayudemos.*

William tendría que pedirle el favor que le debía si quería que él le prestara su ayuda. Dos pájaros de un tiro.

—¿Dónde están los perros? —le preguntó a Katarina.

Ella ladeó la cabeza, como si estuviera escuchando sus pisadas.

—Están jugando en el patio, ¿por qué?

Él frunció el ceño.

—¿Los oyes desde aquí? —le preguntó. Las ventanas estaban cerradas, y el patio estaba al otro lado del palacio.

—Soy una mamá oso, y ellos son mis oseznos —ella le sonrió, pero la dulzura no le llegó a la mirada—. Será mejor que ni Destrucción ni tú les hagáis daño.

¿Por qué le decía algo así?

—Yo nunca les haría daño. ¿Por qué piensas eso?

Ella se humedeció los labios con nerviosismo.

—Destrucción me dijo que odiaba a los perros del infierno, y espero que ese odio no afecte, por extensión, a todos los canes.

—¿La bestia habla contigo? —preguntó él, enfurecido—. ¿Sin mí?

—Algunas veces —respondió Katarina, y se encogió de hombros.

A Baden le horrorizaba la idea de que la bestia interactuara con Katarina sin que ella tuviera su ayuda.

—Odia a los perros del infierno, y tiene sus motivos. Su madre lo vendió al Maestro de los Placeres Oscuros. Era el anterior rey del inframundo, y tenía jóvenes esclavos sexuales —le explicó. La noche anterior, algunos recuerdos horribles habían invadido sus sueños—. Destrucción consiguió escaparse, pero los perros del infierno lo cazaron y lo llevaron de vuelta, a rastras.

Katarina palideció.

—Es horrible que sufriera tanto. Lo es. Pero no todas las manadas son… eran embajadoras del mal, de eso estoy segura.

—Nuestros cachorros nunca van a sufrir ningún maltrato por su parte.

La esperanza se reflejó en los ojos de Katarina.

—¿Lo prometes?

—Sí.

—Gracias —dijo ella. Entonces cambió de estado de ánimo. Lo miró de arriba abajo y susurró—: Estás muy sexy. ¿Vas a otra misión?

—Sí.

—Muy bien. Si te contienes hoy y no matas a nadie, te haré cosas muy traviesas… con la boca.

Tanto Destrucción como él rugieron de deseo.

—Quiero eso. Y lo voy a tener. Hoy mismo. Voy a ver a Aleksander.

Katarina abrió unos ojos como platos.

—¿Y lo vas a dejar con vida?

—Sí. Pero él debe renunciar a sus lazos contigo. Después, lo voy a encerrar para siempre. Nunca recuperará la libertad. Morirá en su celda.

—Baden, eres un hombre maravilloso. ¡Ah! Con todas

estas emociones, se me olvidó decirte que fue la madre de Alek la que le dio esa moneda.

¿Su madre? ¿Quién era su madre, y cómo había conseguido la moneda?

Destrucción le dio la respuesta, implantando un recuerdo en su mente a través de un velo de rabia, sangre y muerte.

Baden vio un harén. Durante sus primeros tiempos como rey, Hades tenía un harén lleno de mujeres bellísimas, tanto mortales como inmortales. Cualquiera que le gustara.

«Tomo lo que quiero, y nadie me lo impide».

Una mujer rubia… una de sus favoritas, al menos, durante un tiempo, era un ángel que había caído por él y había abandonado su hogar para ir a vivir con él. Su propia hermana le había quitado las alas, y la mujer tenía unas gruesas cicatrices en la espalda. A él le gustaban las cicatrices, y a ella le gustaba el homenaje que él les rendía.

Sin embargo, la mujer no estaba contenta en el harén. Se sentía insultada cada vez que él estaba con otras mujeres y, al final, había explotado y había matado a las demás a sangre fría. Él había estado a punto de matarla a ella pero, en un raro momento de clemencia, la había exiliado a la tierra.

Poco tiempo después, Hades se había dado cuenta de que le faltaba una moneda que siempre había tenido bien guardada y, rápidamente, había entendido quién se la había robado. Aquella era la única forma de venganza de la mujer.

Hades había ido tras ella. Nadie a quien él hubiera marcado podía esconderse. Nunca.

Aquel día, ella se había echado a reír.

—¿Quieres la moneda? Es una pena. No la vas a encontrar nunca, y menos si me matas. En cuanto yo muera, irá a parar a manos de Lucifer.

Entonces, Hades la había dejado y le había ordenado a uno de sus espías que no la perdiera de vista. Con los años, ella se había casado con un humano y le había dado un hijo, Aleksander. Por lo que se decía, era él quien le había desgarrado las entrañas. Sin embargo, solo era inmortal a medias, así que no tenía la fuerza para vencerla. Eso significaba que su madre le había permitido que la matara.

Aquel mismo día, Aleksander había acorralado al espía de Hades y le había dicho que le llevara un mensaje a su rey: «Tengo la moneda. Por el momento, no tengo planes de usarla. Pero, como mi madre, he tomado medidas para que le sea entregada a Lucifer si yo muero».

«Deberías habérmelo contado antes», le espetó Baden a Destrucción.

«Compartir secretos es algo tan nuevo para mí como para ti».

En aquel momento, Katarina le rodeó el cuello con los brazos.

—¿En qué estabas pensando, *drahý*?

A él le encantaba que lo llamara «querido». Incluso a Destrucción le gustaba.

—Tenía razón. Aleksander no es humano —dijo—. Su madre era un ángel caído.

—¿Y cómo lo sabes?

—Lo tengo todo aquí —dijo él, dándose un golpecito en la sien—, gracias a Hades. Algunas veces tengo que buscarlo. Otras, la bestia me lo da voluntariamente.

—De nuevo, me pregunto cómo no me di cuenta de que mi marido…

Él le mordisqueó los labios.

—Esa palabra está prohibida para ti.

Ella sonrió lentamente.

—¿Porque te pones celoso?

Más de lo que nunca hubiera imaginado.

—Bueno, tú también tienes un marido, básicamente —replicó Katarina—. Estás unido a Hades.

Baden se estremeció, y ella se echó a reír.

«Qué bella… y qué inteligente».

—Katarina —dijo él, y la agarró suavemente por la nuca.

Notó una opresión en el pecho–. Dime que me necesitas.

La expresión de buen humor se borró del rostro de Katarina. Ella se humedeció los labios.

–Ni hablar. No voy a mentir.

–Dímelo –insistió él.

–¡No, nunca! He adiestrado a perros que harían que te hicieras pis de miedo. Me convertí en su líder, en la persona a la que acudían en busca de protección. He llevado un negocio modesto al éxito internacional. Y, para que lo sepas, tener piedad de los demás requiere más fuerza que vengarse. Lo primero es contener un impulso y, lo segundo, permitírselo.

Él pensó que era un completo imbécil por haberla puesto a la defensiva. Dejó de insistir, por el momento, pero necesitaba que lo admitiera tanto como necesitaba las bandas que llevaba en los brazos: ambas cosas eran cruciales para su supervivencia.

–Pandora tiene a Aleksander. Voy a contener el impulso de hacerle daño. Incluso seré amable con ella. ¿Te hará feliz eso?

–Sí –respondió Katarina, y se calmó. Empezó a juguetear con los mechones de su pelo, y dijo–: Pero ten cuidado. Es una bruja.

–Estás empezando a hablar como si yo te gustara.

Ella frunció sus preciosos labios antes de decir:

–Bueno… es posible.

Una respuesta muy propia de Katarina. Obstinada y misteriosa.

–Volveré contigo. Nada podrá impedírmelo.

Entonces, la besó antes de marcharse. Se teletransportó y apareció en… una película de terror.

Se oían gritos, y las paredes de la habitación estaban manchadas de sangre. Había charcos de un líquido viscoso y negro en el suelo de cemento, y algunos órganos flotando. Olía a azufre. Los demonios estaban allí.

Aquellos demonios, en particular, tenían los miembros largos y peludos. Algunos tenían garras y otros, varios cuernos. Sus distintas partes estaban apiladas en montones por toda la habitación. Pandora debía de haber pasado horas luchando.

Había un brazo humano entre todos los despojos. Estaba encadenado.

O Aleksander era libre o estaba muerto.

Baden tomó sus semiautomáticas, las que tenían un hacha en la culata, y recorrió un pasillo, siguiendo el sonido de los gritos. Estaba oscuro, pero no tuvo problemas para orientarse, gracias a la guía de Destrucción.

«Lucifer lo está intentando otra vez», rugió la bestia.

«Y va a fracasar otra vez», respondió él.

Del techo cayó una criatura de unos sesenta centímetros, con ocho patas; obviamente, estaba esperando una presa. Abrió una enorme boca en la que podía caber una sandía, o su cabeza. Tenía dientes afilados y rugía como una sierra mecánica.

Baden le pegó dos tiros, uno en el ojo y otro en la boca. Al pasar a su lado, le cortó la cabeza en dos con un hacha.

Dentro del dormitorio había cuatro criaturas peludas que estaban arrastrando a Pandora hacia un rincón. Ella estaba ensangrentada, porque las criaturas la pinchaban en los hombros, el torso y las piernas con las puntas de las patas, que eran afiladas como cuchillos. Aunque la clavaron al suelo, ella siguió luchando con los dientes. Mordió a uno de sus captores y le arrancó una oreja y la barbilla. El sabor de la sangre la puso frenética. Luchó para conseguir más.

Baden tuvo un ataque de rabia. Él no le tenía demasiado aprecio a Pandora, pero nadie tenía derecho a hacerle daño.

Unos cuantos pares de ojos rojos se fijaron en él. Unas criaturas más pequeñas salieron de entre el pelaje de las grandes, cacareando de alegría. Pensaban que era una presa fácil, ¿no?

Pues iban a salir de su error.

A medida que iba entrando en la habitación, fue abriendo los brazos extendidos sin dejar de disparar. Sin embargo, las criaturas absorbieron las balas y se lanzaron sobre él.

Baden giró las armas para agarrarlas por el cañón y comenzó a mover las hachas. Cortó múltiples patas, pero notó un tremendo dolor entre los hombros y tuvo que agacharse. De nuevo, hizo una ronda de disparos, y las criaturas salieron volando hacia atrás, entre chillidos.

Destrucción luchó por hacerse cargo de la situación, y a Baden comenzaron a crecerle garras de los dedos. Las marcas de sus brazos empezaron a quemarle, y las sombras empezaron a salir de ellas.

—¡Detrás de ti! —gritó Pandora.

Se giró, y recibió una daga en mitad del pecho. Después, alguien lo empujó con tanta fuerza que lo lanzó al otro lado de la habitación y chocó contra la pared. Se quedó más desorientado de lo que hubiera debido. Mareado. Tenía un silbido en los oídos.

«Garras envenenadas», le dijo Destrucción. «Yo lo quemaré».

Un instante después, se sentía como si se hubiera tragado un hierro al rojo vivo. Recuperó las fuerzas y se puso en pie, pero le clavaron otras dagas por debajo de las bandas. Las marcas se enfriaron y las sombras disminuyeron. Volvió a sentir aquel mareo. De repente, oyó con claridad ocho voces en su mente, voces que expresaban deseos enfermizos y depravados.

Aquel tipo de mal… eso no era un don, aunque lo salvara por un momento. Aunque pareciera que lo protegía. Los Enviados decían la verdad: el mal era contagioso y lo corrompía todo. Destrucción había podido contenerlo hasta aquel momento, pero aquello demostraba que incluso Destrucción tenía sus límites.

La bestia había enmudecido.

Entonces, ¿las bandas tenían que estar en contacto con la piel para poder funcionar? Antes de conocer a Katarina, Baden se habría preguntado por qué. Sin embargo, después de lo de la noche anterior, había llegado a conocer el poder de una simple caricia. Conocía la fuerza del vínculo que creaba el contacto. El sentimiento de conexión absoluta.

Cortó las patas agresoras y tiró de las dagas para sacarlas de las bandas. Destrucción rugió, y las otras voces se atenuaron, pero él recibió el ataque de otra criatura, y de otra... Llegaban de todas direcciones. Cada vez que derribaba a una, otras dos ocupaban su lugar, y él tenía que sacar más y más pinchos de entre las bandas y sus brazos.

Cuando Destrucción quedó en silencio, las otras voces volvieron a llenar su cabeza de aquellos repugnantes deseos. Sin embargo, siguió luchando con denuedo.

Por fin, consiguió liberarse, y fue hacia Pandora.

Si un guerrero podía destruir a diez de aquellas criaturas, dos guerreros podrían destruir a cien.

A pesar de su dolor, Pandora seguía luchando contra sus captores. Le salía sangre negra de los ojos, de la nariz y de los oídos.

—Detrás —le dijo, con una voz mucho más débil.

Él se agachó y se giró, disparando ambas pistolas.

Clic, clic, clic.

Se le acabaron las balas, así que comenzó a dar hachazos a las criaturas que estaban más cerca de él hasta que no quedaron más que pedazos. Entonces, llegó hasta Pandora y golpeó a las criaturas con tanta fuerza que los cuerpos se desprendieron de las patas y salieron disparados hacia atrás. Sin embargo, los pinchos continuaron clavados por debajo de las bandas de Pandora. Aunque estaba demasiado débil, ella tiró de las dagas hasta que consiguió sacárselas de la carne y gritó de alivio. Las sombras saltaron de sus brazos y se abalanzaron sobre las criaturas, que comenzaron a retroceder, pero no se retiraron por completo. Aparecieron muchas más en la habitación, cubrieron el techo, las paredes y el suelo, creando una marea de mal.

Se oyó un grito de guerra entre la multitud, y criaturas y sombras se lanzaron unas sobre otras y chocaron.

Baden se quitó algunos pinchos que todavía tenía clavados bajo las bandas y, con la última, sus sombras también se unieron a la lucha. Destrucción estaba jadeando.

Él miró a Pandora y le tendió la mano. Ella vaciló un segundo, pero la aceptó.

Entonces, él la ayudó a levantarse.

—¿Aleksander?

—Se lo han llevado.

Baden intentó teletransportarse hasta él, pero no lo consiguió. ¿Demasiado débil? Reunió fuerzas y lo intentó de nuevo… y volvió a fallar. ¿Tal vez habían matado a Aleksander?

—¿Y la moneda?

—No. No tuve éxito.

Se oyó un grito, y un miembro cayó al suelo salpicándolo todo de sangre negra y viscosa. Las sombras estaban hambrientas, y él notaba los agudos pinchazos de su hambre mientras se alimentaban salvajemente de los demonios. Sus dientes atravesaban fantasmalmente a las criaturas y desgarraban su espíritu. Porque las sombras eran eso, espíritus, y luchaban de igual a igual con los demonios. Y lo que le ocurría al espíritu debía de manifestarse en el cuerpo, porque los dos estaban conectados. Las criaturas comenzaron a perder pedazos de hueso, músculo y piel.

Las estaban devorando desde dentro hacia fuera.

Quedarse de brazos cruzados, mirando, no estaba dentro de la naturaleza de Baden. Entró en el corazón de la lucha y comenzó a dar cuchilladas. Pandora se puso a su espalda para evitar que lo sorprendieran a traición.

«¿Estamos… trabajando juntos?».

Cuando murió la última criatura, las sombras volvieron a Pandora y a él.

Ella se agachó y, entre jadeos, dijo:

—Yo podía… haber ganado… sin ti.

—Sí, seguro. Podrías haber ganado una segunda muerte.

Ella frunció los labios.

—Tenemos que recuperar al humano.

—¿Nosotros?

—No, me he equivocado —respondió ella, rápidamente—. Me refería a mí. Yo iré a buscar a Aleksander.

—No. Tú ya lo has tenido durante una noche —dijo él—. Ahora es mío.

—¡Cabrón! Tú has tenido más de una noche y has conseguido menos de él. Creo… —Pandora se interrumpió, soltó un jadeo y cerró los ojos para ocultar el disgusto que se había reflejado en ellos—. Creo que necesitamos trabajar en equipo.

Él no confiaba en ella, pero sabía que estaba en lo cierto.

—Este no es el momento de ir en su búsqueda. No sabemos qué situación de combate podríamos encontrarnos.

—¿Y qué? Está debilitado.

—Y nosotros también. Pero lo más seguro es que quienes se lo han llevado no lo estén. No voy a darle otra oportunidad de escapar. La próxima vez, él será quien pierda.

Ella reflexionó un instante y asintió de mala gana.

—Podríamos usar a la esposa para atraerlo…

—¡No! —rugió él—. No pienses en ella ni en sus perros. Y no vuelvas a referirte a ella con esa palabra.

—¿Con esa palabra? ¿Te refieres a «esposa»?

«¡Es mía!».

—Júralo, o nuestra tregua ha terminado.

Ella enarcó una de sus oscuras cejas.

—¿Tenemos una tregua?

—Sigues viva, ¿no?

Pandora dio un resoplido.

—Está bien. Como quieras. Lo juro —dijo. Se irguió y se

pasó una mano sucia por la cara–. Nunca pensé que te comprometerías con alguien, y menos con una humana.

Él podría decir lo mismo. Los humanos eran débiles, fáciles de matar. Y él, con todos los enemigos que tenía, había puesto una diana en la espalda de Katarina. Si se casaba con ella, si vinculaba su vida a la de ella como Puck había hecho con Gilly, ella podría hacerse inmortal, pero ¿se convertiría también en esclava de Hades?

No podía correr ese riesgo. Tenía que haber otro modo.

«Paso a paso». Lo primero era curarse y conseguir la fuerza suficiente para protegerla.

–¿Has aprendido a utilizar el teléfono móvil?

–¿Soy mejor guerrera que tú?

–Me voy a tomar esa respuesta como un «no».

–¡Es un «sí»!

Él le recitó su número y se puso en pie.

–Si Lucifer te tiende otra emboscada, avísame.

–¿Es que vas a salvarme?

–¿Te refieres a si voy a salvarte otra vez? Sí.

Ella giró y le dio una patada en el estómago, pero no había verdadera furia en su golpe, y él solo perdió la respiración un momento.

–Cabrón.

–Zorra.

–Cobarde.

–Fracasada.

Se miraron el uno al otro, en silencio, y a él le pareció que ella estaba conteniendo la sonrisa.

–Te enviaré un mensaje si me atacan –dijo Pandora–. O cuando esté completamente curada. Lo que suceda primero.

–Hasta la próxima… –dijo él, y se teletransportó sin problemas.

Capítulo 23

«Mezclé una probeta de veneno, lo llamé Amabilidad…
y maté a gente con Amabilidad».

Josephina, reina de las hadas.

Katarina alabó a Biscuit y a Gravy. Cumplieron a la perfección en todos los juegos que ella inició. El *flirt pole*, el corre que te pillo, el escondite, el tira y afloja… Pero ¿no eran demasiado perfectos?

«¿Son perros del infierno, o no?».

Los dos tenían un alto nivel de entusiasmo y estaban decididos a ganar. Siempre estaban concentrados y nunca entraban en las zonas de peligro emocional: ira, nerviosismo o miedo.

Gilly y Fox no iban a su habitación ni al patio, lo cual era muy bueno, sobre todo para ellos. Cuanto más tiempo pasaba sin que Baden apareciera, más le dolía el estómago a ella. Y, cuanto más le dolía el estómago, más áspera se ponía. Y, cuanto más áspera se ponía ella, más dolidos estaban los perros.

Ella quería que su hombre volviera a casa sano y salvo. Incluso quería que la bestia volviera a casa sana y salva. La bestia, que era una manifestación de la atormentada infancia de Hades. Nunca hubiera pensado que simpatizaría con el oscuro rey que manejaba a Baden, ni que era un ser incomprendido, ni que quería darle un abrazo.

«¡Quiero darle un abrazo!».

Pero, pese a su simpatía, nunca le permitiría que les hiciera daño a sus cachorros.

—¿Sois perros del infierno? —les preguntó por fin, mientras guardaba los juguetes en una caja, a los pies de la cama—. Podéis decirme la verdad.

«¡Jugar! ¡Jugar!».

—¿Me mordisteis? Y, si me mordisteis, ¿por qué no os alimentasteis conmigo?

¿Acaso era porque la querían? El amor podía superar a muchas otras emociones y urgencias.

—¿Voy a convertirme en una de vosotros?

«¡Juguete!».

Biscuit rascó la caja. Como no consiguió nada, empujó la tapa con la nariz.

—Siéntate —le ordenó ella, y los dos cachorros obedecieron.

O eran demasiado inocentes para entender lo que les había preguntado, o no querían admitir la verdad.

—¿Dónde están vuestros padres? ¿Están… muertos? ¿Estáis solos?

Ambos bajaron la cabeza. Irradiaban tristeza.

—No estáis solos —les dijo ella—. Yo estoy con vosotros. Y os voy a querer aunque me hayáis infectado, ¿de acuerdo?

Baden apareció en un rayo de luz, y ella se sobresaltó. Apretó los labios con culpabilidad. Al menos, los perros no se sorprendieron, como si le hubieran sentido. Simplemente, lo observaron. Sin embargo, lo más impresionante de todo fue que permanecieron sentados, esperando a que ella les dijera que podían levantarse. ¡Qué rápidamente aprendían!

Al ver el estado en que se encontraba Baden, a ella se le escapó un grito de consternación. Tenía heridas y hematomas por todas partes, y estaba lleno de una sustancia viscosa y negra que apestaba a azufre. Tenía la ropa rasgada, y estaba temblando.

Ella fue corriendo a su lado y le pasó un brazo por la cintura para ayudarlo a mantener el equilibrio.

–¿Qué te ha pasado? –le preguntó, mientras lo conducía hasta la cama y lo ayudaba a sentarse.

–Una emboscada –dijo él, con un gesto de dolor.

–¿Y Alek?

–Lo han capturado los soldados de Lucifer. No sé si está vivo o muerto.

–¿Y qué quiere Lucifer de él?

–La moneda, estoy seguro.

–Pero ¿por qué? Lucifer ya tiene un reino.

–Pero tener dos reinos es mejor que tener solo uno –respondió Baden–. Hay que detenerlo a cualquier precio.

No. A cualquier precio, no. El alma de Baden era más importante que la victoria.

«¿Necesitas ayuda?».

–Sí –respondió ella, sin pensarlo–. Id a buscar a Galen. ¿Lo recordáis? El hombre rubio de las alas pequeñas. Por favor.

Los perros salieron corriendo, y ella supo que la habían entendido.

–¿Saben obedecer una orden tan específica? –le preguntó Baden a Katarina, con extrañeza.

–Sí. Soy así de buena adiestradora –dijo ella.

«Ah… y puede que sean perros del infierno, con poderes que van más allá de mi entendimiento».

Él frunció el ceño mientras miraba hacia la puerta.

–Llámalos –dijo–. No quiero que venga Galen…

–Eso no me importa. Tu bienestar es más importante que los motivos que tengas para evitar a ese hombre. Él puede ayudarte y yo, no.

–Es un imbécil.

–Deberías adorarlo. Tú eres un imbécil.

Cuando él la miró con enfado, sus pupilas se expandieron, y en ellas aparecieron brillos rojos. Destrucción estaba haciendo visible su presencia, y Katarina se sintió feliz y aliviada. Si tenía la fuerza necesaria para discutir con ella y para mostrar sus emociones, tenía la fuerza necesaria para recuperarse de sus lesiones.

Y tenía que recuperarse.

Para aligerar el ambiente, ella le acarició la mejilla, justo por debajo de uno de los peores cortes.

—Pobre Baduction. Te han estropeado esta preciosa cara.

Él se suavizó.

—¿Estás diciendo que te gusta mi aspecto?

Ella se echó a reír, como si acabara de gastarle una broma.

—Estoy diciendo que tengo una fantasía con Outlander que tú todavía tienes que hacer realidad.

Él volvió a lanzarle una mirada fulminante, y gruñó.

—He investigado de qué se trata esa referencia. Yo solo voy a fingir que soy yo, y me vas a dar las gracias por ello.

Sí, probablemente se las daría.

—No creo que tengas que fingir que eres tú, *pekný*.

—Ya sabes a qué me refiero —refunfuñó él.

Qué adorable. Le gustaba aquel hombre, y mucho. Era obstinado y malhumorado, y tenía tendencias asesinas gracias a Destrucción, pero podía hacerla reír cuando nadie más era capaz de conseguirlo. La excitaba con una sola mirada, la desafiaba, la deleitaba. Y, tal vez, ella tenía un lado salvaje del que no sabía nada, o tal vez se estuviera acostumbrando a aquel mundo, porque le gustaba que él fuera capaz de llegar a cualquier extremo para proteger aquello que amaba.

«A mí no me ama. Pero… es posible que yo me esté enamorando de él».

Eso no era bueno. Él nunca iba a envejecer, pero ella, sí. Además, todas las mujeres a las que habían elegido sus amigos eran guerreras fuertes, por muy delicadas que parecieran. Katarina había notado que Ashlyn podía convertirse en un monstruo si alguna vez había alguna amenaza para sus hijos.

Baduction seguía considerando que ella era débil.

«Soy alguien, demonios. ¡Soy valiente!».

—¿Estás bien? —le preguntó Baden, sacándola de su ensimismamiento.

—Sí. ¿Por qué?

—Porque has hecho un gesto de dolor.

Galen entró por la puerta y la salvó de tener que pensar en una respuesta. Biscuit le empujó una pierna con la nariz, y Gravy le empujó la otra, para acercarlo a la cama. Los perros solo se detuvieron cuando Galen estuvo junto a Katarina.

—Qué buenos sois —les dijo ella.

Galen puso cara de mal humor, y dijo:

—Si tus perros vuelven a tocarme, les voy a…

Katarina se puso en pie de golpe, y los perros se colocaron delante de ella de un salto. Él se quedó boquiabierto al verla gruñir. Gruñó de verdad; le ardían las encías, y las puntas de los dedos de las manos y los pies, pero ella ignoró aquellas sensaciones dolorosas y mantuvo la mirada fija en Galen.

—No irás a terminar esa frase, ¿verdad? —le preguntó.

Los cachorros reflejaron aquel mismo sentimiento con un gruñido. Fue un sonido distinto a los que habían emitido hasta aquel momento, profundo, hambriento y amenazante, como si el guerrero estuviera en la carta de la cena.

—Creo que no les caes bien —comentó Baden, en un tono ligero, casi de diversión.

Galen palideció y alzó las manos, con las palmas hacia fuera. Dio un paso hacia atrás, y dijo:

—Esos perros son…

—¿Esos perros te van a morder la cara si los insultas?

Sí. ¿O ibas a decir que son ángeles? Porque lo son. Ahora, cállate la boca y ayuda a Baden —le dijo Katarina, y señaló al paciente con un movimiento del brazo—. Y vosotros —añadió, mirando a los perros con una sonrisa—, proteged a mi *pekný*.

Los perros saltaron sobre la cama y se colocaron junto a Baden. Y… bueno, Katarina tuvo que reconocer que ni siquiera ella era tan buena adiestradora como para conseguir una obediencia así. Por lo tanto, eran perros del infierno, ¿no?

«Hay que exterminar a los perros del infierno».

¡Por encima de su cadáver!

—Está bien, está bien —dijo Galen. Se acercó con prudencia a la cama y miró a Baden—. Este es mi diagnóstico: se pondrá bien con un poco de reposo y una ducha. En cuanto esté en pie, ofrécele una sesión de sexo desenfrenado. Al final de la jornada, tendrás a un chico feliz y sano.

Galen le guiñó un ojo a Katarina y se marchó.

Pues bien, eso era lo que iba a hacer: asegurarse de que Baden descansara y se recuperara. Fue en busca de todo lo necesario: una palangana de agua caliente, vendas y toallas y una pomada con antibiótico. Baden permaneció en silencio, pensativo, mientras ella le quitaba la camisa y se ponía a trabajar.

Por fin, dijo:

—Quiero quedarme contigo. Voy a quedarme contigo.

A ella se le aceleró el corazón.

—¿Hasta que se pase la novedad, o hasta que yo me vuelva vieja y tenga el pelo gris?

Él la miró con enfado.

—No me gusta la idea de que envejezcas.

Bueno, pues ya eran dos. Aquel hombre tan viril no necesitaba a una ancianita colgada del brazo.

—¿No tienes ese tipo de fantasías? —preguntó ella, medio en broma, medio en serio. Tenía la esperanza de que él la ayudara.

—Si me acostara con una Katarina de ochenta años, le rompería las caderas.

Aquella respuesta hizo que ella estallara en carcajadas.

—Vaya. La mayoría de los hombres habrían dicho que la edad no tiene importancia.

Él le acarició la mejilla, algo que nunca hubiera hecho unas semanas antes. Katarina recibió la caricia con emoción.

—Yo no soy como la mayoría de los hombres. Sé que los cuerpos humanos se marchitan rápidamente. Y, como ya he mencionado, el hecho de que estés conmigo hace que corras peligro. Si alguien te hiciera daño... si alguien te hiriera mortalmente...

Katarina tuvo que esforzarse para conseguir guardar la compostura en un tema tan sensible.

—¿Y si me quedo contigo hasta que me salga la primera cana?

—No. Vamos a encontrar la forma de convertirte en inmortal.

«Dile lo de los perros».

¡No! No podía hacerlo. No solo se trataba de Baden, sino, también, de Destrucción. Tenía que andar con cuidado.

Le acarició el pecho como sabía que a él... a ellos, mejor dicho, les gustaba.

—Vamos a dejar este tema un rato. Prefiero hablar de los perros del infierno y de la gente que sobrevivía a sus mordiscos.

—Solo conozco dos casos. Zeus ordenó a su ejército que capturara a los dos hombres que habían sufrido un mordisco, y nosotros lo hicimos. Pero ellos eran más fuertes que antes. Tenían garras en las manos y en los pies. Además, se habían vuelto locos, y se tiraban del pelo constantemente, se golpeaban las sienes. De camino al monte Olimpo, nos atacó una manada de perros del infierno. Murieron muchos hombres, incluidos las víctimas de los mordiscos. De hecho, ellos fueron los primeros en morir.

–Pero ¿por qué?

–Creo que los perros no querían tener lazos externos. Muchos seres habían intentado ya hacerse con su control, y algunos, como el torturador de Hades, lo consiguieron durante un tiempo.

Katarina se quedó horrorizada. ¿Iba a volverse loca? ¿Empezarían a mirarla los cachorros como si fuera su comida?

–¿Eran inmortales los perros?

–No. Su vida duraba lo mismo que la de los seres humanos. Que yo sepa, el máximo tiempo que vivió uno de ellos fueron ciento veinte años.

–¿Qué pasó con ellos?

–Hades tomó el control de dos reinos del inframundo: el de su madre y el de su torturador. Hizo que sus ejércitos lucharan contra los perros y exterminó a toda la raza.

Ella sintió ira. Seguro que algunos de aquellos perros eran inocentes.

¿De dónde habían salido Biscuit y Gravy? ¿Habría más como ellos?

–Acerca de lo de convertirme en inmortal… No sé si quiero vivir para siempre –le dijo. Su relación acababa de empezar, y las cosas podían terminar dentro de un mes… o un año… o cinco años. Entonces, ella se quedaría atrapada y sola en un mundo que no sabía si le gustaba–. Y no me preocupa nada el peligro que pueda correr por estar contigo.

–Porque soy…

–Porque en el mundo siempre habrá problemas. Tomar decisiones basándose en el miedo solo lleva al arrepentimiento.

–Me necesitas –le espetó él–. Si yo estoy a tu lado, no tendrás que temer nada.

Oooh. Acababa de provocarla otra vez.

Se puso en pie, le quitó la ropa y empezó a limpiarlo concienzudamente.

—Tú quieres que yo te necesite. Eso es diferente. Yo no te necesito, y nunca te voy a necesitar. A mí no me gusta la dependencia. Sin embargo, te deseo tanto como tú me deseas a mí.

Él no se enfureció, tal y como ella pensaba que iba a ocurrir, sino que se ablandó.

—Por primera vez en toda mi vida, tengo esperanzas para el futuro. Y tú estás en el centro de esas esperanzas.

Aquello era triste y, al mismo tiempo, muy dulce. Ella señaló a la pared, y dijo:

—Biscuit, Gravy. A vuestras camas, cielos.

Ellos bajaron de un salto del colchón y fueron hacia los almohadones que ella había puesto junto a la pared. Después de alabarlos por su obediencia, se metió entre las sábanas y se estiró junto a Baden, con cuidado de no rozarle las heridas.

—Estamos hablando de estar juntos para siempre, pero, en realidad, solo hemos tenido una cita. Eso no es justo para mí. ¡Quiero que me cortejes!

Él le pasó el brazo por el estómago y la atrajo hacia sí.

—Yo nunca he cortejado a una mujer.

—¿Y ninguna mujer te ha cortejado a ti?

—Muchas lo han intentado.

—Está bien. ¿Y cómo lo intentaron?

—Colándose en mi casa y esperándome desnudas en la cama.

¡Ja!

—Por favor, *pekný*. Yo no soy tan fácil. Plántate desnudo en mi habitación, ponte a pasar la aspiradora, y ya hablaremos.

Él se rio suavemente, y su respiración con olor a menta le acarició las sienes.

Katarina pensó que iba a olvidarse de ser delicada por sus heridas. Baden era duro, y aquella dureza tenía que tener alguna ventaja.

Le pasó la lengua por un pezón.

–Estoy en tu cama. Tal vez ya debería estar desnuda.

A él se le iluminaron los ojos de deseo.

–Deberías –dijo. En aquel momento, el teléfono móvil vibró en el bolsillo de su pantalón, pero él no le prestó atención–. Ahora mismo.

–Primero...

Ella tomó el móvil y miró la pantalla.

Vaya, vaya.

–Torin dice que William está pidiendo a todos los guerreros que ataquen a Puck, pero sin hacerle daño –dijo. Después de un instante, preguntó–: ¿Quién es Puck?

–Puck se ha casado con la... posible compañera de William. Es un sátiro. Medio cabra –dijo él, al ver que ella lo miraba con desconcierto.

–¿En serio? Bueno, supongo que podría ser peor para la chica.

–Gilly no es el problema en esta situación. William está descentrado, y eso le convierte en un blanco fácil. Lucifer verá que tiene la oportunidad perfecta para golpear.

–A mí me parece que William es un hombre que puede cuidarse solo, sean cuales sean las dificultades.

–Si le hacen daño... Hades quiere a su hijo. Él... –Baden se quedó pensativo y frunció el ceño. Después, agitó la cabeza, como si descartara la idea que se le había pasado por la cabeza–. Los hijos de William también están descentrados, y eso pone en peligro a la vez a muchos de mis aliados.

–William, que aparenta treinta años, ¿tiene hijos con edad suficiente como para combatir en una guerra?

Él sonrió con algo de indulgencia.

–Tienen edad suficiente como para destruir el mundo. Son los jinetes del apocalipsis.

¡Dios Santo!

–Olvídate de pasar la aspiradora desnudo. Si quieres cortejarme, escribe un libro en el que expliques cuáles son nuestros enemigos, quiénes son nuestros aliados, cuáles son las razas de inmortales y cuáles son sus puntos débiles y fuertes.

Él asintió.

—Eso lo haré. Por tu seguridad.

—Porque yo te necesito, bla, bla, bla.

Él la ignoró, y dijo:

—Me temo que no puedo olvidar lo de pasar la aspiradora desnudo. Estoy dispuesto a hacer cualquier cosa que te proporcione placer.

Ella sintió una calidez muy dulce, y se acurrucó contra él. El teléfono volvió a vibrar y, con un suspiro, Katarina miró la pantalla.

—Torin dice que no has enviado ningún mensaje hoy, y que está a punto de enviar a la caballería.

—He estado muy ocupado —dijo Baden, y la acarició con la mirada. Sus deliciosas intenciones estaban claras—. Y me gustaría estar aún más ocupado.

A ella se le endurecieron los pezones y se le encogió el estómago.

—A mí también me gustaría, pero antes debemos enviarle unas fotos como prueba de que sigues vivo. No quiero arriesgarme a que tengamos una visita mientras estamos ocupados.

Entonces, le sacó unas cuantas fotografías con la cámara del teléfono y se las envió a Torin con un mensaje: *Torin está en el médico y, si se encuentra mejor más tarde, tal vez te llame.*

Lo envió.

—¿Qué le has dicho? —preguntó Baden.

—La verdad.

El teléfono sonó de nuevo, y la fotografía de Torin apareció en la pantalla. ¡Era un guapísimo inmortal de pelo blanco! Baden trató de tomar el teléfono, pero ella se levantó de la cama y respondió en su lugar.

–Más te vale que sea importante. Estás interrumpiendo el buen rato que estamos pasando.

Torin se echó a reír.

–Puede que seas peor que mi Keeley.

La Reina Roja. Katarina echaba de menos a aquella mujer tan boba.

–¿Cómo está?

–Completamente recuperada. He llamado a Baden para decirle que vamos a ayudar a William. Estamos en deuda con él.

Ella le repitió las palabras a Baden.

–No entiendo cómo vais a luchar contra ese hombre sin hacerle daño.

–Fácil –dijo Torin–. Atacando a sus mejores amigos y a su familia.

–¡Eso es horrible! Son inocentes y...

Baden le quitó el teléfono.

–Ya has dicho demasiado, Tor. La caja, la Estrella de la Mañana. Lucifer.

Katarina tomó el teléfono y presionó el botón del altavoz.

–Keleey no consigue encontrar la caja ni la Estrella. Y ahora, ni siquiera puede buscarlas.

–¿Por qué? –preguntó Baden.

–Los artefactos han desaparecido. Danika sigue con Reyes, pero la pintura del despacho también ha desaparecido.

Katarina no sabía a qué artefactos se refería Torin, ni a qué pintura, pero se imaginaba que la caja era la caja de Pandora. ¿Por qué querían recuperarla los hombres? ¿No les había dado ya suficientes problemas?

–¿Quién iba a...? –preguntó Baden, pero Torin lo interrumpió.

–Se los ha llevado Cameo. Nos envió un mensaje diciendo que es algo que tiene que hacer.

–Esa tonta solo va a conseguir que la maten.

–Tú sabes mejor que nadie que no podemos ayudar a aquellos que no quieren ayudarse a sí mismos.

Baden se pasó la mano por el pelo.

–Lo siento. Nunca quise haceros daño –dijo, y colgó.

Katarina le acarició el brazo para darle consuelo, pero él se apartó. Aquel rechazo fue doloroso para ella, aunque sabía cuál era la causa: los reproches que Baden se hacía a sí mismo, la recriminación.

«Lo mejor es terminar siempre con algo positivo».

Ella se puso las manos en las caderas, y dijo:

–Ya has oído lo que dijo antes Galen. Tienes que darte una ducha… y yo voy a provocarte sexualmente hasta que me pidas una clemencia que nunca vas a conseguir.

Baden frunció el ceño.

–Él no te ha dicho que me hagas suplicarte nada.

–Bueno, pues será mejor que lo sepas, chicarrón –respondió ella, guiñándole un ojo–: Voy a hacerlo de todos modos.

Capítulo 24

«Yo inventé el homicidio sin premeditación».

Fox, guardiana de Desconfianza

«Sexo en la ducha, sexo en el suelo, y lo único que quiero es más, y más, y más…».

Katarina soltó una risita y se acurrucó contra el costado de Baden. Cada vez deseaba más a aquel hombre, y era evidente que a él le ocurría lo mismo. No podía pasar más de unos minutos sin acariciarla, y a ella le encantaba. Tenía la sensación de que se estaba enamorando…

¡Un momento! Iba demasiado deprisa.

—Nunca voy a permitir que te separes de mí, Katarina.

Aquella confesión hizo que ella se estremeciera de deleite.

—Y quizá yo sopese lo de convertirme en inmortal.

—Eso no es suficiente. Vas a convertirte en inmortal, de un modo u otro.

Aquello terminó con el buen humor de Katarina.

—Pídemelo amablemente.

—Esta vez, no. Prefiero incurrir en tu ira que enfrentarme a tu muerte.

—Soy una mujer adulta, Baden, y tú no puedes tomar decisiones por mí. Mi opinión importa. Mis deseos importan, aunque tú no estés de acuerdo conmigo.

Él no se retractó.

—Algún día, me darás las gracias por mi insistencia.

—No, no lo voy a hacer —dijo ella. «No puedo reforzar su tendencia dominante»—. Y, ahora, déjalo antes de que me presiones demasiado.

—No puedo. Esto es demasiado importante. Eres demasiado joven y demasiado humana como para comprender el...

A ella le salió un rugido animal de dentro, un sonido que no había emitido jamás, y él se quedó callado. No por ella, sin embargo, sino por los cachorros, que se habían levantado de sus almohadones con el pelo del lomo erizado.

Irradiaban una furia igual a la de Katarina.

Los perros se abalanzaron sobre la cama, por Baden, mostrando los dientes como si quisieran morderle el cuello.

—No —dijo ella, y los perros giraron en el aire, pasando por encima de Baden, que lanzó su cuerpo sobre el de ella.

—¿No? —preguntó Baden, que se apoyó en ambas manos para sostener su peso sobre Katarina. Tenía una expresión de ira y determinación—. ¿Quieres protegerme a mí, o a ellos?

—A los dos. Aunque no entiendo por qué te he salvado en este momento.

—Porque yo estoy dispuesto a hacer lo que sea con tal de que estés a salvo. Incluso en contra de tus propios deseos. Tal vez no te guste, pero una parte de ti debe de agradecerlo.

Los perros merodeaban alrededor de la cama, esperando a que ella les diera una señal. En aquella ocasión, Katarina se obligó a mantener la calma. Respiró profundamente, contó hasta diez y se imaginó que estaba en un lugar feliz, en una pradera llena de flores en la que sus antiguos perros podían jugar con sus nuevos perros.

—¿Cómo hemos pasado de hacer el amor y acurrucarnos juntos a esto?

–Fácilmente. Haciendo el amor conmigo y acurrucándote a mi lado, me has mostrado los deseos de mi corazón, unos deseos que yo creía que habían muerto hace mucho tiempo. ¿Y crees que un día puedes arrebatármelos? ¿Dejar que alguien te mate, o morir de vejez? No.

–¿Un día? No, no. Voy a negarte los deseos de tu corazón hoy mismo. Eres tan obtuso que ni siquiera has captado mi advertencia. Hay que tomar medidas –le dijo ella. Él tenía que aprender la lección, y ella tenía que tranquilizarse–. Vamos a pasar una temporada separados.

Katarina se puso en pie y acarició a los perros para asegurarles que todo iba bien. Después, se puso unos pantalones vaqueros y una camiseta.

–Si me niegas mi derecho a elegir, no mereces que esté contigo –dijo. Fue al armario, sacó una bolsa y comenzó a llenarla de ropa–. Así que me marcho. Voy a algún sitio que esté lejos de ti.

–No –dijo él–. Te vas a quedar aquí.

–Otra orden –dijo ella, y chasqueó la lengua–. No puedes detenerme sin hacerme daño, porque voy a luchar contigo.

Él se acercó y le arrancó la bolsa de las manos. Después, la acorraló contra la pared y apoyó ambas manos junto a sus sienes.

Katarina no tenía miedo, aunque se sintió un poco excitada. «¡Sé fuerte!». El resultado final era más importante que el placer inmediato.

Para su sorpresa, los perros ni se inmutaron. ¿Acaso no sentían ninguna amenaza en aquella ocasión?

–Quédate –dijo él, y empezó a acariciarla–. Estamos muy bien juntos.

Le acarició el pelo, el brazo… siguió por su estómago y subió hacia sus pechos… Y solo cuando ella tuvo la respiración entrecortada de impaciencia, dibujó un círculo con la yema del dedo alrededor de uno de sus pezones.

–Si nos separamos, no podré acariciarte así, y es algo que deseo desesperadamente. Quédate, por favor.

Aunque él había pronunciado las palabras como si fueran una petición, seguían siendo una exigencia.

–Tu súplica llega un poco tarde, guerrero.

La expresión de amabilidad desapareció del rostro de Baden.

–Eres una humana. No sabes lo que te conviene.

–Eso lo dirás tú –respondió ella, y lo apartó de un empujón–. Por ahora, sé que tú no me convienes.

–¿Qué quieres de mí?

–¿De ti? Nada –respondió ella, y siguió metiendo ropa en la bolsa–. Quiero un hombre que me vea como su igual.

–Eso es imposible, porque yo puedo romperte en dos.

Y, así, tan fácilmente, Baden acabó con cualquier esperanza de que su relación pudiera salvarse. Katarina se sintió decepcionada y muy triste. «No pienso suplicarle que reflexione».

En aquel preciso momento, pensó que su ruptura era definitiva. Lo suyo había terminado. Ella había creído que podría demostrarle lo que valía, pero él acababa de admitir que nunca iba a conseguir verlo.

–Hemos terminado –le dijo.

–No hemos terminado. Tú y yo no vamos a terminar nunca.

–Cuando empieces a echarme de menos, no vengas a buscarme. Esto –dijo ella, y señaló su propio cuerpo– ha pasado a estar fuera de tu alcance.

–No. ¡No! No pienso dejar que…

–Todavía sigues hablando –replicó ella, dando una patada en el suelo–. Renuncio a seguir adiestrándote. Has suspendido mi examen.

Él se enfureció.

–¿Estabas adiestrándome como si fuera uno de tus perros?

–Por supuesto. Eres una bestia, ¿no? Guapo, pero letal.

–Pues sí. Y ahora me vas a ver en mi peor faceta.

Con un rugido, volcó la cómoda. Los cajones se salieron de sus huecos y todo el contenido se desperdigó por el suelo. Tiró del cabecero de la cama, lo desclavó y lo arrojó a la pared del otro extremo de la habitación.

Ella ignoró su furia y terminó de meter sus cosas en la bolsa, en silencio. Cuando tuvo todo lo que necesitaba, gritó:

–¡Galen!

Baden detuvo su ataque de rabia y la fulminó con la mirada.

–Él no se atreverá a separarte de mí.

–Claro que sí. Y tú vas a darle la orden, o te juro que me escaparé cada vez que te des la vuelta. Provocaré tu lado bestial cada vez que tenga la más mínima oportunidad, y…

–Ya está bien –dijo él. Estaba jadeando, y tenía los puños apretados–. ¿Quieres marcharte? Muy bien, pues vete. Destrucción y yo te dejamos marchar.

Katarina sintió alivio y dolor. «No quiero perder a otro ser querido», pensó. Pero, no, a él no lo quería. No era posible.

–Cuando mi hermano esté bien, dile a Galen que lo lleve conmigo, esté donde esté.

Hubo un silencio entre ellos. Baden asintió con tirantez.

Galen entró en la habitación sin llamar, con cara de enfado.

–¿Has llamado, bonita? –preguntó. Al ver que Baden estaba desnudo, se tapó los ojos–. ¿En serio, tío? ¡Vamos! Si quisiera ir a una fiesta de salchichas, habría ido a ver a mi carnicero.

Los perros se pusieron junto a Katarina y le lamieron las manos. Con la barbilla temblorosa, ella se colgó la bolsa del hombro y les puso las correas.

–Estoy lista para que nos marchemos.

–Eh... ¿adónde? –preguntó Galen, desconcertado.

Baden se dio la vuelta. Tenía los músculos de la espalda muy tensos.

–Llévatela a otra parte –le dijo a Galen–. A algún sitio seguro.

–A algún sitio de mi elección –le corrigió ella–. Y no le digas a Baden dónde estoy. No se lo digas nunca, bajo amenaza de muerte.

No iba a haber continuación, y ella se iba a asegurar de que no la hubiera.

Galen pestañeó como si hubiera oído mal.

–¿Se divorcian papá y mamá?

–Sí, y mamá tiene la custodia de sus perros –respondió ella, y esbozó una sonrisa forzada–. Ahora, vayámonos antes de que divorcie también tu trasero.

Baden tuvo que luchar contra una rabia inmensa. Katarina se había ido, pero, aunque se hubiera quedado, la habría perdido. Ella, como muchos otros, lo encontraba guapo por fuera, pero espantoso por dentro, por mucho que hubiera dicho lo contrario.

La única luz de su oscuro mundo había desaparecido.

Golpeó la pared con el puño cerrado e hizo varios agujeros. Se destrozó la piel y los nudillos.

Destrucción se paseaba de un lado a otro por su mente.

«Quiero que vuelva mi mujer. ¡Haz que vuelva!».

«Lo haré, sí».

Tenía que hacerlo.

Alguien le puso la mano sobre el hombro desnudo, pero él no sintió dolor. Se giró rápidamente, pensando que era Katarina, pero se encontró de frente con Fox.

–¿Qué? –rugió.

Ella miró su cuerpo desnudo.

–¿Por qué no te vistes? Estás muy bueno, pero prefiero que mis amantes estén menos obsesionados por otra mujer.

Baden fue al armario, sacó unos pantalones y se los puso. Tenía que calmarse, y tenía que darle tiempo a Katarina para que se calmara. Después, se dedicaría a recuperarla.

Tal vez no debería haberle dado la orden de que obedeciera, pero, demonios, ella no podía seguir siendo humana. Sin embargo, él debería haber esperado a plantear aquella cuestión cuando tuviera los medios para transformarla.

–¿Qué? –repitió, mirando a Fox.

–He oído gritos, y he pensado que podía ayudarte. No sabía que ofrecer mi ayuda iba a ser un crimen tan horrible. Lo siento.

–No necesito que me ayudes. Además, mi vida no es asunto tuyo.

–Yo no soy tu enemiga, Baden.

–Tienes razón. Eres algo peor. Eres un recordatorio constante de un pasado que no puedo cambiar.

–¡Sí, y deberías estar agradecido! Ahora eres más fuerte. Eres más sabio. Y yo estoy hecha un desastre.

–Tú eres la única culpable de eso. Acogiste al demonio. Lo deseabas.

–Deseaba el poder. No sabes cómo era la vida para mí, una inmortal nacida sin…

Fox tomó aire y se quedó callada. ¿Qué era lo que no había querido revelar?

Era inmortal, sí, pero tenía un origen indeterminado. Por lo que él había visto, ella nunca se había transformado en animal. Su voz no era un arma, como la de las sirenas, ni tenía alas, como las arpías, como los Enviados y como los ángeles. No tenía colmillos, como los vampiros, ni aura de poder, como las brujas.

–Quería poder –repitió ella.

–Pues conseguiste una ilusión de poder. Y una nueva debilidad.

–Eso lo sé ahora.

El verdadero poder estaba en la amistad, y la fuerza, en el número. El verdadero poder era el amor, la capacidad de sacrificarse por los demás. Era la esperanza de tener un futuro mejor, algo que él acababa de perder. El verdadero poder no nacía de la violencia. Podía ser tan delicado como la caricia de una mujer.

Tal vez se hubiera hecho más sabio. Sin embargo, había permitido que su determinación por poseer a Katarina la hubiera alejado. Quería que ella estuviera a salvo, sí, pero también quería protegerla según sus términos.

Se puso una camisa y le dijo a Fox:

–Tienes que irte.

–Mira, quieras o no quieras mi ayuda, vas a tenerla. Yo sé algo sobre los hijos de Hades –respondió ella–. William y Lucifer también llevaron esas bandas.

¿Cómo podía saber ella eso? Y William nunca guardaría semejante secreto…

No, eso no era cierto. William era un egoísta que se divertía con la ignorancia de los demás. Incluso con la de sus amigos.

Incluso le había advertido que no se relacionara con Fox. Claro, porque ella conocía su secreto.

–Deberías habérmelo dicho antes.

–No quería que me hicieras preguntas sobre mi pasado.

–No voy a hacerlas. Voy a estar demasiado ocupado matando a un hombre que creía que era mi amigo.

Baden tomó dos dagas e hizo un ajuste en su mente.

«A casa, allí donde esté William».

Apareció en un espacioso dormitorio. Las paredes estaban llenas de marcas de garras, el mobiliario hecho pedazos y el suelo, lleno de añicos de cristal.

Maddox, Paris y Sabin estaban haciendo lo posible por sujetar a un William en pleno ataque de rabia, mientras que Strider y Lucien hacían guardia en la puerta para cortarle la vía de salida. ¿Acaso no recordaban que William podía tele-transportarse? ¿O acaso William no podía teletransportarse en aquel estado de agitación extrema?

Estaba claro que sus amigos no iban a poder sujetarlo durante mucho más tiempo. William ya estaba a punto de zafarse de ellos.

Baden se acercó rápidamente y le clavó una de las dagas en el corazón. Por fin, William se quedó quieto, y le clavó a Baden una mirada de odio, con los ojos en llamas.

—Error, Pelirrojo. Craso error.

Baden le clavó la otra daga en el vientre.

William se echó a reír con una alegría de maníaco, mientras los demás observaban la escena con incredulidad.

—Quería ir a verte para pedirte el favor que me debes.

Baden sintió que se trataba exactamente de lo contrario.

—¿Quieres que te pague el favor? Dime que te libere, y lo haré.

—No —respondió William—. Voy a esperar.

Baden retorció las dagas.

—Muy bien. Entonces, vamos a hablar del motivo de mi visita. ¿Estuviste esclavizado alguna vez con las bandas de Hades?

Con un movimiento inesperado, William se arrojó hacia delante, y las dagas se hundieron aún más en su cuerpo.

—¿Te parece que esto es compartir un buen momento? —preguntó el guerrero, con una falsa calma, mientras bajo su piel estallaban rayos luminosos.

—Contéstame de todos modos —le ordenó Baden.

—¿O me clavarás una tercera daga?

Desgraciado. ¿Acaso no había nada que temiera?

—¿Es que te crees que eres el único que tiene problemas?

—Soy el único que tiene un problema que me importe.

—Dime lo que quiero saber, o…

—¿O qué? Dímelo. Me muero de curiosidad.

Aquel era el hijo de Hades. Con él, las amenazas no servían. Baden sacó las dagas de su cuerpo, y le preguntó:

–¿Sabes si Gilly y Puck se han inscrito en el registro? Quiero comprarles una tostadora.

William entrecerró los ojos, y quedó claro que estaba luchando por mantener la compostura.

–Sí, Pelirrojo. Yo llevé las bandas, igual que tú. Eso me convirtió en hijo de Hades y, si vives lo suficiente, a ti te ocurrirá lo mismo, hermano.

Capítulo 25

«Adelante, cómete tu peso en helado. Le darás más de ti que adorar».

Haidee, antigua guardiana de Odio

Galen, el *chruno*, se negó a llevar a Katarina y a los perros a Bratislava, donde ella podía encontrar un lugar para vivir y empezar de nuevo. En vez de eso, la llevó con el resto de los inmortales y sus familias, directamente junto a Keeley y Kaia. Según Galen, Keeley tenía unos poderes tan horripilantes y sus enemigos la temían tanto, que no pronunciaban su nombre más que en susurros, y Kaia podía comerse a un ejército entero sin demasiado esfuerzo. Baden no le había dado aquellos detalles durante las presentaciones.

Aquel era otro ejemplo del motivo por el que ella necesitaba un libro para saber quién era quién para quién en aquel mundo.

Aunque Baden ya no podía proporcionárselo.

Notó un ardor en los ojos y, temblando, se dio unos golpecitos en las mejillas. Todavía las tenía secas. Bien, eso era bueno. No iba a llorar por él. Sus padres y Peter sí se merecían sus lágrimas, y sus perros, también. Baden no se las merecía.

–Aquí la tenéis. Ahora es problema vuestro. Protegedla si queréis. Yo ya he cumplido mi parte –anunció Galen, y se esfumó sin decir una palabra más.

Keeley la miró con confusión.

–¿Quién eres tú?

¿Estaba de broma?

–Me conoces. Hace una semana estuvimos juntas.

Keeley negó con la cabeza.

–No, no. Me acordaría. Espera... –comenzó a frotarse las sienes, y dijo–. Ya me estoy acordando. Eres la chica de Baden... Katrina. Te llevó a un sitio seguro después del ataque a nuestra casa.

Ella sintió una punzada de dolor en el corazón, y los ojos volvieron a arderle.

–Era la chica de Baden –dijo, y señaló a un lugar apartado en un rincón. Llevó allí a los perros, que se tumbaron en el suelo–. Hemos decidido dejarlo, porque él es un imbécil. Y me llamo Katarina.

–Katrina es mejor –replicó Kaia–. Tiene menos sílabas.

Katarina le dedicó una sonrisa falsa.

–Entonces, te llamaré Kiki. Es más bonito.

Miró a su alrededor. La decoración parecía sacada de una película pornográfica. El ambiente era oscuro, íntimo y sugerente, y las paredes y el techo estaban forrados de espejos.

–¿Qué es este lugar?

–Un club para inmortales –respondió Keeley–. Se llama Downfall.

Apropiado. Según el horario que se mostraba en una de las paredes, no debería estar abierto en aquel momento. Claro, por eso no había ningún cliente.

–¿Y por qué estáis aquí, si está cerrado?

–Para resumir, yo estaba inspeccionando la seguridad del club, para comprobar si es posible colarse. Y sí lo es –dijo Kaia. Se metió detrás de la barra y preparó un cóctel–.

Pero hay un pequeño problema: no les he dicho a los dueños que iba a hacerles este favor. Toma. Bebe.

–Para ser sincera –dijo Katarina–, no distingo una copa buena de una mala.

–Entonces, probablemente serás la otra persona en todo el mundo que puede apreciar mi enorme talento.

Bien.

Katarina apuró la copa y notó un ardor en el estómago. La habitación dio vueltas a su alrededor durante un momento.

Kaia alzó un puño en señal del triunfo.

–¡Bien hecho! Ahora, bébete otra –le dijo, y deslizó otro vaso por la barra, en dirección a Katarina–. Te vendrá bien para quitarte de la cabeza los problemas.

–Si me detienen por robar alcohol...

–Bah, no. Lo peor que nos puede hacer Thane es clavarnos en el césped del jardín delantero. Es uno de los tres propietarios, y la crucifixión es una de sus especialidades –dijo Kaia, y se echó la espesa melena pelirroja hacia atrás, por la espalda–. Pero primero tendría que atraparnos, y eso no va a suceder.

Keeley asintió con entusiasmo.

–Es cierto. Yo puedo teletransportarme, y ella puede volar como el viento. Además, tú te quedarías atrás, y él se concentraría en ti. A nosotras nos olvidaría.

Qué reconfortante.

–Vuestra inmortalidad no es justa –dijo Katarina.

Keeley se dio unos golpecitos en la barbilla.

–Tiene que haber alguna manera de que tú también lo seas.

–Baden dijo lo mismo.

–Y tiene razón. Hades puede hacerlo, y yo soy más fuerte y mejor que él. Estoy casi segura de que le hice algo a Gilly...

Un momento.

–¿La chica que se puso enferma y tuvo que casarse con un sátiro para sobrevivir?

–Se supone que no debemos hablar de eso, Keys –dijo Kaia.

–¿Alguien se ha puesto enfermo? ¿Por qué soy siempre la última en enterarme de las cosas? –preguntó Keeley, y apuró su copa. Después, le hizo un gesto a Katarina para que la imitara.

Ella obedeció y, en aquella ocasión, el calor que sintió fue agradable y no doloroso. Le produjo fuegos artificiales en la cabeza.

–No quiero tener que casarme con un monstruo.

«Ni con una bestia».

–¡Ah! Ahora me acuerdo –dijo Keeley, con un mohín–. ¿Cómo iba a saber yo que ayudar a Gilly a transformarse en inmortal iba a hacerle daño?

Kaia alzó los brazos al aire.

–Tal vez, porque justo antes de echarle a escondidas el elixir a la copa, me dijiste: «Kaia, puede que esto le haga daño a Gilly» –dijo, y sirvió otra ronda de bebidas–. Consideraste que merecía la pena intentarlo para conseguir la felicidad eterna para William, arriesgándote a ganarte su odio.

Keeley se encogió de hombros.

–Algunas veces se gana, otras se pierde.

Katarina miró su copa con espanto.

–¿Me has echado elixir a mí también?

–¡No! O, seguramente, no. Estoy casi convencida de que he aprendido la lección. Solo el tiempo lo dirá.

Kaia movió el dedo índice delante de la cara de Katarina.

–Lo que se confiesa en el Downfall se queda en el Downfall.

–Entendido. Confiad en mí –dijo ella. De lo contrario, era posible que William asesinara a aquellas dos mujeres por lo que habían hecho–. Por si no me he expresado con claridad, lo repetiré: no quiero ser inmortal, por muchas ventajas que tenga esa transformación.

Keeley se bebió media botella de ambrosía que había tomado de la barra, y se limpió los labios con el dorso de la mano.

—Baden te ha fastidiado bien, ¿eh?

—Me ordenó que le obedeciera en todo. Lo que yo pensara no tenía importancia.

—Bueno, pues yo diría que has hecho lo correcto —dijo Kaia, asintiendo—. Yo también prefiero ser libre.

Katarina apuró su vaso. Si le habían echado elixir, no le importaba. Ya se las arreglaría. Además, seguir bebiendo era una idea excelente. ¡La mejor! ¡Tenía el cerebro como una luz estroboscópica!

Keeley le dio un golpecito en un hombro, y casi la tiró al suelo.

—¡Todos nuestros nombres empiezan por ka! ¿Es una casualidad, o formamos parte de un club secreto y no lo sabíamos?

—Club secreto —dijo Kaia, dando palmaditas.

Entonces, las chicas empezaron a discutir sobre cuál sería el mejor nombre para su club, pero no se pusieron de acuerdo y terminaron peleándose brutalmente, hasta que se hicieron sangre. Entonces, Keeley decidió que Katarina estaría increíble con un tatuaje que le sirviera de marca protectora. Algo para protegerse temporalmente de un embarazo.

—Algún día me lo agradecerás, hazme caso.

—Pero… ¿Baden puede…? Bah, no importa.

Ella ya no estaba con Baden. Ya no eran novios. Nunca volverían a acostarse. Algún día, habría un hombre nuevo en su vida. Una nueva historia.

—Sí, quiero esa marca.

Entonces, le hicieron un tatuaje en la nuca. Era un símbolo negro que quedaba escondido bajo su melena ondulada. Ella no estaba muy segura de cómo iba a impedir que se quedara embarazada, pero ¿qué importaba? Al menos, el dolor que le causó la sesión de tatuaje la distrajo de sus problemas.

—Cuando quieras tener unos cuantos críos —dijo Keeley—, rellenaremos la marca. ¡Ah! Puedo hacerte una marca de seguridad, y una marca de ubicación, y ¡oh! ¡Oh! —exclamó, dando saltitos—. Ya sé. Una marca que impedirá que cualquiera utilice sus poderes contra ti.

—No —dijo ella, que no quería tener más marcas hasta que supiera más de ellas—. Estoy bien.

—Espero que no te importe —dijo Kaia—, pero he invitado a mi hermana mayor, Taliyah, a que viniera con nosotras. Creo que la oigo llegar por el patio. Entrará en cualquier momento...

La puerta principal se abrió de golpe, y una mujer rubia y esbelta entró en el club con dos hombres enormes que tenían alas blancas y doradas. Eran lo más bello que Katarina hubiera visto en su vida.

A los perros les pareció otra cosa. Se despertaron y se pusieron en guardia delante de ella.

—Vaya —dijo Kaia—. Me dijiste que ibas a venir sola.

Taliyah señaló a los hombres con los dedos pulgares.

—Estos idiotas venían a estropear la fiesta. O los mataba, o los invitaba —dijo, y su mirada azul se clavó en Katarina—. Excelente. La mujer a la que andaba buscando. Le debo una pequeña venganza a Baden, y tú vas a ayudarme.

—Eh —dijo Kaia, dando un golpe en el suelo con el pie—. No puedes matar a mi nueva amiga.

—No seas tonta. Claro que puedo, pero eso no tendría gracia. Es una humana insignificante.

Los perros gruñeron.

Katarina gruñó. Su rabia salió a borbotones de un caldero de dolor. ¡Ya estaba bien! Ella no era insignificante, ni débil, y estaba cansada de que la consideraran así.

Taliyah se detuvo. Kaia y Keeley la miraron con cautela.

—¡Yo no soy insignificante!

Lanzó aquellas palabras como si fueran cuchillos. Le ardían las encías y las puntas de los dedos. Se miró y descubrió que le habían crecido las uñas. Eran mucho más gruesas y afiladas que antes. Eran garras. ¡Garras! Se pasó la lengua por los dientes, y comprobó que tenía colmillos.

Sintió un enorme asombro, pero no fue suficiente para calmarse.

—Que alguien llame a Baden —dijo Kaia—. Enseguida.

—¡No! —rugió Katarina—. La primera persona que intente salir será la primera persona que muera.

Keeley abrió unos ojos como platos.

—Eh… yo diría que Katarina no es exactamente humana. Los perros del infierno le han hecho algo. Pero ¿cómo? Los perros del infierno se extinguieron. Hades los mató.

Hades. Siempre tenía que ser cosa de Hades.

—¿Tú sabías que los cachorros son perros del infierno? —le preguntó a Keeley.

—Keys, no estás ayudando demasiado —le dijo Kaia.

—¡Ah, ahora me acuerdo! Supe que eran perros del infierno desde el primer momento —respondió Keeley, encogiéndose de hombros—. Yo no estaba con Hades cuando él empezó su guerra particular contra las manadas, pero sí estaba con él antes de que terminara. Escondí a todos los perros que pude. Las mascotas son adorables. Y sabía que, algún día, Hades me lo iba a agradecer.

Katarina gruñó. ¡Y Baden pensaba que ella debería darle las gracias a él por su actitud dominante! ¡Qué equivocado estaba!

En un abrir y cerrar de ojos, las hermanas arpías estaban colgadas del techo, en la parte más alejada del local. Los idiotas con alas sacaron unas espadas de fuego de la nada.

—Somos las mejores amigas del mundo, ¿no te acuerdas, Katarina? —le preguntó Kaia, desde lejos—. Me quieres.

—Katrina —corrigió Keeley—. Me acuerdo de lo mucho que detesta que la llamen con el nombre equivocado. Y tal vez yo debería traer a Baden, pese a las protestas de Katrina. Bueno, un momento... si ella lo matara, Torin se disgustaría. Bueno, mejor no lo traigo.

Katarina la señaló con una de sus garras.

—No hagas nada en contra de mis deseos.

—Tenemos que hacer algo —dijo uno de los hombres con alas—. Sin herirla. Los perros del infierno no siempre fueron malos. Antes, rescataban y salvaban almas del inframundo.

Parecía que aquellos dos hombres tenían unos treinta y cinco años. Uno era blanco y estaba cubierto de cicatrices de la cabeza a los pies, y tenía los ojos de color carmesí. El otro era de color bronce y tenía los ojos como el arcoíris. Ambos eran tan bellos como sus alas, de una manera sobrenatural.

—Qué podemos hacer... —murmuró Keeley y, de pronto, se puso muy contenta—. ¡Ya sé! Le puse una marca para evitar los embarazos... y una marca que sirve de interruptor. Podemos apagarla cuando queramos. Como soy tan asombrosa, siempre pienso con antelación. ¡Tres vivas por mí!

—¿Cómo? ¡Me has engañado! —exclamó Katarina. Y se lo iba a pagar muy caro.

—Bueno —dijo Taliyah—, pues apágala ya.

Katarina extendió un brazo con intención de cortarle el cuello a Keeley con una de sus garras.

Keeley sonrió.

—Duerme —le dijo.

Un segundo antes de que hubiera contacto, Katarina y los dos perros quedaron inconscientes.

Había un grupo tocando en directo, y el club estaba lleno de inmortales. Katarina estaba sentada en una mesa apartada, y los perros estaban tumbados a sus pies, lamiéndole los tobillos de vez en cuando para que ella supiera que permanecían en guardia.

Se había despertado de su repentina siesta hacía una hora. Estaba con los perros en un lujoso despacho, tendida en un sofá de cuero. Había recordado todo lo sucedido en el bar y había ido a buscar a Keeley, porque le agradecía que hubiera tomado medidas preventivas. Estaba un poco enfadada, pero también quería disculparse. Por un momento había querido matar a la otra chica. Matarla de verdad.

De haberlo hecho, nunca habría podido perdonárselo.

¿Era aquella la misma lucha en la que Baden se veía inmerso cada día?

Había descubierto que todavía estaba en el Downfall y que, aunque Keeley ya se había marchado, Kaia, Taliyah, Bjorn y Xerxes, que eran los guerreros con alas y que estaban al mando de los ángeles, todavía estaban allí, preparando el club para la hora de la apertura.

—No te preocupes por la Reina Roja —le dijo Bjorn—. Ya se ha olvidado de ti.

—Siéntate y relájate —le dijo Xerxes, mientras la acompañaba a la mesa—. Disfruta de la música.

—¿No te preocupa que sus perros se coman a los parroquianos? —inquirió Kaia—. ¡Son perros del infierno! ¿Sabes cuántos de mi raza murieron a causa de esas cosas?

¿Iban a odiarla, iban a aislarla?

—Puedo irme.

Taliyah le dio un golpecito en el hombro.

—No seas tonta. Estoy pensando en volverme lesbiana por ti. Merece la pena conocerte. Y, siempre y cuando te guardemos el secreto, nadie irá por ti y por tus perros.

En aquel momento, Katarina estaba mirando a su alrededor con los ojos muy abiertos. Aquella gente, los inmortales, salían de juerga como las estrellas de rock. Bailaban con frenesí, toqueteándose y girando los cuerpos. Algunas de las criaturas tenían alas, pero todas ellas eran distintas y comunes a cada raza. Algunas alas tenían plumas, y otras eran de membranas y hueso. ¡Y qué colores! Iban desde el blanco níveo al negro absoluto. Seguramente, el arcoíris estaba llorando de envidia.

Algunos de los inmortales tenían cuernos, y no solo en la cabeza. Otros tenían serpientes en vez de pelo. Serpientes vivas. Por un instinto que ella no poseía antes de tener a los perros, supo que no debía mirar a aquellas serpientes a los ojos. Algunos de los inmortales tenían pelaje, en vez de piel. Era como si todos los cuentos de hadas que había leído de pequeña se hubieran convertido en realidad. Criaturas míticas que podían ser producto de su imaginación pasaban a su lado como si nada.

Y lo más asombroso era que su sitio estaba entre ellos. Tal vez no se hubiera transformado en un perro del infierno, y tal vez no se hubiera librado de envejecer, pero era demasiado peligrosa como para estar con otros seres humanos, porque su temperamento se había alterado un poco. Si alguna vez perdía el control y usaba aquellos dientes y garras afilados como cuchillos...

Era lo suficientemente fuerte para Baden, físicamente, y en todos los demás sentidos. Aunque él no iba a saberlo nunca. ¡El muy desgraciado! Pero...

La verdad era que ya lo echaba de menos, y seguía deseándolo. ¿Estaría él pensando en ella y arrepintiéndose de sus órdenes?

Tuvo que respirar profundamente para calmarse. Se puso a observar con más atención el mundo que la rodeaba. No parecía que los inmortales tuvieran miedo a pelearse. De hecho, durante el tiempo que ella llevaba allí, se habían producido tres peleas. En la peor de ellas, el tipo más grande que hubiera visto en su vida había puesto paz tan solo con una mirada.

Baden podría vencerlo, pensó con orgullo.

«Ay. Tengo que dejar de pensar en él».

Un vampiro se acercó a su mesa y se relamió. Tenía los colmillos de un blanco brillante.

–Hola, guapa. ¿Te apetece un poco de marcha?

Ella se puso en alerta.

–No me interesa.

Bjorn y Xerxes salieron de la nada y alejaron al vampiro de su mesa. Qué amables, pensó ella, y les sonrió cuando volvieron a su lado.

–Eres una nueva participante en esta guerra, y estás de nuestro lado –le dijo Bjorn–. No vamos a permitir que te ocurra nada mientras estés aquí.

–Pero… yo no participo en nada. Solo soy…

En aquel momento, Taliyah apareció y les dijo que posaran. Sacó unas cuantas docenas de fotografías de grupo con el teléfono móvil y le guiñó un ojo a Katarina.

–Gracias. Creo que con esto valdrá –dijo. Después, se alejó tan rápidamente como había aparecido.

Xerxes suspiró.

–Esta chica va a causar problemas.

–Como todas –respondió Bjorn.

Katarina, de repente, creyó ver a Baden en la pista de baile.

Su primer pensamiento fue: «¡Ha venido a disculparse!».

Entonces, con el corazón acelerado, se puso en pie.

–Disculpadme, por favor –les dijo a los Enviados, y después miró a los perros–: Quedaos aquí.

Atravesó el local, abriéndose paso entre la gente, pero Baden no estaba donde lo había visto.

Con una gran decepción, se giró, buscándolo con la mirada. ¡Allí! Al fondo, junto a una puerta cerrada. Corrió hacia él, pero, al llegar, tampoco estaba junto a la puerta. ¿Dentro de la habitación? Entró y se encontró en un despacho distinto al que había visto antes.

–¿Hola?

No hubo respuesta.

El despacho estaba amueblado con un escritorio y dos butacas, y había una pared cubierta con un panel de monitores de seguridad en los que se veían las distintas partes del club. Cuando ella avanzó un par de pasos más, una ráfaga de viento cerró de golpe la puerta, y a Katarina se le escapó un jadeo.

Apareció un hombre musculoso, alto y delgado, de pelo oscuro. No, oscuro no, claro… no, oscuro… no pelirrojo… no claro de nuevo... Llevaba un traje elegante, y era atractivo y sofisticado. Sin embargo, ella sintió desagrado.

–Hola, Katarina –dijo el hombre. Tenía una voz seductora–. Me alegro de conocerte en persona, por fin.

–¿Quién eres? –preguntó ella. Entonces, por cómo había cambiado de color de pelo, Katarina se dio cuenta de que se había hecho pasar por Baden y la había atraído hacia allí a propósito. ¿Para qué?

–Soy el hombre que quiere ayudarte.

–¿Por qué?

–Tal vez me he expresado mal. Podemos ayudarnos el uno al otro –respondió él. Se sentó en la butaca que había detrás del escritorio y añadió–: Tal vez me conozcas por el nombre de Lucifer.

El enemigo de Hades. El enemigo de Baden. El demonio del que había oído hablar en la capilla.

–Por favor, siéntate –dijo él, y señaló la otra butaca con un gesto elegante de la mano–. He venido a negociar contigo, no a hacerte daño.

Cualquier trato que aquel hombre pudiera ofrecerle solo le iba a beneficiar a él, y no a ella, por muy increíble que pareciera.

El engaño era su especialidad.

–No –le dijo, negando también con la cabeza–. No me interesa lo que tengas que ofrecerme.

Él sonrió como si supiera algo secreto que ella desconocía.

–Te aseguro que lo que se dice de mí son exageraciones. ¿Acaso no te interesa salvar a tu hombre de la muerte?

Como respuesta, ella se volvió hacia la puerta y giró el pomo para salir. Por supuesto, en aquella ocasión estaba cerrada.

—Tal vez cambies de opinión con esto –dijo él.

Volvió a mover la mano, y sobre la mesa apareció el cadáver de un hombre recién asesinado. La sangre estaba húmeda todavía.

Lucifer estiró uno de sus meñiques, y de él surgió una uña larga y afilada. La clavó en un ojo del muerto, se lo sacó de la cuenca, se lo metió en la boca y masticó.

Katarina contuvo las náuseas. Sabía que le iban a producir satisfacción.

Él sonrió.

—El centro pegajoso es lo que más me gusta. ¿Quieres probarlo?

Ella ignoró el ofrecimiento, y dijo:

—Si pudieras ver el mundo a través de la mirada de tus víctimas…

—Oh, puedo. Claro que puedo. Y me deleito a cada segundo.

«Es peor de lo que yo esperaba».

—No voy a negociar contigo –le dijo. ¿Cómo podía luchar contra un mentiroso? Con la verdad. Era hora de golpearle en el punto más doloroso–. ¿Por qué iba a hacerlo? Eres débil. No has podido vencer al rey de los ángeles y te echaron de los cielos. Ni siquiera puedes derrotar a Hades, o ya lo habrías hecho.

A él le salió humo de la nariz mientras se ponía en pie de golpe.

—Harías bien en temerme, bonita.

—El miedo es tu forma de entrar, la puerta por la que te cuelas. Yo prefiero permanecer en calma.

Él rodeó el escritorio. En su cuerpo había una tensión asesina.

—Quiero ayudar a tu hombre. Sus amigos y él están luchando contra la oscuridad, cuando deberían entregarse a ella. Entonces conocerán la verdadera libertad y la verdadera fuerza.

—¿Qué sabes tú de la libertad? Tú, que eres preso de tu orgullo y que solo quieres esclavizar a los demás.

«Biscuit, Gravy, ¡venid!».

—Yo meteré en vereda a Baden. Se lo debo —respondió él—. Tal vez comience entregándote a un ejército para que los soldados sacien sus necesidades más básicas contigo. Estoy seguro de que el guerrero quedará consternado, y…

Los perros atravesaron la puerta y las astillas de madera salieron disparadas en todas direcciones. Se detuvieron uno a cada lado de ella, gruñendo y emitiendo unos extraños sonidos, como un zumbido. Ella los miró, rogando que sus cachorros estuvieran bien.

Se tambaleó hacia atrás al ver que sus dientes… sus dientes se movían. Tenían dos filas de dientes arriba y dos filas abajo, y ambas filas giraban como si fueran las cadenas de una sierra mecánica.

Lucifer miró a los perros y después a Katarina. Entrecerró los ojos calculadoramente.

—Yo recopilo información, y he oído ciertas cosas. Si quieres que Baden cumpla tu voluntad, puedo arreglarlo. También puedo hacerte inmortal.

Ella no quería que Baden cumpliera su voluntad. Sería una hipócrita. Sin embargo, el hecho de convertirse en inmortal… «Cuando dije que no me interesaba, me estaba engañando a mí misma, dejando que mis miedos me guiaran».

Miedos que Lucifer debía de haber percibido.

Porque, si ella hubiera accedido a intentarlo, pero Baden no hubiera encontrado la forma de conseguirlo, ella habría tenido que vivir con una inmensa decepción, y él habría tenido que vivir con el fracaso.

—¿Qué responde, señorita Joelle? —preguntó Lucifer, con una lenta sonrisa—. ¿Negociamos?

Capítulo 26

«No existe la teoría de la evolución. Solo una lista de criaturas a las que yo he permitido seguir viviendo».

Xerxes, Enviado

«No puedo purgar esta rabia».

Los gritos de Destrucción arañaban sin cesar la mente de Baden. La bestia deseaba sangre, dolor y muerte como nunca los había deseado. O eso, o la satisfacción junto a Katarina. Necesitaba una cosa o la otra, y nada más serviría.

–Voy a preguntártelo otra vez –dijo Baden, levantando a Galen del suelo y aplastándolo contra la pared–. ¿Dónde está?

Galen abrió la boca y la cerró, pero solo pudo tomar aire.

–¿Dónde está Katarina?

William se había teletransportado a otro lugar después de llamar «hermano» a Baden, sin decirle nada más sobre las guirnaldas de serpentinas. Poco después había llegado Taliyah y le había enseñado fotografías de Katarina, y había sonreído mientras él veía las imágenes de su mujer sonriéndoles a Bjorn y a Xerxes, como si ellos fueran sus héroes favoritos.

«Cuando me dejó, a mí me estaba mirando como si fuera un monstruo».

Taliyah le había dicho:

–No te molestes en ir al club. Cuando llegues, Katarina ya se habrá marchado. Yo me encargaré de ello.

Baden había intentado teletransportarse al Downfall, pensando en aquel lugar como si fuera su hogar, pero no lo había conseguido. Tal vez Hades hubiera podido arreglar aquella escapatoria.

Tampoco había conseguido teletransportarse junto a Aleksander, ni junto a Dominik.

¿Acaso había perdido por completo la capacidad del teletransporte?

–La necesitamos –gritó–. Es nuestra única fuente de calma.

–¿Que la necesitáis? –preguntó Galen, entre jadeos–. ¿Es que quieres que traicione a tu chica? –consiguió liberar los pies de entre la pared y Baden, y comenzó a darle patadas–. Sabes perfectamente que, después, me matarías por hacerlo.

Baden se tambaleó hacia atrás y soltó al otro guerrero.

–A ti no te importamos ni ella, ni yo. Deja de fingir.

Galen se colocó el cuello de la camisa.

–¿Quieres saber dónde estaba el día que atacó el asesino?

–No, ya no. ¡Dime dónde se ha llevado Taliyah a Katarina!

Galen fingió que no lo había oído, y dijo:

–Estaba en la ciudad, hablando con un psicólogo sobre cuál es la mejor forma de ayudar a Legion.

–No necesito saberlo.

–Sí, claro que sí. No quieres cambiar la opinión que tienes de mí. No quieres creer que estoy intentando ser el hombre idóneo para ella y un buen amigo para ti. Para todos vosotros. Te habría traído aquí y te habría ayudado sin ningún incentivo, pero tú me ofreciste lo único que no podía rechazar. Y, ahora, voy a ayudarte quieras o no.

–La única forma en la que puedes ayudarme es decirme dónde está Katarina.

Galen sonrió con frialdad.

–Eso no puedo hacerlo, y no porque no quiera, sino porque Taliyah no me informa de lo que hace.

Baden se pasó una mano por la cara. Aquello era culpa suya, no de Galen. Katarina quería ser igual que su hombre como hubiera querido cualquier persona en su sano juicio, mientras que él quería que ella cumpliera sus deseos y órdenes.

Se había dado cuenta, en muy poco tiempo, de lo estúpido que era. Katarina era su tesoro más preciado. ¿Por qué iba a tratarla con algo que no fuera reverencia?

–Vete –murmuró–. Te odio, pero no quiero hacerte daño.

–Tú no me odias. Eres un gran admirador mío, pero tratas de negarlo.

En aquel momento, hubo un destello de luz cegadora detrás de Galen, que se giró rápidamente y se sacó una daga de una funda que llevaba en la cintura. Baden estaba a su lado un segundo después, con un cuchillo en cada mano. Sin embargo, quien apareció fue Keeley, no un enemigo. Llevaba un sujetador y unas bragas a juego y tenía la cabeza llena de rulos. ¿Se le había olvidado vestirse? No sería la primera vez.

–Hola, chicos –dijo, sonriendo–. Un momento. Se me había olvidado que existíais, así que… ¿por qué estoy aquí?

–Por mí –la interrumpió Galen–. Os he enviado recordatorios diarios. ¿Para qué has venido? ¿Y sola?

–¡Ah, sí, sí! Taliyah la dejó con los Enviados, porque pensó que sería divertido provocar a Baden para que fuera a buscarla por todas partes mientras ella seguía estando en el lugar en el que él creía que no estaba, pero los guerreros me llamaron para que volviera a casa porque había una emergencia. He mencionado la emergencia, ¿no? –preguntó Keeley. Se teletransportó junto a la mesilla de noche rota de Baden y, con solo tocarla, la arregló–. Me temo que traigo malas noticias, chicos. Ha pasado algo horrible, pero lo superaremos juntos. Porque somos una familia, y eso es lo que hacen las familias. O, por lo menos, es lo que me ha dicho Torin.

Destrucción le clavó las garras en el cráneo a Baden.

—Si los Enviados le tocan un pelo a Katarina…

Habrían muerto antes del amanecer.

—Sí, sí. En cuanto a la emergencia, Lucifer le ofreció a Katarina convertirla a en inmortal a cambio de su alma y…

—¿Qué? —rugió Baden.

Aquel trato tendría un precio muy alto, por mucho que él quisiera que Katarina viviera para siempre. Lucifer la convertiría en su esclava, tal y como él era esclavo de Hades. Y Lucifer obligaría a Katarina a cometer actos atroces…

—¿Me permites terminar? —preguntó Keeley. Se le movió el pelo a causa de un viento que él no podía sentir.

—Por favor —dijo Galen, que era muy caballeroso—. Continúa.

—Y la chica, que es muy lista, rechazó la oferta. ¡Estoy tan orgullosa de ella!

Solo después de haber oído aquello, Baden pudo volver a respirar con normalidad.

—Dime cuál es la parte horrible.

—Bueno, pues que Lucifer ha puesto precio a su cabeza. La está persiguiendo.

Entonces, ¿Katarina estaba en peligro en aquel preciso instante?

—¿Por qué seguimos hablando? Llévame junto a ella.

—Vaya. No me extraña que te dejara. Crees que eres el rey del castillo de todo el mundo —dijo Keeley, con frialdad—. Buena suerte con eso.

Un segundo después, Galen y ella desaparecieron, y Katarina apareció en su lugar.

Él sintió un alivio tan grande que toda su ira desapareció. Incluso Destrucción se calmó. Katarina no tenía ninguna herida, y seguía en posesión de todos sus miembros.

Sin embargo, ella sí estaba furiosa. Entrecerró los ojos al verlo, y dijo:

—¡Tú!

—Sí, yo —respondió Baden, y dio un paso hacia ella.

Sin embargo, ella tomó una daga de la mesilla de noche y lo amenazó. Él tiró al suelo sus armas y preguntó:

—¿Dónde están nuestros perros?

—Mis perros están con Kaia.

—Son míos, igual que tú eres mía. Aunque no te estoy ordenando que lo seas. Solo espero que quieras serlo.

—¡Oh, no! Tú no eres…

—Lo siento. Lo siento muchísimo. Te he echado de menos con toda mi alma, Katarina. Tus opiniones importan. Yo voy a defenderlas con mi vida, si es necesario.

Ella alzó la barbilla y lo amenazó con la daga.

—Vuelve a interrumpirme y verás lo que pasa. Te reto a ello. Yo puedo cuidar de mí misma, como he demostrado hoy.

Él admitió la verdad.

—No me necesitas —dijo. Katarina podía sobrevivir sin él en el mundo—. Pero me deseas, y te lo voy a demostrar —añadió, y dio un paso hacia ella—. Si me lo permites. Por favor, déjame.

—No —dijo ella, con la voz temblorosa—. ¡No!

Él dio otro paso hacia delante.

—Te lo suplico, Rina. Si es necesario, acuchíllame. Hazme daño. Pero hazme el amor, también. No soy nada sin ti.

A ella le brillaron los ojos de ira.

—¿Cuánto tiempo vas a seguir siendo tan dulce?

—Para siempre.

—¿Porque todavía esperas la eternidad, después de lo que te he dicho? —le siseó ella, moviendo la daga—. *Kretén!* Tienes razón. Todavía te deseo. Has hecho que mi cuerpo sienta hambre del tuyo.

Aquella admisión hizo que la erección de Baden se endureciera como una piedra.

Ella añadió:

—Pero también has conseguido que mi cabeza te desprecie.

Eso podría arreglarlo.

—Haré cualquier cosa que me pidas. Y, si me lo permites, haré que tu cuerpo llegue al clímax y que tu mente me perdone. Solo necesito una oportunidad.

Ella tiró la daga al suelo.

—Sí a lo primero, nunca a lo segundo. ¿Sabes lo que quiero? Que recuerdes que el hecho de hacer que me corra no significa nada, ni cambia nada. Esto es sexo, nada más. Por última vez. Es un adiós. Una ruptura definitiva.

Mientras ella hablaba, él se rasgó la camisa, se bajó la cremallera y se quitó los pantalones.

—No es un adiós —dijo—. Tú has elegido, y yo voy a elegir también: te seguiré hasta los confines de la tierra.

—Oh, claro que sí es un adiós —replicó ella, mientras se desnudaba también, con movimientos bruscos—. Si te veo acechándome, te pegaré un tiro.

En parte, Baden echaba de menos a la inocente humana que había vomitado al ver la sangre, que le había rogado que no cometiera actos violentos. Sin embargo, también se deleitó con su valentía.

—Tú no eres la única cuyo cuerpo siente hambre, Rina.

El dolor y el deseo que sentía se intensificaron al verla desnuda. Su piel estaba sonrosada. Baden se fijó en sus pechos carnosos y en sus pezones. En la planicie de su estómago y el hueco sensual de su ombligo. En las caderas, cuyas curvas formaban un corazón, y en el pequeño conjunto de rizos oscuros. En sus piernas largas, interminables.

No había una mujer más perfecta.

—Si has terminado con la inspección… —dijo ella, remilgadamente.

—Por ahora —respondió él, y caminó hacia Katarina con lentitud, con determinación. Estaba hambriento de ella. No quería asustarla.

Katarina retrocedió para mantener la distancia. No porque le tuviera miedo; Baden no vio temor en su mirada, sino cálculo. Aquella mujer disfrutaba provocándolo. Tenía pensado hacerle trabajar para conseguirla.

Y a él le iba a encantar hacerlo.

Sintió impaciencia. Se inclinó hacia la derecha, enviándola hacia el espejo grande que había en el rincón. En cuanto ella tocó con la espalda el cristal frío, emitió un jadeo que le deleitó. Él la tomó por los hombros e hizo que girara para que viera el reflejo de los dos.

Destrucción ya estaba bajo su hechizo.

Con la espalda de Katarina apoyada en el calor de su pecho, él la colocó tal y como la quería. Con las manos agarradas al borde del espejo y las piernas separadas. Eran un contraste de colores: él tenía el pelo rojizo, oscuro, y ella, negro y brillante como el ónice. Él tenía la piel bronceada y la suya era marrón bruñida, sin una sola mácula, hecha para su lengua y sus manos. Para cada parte de él. Ella le pertenecía.

Inhaló su olor mientras le tomaba los pechos con las manos y le acariciaba los pezones con los dedos pulgares.

—He echado de menos esto.

—No hables —le dijo ella, con la voz enronquecida—. Solo actúa.

—Puedo hacer varias cosas a la vez —respondió él, y le mordisqueó el lóbulo de la oreja—. Y, Rina… Puede que tú seas capaz de sobrevivir sin mí, pero yo no puedo sobrevivir sin ti. Ni Destrucción, ni yo. Tú nos das calma. Eres nuestro hogar.

Ella tomó aire profundamente, con los ojos muy abiertos.

—Eso es… Acabas de admitir que tienes una debilidad.

—Solo he dicho lo que es cierto.

Lentamente, Katarina se relajó contra él. Incluso apoyó la cabeza en su hombro para darle mejor acceso a su elegante cuello. Él lo aprovechó: besó y lamió aquella columna con frenesí, saboreándola.

—Eres el dulce más delicioso del mundo —dijo. Después de darle un suave pellizco en los pezones, descendió con los dedos por su estómago y se detuvo en su ombligo para hacerle unas caricias. Durante todo el tiempo, frotó su erección entre los globos de sus nalgas—. La última vez, te tomé sin besarte y prometí que nunca más cometería ese error. Por favor... quiero tu boca.

Ella cabeceó.

—Aunque te bese, las cosas no van a cambiar. Esto es solo sexo, ¿no lo recuerdas?

—Entonces, no importará que me beses —le dijo Baden, que estaba dispuesto a tomar lo que pudiera conseguir—. Seguro que tu sabor va a ser mi perdición.

Ella empezó a jadear. Tenía gotas de sudor en la piel. Inclinó la cabeza hacia arriba y... él esperó, con la respiración entrecortada... desesperado...

—Te voy a besar, pero solo porque tienes que aceptar la verdad. Dame tu boca.

Él la besó antes de que ella pudiera cambiar de opinión. Movió la lengua sobre la de Katarina, y ella gimió, correspondiendo a la ferocidad de sus movimientos. Se devoraron el uno al otro.

—¿Co-convencido? —le preguntó, después.

—No, ni un poco. Sigue intentándolo —respondió él.

Ella volvió a besarlo brutalmente, mientras él descendía hasta sus ingles y metía un dedo en su cuerpo. Katarina estaba caliente, ardiente y húmeda.

—Creo que tu cuerpo me ama.

Amor. Aquella palabra resonó por su cabeza y un anhelo desconocido para él lo invadió por completo. ¿Acaso ansiaba su amor?

Ella le apretó el dedo con el cuerpo.

—Más.

—Tus deseos son órdenes para mí –respondió Baden, y metió un segundo dedo en su cuerpo. Entonces, ella gritó. Él observó su reflejo; le fascinaba la forma de reaccionar de Katarina. Sus rasgos estaban llenos de deseo, y arqueaba las caderas para seguir las embestidas de su mano. ¿Había sido alguna mujer, en alguna ocasión, tan desinhibida con él?

Ella le rodeó con los brazos y le agarró por el trasero para pegarlo más a su cuerpo, y le clavó las uñas en la carne. «No tiene suficiente de mí. Es mía, puedo quedármela», pensó él, y estuvo a punto de perder el dominio, de volverse loco.

Le dio otro beso y apretó la palma de la mano contra su sexo, mientras le acariciaba el pecho con la otra mano. A ella se le escapaban los gemidos y, a medida que pasaban los minutos, aquellos gemidos eran cada vez más fuertes.

Se retorció contra él.

—Baden. Por favor.

El éxtasis le recorría las venas. Ella soltó su trasero, alzó los brazos y metió los dedos entre su pelo.

Sí, sí. Su respiración se hizo cada vez más superficial mientras le tiraba de los mechones para conseguir que él inclinara la cabeza en el ángulo que ella quería, pidiéndole en silencio que poseyera su boca con más fuerza, con más rapidez.

—Voy a dártelo todo, Rina –dijo él.

Sacó los dedos de su cuerpo y ella, como protesta, le mordió el labio inferior con tanto ímpetu como para hacerle daño. Qué traviesa. Él le apartó el pelo y empujó su nuca para obligarla a inclinarse hasta que su mejilla tocó el cristal frío del espejo.

—Quiero entrar en tu cuerpo sin protección. Desnudo –dijo él. Ella le había enseñado a desear el contacto piel con piel.

—Sí, por favor. No te preocupes… la marca… No puedo quedarme embarazada… Por favor.

¿Marca? Keeley debía de haberle tatuado con algún símbolo de los Curators, el pueblo de la Reina Roja. Una raza poderosa que podía debilitarse y fortalecerse a sí misma con sus marcas místicas. Aquellos símbolos provenían de una época anterior a la existencia de la raza humana.

Él se inclinó hacia delante para lamerle la nuca y se colocó para entrar en su cuerpo, y lo hizo de un solo movimiento.

Ella tuvo un clímax instantáneo y devorador. Sus paredes internas lo apretaron y él tuvo que contener su propio orgasmo, porque no estaba dispuesto a terminar aún. Necesitaba aún más de Katarina. Sin embargo, cuanto más acometía contra su cuerpo, menos fuerzas tenía para contenerse. Ella seguía en medio de su éxtasis, apretando su miembro dentro del cuerpo, ronroneando su nombre.

Entonces, él la agarró por las caderas, la sujetó y embistió su cuerpo una última vez. Sintió cada oleada de placer sublime, y su cuerpo se estremeció con la fuerza del éxtasis.

Cuando él estuvo completamente vacío, terminó también el orgasmo de Katarina.

A ella le temblaban las piernas, y Baden se dio cuenta de que se iba a desplomar. La tomó en brazos. Ella, jadeante, apoyó la cabeza en su hombro.

—¿Lo ves? No ha cambiado nada.

«Solo te estás engañando a ti misma, *krásavica*».

—Si quieres, duerme —le dijo él. La dejó sobre la cama y tomó las cosas necesarias para limpiar sus cuerpos. En cuanto terminó, la tapó con la manta—. Te protegeré de cualquiera que sea lo suficientemente estúpido como para venir a intentar ganarse la recompensa de Lucifer.

—No necesito que...

—Ya lo sé. Eres fuerte. Y, Rina...

—¿Sí?

—Kaia me ha enviado un mensaje para contarme lo de tu transformación. Lo de los colmillos y las garras. Esos perros son perros del infierno.

Ella se puso tensa, y dijo:

—Se suponía que era un secreto.

—Teniendo en cuenta las preguntas que me hiciste, supongo que te mordieron en algún momento.

—No me mordieron para hacerme daño.

—También lo sé.

Sabía que a Hades le habían mordido los perros del infierno, y se preguntó si Pandora llevaba esa parte de él gracias a las bandas. Igual que Baden llevaba al Berserker.

—Si hubieran querido hacerte daño —dijo—, te habrían dejado malherida. Debieron de hacerlo para vincularse a ti.

—¿Como el sátiro con Gilly?

—En esencia, sí. Quiero que sepas que los cambios que te provoque ese vínculo no van a hacerme cambiar de opinión. Me gustas.

Y a Destrucción también le gustaba, pese a su relación con los perros del infierno. Después de estar sin ella, la criatura no quería experimentar semejante horror nunca más.

—No —dijo ella con amargura—. Te gusto ahora, que soy más fuerte.

—Tú siempre has sido fuerte —dijo él, y le acarició la mandíbula con un dedo—. Yo fingía que no me daba cuenta para tener una excusa para poder protegerte. Sin embargo, incluso el más fuerte de los guerreros necesita alguien que le guarde las espaldas. Concédeme el honor de ser tu guardián. A mí me encantaría que fueras mi guardiana.

Ella se quedó mirándolo con los párpados medio cerrados de agotamiento. Tenía los labios rojos e hinchados por sus besos, y las mejillas sonrojadas por el roce de su barba.

—Tal vez… Puede que lo que acaba de pasar entre nosotros haya cambiado algunas cosas —admitió Katarina—, pero sigo estando furiosa contigo.

Él le sopló un beso.

—No te preocupes. Ya somos dos.

Capítulo 27

«La mejor defensa es matar la ofensa del otro equipo».
Bjorn, Enviado

Baden hizo todo lo que pudo para formar una barricada alrededor de la casa del desierto, una barrera que pudiera impedir el paso a todas las razas de inmortales. A los que pudieran atacar desde el cielo, a los que pudieran atacar desde la tierra y a los que pudieran atacar desde el subsuelo. Puso trampas por todo el perímetro y reunió un arsenal con armas que le proporcionó Hades. Eran unas armas que no había visto nunca, y que todavía no sabía cómo usar.

Sin embargo, cuando alguien ponía precio sobre la cabeza de uno, todas las armas eran de agradecer.

Cuando les dijo a sus amigos que Lucifer había ofrecido una recompensa por Katarina, ellos decidieron ayudarlo primero a él y, después, a William. Estaban allí, en el Reino de los Olvidados, poniendo trampas con él.

Hasta aquel momento, nadie había encontrado el camino hasta aquel reino sin una llave o sin una invitación de Galen. Galen no le había hecho aquella invitación a Pandora.

El día anterior, Baden se había reunido con ella en un lugar neutral: en las ruinas de la fortaleza de Budapest. Se había teletransportado; parecía que había recuperado aquella capacidad. Había pensado en las bandas de Pandora, en que eran parte de Hades y parte suya. Ella había hecho lo mismo.

¿Otra escapatoria? Tal vez.

Pandora ya estaba recuperada de sus heridas, y no había vuelto a caer en ninguna otra emboscada de los demonios. Habían hablado de su situación actual. Ninguno tenía ya el deseo de matar a Hades, ni de matarse el uno al otro.

«No sé cómo ha ocurrido esto», dijo ella, con algo de disgusto, «pero ya no te odio».

«Prepárate para las náuseas», respondió él, «pero yo estoy empezando a considerarte… mi hermana».

Sí, ella había tenido náuseas.

«Lo sé, hermano. ¿Cambiarán estos sentimientos cuando desaparezcan las bandas, o la esencia de Hades permanecerá en nosotros para siempre?».

Ella no sabía nada de los perros del infierno ni del Berserker, y Baden se lo había explicado antes de responder a su pregunta. Seguramente, la esencia de Hades ya había pasado a formar parte de ellos; de otro modo, ¿cómo iban a sobrevivir a la retirada de las bandas?

Y Hades querría que sobrevivieran. Ahora se habían convertido en parte de su familia.

«Debemos vencer a Lucifer», había dicho él. Lucifer había amenazado a su mujer, e iba a pagarlo caro.

Cuando Pandora había mencionado la recompensa por Katarina, Baden había estado a punto de matarla. Pero Pandora se había echado a reír.

Le había dicho: «Ahora estamos empatados, pero, con lo distraído que estás, sé que te ganaré. Y, solo por eso, le deseo el bien a tu humana. Me caes bien, Baden, pero todavía pienso en vencerte, porque si estamos equivocados y Hades no siente afecto por nosotros, uno de los dos morirá. Y yo estoy empeñada en vivir».

«Como yo».

Baden quería tener una vida con Katarina. Katarina, que iba a envejecer pese a su vínculo con los perros del infierno. Sin embargo, esa era una preocupación para otro día.

La noche anterior, después de cumplir con otra misión de asesinato que le había encomendado Hades, Baden le había pedido al rey que hiciera inmortal a Katarina.

«No, eso no va a ocurrir nunca. Si hago inmortal a tu mujer y me niego a hacerlo con la de William, mi hijo ayudará a Lucifer solo para vengarse».

«¿No soy yo también hijo tuyo?», había estado a punto de preguntarle Baden. A punto. Pero se había contenido. Tal y como le había dicho Pandora, si estaban equivocados y Hades no sentía afecto por ellos…

—¿Qué estás haciendo ahí, Baden? —le preguntó Katarina.

—Estoy cumpliendo con mi deber.

Estaba en lo alto de un árbol, colocando cámaras en distintas ramas para tener vistas del desierto desde todos los ángulos.

Katarina y los perros entraron en el patio. El trío de soles ardientes le acarició la piel con su luz. ¿Y por qué no iba a hacerlo? Ella llevaba un biquini blanco que exhibía sus deliciosas curvas a la perfección. Era una tentación única.

Destrucción se humedeció los labios.

«Tenemos que poseerla otra vez».

«No. Debemos esperar a que ella venga a nosotros».

Los dos habían aprendido una cosa: que Katarina acudiera a ellos de buena gana era la llave de su placer.

Mientras Baden trabajaba, no podía dejar de mirarla. Tenía todos los músculos tensos, y su erección latía dentro de los pantalones.

Ella tenía puestas las gafas de sol, pero él pensaba que también lo estaba mirando. Estaba tumbada en la hierba, se frotaba las rodillas y se movía con inquietud. A través del biquini, se veía que tenía los pezones endurecidos, y se derramó un vaso de agua por el pecho para refrescarse.

–Te deseo, Rina.

–Eso es evidente, *drahý*.

–¿Y vas a seguir rechazándome?

–Mencioné la ira que sentía hacia ti, ¿no?

–No, la ira, no. Mencionaste la furia. Pero esa furia ya debe de haberse enfriado, ¿no?

Ella tartamudeó un momento, pero finalmente, dijo:

–¿No me prefieres caliente?

«Tenemos que poseerla pronto».

Katarina y los perros habían estado entrenando todos los días. Ella les había enseñado a llevarle cosas que les lanzaba y había trabajado para mejorar sus modales y su obediencia, e incluso había practicado los mordiscos con la ayuda de un protector de brazo. El amor que sentía por los animales era obvio. Les sonreía constantemente, los acariciaba y disfrutaba de sus lametones. A él, lo ignoraba.

Él echaba de menos sus sonrisas.

–¿Dónde están Galen y Fox? –le preguntó ella.

–Están colgando cámaras delante de la casa.

Trabajar con Galen le había recordado a los días en que vivían juntos en el Olimpo, cuando eran la guardia de Zeus. Habían luchado juntos, sangrado juntos, bebido y reído juntos.

«Pero todavía no puedo confiar en él».

Baden subió a la parte más alta del árbol y colgó la última cámara. Percibió movimiento junto al muro, y se detuvo. En vez de un arma, sacó el teléfono móvil. Muchas de las trampas que había colocado se manejaban por control remoto, y podía volar partes de aquel reino con apretar unos cuantos botones.

Detuvo el dedo sobre el teclado y observó, pero todo permaneció igual.

Cuando terminó su trabajo, bajó del árbol y dijo:

–Vamos a entrar y...

Sus bandas se pusieron al rojo vivo.

Una llamada de Hades.

Mientras Destrucción gruñía de irritación, Baden, dijo:

–Me gustaría que entraras en casa, Katarina, por lo menos hasta que...

El patio desapareció y, como de costumbre, Baden apareció en la sala del trono de Hades.

–Ya está bien –ladró Baden–. Si deseas verme, llámame. Envíame un mensaje. Y, ahora, mándame a casa.

–¿Cuándo te han servido de algo las protestas?

El rey estaba sin camisa, y tenía el pecho ensangrentado. Tenía fragmentos de tejido sanguinolento en el pelo. Llevaba unos pantalones de cuero negro que tenían las rodilleras rasgadas, y le faltaba una bota.

«Calma. Tranquilo».

–Quisiera volver, por favor.

–Preocupado por tu mujer, ¿eh?

Su tono de voz tenía algo que... ¿Se había enterado de lo de los perros del infierno?

«Si es necesario, lo mataremos», dijo Destrucción. Oh, cómo habían cambiado las lealtades.

–Bueno, pues ya puedes dejar de preocuparte –dijo el rey–. He enviado un mensaje a los que piensan que pueden atacar a uno de los míos para ganar una recompensa de Lucifer. Hacerle daño a la chica es lo mismo que morir en mis manos. O en mi boca. Ya lo decidiré según el caso.

Hades lo sabía. Tal vez no lo supiera todo, teniendo en cuenta que estaba intentando proteger a Katarina en vez de matarla, pero sabía algo.

–En mis manos. O en mi boca. Ella es mía –dijo él. Incluso a Destrucción le había molestado la apropiación de Hades.

–Semántica. Tú eres mío, y lo que es tuyo es mío.

«Tranquilo».

–De todos modos, estoy seguro de que no me has traído aquí para hablar de ella.

–Cierto –dijo Hades–. Tengo tu siguiente misión.

El rey se metió la mano en el bolsillo y sacó el collar que Baden le había robado a la concubina de Poseidón.

–Dale esto al rey del mar. Solo si accede a apoyarme en la guerra. De lo contrario, tienes mi permiso para hacerle pedazos. Pero necesitarás esto –le dijo a Baden, y le dio un arma. Baden la tomó por el mango–. Reparte los pedazos entre todos los otros reyes inmortales.

Baden estudió el arma. Era una guadaña pequeña, con una hoja dorada.

–Este arma solo necesita un roce de la sangre de tu objetivo –dijo Hades–. Después de eso, puede cortarlo por sí misma. Solo tendrás que soltarla.

Qué agradable.

–Poseidón no va a acceder. Robé el collar. Solo querrá luchar conmigo.

–Eso parece un problema tuyo –dijo Hades. Después, dio unas palmadas–. Pippin.

El hombre se materializó con su tablilla de piedra y le dio una piedrecita a Hades. Cuando Baden inhaló la ceniza, adquirió la capacidad de teletransportarse directamente hasta Poseidón, y también la de sobrevivir bajo el agua, por si acaso Poseidón había viajado a su reino.

–Antes de que te vayas, tengo otra cosa más –dijo Hades–. La moneda.

Baden se puso rígido. Su mayor fracaso.

–Voy a...

–Aleksander ha accedido a entregarle la moneda a Lucifer.

Así pues, Aleksander seguía vivo. Todavía estaba unido a Katarina. Destrucción empezó a revolverse salvajemente.

–Lo detendré antes de que pueda cumplir su palabra.

–Lucifer ha bloqueado tu capacidad de teletransportarte

hasta Aleksander, y ha cumplido su parte del trato: darle a Aleksander un ejército inmortal.

–Los ejércitos pueden ser destruidos.

–Sí, y tú también.

Hades estaba preocupado por él. En aquel momento, lo vio con claridad, y se preguntó por qué había cuestionado alguna vez su afecto.

Decidió que no iba a esperar más. Había llegado el momento de formular sus preguntas.

–Sé que las bandas me convierten en hijo tuyo. ¿Qué vas a hacer con Pandora y conmigo después de la guerra?

Hades lo miró durante un largo instante, mientras reflexionaba sobre sus próximas palabras.

–Dejadnos –ordenó.

Entonces, Pippin, los guardias y todas las criaturas reptantes que había en la sala del trono se marcharon rápidamente.

–Te daré la respuesta que buscas –le dijo Hades–, pero a cambio, quiero que me hagas un gran favor.

¿Acaso había algo que no podía ordenarle? Eso le resultó interesante.

–Tienes toda mi atención.

–Ya sabes que tú tienes… lazos conmigo –le dijo el rey, de mala gana–. Y yo sé que tu mujer adiestra a perros del infierno.

–No vas a hacerle daño –dijo Baden, con ira–. Ni a ella, ni a los perros.

El rey sonrió.

–No quiero hacerles daño, Baden. Quiero utilizarlos.

–No vas a involucrarlos en esta guerra.

–Ya están involucrados.

–¡No! Nunca.

–Puedo ordenarte que la traigas –dijo Hades–. Si se niega a obedecer, puedo amenazar con matarte, y supongo que ella cambiará de opinión al instante.

Baden estaba a punto de atacar al rey, pero todos los músculos de su cuerpo se bloquearon y le impidieron moverse.

El rey suspiró.

Sin embargo, esas amenazas solo funcionan durante un tiempo. Ella buscará el modo de escapar. No. Lo que deseo es su lealtad.

—No se puede obligar a nadie a ser leal. Ni siquiera con las serpentinas.

—Una conversación con la chica —dijo Hades—. Eso es todo lo que quiero.

Si él desobedecía a Hades en aquel asunto, ¿le obligaría el rey a cumplir su voluntad?

—Puedes hablar con ella si yo estoy presente, pero no vas a hacerle daño ni a ella ni a sus perros, ni permitir que nadie les haga daño, sea cual sea su respuesta.

Hades asintió con tirantez.

—Está bien. Así será. Ahora, te responderé —dijo el rey. Caminó hasta su trono y se sentó—. Tú todavía no eres hijo mío, pero podrías serlo. La posibilidad existe. Todo depende de ti. Las bandas están fuera de tu cuerpo, pero van metiéndose en él a medida que tu voluntad se identifica con la mía. Cuando estén embebidas en tu carne, yo ya no tendré anclaje para mi poder y perderé el control sobre ti.

No tendría anclaje, pero porque Destrucción, Hades y él estarían vinculados para siempre. Destrucción siempre formaría parte de él.

Baden se tambaleó. Tanto Pandora como él podrían convertirse en hijos de Hades antes de que terminara el juego. Hades perdería el control sobre ellos, pero ellos conservarían las ventajas de las bandas.

Eso era lo que él quería. Que su vida volviera a estar en sus propias manos. Con la excepción de la bestia. Sin embargo, ya había aprendido a tratar con la criatura, gracias a Katarina. Ya no eran dos entidades separadas, sino una.

Hades le hizo un gesto para que se marchara.

Baden guardó el collar y la pequeña guadaña bajo su camisa y se dispuso a salir.

—Ah, antes de que te marches... —dijo Hades—. Antes, tu forma de actuar ha sido poco... refinada. Esta vez vas a tratar con un rey. Intenta ser diplomático.

—Como tú digas, papá.

Baden se teletransportó. Apareció en una habitación que tenía las paredes pintadas de negro. Había dos ventanas, y ambas daban al fondo de un océano. El agua estaba clara y se veían los corales brillantes y los peces. El techo era una cúpula transparente que también permitía ver el agua. A través de aquella cúpula, las sirenas macho y hembra observaban con embeleso lo que estaba ocurriendo en la cama.

A aquella raza siempre le había encantado las exhibiciones públicas. Sexo, castigos, desacuerdos... no había nada que fuera tabú.

Cuando las sirenas vieron a Baden, comenzaron a golpear el cristal para avisar a Poseidón. A juzgar por los gruñidos y los gemidos que se oían por la sala, el rey del mar debía de estar pensando que a su público le encantaban sus movimientos.

Baden pensó en marcharse y volver más tarde, porque era de mala educación interrumpir a un hombre justo antes de su clímax, pero ¿para qué iba a arriesgarse a volver y caer en una trampa, después de que los súbditos hubieran avisado a su rey de que había tenido una visita desagradable?

Baden agarró bien la guadaña y caminó hacia delante con sigilo. En la cama había una mujer desnuda, atada a los cuatro postes del dosel. Su cuerpo formaba una equis. Tenía los ojos tapados con un antifaz, y una bola incrustada en la boca. No era la ninfa del bosque.

Poseidón estaba arrodillado tras ella, embistiéndola con frenesí. ¿Era un castigo, o placer?

No tenía importancia. Baden lanzó la guadaña, pero el rey se giró rápidamente y le arrojó una daga. La guadaña le hizo un rasguño al rey en el brazo, y la daga se clavó en el hombro de Baden.

Él se sacó el arma, la dejó caer al suelo y, como si fuera un bumerán, la guadaña volvió a él. La agarró por el mango y sonrió al notar las vibraciones. El arma estaba hambrienta y quería más sangre. Él podía notarlo.

El rey del agua palideció al darse cuenta de qué arma se trataba.

—Eres un enviado de Hades.

—Sí.

—Pues eso no te va a salvar. Márchate ahora mismo o sufrirás las consecuencias.

—Yo no soy el que va a sufrir —respondió Baden, moviendo la guadaña dorada.

La mujer tiró de sus ataduras, sin saber lo que estaba pasando a su alrededor, y Poseidón le dio un azote a un lado de las nalgas sin apartar la vista de Baden.

—He venido a devolverte este collar —dijo Baden—. Cortesía de Hades. A cambio, deberás ponerte de su lado en la guerra contra Lucifer.

—Estoy… interesado. Tenemos mucho de lo que hablar.

Poseidón salió del cuerpo de la chica, bajó de la cama y se puso una bata. Tras él, alguien aporreó la puerta de la habitación. Los guardias habían sido alertados y entrarían en cualquier momento. Era obvio que el rey no tenía ganas de hablar, sino de ganar tiempo.

«Ocúpate de él antes de que nos ciegue la rabia».

Estuvo a punto de cederle el control a la bestia. Su método era una locura, pero era rápido y obtenía buenos resultados. Sin embargo, en vez de eso, soltó la guadaña, que salió disparada hacia el rey. La hoja empezó a cortarle la cara, el pecho, un muslo… su cuerpo se llenó de gotas de sangre.

«Intenté ser diplomático, pero no sirvió de nada».

Baden abrió la mano, y el arma regresó.

—Si no le juras lealtad a Hades en esta guerra, dejaré que el arma te destroce. Tú eliges. Tienes cinco segundos para decidirte. Uno.

Bang, bang, bang.

Poseidón alzó la barbilla.

—No voy a permitir que me obligues a nada.

—Dos. Tres.

—Lucifer me ha ofrecido tu cabeza en bandeja de plata si le ayudo.

Vaya. Así que aquel desgraciado estaba atacando desde todos los ángulos.

Finalmente, la puerta estalló y varios hombres armados entraron corriendo en la habitación. Ninguno disparó a Baden, por el momento. Lo rodearon y aguardaron una orden de su rey.

—Cuatro —dijo Baden. Se preparó para la lucha, y no fue el único. Le ardían las puntas de los dedos, y las marcas de sus brazos se hincharon. Las sombras empezaron a surgir.

Poseidón se dio cuenta de todo y frunció el ceño.

—Dile a Hades que será un honor ayudarlo.

Capítulo 28

«Todas mis amistades son unas zorras. ¡Incluyendo los hombres!».

Gillian Bradshaw

«¡Mamá! ¡Papá!».

Aquellas palabras resonaron por la mente de Katarina. Eran las voces de los cachorros. Ella todavía estaba en el patio, aunque haciendo lo que le había pedido Baden, que era llevarse a los perros dentro de la casa. Aquel grito de entusiasmo la había detenido en seco.

–¿Dónde? –preguntó, girándose.

«¡Al otro lado del muro!».

¿En serio? Katarina se subió a un árbol para mirar y… ¡Oh! Toda una manada de perros del infierno la observaba ceñuda. Supo que eran perros del infierno al instante. Eran enormes, tan grandes como caballos y de distintos colores. Todos tenían colmillos. Las colas eran largas como látigos y estaban listas para golpear.

Katarina esperó que se quedaran impresionados con su valor. Después de todo, no se había desmayado del susto. Todavía.

Claramente, todos los perros eran mayores que Biscuit y Gravy.

Ella bajó del árbol temblando. Los cachorros saltaban de alegría a sus pies. Si querían volver con su manada, ella lo entendería. Y lloraría. Sobre todo, lloraría. Notó un ardor en los ojos mientras se agachaba y, en aquella ocasión, las lágrimas se le cayeron por las mejillas.

Había construido una familia. Por muy enfadada que estuviera con Baden, entre los dos habían construido una familia. Y, ahora, su familia iba a separarse. ¡Otra vez!

–Bueno –dijo, y les acarició la cabeza–. Vuestros padres están ahí fuera, ¿no?

«¡Mamá! ¡Papá!».

–¿Son buenos con vosotros? ¿No os hacen daño?

«¡Los queremos!».

–¿Y cómo os separasteis de ellos?

«Notamos al hombre malo. Nos escapamos, aunque mamá dijo que nos quedáramos».

Entonces, Katarina se dio cuenta de que habían percibido a Hades en Baden. Y, comprensiblemente, la manada nunca le perdonaría a Hades sus crímenes, lo cual significaba que nunca aceptarían a Baden, ni a ella tampoco. A Katarina se le formó un nudo doloroso en el estómago.

–¿Por qué no me lo dijisteis antes? Yo podía haberos ayudado a encontrar a vuestros padres.

«No queríamos dejarte sola. No queremos dejarte».

–Algunas veces, lo que queremos no es lo mismo que necesitamos.

En aquel momento, las lágrimas se deslizaban a raudales por su cara. Abrazó a los perros. Era un abrazo de despedida.

Ellos se apagaron un poco.

«No, adiós no. Tú vienes. ¡Tú vienes!».

–No, preciosos –les dijo con dulzura–. No puedo ir con vosotros. Tengo que quedarme aquí.

Tenía que arreglar las cosas con Baden de una vez por todas. La bestia y él la necesitaban, y ella… los quería.

Cada día los quería más. Eran el centro de su historia, el único camino que tenía hacia la felicidad.

«Tengo que darles otra oportunidad a mis chicos, ¿no?».

–Yo tengo que quedarme aquí –repitió–. Baden es mi hombre, y me necesita.

Los cachorros negaron con la cabeza.

«¡Tú vienes! ¡Tú vienes!», repitieron de forma frenética.

«Sé fuerte», se dijo Katarina, entre las lágrimas. Lo que se decía siempre que alguno de sus perros se había ido a vivir con una nueva familia.

–Vuestros padres os echan mucho de menos. Vais a estar felices con ellos.

«¡Tú vienes! ¡Tú vienes!».

A ella se le escapó un sollozo, y escondió la cara entre el pelaje de los cachorros. Lloró por lo que iba a perder aquel día, y por lo que había perdido ya. A sus padres y a Peter, y al chico que había sido su hermano. Mientras lloraba, se dio cuenta de que estaba bien que ella viviera, para poder sentir las emociones que sus seres queridos no podían sentir.

Poco a poco, fue calmándose, y les dijo a los cachorros:

–Yo echo tanto de menos a mis padres… Si pudiera recuperarlos, lo haría de cualquier modo. Vosotros tenéis una segunda oportunidad para estar con ellos, y yo no me voy a interponer.

Les secó las lágrimas a ellos, y estuvo a punto de desmoronarse.

–Vaya, vaya. Mi querida esposa con sus nuevas mascotas.

El tono de odio de aquella voz hizo que se pusiera en pie. Aleksander estaba a pocos metros de distancia, delante de varias filas de guardias uniformados de negro, bloqueándole el paso hacia la casa.

«¡Calma!». Una orden para sí misma y para los cachorros. Baden había tomado precauciones; había instalado cámaras por todo el reino. Seguramente, Galen y Fox iban a saber que había intrusos y acudirían a ayudarla.

Biscuit y Gravy gruñeron, y ella los imitó. Tal vez antes desaprobara los métodos de Baden para deshacerse de sus enemigos, pero había dos cosas que admiraba de él: que daba la cara por sí mismo, y que no se retiraba.

«No voy a acobardarme más por las amenazas de Aleksander. El único poder que tiene sobre mí es el que yo le conceda. Soy fuerte, y voy a demostrarlo».

—¿Cómo me has encontrado? —le preguntó—. ¿Y cómo has llegado hasta aquí?

—Encontrarte no ha sido fácil. Sabía que tenía una esposa, pero no recordaba tu nombre. Hasta que Lucifer me ayudó a recordarlo —respondió Alek. Caminó hacia ella, pero se detuvo cuando los cachorros le gruñeron para hacerle otra advertencia.

Los guardias apuntaron con sus armas a los perros. Aquellos guardias no podían ser humanos. Eran demasiado grandes y demasiado amenazantes.

Ella se situó delante de ambos perros para protegerlos. «Quietos», les ordenó.

—No les hagas daño —le gritó a Alex—. No han hecho nada malo.

Él sonrió fríamente.

—Pero tú sí, ¿no, *princezná*? —inquirió él—. Como no quisiste forzar la cerradura de mis cadenas ni encontrar la llave para liberarme, he tenido que prometerle a Lucifer que le daría la moneda. A Cambio, él me dará un ejército y un reino dentro del suyo. No seré rey, solo un príncipe. Hoy empiezo a probar mi reino.

—Si Lucifer tiene un poder tan increíble, ¿cómo es que no eres príncipe ahora mismo?

Los ojos de Aleksander se volvieron brillantes y rojos.

—Todavía no he revelado dónde está la moneda. Puse

como condición poder hacerte una visita antes de aliarme completamente con él.

No. Había algo más. A Lucifer no le había gustado que ella se negara a negociar con él, y no querría arriesgarse a que se aliara con Hades. Sin embargo, teniendo en cuenta las bandas que llevaba Baden, eso era inevitable. Salvo que ella muriera.

¿Por qué no enviar a Alek a que la matara, ya que él la había controlado en el pasado, sin darle al híbrido de humano e inmortal lo que quería?

«¿Es hoy el día de mi final?», se preguntó Katarina. Ni siquiera con su nueva fortaleza podría vencer a todos aquellos hombres. Sola, no.

Bueno, si tenía que morir, al menos se llevaría a Aleksander por delante.

«Gente mala. Gente mala muere».

Los cachorros hablaron telepáticamente con ella, y Katarina sintió un deseo irreprimible de luchar. Sus encías y sus dedos comenzaron a arder.

Alek frunció el ceño, como si notara que ella había sufrido algún cambio pero no comprendiera de qué se trataba.

—Tú —le dijo, dando un paso hacia ella— vas a ser mi concubina. Sé que te has entregado al inmortal…

—¡Tú me dijiste que lo hiciera! —le recordó Katarina.

Aleksander apretó los puños. ¿Acaso se estaba imaginando que la pegaba?

—Por lo tanto ya no eres digna de llevar mi nombre. En este momento, me libero de mis votos hacia ti —dijo él. Estiró el brazo y movió los dedos para ordenarle que se acercara a él—. Vamos.

Si se negaba, ¿mataría él a los perros?

«No puedo permitir que sus actos me afecten. No voy a rendirme otra vez».

Ya tenía bastantes cosas que lamentar del pasado, y no iba a añadir más a la lista.

–No voy a ir contigo, *blázon* –dijo ella, llamándole «loco», lanzándole las palabras como si fueran dagas–. Ni ahora, ni nunca. Me asqueabas antes de la boda y me has asqueado siempre. Eres un gusano destinado a convertirte en comida de otros.

Él se puso más furioso aún, y dio otro paso hacia ella. Los perros piafaron, y no fueron los únicos. A Katarina se le movió el pie sobre la hierba como si tuviera voluntad propia.

Se oyeron gruñidos por todas partes.

Ella se giró. Los perros de la manada estaban subidos a la tapia. ¿Habían trepado? ¿Habían saltado? Tenían el lomo erizado, y sus pelos parecían púas letales. Sus colas estaban desenroscadas y erectas, y tenían cuerdas trenzadas que brotaban del extremo.

Los guardias comenzaron a temblar de miedo.

–¡No os mováis! –les ordenó Aleksander.

En una situación como aquella, el miedo podía adueñarse de toda la situación y empujar a los guardias a atacar antes de recibir la orden.

–No te atrevas a dispararles a los animales –dijo ella, con un tono tan áspero que podía hacer sangre.

–¿O qué? –preguntó él.

«¿Atacar?».

–O les dejaré que os hagan pedazos –dijo Katarina.

Ummm. Pedazos. El banquete perfecto. Al pensarlo, ella se relamió los labios, pero se detuvo. Comerse a un enemigo nunca sería una opción aceptable.

Aleksander se quedó pálido y gritó:

–¡Disparad! ¡No dejéis supervivientes!

¡No!

–¡Atacad! –gritó ella, y se arrojó hacia delante mientras sus colmillos y sus garras surgían por completo. Quería tener la garganta de Aleksander en su boca y no pararía hasta conseguirlo.

Oh, Dios. Comerse a su enemigo era una opción perfecta.

Sonó el primer disparo y, después, muchos otros. Demasiados. Sin embargo, a ella no la alcanzó ninguna bala. No, porque se movía con demasiada rapidez, porque podía ver la trayectoria de las balas y esquivarlas con facilidad. Los demás perros debían de tener la misma capacidad. Llenaron todo el patio y la adelantaron en su camino hacia los soldados.

Sangre. Muchísima sangre. Un océano interminable.

Katarina seguía oyendo el eco de los gritos, pese a que el patio había quedado en calma. La sed de sangre se le había pasado unos minutos antes. Estaba quieta, inmóvil, rodeada de una carnicería.

Por todas partes había miembros cercenados, cabezas y órganos. La manada de perros seguía dándose un festín, comiéndose los cuerpos.

¿A cuántos hombres había mordido ella?

Aleksander estaba tirado en el suelo. Seguía con vida, pero eso iba a cambiar en cualquier momento. O tal vez no; la mano que Baden le había cortado había vuelto a crecerle. Aleksander no era humano y nunca lo había sido. Ella había notado su poder oscuro al morderlo.

Él extendió los brazos hacia ella. Tenía las manos temblorosas.

—Ayuda —dijo.

Le faltaba una pierna y tenía el torso abierto, y lo que quedaba de sus intestinos estaba desperdigado a su lado.

—¿Dónde está la moneda? —le preguntó ella.

—Ayuda. Por favor.

—Dime lo que quiero saber y te ayudaré —dijo Katarina. Aunque no iba a hacerlo del modo que él esperaba.

—Mi madre era... un ángel caído. Mi padre era... humano. Yo iba a morir algún día… ella me obligó a que la matara y que escondiera la moneda dentro de mi… cuerpo.

Su cuerpo. Así pues, la moneda seguía allí, y tal vez le estuviera manteniendo con vida. Lo cual significaba que, si se la quitaba, él moriría.

–Ayuda –repitió Aleksander, con un borboteo de sangre–. Me lo prometiste.

–Es cierto. Te lo prometí –dijo ella.

Se preparó para lo que tenía que hacer. Metió la mano dentro de la cavidad torácica y buscó la moneda.

–No te preocupes –le dijo–. Tu dolor va a terminar.

Él luchó contra ella con las fuerzas que le quedaban, pero eran demasiado pocas.

En una de las cámaras del corazón palpó algo duro y redondeado. Tuvo que tirar para poder sacarlo y le rompió algunas costillas, pero sus protestas cesaron y su cabeza cayó hacia un lado.

Aleksander había muerto de una vez por todas. Sin embargo, Katarina no sintió alivio.

Miró lo que tenía en la palma de la mano. Era una moneda de oro por la que Aleksander había matado, y por la que había muerto. ¿Cómo podía causar tantos problemas algo tan pequeño y tan bonito?

No podía permitir que la encontrara nadie más, ni que aquella moneda le sirviera de ayuda a Lucifer. Ni a Hades. Ni siquiera, a Baden. Baden había empezado a sentir afinidad con Hades, y Hades era quien había erradicado a los perros del infierno. Ella no podía permitir que volviera a hacerlo.

Tal vez… ¿Tal vez pudiera utilizar la moneda para proteger a los perros? Pero ¿y si Hades castigaba a Baden por su culpa?

Claro que, si utilizaba la moneda para salvar a Baden y cortar sus lazos con el rey, Hades castigaría a los perros del infierno.

Todas las opciones eran peligrosas. Necesitaba tiempo para pensar, para sopesar los pros y los contras.

Notó una pata en el muslo. Uno de los perros estaba sentado frente a ella, mirándola fijamente. Tenía cicatrices largas y gruesas en el morro. Le faltaba una oreja. Tenía el pelaje manchado de sangre.

«Soy Roar».

—Yo soy Katarina —respondió ella, suavemente.

«Los cachorros son míos. Soy padre. Werga es madre. Nosotros te damos… gracias».

El agradecimiento era inesperado e innecesario.

—Son maravillosos —dijo ella—. He disfrutado mucho con ellos.

«Son maravillosos, pero han hecho algo inconcebible. Beber tu sangre y darte la suya».

Sí, lo habían hecho. Katarina recordaba que había notado un sabor metálico en la boca después de que ellos la mordieran. Pero… ¿qué significaba eso para ellos? ¿Iban a ser castigados?

—Ha sido culpa mía. Yo soy quien debe asumir las consecuencias.

«Ellos conocen reglas. Tú, no. Ningún vínculo. Matar lo que se prueba. No supervivientes. No testigos. Nunca».

El perro del infierno le mostró los dientes. Sus colmillos eran mucho más grandes que los de ella.

«Vosotros tres estáis unidos y así será hasta… la muerte».

—Supongo que mi muerte —dijo Katarina. Su tono irónico sorprendió al perro, pero ella ya había recibido suficientes amenazas últimamente.

«No, muchacha. Tu muerte provocaría la suya».

¿Cómo?

—¡Katarina!

Baden apareció y, con su grito, aumentó la tensión.

Ella se giró al oír nuevos gruñidos. El corazón le dio un

vuelco al mismo tiempo que se guardaba la moneda en el bolsillo.

—¡No le hagáis daño! —gritó—. Por favor. Él no tiene malas intenciones.

«¿Es tuyo?».

—Sí.

«Huele a otra manada. Una manada que murió hace mucho».

Biscuit y Gravy habían mencionado el hecho de que Baden olía a Hades. Y, si Hades olía a otra manada… ¿Acaso el rey estaba vinculado también a los perros del infierno?

Tal vez. Pero si Hades estuviera vinculado a otra manada, habría muerto al mismo tiempo que sus miembros, ¿no? A menos que… ¿habría encontrado la forma de cortar aquel vínculo?

Para su asombro, los perros se mantuvieron quietos, observando a Baden mientras él caminaba entre la carnicería para llegar hasta ella.

—¿Estás bien? Estás sangrando. ¿Por qué? ¿Y por qué lloras? —le preguntó, mientras le secaba las lágrimas con los dedos pulgares—. ¿Qué te han hecho? —inquirió, y miró a Roar—. Voy a matarte de un modo que nunca habías imaginado.

Aquella amenaza provocó otro coro de gruñidos.

Katarina lo agarró de los antebrazos y captó de nuevo su atención.

—Estoy bien. La sangre que tengo encima es de otros. Aleksander ha muerto —dijo, y señaló su cadáver—. Compruébalo tú mismo.

Baden miró el cadáver mutilado. Entonces, con una daga, le cortó el cuello hasta que separó la cabeza del cuerpo.

—Así no podrá regenerarse —dijo, y se irguió—. Pero ¿por qué lloras?

—Mi familia —respondió ella, y se volvió hacia Roar—. Perdonadle la vida a mi hombre. Él no ha tenido nada que ver en mi trato con los cachorros.

—Soy yo quien tiene que perdonarles la vida a ellos, y lo haré —intervino Baden—. Pero solo si me prometen que nunca te atacarán.

«Los cachorros ya no pueden existir sin ti», dijo Roar, mirándola con cara de pocos amigos. «Eso significa que tú estás vinculada a todos nosotros. Nos quedaremos contigo y te protegeremos. Tu hombre está a salvo de nosotros».

Ella jadeó al comprender sus palabras. Los perros iban a salir de su escondite, y Hades iba a saberlo todo.

Tendría que hacer algo. Con, o sin la moneda.

—¿Qué ocurre? —le preguntó Baden, que no había oído el discurso de Roar y, al ver su reacción, había temido lo peor—. Dímelo antes de que pierda el control.

—Los perros… van a quedarse. Son míos, todos. Mi familia. Para siempre —dijo ella.

Sin embargo, los perros eran enemigos de Hades, y Baden era uno de los hombres de Hades. Eso no iba a cambiar.

Tendría que haber una forma de coexistir. Tenía que haberla.

Tuvo un arrollador sentimiento de posesión… Experimentó la ferocidad… El perro del infierno que había en su interior se dio a conocer.

«Voy a proteger lo mío. Lo protegeré hasta mi muerte».

Capítulo 29

«Te pido disculpas por haberte ofendido. No volverá a suceder. A propósito, eres un imbécil».

Neeka, la No Deseada

Alguien llamó a la puerta con brusquedad, y Cameo abrió la puerta de la habitación. Era uno de los mozos del hotel. Ella ocupaba una suite de dos pisos con todos los lujos. Unos lujos que habrían deleitado a cualquiera, salvo a ella. Para ella, solo se trataba de un medio para conseguir un fin: llegar hasta Lazarus.

«Voy por ti…».

Un hotel como aquel proporcionaba dos ventajas a sus clientes más ricos. La primera, que ella podía conseguir lo que quisiera tan solo levantando el teléfono y, la segunda, que tenía privacidad. Ni siquiera las camareras podían entrar sin que ella diera su permiso expresamente.

Inspeccionó con rapidez la habitación antes de abrir la puerta. Las armas estaban escondidas.

Abrió y dejó entrar al muchacho. Él llevó un carrito hasta la pequeña cocina, y ella empezó a desear que el encuentro transcurriera sin intercambiar una sola palabra.

Sin embargo, no debería haberse hecho ilusiones. A ella casi nunca le ocurrían cosas buenas.

—¿Está teniendo un buen día, señora?

¿Señora? ¿Era eso en lo que se había convertido?

Podría haber asentido. Podría haber fingido que era sorda. Lo había hecho muchas veces. Pero no se sentía demasiado caritativa, así que dijo:

—Sí.

Y, con una sola palabra, el chico empezó a llorar como si se hubiera abierto un grifo.

¡Humanos! Frágiles florecillas, todos ellos. Aparte del humano sordo a quien había amado una vez, y que la había traicionado entregándola a los Cazadores, ella solo era capaz de pasar temporadas con los inmortales con los que vivía. Sin embargo, incluso con ellos tenía que limitar lo que decía.

¡Tenía tantas palabras atrapadas dentro!

Algún día todas aquellas palabras se desbordarían y, probablemente, ese día terminaría el mundo a causa de los suicidios y los homicidios.

El muchacho se enjugó los ojos y dijo:

—Lo siento. No sé qué me ha pasado.

Si supiera la verdad, se moriría de un infarto.

Ella lo acompañó a la salida sin decir una palabra más. Cerró la puerta y se quedó sola. Volvió a la cocina y se relajó al oler el plato de pasta cremosa y las verduras al vapor. Aquello, que podía ser su última comida, le parecía... adecuado. Aunque, en realidad, la comida siempre tenía para ella un sabor a polvo. Salvo el chocolate, por supuesto. Eso sí le gustaba, pero limitaba su consumo para poder tener algo que desear. Además, cuanto más se permitiera comerlo, más fácil sería para Tristeza echar a perder aquella satisfacción.

En aquella ocasión, al pensar en el chocolate, sintió una calidez en el cuerpo. Sintió un cosquilleo, un dolor... ¿tuvo un recuerdo? ¿Acaso Lazarus le había cubierto el cuerpo de salsa de chocolate y la había dejado limpia a lametazos?

Sería un sueño.

Experimentó impaciencia y entusiasmo por el futuro, y le infligió a Tristeza una gran agonía. El demonio, en venganza, hizo lo que hacía siempre cuando ella sentía algo distinto a la tristeza: recordarle el mayor obstáculo que había en su camino.

Nadie la soportaba durante mucho rato. ¿Por qué iba a ser distinto Lazarus?

«¿Porque es mío, tal vez?».

Sus amigos habían superado siglos de maldad al conocer a sus mujeres. Sin la caja, sin su libertad, lo mejor que podía hacer era ir en busca de Lazarus para encontrar lo que habían encontrado los demás: alguien a quien amar.

Tal vez. ¿Sería él digno de aquel amor?

El hecho de no saberlo le causaba una gran inquietud.

Y, como no sabía lo que iba a encontrarse durante su búsqueda, tenía que reunir fuerzas. Se tomó toda la comida, aunque los bocados le caían como piedras en el estómago. Cuando terminó, entró en el dormitorio en el que había guardado los tres artefactos y la pintura de Danika.

Aprovechó un minuto para enviarles un mensaje de texto a sus amigos. Quería decirles dónde estaba. Ellos tenían que saber dónde estaban los artefactos cuando ella se marchara.

No tratéis de impedírmelo. Tengo que hacerlo. Volveré si puedo, pero, si no puedo, quiero que sepáis que estoy haciendo todo lo posible por vivir la vida que siempre he querido.

Los chicos le darían una hora, o dos, como máximo, antes de entrar en la habitación como salvajes. Se preocuparían por su seguridad y no esperarían mucho más.

A los pocos segundos, todos le habían devuelto un mensaje lleno de maldiciones o de peticiones para que tuviera cuidado. Torin, su mejor amigo, le envió unas instrucciones paso por paso, y también le advirtió que tuviera precaución.

Los artefactos dejaron de funcionarle a Keys. Tal vez tampoco te funcionen a ti. Te deseo lo mejor, Cam, pero, por favor, no bajes la guardia. Se dice que Lazarus vive robándole la vida a los demás. Si te la roba a ti, nada podrá protegerlo de nosotros. Nada.

Las habladurías no siempre eran ciertas. Además, merecía la pena arriesgarse por un solo momento de felicidad. Torin añadió:

Te quiero, Cam. Vuelve con nosotros. Y trae a Viola de vuelta. O mejor... no. No, mejor no la traigas.

Viola. La guardiana de Narcisismo. Ella era una de las prisioneras que estaban en el Tartarus cuando habían repartido allí los demonios que habían sobrado de la caja. Era molesta, irritante y, aunque no fuera culpa suya, una absoluta egocéntrica. También estaba atrapada en la Vara Cortadora, como Lazarus. Y como lo había estado ella misma.

Cameo respondió:

Yo también te quiero. La encontraré. Y, si todo sale según lo previsto, volveré con una sonrisa. Y con Viola. Preparaos.

Lo conocía, y sabía que se iba a reír cuando lo leyera. Baden también le envió un mensaje.

Lo he vigilado. Lazarus es un monstruo, el mayor que he conocido. Esto no va a terminar bien para ti, Cameo. Te destruirá.

Tal vez. O tal vez, no. De cualquier modo, el hecho de

no acudir a él sería peor. Ella siempre se preguntaría lo que podía haber tenido.

Gracias por el voto de confianza, respondió.

Y terminó el momento de las comunicaciones. Había llegado el momento de la acción.

Dejó el teléfono móvil en el escritorio y, temblorosa, entró en la Jaula de la Coacción. Dentro estaban la Capa de la Invisibilidad y la Vara Cortadora. Siguiendo las instrucciones que le había dado Torin, se puso la capa sobre la cabeza y miró el cuadro. En el lienzo había un despacho como cualquier otro, salvo que la caja de Pandora, la caja que había sido fabricada con los huesos de la diosa de la Opresión, estaba en una estantería.

Cameo tomó la Vara, el paso final, con esperanza y con miedo. En cuanto la tocó, su mundo se sumió en la oscuridad.

«Mi luna de miel. ¡Bien por mí!».

Gillian se abrazó a sí misma mientras se acurrucaba delante de una hoguera. Las llamas irradiaban calor, pero a ella no le servía de mucho. En aquel reino las temperaturas eran heladoras, y su espalda era como un carámbano.

En cuanto se había marchado William, Puck la había tomado de la mano y se la había llevado del castillo, a un paso que le permitía ver el paisaje: un lugar bonito, místico y fantástico. Entonces, habían atravesado un portal a aquel otro reino. Un infierno de hielo. ¡Él la había obligado a pesar de que sabía que ella quería volver con sus amigos!

Él no quería vivir con William, cosa que Gillian entendía. Pero tampoco era necesario que viviera con ella. Sin embargo, Puck no la había escuchado.

Puck nunca le hacía caso. Aunque le había pedido que no la dejara sola, él se había ido hacía una eternidad en busca de alimentos para la comida, que había pasado hacía mucho tiempo.

Ahora ya era hora de cenar, y Puck seguía sin aparecer. Todo estaba oscuro y silencioso. Solo se oía el crepitar de las llamas y el chasquido de los troncos al arder. Llegados a aquel punto, casi deseaba que él no volviera. Al menos, hasta por la mañana.

Aquella era su primera noche como marido y mujer. ¿Cambiaría él de opinión y se le insinuaría? ¿Le exigiría que mantuvieran relaciones sexuales?

No, seguramente, no. Él sabía cuál era su postura, y le había dicho que respetaba sus deseos.

Claro que Puck era un hombre, y los hombres se volvían idiotas cuando estaban excitados.

«Solo… sonríe y aguántate». Ya lo había hecho más veces, y podría hacerlo de nuevo.

Unas manazas sobándole el cuerpo…

Tuvo náuseas.

«Ahora soy inmortal. Tengo que vivir con esos recuerdos para siempre. ¡Soy idiota! Ni siquiera había salido con un chico en toda mi vida, ¿y ahora estoy casada? ¡Soy tonta!».

Debería haberse dejado morir.

Oyó un sonido, y percibió el olor a lavanda y a humo de turba. Puck había vuelto, después de todo. Apareció en la luz, con su expresión de indiferencia acostumbrada.

—La comida y la cena —dijo él, y dejó dos conejos muertos delante de ella—. Límpialos y cocínalos mientras me baño.

¿Cómo? Llevaba horas fuera y ¿eso era lo único que tenía que decirle?

—No voy a limpiarlos. Ni a comérmelos.

Él frunció el ceño.

—¿No tienes hambre?

—Me muero de hambre, pero...

Él la interrumpió.

—Entonces, límpialos, cocínalos y cómetelos. Problema resuelto.

–No. No quiero tocar a ningún animal muerto. No como carne. Soy vegetariana.

Él se encogió de hombros con apatía.

–Harás lo que yo diga. Obedece.

Con eso, se alejó y desapareció en la oscuridad.

Ella apartó los cuerpos de los conejos con el pie y sintió ira. ¡Ella era la mayor inversión de Puck! Se había casado con ella por un motivo, y ese motivo no había cambiado. La necesitaba, así que ya podía cuidar de ella.

«¿No sería mejor que yo intentara cuidar de mí misma?».

Por supuesto. Y eso era lo que iba a hacer. Más tarde. Después de que él le hubiera dado una comida que pudiera comer.

Oh, vaya. Estaba claro que solo tenía dieciocho años. ¡Qué embarazoso por su parte!

Pero había pasado de estar hambrienta a estar furiosa, así que… ¡qué demonios!

Se puso en pie y fue en su busca. Sabía que se había metido en una cueva a la que le había prohibido entrar antes de marcharse, porque «nunca se sabe lo que puede haber dentro».

En la cueva el aire era cálido y húmedo, y olía a orquídeas. Siguió aquel olor hasta que llegó a un manantial de agua caliente. Se le escapó un gemido de anhelo. Podría haber estado allí todo el tiempo, en vez de estar congelándose fuera.

Era obvio que no había nada peligroso.

Puck estaba en medio del agua, que le llegaba por la cintura, de espaldas a ella, con el pelo largo pegado a la piel. A través de los mechones, Gilly vio una mariposa de color rojo tatuada desde su cuello a la curva de su trasero. Parecía que las alas podían levantarse y volar.

Y… frunció el ceño. En muchas partes de su cuerpo, Puck tenía la carne abultada. ¿Eran cicatrices? Se le formó un nudo en la garganta. Pobre. ¿Qué le había pasado? Para que a un inmortal se le formaran cicatrices, tenía que haber sufrido aquellas heridas durante la niñez, antes de que su cuerpo desarrollara la capacidad de regenerarse, o debían de haber sido unas heridas tan horrorosas y graves que ni siquiera de adulto había podido curarse por completo.

«¿Pobre? ¿Quién soy yo? ¡Tengo que ser fuerte!».

Dio una patada en el suelo, y dijo:

—Tú eres mi… mi… marido. Tienes que procurarme comida. Es tu deber.

Arg. ¿Aquello era ser fuerte? ¿Comportarse como una niña?

Él se giró lentamente hacia ella. Le caían gotas de agua de las mejillas a los hombros.

—Puede que no me importen muchas cosas, muchacha, pero vivo respetando ciertas normas. Tengo que hacerlo.

En aquel momento, Puck parecía un príncipe egipcio con acento irlandés, con más autoridad y seguridad de la que ella hubiera visto en su vida.

—Esas normas son lo único por lo que he sobrevivido a mi aflicción. El único motivo por el que la gente que me rodea ha sobrevivido.

Ella se humedeció los labios, y él siguió con la mirada el movimiento de su lengua.

—¿Sabes cuál es la norma que tienes que memorizar? —continuó él, y ella tuvo la sensación de que hablaba con una pizca menos de seguridad—. Trabajarás y, si no, te morirás de hambre.

Una norma con la que, generalmente, ella estaría de acuerdo.

—Ya te he dicho que soy vegetariana. No me importa trabajar para conseguir mi comida, siempre y cuando me la pueda comer.

—Puedes comerte lo que te he traído, pero prefieres no hacerlo. Lo que no entiendes es esto: no tienen por qué gustarte las tareas que yo te encomiende, pero tienes que hacerlas.

—Preferiría morirme de hambre.

Él cabeceó.

—Eso nunca va a ser una opción para ti.

—Pero…

—Harás lo que te ordene, o sufrirás.

William nunca la habría amenazado de ese modo. Tampoco la habría obligado a comer lo que no quería. Él buscaría comida para ella, fruta, nueces, ramitas si era lo único que había, sin hacer preguntas. Gilly se dio cuenta de que había pasado de una vida consentida, y de un hombre que la valoraba, a una vida de trabajo con un hombre al que no le importaba nada.

El mayor error de su vida.

—¿Me harías daño? —le preguntó ella.

—Sí —dijo Puck, lacónicamente.

Ella retrocedió y se alejó del manantial.

—Te odiaría.

—Y, como seguramente ya habrás comprendido, a mí no me importaría en absoluto.

El miedo dio paso a la ira y a la incredulidad, y Gilly apretó los puños. Él no podía… no iba a…

En realidad, sí podía y sí iba a hacerlo.

—Quiero irme a casa.

—Yo soy tu casa.

—Quiero irme a mi antigua casa.

—No. Irás a la mía.

¿Y verse rodeada de más gente como él?

—No tenemos por qué vivir juntos.

—Sí.

¡Aarg! Él nunca cedía. ¡En nada!

Claramente, había gestionado mal la situación. Además, aquel era un mal comienzo para su matrimonio. Recordó a su madre y a su padre biológico. Ellos se querían. Se complementaban, y se acariciaban con dulzura. Trabajaban juntos y, en las raras ocasiones en las que se habían peleado, habían llegado a un acuerdo.

–Está bien. Iré a buscar ramitas y frutas silvestres…

–Las ramas son para hacer fuego, y en este reino no hay frutos silvestres.

Ella se extrañó.

–Entonces, ¿qué comen los conejos?

–No son conejos, muchacha.

«No preguntes». Seguramente, era mejor no saberlo. «Encuentra un nuevo modo de llegar a él».

–Tu situación ha cambiado. ¿No deberían cambiar también tus normas?

Puck pensó un instante. Movió los dedos hacia ella; aunque Gilly no tenía ganas de acercarse, lo hizo. Él dio unos golpecitos en el borde de piedra del manantial, y ella se sentó. Con movimientos lentos y cuidadosos, él le quitó las botas y los calcetines. Ella se estremeció al notar el contacto, y no pudo relajarse hasta que él metió sus pies descalzos en el agua caliente y burbujeante.

Gilly cerró los ojos al notar el agua acariciándole la piel y masajeándole los músculos cansados. No era posible no disfrutar de aquello.

–¿Por qué no comes carne? –le preguntó él–. La carne te da fuerzas.

¿Por qué no iba a decirle la verdad?

–Cuando era más pequeña, mis hermanastros me susurraban cosas en la mesa. Si estábamos comiendo hamburguesas, me preguntaban cuánto tiempo pensaba que había estado mugiendo la vaca antes de morir. Si comíamos pollo, me preguntaban si me imaginaba a los pollitos llorando por su mamá –le explicó, y tuvo un escalofrío.

Él se rascó la barbilla.

–Estás más traumatizada de lo que yo creía.

Ella suspiró.

–Lo sé. Tal vez pudiéramos… ¿llegar a un acuerdo? Si tú me encuentras algo de comer, algo que no sean animales, yo haré todo lo que pueda por conseguir que sientas algo.

Él frunció los labios.

–Tú tienes que hacer todo lo que puedas de todos modos.

Ella le salpicó un poco con agua.

–¿Eso es algo a lo que puedes obligarme?

–No –dijo él, y la palabra sonó como un latigazo.

«Vaya, vaya, mírame. Ya he conseguido enfadarlo».

–Entonces, este trato es la única manera que tienes de conseguir mi cooperación. Y, después de que yo te haga sentir algo, me llevarás a casa. A una casa que yo elija. Y no le harás daño a Torin. Nunca.

Con movimientos cortantes, él le separó las piernas y se colocó entre ellas. Ella se puso tensa. Aquello era demasiado sugerente. Posó las manos en su pecho y lo empujó hacia atrás, pero él se limitó a tapar sus manos con la suya y la sujetó con firmeza.

–¿Y cómo vas a hacerme sentir emociones? –le preguntó.

«No puedo pensar así».

–Yo… te contaré chistes e historias tristes.

Él negó con la cabeza.

–Eso ya lo han intentado otras, y han fracasado.

–¿Y alguna de esas personas había conseguido hacerte sentir algo previamente?

–No –admitió él, de mala gana.

–Entonces, ya tengo una ventaja.

Él bajó la mirada hasta sus piernas.

–¿Y si quiero sentir otra cosa que no sea felicidad o tristeza?

A ella se le resecó la boca al instante.

–Yo no… no puedo…

–¿De qué otra manera vas a hacerlo? –preguntó él. ¿Para distraerla?

«De verdad, de verdad no puedo pensar ahora».

–Tendrás que esperar para verlo.

«Como yo».

–Si fracasas, ¿intentarás lo que yo sugiera?

Sus sugerencias serían sexuales, ¿no? Por su forma de mirarla...

«Tendré que procurar no fracasar».

–Sí –dijo ella, con la voz quebrada–. Lo haré.

–Muy bien –dijo él. Asintió, la soltó y se alejó hacia el otro lado del manantial–. No te voy a obligar a comer carne. Y tú... cuando lleguemos a mi tierra, me harás sentir algo. De un modo u otro.

Capítulo 30

«Si esperas vencerme, vas a necesitar unas pelotas más grandes. ¿Te gustaría que te prestara unas de mi colección?».
Thane, Enviado

Baden se desnudó y desnudó a Katarina. Tiró la ropa sucia al suelo del dormitorio. Pensaba quemarla más tarde, y dispersar las cenizas.

—¡Espera! —gritó ella.

Corrió hacia la pila de ropa y empezó a rebuscar en ella. ¿Una locura momentánea? Comprensible, después de todo lo que había ocurrido aquel día.

Katarina se irguió, con una expresión de alivio, y caminó hacia la cama. Se puso a colocar bien las almohadas.

—La cama está perfectamente.

Entonces, él la tomó en brazos y la llevó al baño. Hizo que entrara en la cabina de la ducha y abrió el grifo del agua caliente. Entonces, entró tras ella para lavarle toda la sangre del cuerpo. Todavía estaba impresionado por haberla visto llorar.

Impresionado y hecho trizas. La bestia se paseaba por su mente sin consuelo, nervioso. Aquel día podían haberla perdido.

Además, también habían podido perder a Galen y a Fox.

Un grupo de perros del infierno los tenían acorralados en la cocina y estaban dispuestos a atacarlos en cualquier momento. Y, por muy exasperantes que fueran aquellos dos guerreros, él se había dado cuenta de que quería que estuvieran en su vida.

Afortunadamente, los perros se habían retirado al ver a Katarina y se habían reunido con el resto de la manada en el patio. Allí seguían.

—Todo va a ir bien —le dijo, acariciándole las mejillas—. Ahora, los perros son tu ejército personal. Nunca volverás a correr peligro.

—No tengo miedo —murmuró ella.

—Entonces, dime qué es lo que ocurre, y yo lo arreglaré.

Ella lo miró a través de las pestañas llenas de gotas de agua.

—No quiero hablar de eso ahora. Quiero disfrutar de ti, quiero crear recuerdos que duren siempre.

Bien. Si ella quería recuerdos, él iba a dárselos.

Se sentó en el banco de la cabina y se colocó a Katarina en el regazo. Ella se sentó a horcajadas. Sin preámbulos, él introdujo un dedo en su cuerpo.

Ella ya estaba lista para acogerlo. Era lógico, porque el deseo siempre estaba presente entre ellos.

—Te necesito dentro de mí.

—Sí.

Él la agarró de la cintura, la elevó y la atravesó de un solo movimiento. Sin juegos preliminares. Solo pasión pura y dura.

Ella arqueó las caderas y comenzó a moverse sensualmente sobre él. Baden apretó los dientes y la obligó a detenerse. Aquella falta de fricción fue una tortura, pero era una agonía que estaba dispuesto a soportar.

—Bueno —dijo ella, mordiéndole el labio inferior—. Esto sí que es interesante.

—No te haces una idea. Y solo estoy empezando.

–Ummm. Eso espero. Nunca te he deseado más.

–Tendrás tu orgasmo –respondió él. Al final.

Él encontró su centro de nervios con dos dedos y acarició su deseo. Ella gimió. Gruñó. Susurró su nombre y giró las caderas intentando seguir sus movimientos. No lo consiguió, y trató de deslizarse por la longitud de su miembro. Él la sujetó para que no pudiera hacerlo.

–¡Baden! Quieres matarme, ¿no?

–Soy un asesino, y el deseo es mi arma.

–¡Muévete!

Sus paredes internas apretaron su miembro más y más fuertemente, cada vez con más calor y más humedad. Destrucción quería rendirse. Baden quería rendirse. Sin embargo, el resultado era lo más importante.

La eternidad contra lo efímero. Ganaba la eternidad.

–Voy a moverme. Después de que hablemos.

Ella soltó una retahíla de blasfemias en eslovaco.

Destrucción se echó a reír, deleitándose con su genio. La bestia sabía, como Baden, que ella nunca los traicionaría.

–Quiero que me digas qué es lo que te ocurre. No te lo estoy ordenando, no te preocupes. Solo quiero darte un buen motivo para que me complazcas.

–Vaya un truco más sucio –dijo ella, y trató de mover las rodillas.

Al ver que no conseguía nada, se inclinó hacia atrás, bajo la cascada. Él la siguió y posó la boca alrededor de uno de sus pezones, y succionó para saborear su dulzura.

Los juramentos cesaron. Hasta que él paró.

Entonces, ella volvió a protestar, y le golpeó los hombros con los puños.

–Tú decides, Rina –insistió él. Tenía la mente tan confusa por el deseo, que no sabía de dónde iba a sacar las fuerzas para permanecer inmóvil–. Habla, o nos quedaremos… así.

Ella le golpeó de nuevo, hasta que, por fin, se rindió. Se abrazó a él y apoyó la cabeza en su hombro.

Entre jadeos, le dijo:

–Tengo la moneda.

Él se puso rígido.

–¿Cuándo la encontraste?

–Hoy. Alek la tenía escondida en su negro corazón.

El único sitio en el que a Baden no se le había ocurrido buscar.

–Tengo pocas opciones. Puedo usarla para liberarte de Hades. Para salvar a los perros de su ira. O para convertirme en inmortal y estar contigo. Puedo tener una de esas cosas, pero no todas.

–No hay ninguna decisión que tomar, *krásavica*. Mientras yo lleve las bandas, no puedo unirme a ti. No voy a permitir que te conviertas en esclava de Hades. Así que tienes que usar la moneda para hacerte inmortal. Después, salvaremos a los perros entre los dos.

Ella frunció el ceño.

–¿Y qué pasará cuando te quiten las bandas?

–No me las quitan. Se absorben. Me convertiré en hijo de Hades. Será algo así como una adopción sobrenatural. Él no le hará daño a lo que es mío.

Katarina sintió esperanza, pero, al instante, negó con la cabeza.

–No me fío de él…

–Fíate de mí –dijo Baden y, por fin, comenzó a moverse. Se deslizó dentro y fuera de su cuerpo una vez… dos… y volvió a detenerse. Ella se aferró a él–. Prométemelo.

Ella le arañó la espalda.

–Haré lo que crea más conveniente –dijo y, entonces, le mordió una oreja y, después, comenzó a hablarle al oído, a decirle todas las cosas que le hacía sentir, lo mucho que le deseaba, y que solo él podía satisfacerla.

¿Cómo había podido pensar alguna vez que aquella mujer no era para él? ¿Cómo había podido pensar que era débil?

De los dos, ella era la más fuerte. Había domado a su bestia. Había conseguido librarse de Lucifer. Se había ganado la lealtad de los perros del infierno. No había nada que no pudiera hacer.

Y había algo que Baden no podía hacer: permanecer inmóvil más tiempo.

—Rina —dijo. Los teletransportó a su cama y se tendió sobre ella—. ¿Querrías rodearme con las piernas?

En cuanto ella cumplió su petición, él se agarró al cabecero y comenzó a salir de su cuerpo, casi hasta el final, y volvió a hundirse de una embestida. Repitió la acción una y otra vez, y cada movimiento de sus caderas era una promesa. Cada vez que ella jadeaba su nombre, se formaba un nuevo vínculo entre ellos. Un hombre y su mujer… un hombre y su tesoro más grande.

La tomó de las manos y entrelazó sus dedos con los de ella, y empezó a acometer con más lentitud, poco a poco, mirándola a los ojos y dejando que la ternura que ella le producía brillara sin obstáculos.

—Siempre habrá algún motivo por el que no deberíamos estar juntos, pero nunca habrá un momento bueno para que yo viva sin ti. Siempre te adoraré, Rina. Nunca volveré a hacerte daño. Y te enseñaré mi mundo. Nuestro mundo.

A ella se le llenaron los ojos de lágrimas, y él se conmovió. Se puso de rodillas y salió de ella.

Katarina gimió e intentó alcanzarlo.

—Estoy vacía. Vuelve.

Él se tendió boca arriba y la levantó por encima de su cuerpo. Cuando ella se sentó a horcajadas sobre sus piernas, él se apoyó en el cabecero y tomó su miembro.

—Saboréame. Saborea tu dulzura en mí. Comprueba lo bien que estamos juntos.

Ella lo miró.

—Eres muy, muy travieso, pero, por suerte para ti, yo también lo soy. Me entusiasma poder darte tu recompensa.

Lentamente, ella bajó la cabeza y tomó su miembro con la boca, y movió la lengua por su piel. El ligero roce de sus dientes hizo que a él se le escapara un silbido de agonía... y éxtasis.

—¿Te duele? —preguntó ella.

—Solo cuando paras.

—Donde las dan, las toman —dijo ella, y se rio suavemente al oír la maldición de Baden. Succionó, lo tomó de nuevo en la boca y se deslizó hasta abajo.

Él la tomó de la nuca y entrelazó los dedos en su pelo.

—Hace tanto tiempo que no experimentaba esto —murmuró—. Pero nunca tan bueno.

Ella ronroneó de felicidad, y él se excitó aún más.

—Más rápido, Rina. Más fuerte. Por favor.

Ella obedeció, y le acarició los testículos mientras deslizaba la boca de arriba abajo.

«Voy a tener un orgasmo...».

No. Sin ella, no.

Baden la tomó de la barbilla e hizo que levantara la cabeza. Ella estaba jadeando y tenía los labios hinchados, húmedos y rojos.

—Quiero más —dijo ella, y se zafó de él con toda la intención de volver a tomar su miembro.

—Te daré más —respondió él.

La tomó por las caderas y le dio la vuelta, y elevó sus caderas hasta que el centro de su cuerpo estuvo delante de su cara, y dijo con la voz enronquecida:

—Vamos a hacerlo los dos juntos.

Ella lo entendió, se apoyó a ambos lados de sus muslos y volvió a tomar su cuerpo en la boca. Al mismo tiempo, él separó su abertura con la lengua y se dejó llevar por la pasión. La lamió y la succionó.

—Baden —dijo ella, temblorosamente—. Estoy muy cerca.

—Aguanta, Rina. No he terminado contigo —respondió él.

Entonces, ella siguió acariciándolo con la boca, frenéticamente. Él quería durar, quería que aquello fuera para siempre, pero ella lo llevó al borde de la satisfacción en pocos segundos. Llegó al orgasmo en su boca, rugiendo de placer, y succionó con fuerza su clítoris. El grito de placer de Katarina llenó toda la habitación. Se desplomaron sobre la cama, estremeciéndose a la vez.

Baden la tomó y la colocó a su lado. Poco a poco, fueron calmándose, y él oyó un ronquido de Destrucción. Se echó a reír.

—Ashlyn me contó cómo se unieron Maddox y ella —dijo Katarina, acariciándole el pecho con un dedo—. En realidad, sé cómo se emparejaron todos tus amigos con sus mujeres.

Baden le metió un mechón de pelo, con delicadeza, detrás de la oreja.

—¿Qué es lo que quieres decirme?

—Bueno, que todas sus historias tienen algo en común. Sacrificaron algo el uno por el otro.

Él había pensado lo mismo una vez. Un sacrificio por amor.

Katarina lo miró.

—Baden... quiero que sepas que te quiero. De verdad.

Él se quedó sin aliento. Había pensado que Katarina y él no tenían futuro, pero en aquel momento sabía perfectamente que era una idea absurda. Ella era su futuro, sus cimientos. Su única base.

—*Krásavica*...

Sin embargo, ella no había terminado.

—No sé cuándo me enamoré, ni cómo. Lo único que sé es que debería haber sido imposible. Mi captor se convirtió en mi salvavidas.

—Yo también te qui...

—No. No digas nada. Déjame terminar.

Él frunció el ceño, pero asintió. También la quería, y con todo su corazón. Debería haberse dado cuenta mucho antes.

Había tenido pistas: su sentimiento de posesión, su deseo de estar con ella. Su conexión con ella.

—Eres inteligente, fuerte y honorable —prosiguió Katarina—. Y he aceptado que, algunas veces, resolverás tus problemas con los puños y con las dagas. Tienes que hacerlo. Estás en guerra. Pero hay ciertas cosas que no puedes…

—Katarina —dijo él, interrumpiéndola. Tomó sus mejillas con ambas manos y le acarició la piel de seda con los dedos pulgares—. ¿Estás…?

—¿Aburrida de esta conversación? Sí —dijo Hades, interrumpiendo brutalmente aquel dulce momento—. Además, yo creo que era justo un ojo por ojo. Ahora estamos en paz.

Destrucción se despertó de golpe, con deseos de matar.

Baden se levantó de la cama y tapó con la sábana a Katarina, que metió las manos bajo la almohada.

Baden fulminó al rey con la mirada.

—Has cometido un error viniendo aquí de esta manera.

—¿Y qué vas a hacerme? ¿Vas a darme unos azotes? Adelante, seguramente me gustaría. ¿Qué es lo que no vas a hacer? Incumplir nuestro trato. Quiero mantener mi conversación con la chica.

De repente, la puerta se resquebrajó a causa de unos golpes, la madera se abrió. Dos enormes perros del infierno entraron en la habitación, con la mirada fija en Hades, que los observó con espanto.

—Entonces, es cierto —dijo—. Mis perros están…

Los perros gruñeron de manera amenazante.

«No somos tuyos. Nunca».

Hades se volvió hacia Katarina.

Ella se puso en pie, envuelta en la sábana, sin arredrarse ante el peligro.

—Son míos.

Hades, entonces, le clavó a Baden una mirada asesina.

—Tienes cinco minutos para vestirte y llevarla a mi sala del trono. No te va a gustar lo que sucederá si te retrasas.

Capítulo 31

«Tal vez Baduction sea un bruto, pero es mi bruto».
Katarina Joelle, recientemente integrada en la manada
de perros del infierno

A Katarina se le llenó el estómago de ácido mientras se ponía una camiseta limpia y unos pantalones, apretando la moneda en el puño. Cuando había aparecido aquel hombre de pelo negro, tan bello, Hades, había temido que iba en busca de la moneda, que quería quitársela antes de que ella pudiera utilizarla.

Sin embargo, no lo había hecho.

Ahora, ella tenía que vérselas con él. Tenía que utilizar la moneda, lo cual significaba que tenía que decidir lo que más importaba. Como Baden ya no renegaba de sus bandas, ella podría utilizar la moneda para hacerse inmortal, tal y como él deseaba, para que pudieran tener un futuro juntos. También podría utilizar la moneda para salvar a los perros de una vez, para siempre.

Baden se puso una camiseta negra y unos pantalones de camuflaje, y se ató armas a todo el cuerpo. Después, la agarró de la muñeca y se quedó mirando la mano en la que ella apretaba la moneda.

Le acarició las mejillas y dijo:

–Quiero que seas inmortal.

Su tono de voz era firme, inflexible. El hecho de que no hubiera intentado arrebatarle la moneda demostraba lo mucho que confiaba en ella y lo mucho que la admiraba.

–Lo sé –dijo ella, suavemente.

–Te quiero –respondió Baden–, y necesito tenerte en mi vida. Sin ti, no tengo nada. No soy nada.

«Yo soy su fuerza», pensó ella. Y, al darse cuenta de lo que significaba aquello, abrió mucho los ojos.

–Yo no quiero presionarte, pero sin ti, destruiré el mundo y a todos los que hay en él.

Ella se atragantó con una mezcla de sollozo y risa.

«Érase una vez…».

«Él es mi nueva historia».

El amor podía cambiarlo todo, ¿verdad?

Ella le dio un beso suave, y tuvieron un momento silencioso de comunión.

–Te quiero. Me encanta estar contigo. Pero también quiero a los perros.

En aquel momento, Roar le dio un empujoncito en la pierna.

«Ve a ver a Hades. Vamos todos a ver a Hades».

–No –dijo ella, cabeceando–. No quiero que corráis peligro.

–Imagínate lo que siento yo al pensar en que tú corras peligro –intervino Baden.

Roar lo apartó de ella, para que supiera que no formaba parte de aquella conversación.

«Hades sabe que te seguimos. Él quiere que tú trabajes para él, y no se detendrá ante nada para conseguirlo. No accedas. Nuestros antepasados murieron por liberarse de su yugo. Nosotros no vamos a olvidarnos de su sacrificio y someternos a él».

–¿Fue cruel con ellos antes de matarlos? –preguntó ella. ¿Cuánto dolor y cuánta tristeza les había causado Hades?

«Él culpó a toda mi raza por haber pasado siglos en una prisión».

Así pues, la respuesta era «sí». Hades había sido cruel. Seguramente más de lo que ella podía imaginarse.

–Hades ha cambiado. No es como en el pasado. Yo percibo el bien en él –dijo Baden. Aunque no podía oír lo que decía el perro del infierno, podía deducirlo de las respuestas de Katarina–. En él hay bondad. La he sentido, incluso la he visto.

Y había acabado por tomarle cariño a Hades.

«Tu compañero está cegado por las bandas».

O los perros del infierno estaban cegados por su odio.

«Todos vamos a ir contigo. Acostúmbrate».

–Está bien. Pero tendré que abrazarme a vosotros cuando Baden me teletransporte.

El gesto de Roar dijo «Inténtalo». El perro agitó la cabeza, y le cayeron pulgas muertas del pelaje. Cuando volvieran, lo primero que tenía que hacer sería darle un buen baño a toda la manada.

«Me pregunto cómo van a reaccionar».

«Sé que acabas de conocerme, muchacha, pero seguramente, puedes sentir mi poder. Nunca necesitaremos la ayuda del guerrero».

Estupendo. Lo había ofendido.

–Tenemos que irnos –le dijo Baden, tirando de ella–. Pase lo que pase, acuérdate de que te quiero, de que tú eres mi prioridad, y de que no voy a permitir que nadie te haga daño, ni a ti, ni a los perros.

–Yo también te quiero –le dijo ella.

Apoyó la cabeza en su hombro y, cuando le estaba rodeando la cintura con los brazos, él los teletransportó a los dominios de Hades.

Katarina se dio cuenta de que estaba en la sala del trono del rey. Su aspecto la dejó espantada. Antes de conocer a Baden, tal vez hubiera vomitado al verla. Las paredes estaban llenas de sangre, y a lo lejos, se oían gritos. Había un montón de cadáveres mutilados en un rincón, y olía a azufre. Y el trono en sí… Estaba hecho de huesos humanos, y era una monstruosidad.

Ahora, solo pensó: «Hades debería despedir a su decorador».

El rey estaba sentado en el trono y tenía una expresión de aburrimiento, como si no les hubiera ordenado que acudieran allí. Había un anciano con una túnica a su lado, a la derecha, y cuatro guerreros a su izquierda.

Todos ellos la miraban, evaluándola.

Ella soltó a Baden y les mostró los dedos anulares de ambas manos, bien estirados.

A ellos les divirtió su gesto.

Roar y Werga aparecieron delante de ella, y los guerreros dejaron de reírse.

Hades miró a los perros con la cabeza ladeada.

—Os lo dije.

Los guerreros se quedaron petrificados, con una expresión de reverencia y, tal vez, de horror.

—Suma y sigue —dijo Hades, abriendo los brazos en señal de bienvenida—. Tú eres Katarina Joelle y…

—Es mía —anunció Baden—. Mi mujer.

—Yo soy Hades —continuó el rey, como si no lo hubieran interrumpido—. Estoy seguro de que has oído hablar de mí. Soy el rey del inframundo.

—Querrás decir de este reino —dijo uno de los hombres.

Hades frunció los labios.

—Sí. Los hombres que están a mi izquierda son los reyes de sus propios dominios.

—Bien, ¿y cuál es el más fuerte? —preguntó ella—. Con él es con quien me gustaría hablar.

En aquella ocasión, a Hades no le pareció divertido.

—Eres una chica lista. Siembra la discordia para que nos enfrentemos y tú puedas salir indemne de todo esto. Algún día lucharemos por el título del más fuerte, pero no hoy –dijo Hades, y se puso de pie–. Todavía estamos esperando a...

Hubo un relámpago de luz, y Katarina se dio la vuelta. Allí estaba Pandora. Llevaba un vestido rojo de seda que se adaptaba a sus curvas como una segunda piel. Su pelo negro le caía como una cortina lisa hasta los hombros.

–Excelente –dijo Hades–. Ya estamos todos.

Katarina se dio cuenta de que uno de los reyes miraba a Pandora con un deseo evidente.

Qué interesante.

Ella se volvió a Pandora, que la estaba observando con antagonismo. Aquella mujer la había atacado sin provocación, había luchado con Baden y lo había traicionado, y también había sido su amiga y le había mantenido cuerdo durante los peores años de su vida. Se saludaron la una a la otra con reticencia.

–Lo primero –dijo Hades–: Mi juego. Mis jugadores están empatados. ¿Qué hago?

–Mátalos a los dos –sugirió el más alto de los reyes.

–Dámelos a mí –dijo otro, sin dejar de mirar a Pandora.

Hades bajó de su estrado lentamente. «¿Os habéis dado cuenta del enorme regalo que os he hecho?».

Su voz... Hades le había hablado por telepatía, como los perros del infierno. Y, a juzgar por la confusión de Baden y de Pandora, había hecho lo mismo con ellos.

«No solo una parte de mí, sino una versión diferente de mí. A Baden, el Berserker. A Pandora, el perro del infierno. Sin embargo, aunque os permitiré vivir a los dos, tendréis que luchar por ese privilegio ahora mismo. Quiero que me demostréis quién es el más fuerte y el más valiente. A quien lo sea, le recompensaré».

Le tendió las manos a Katarina.

–Mientras Baden y Pandora pelean, tú y yo vamos a charlar para conocernos mejor.

–No –dijo Baden, colocándose delante de ella–. Ya te he dicho que es mía. No vas a hablar con ella sin que yo esté a su lado.

Hades movió una mano y Baden cayó al suelo de rodillas, donde permaneció.

–Tú vas a luchar contra Pandora, tal y como te he ordenado.

A Katarina se le encogió el corazón. Había pensado que tenía opciones, pero no las tenía. Lo único que podía hacer era confiar en Baden, que le había prometido que protegería a los perros del infierno.

–A mí se me ocurre una idea mejor –anunció–. Vas a liberar a Baden y a Pandora de tu control. Sin hacerles daño ni matarlos.

Hades se echó a reír, como los demás reyes.

–Katarina –dijo Baden, entre dientes–. No…

–Te concederé tu petición –dijo Hades, ignorando a Baden–, si accedes a vivir aquí conmigo, con tus perros del infierno.

A Roar y a Werga se les erizó el pelo del lomo.

–No –dijo ella–. Vas a cumplir mi deseo porque tengo esto –añadió, y le lanzó la moneda con petulancia.

Él la agarró en el aire sin apartar la mirada de ella, y sonrió.

–La has encontrado –dijo.

–Sí.

–Bueno, pues siento decirte que alguien te ha informado mal, querida. Seguramente, porque yo he informado mal a cualquiera que me ha preguntado por la moneda. No te concede lo que tú quieras. Ni siquiera te concede un deseo.

No. Estaba mintiendo. Estaba intentando engañarla.

Baden la agarró de la mano, tiró de ella para que se agachara a su lado y le susurró al oído:

–Los perros te sacarán de aquí y te llevarán a otro lado. Yo lucharé con Pandora y, después, te encontraré.

–No. No te voy a dejar aquí, y no voy a dejar que hagas daño a tu… lo que sea Pandora para ti. Pero tampoco puedo dejar que esclavicen a los perros. No puedo. Ellos preferirían morir.

–Katarina –dijo él–. Voy a ganar, y voy a pedir mi recompensa: la seguridad de los perros.

Sí, pero ¿a qué precio para su alma?

Unos dedos se enredaron en su pelo y tiraron de ella hasta que se puso en pie. Katarina gritó de dolor, y Baden y la bestia rugieron al unísono. Los perros gruñeron.

Ella gruñó y se giró a morderle la mano a Hades. El rey la soltó y se alejó de ella.

Entonces, ella preguntó:

–¿Qué es lo que consigo con la moneda?

Él se frotó la herida que ella le había causado.

–La oportunidad de luchar conmigo y arrebatarme el trono.

A ella se le encogió el estómago. ¿Luchar contra Hades? ¿Cómo iba a ganarlo?

–Ni se te ocurra –gritó Baden–. Si la tocas, te mataré.

Roar y Werga se pusieron junto a Katarina y le rozaron las piernas para llamar su atención. Ella miró hacia abajo, y vio que Roar tenía una mirada de preocupación.

Él frotó la cabeza contra su bíceps y la arañó con los dientes, y ella se mareó.

«Ahora estamos unidos para el resto de nuestra vida», dijo él, con ira. Ella era la que les había metido en aquel lío, y no podían matarla para salir de él.

Werga le empujó el otro brazo con la nariz antes de morderle el músculo. Katarina se mareó aún más… pero el mareo iba acompañado de fuerza. De un poder animal, salvaje. Las puntas de los dedos le quemaron más que nunca. Le brotaron unas garras al final, sin que ella pudiera evitarlo. Se le afilaron tanto los dientes que le cortaron las encías.

–¿Qué ocurre? –preguntó Hades.

—¿Acaban de… unirse a ella? —preguntó uno de los guerreros—. ¿Por voluntad propia?

«Hades intentó obligar a mi raza a vincularse con él antes de matar a todos nuestros ancestros. Entonces, supo que eso no podía forzarse».

Oyó claramente la voz de Roar, como si él hubiera hablado en voz alta.

—Sí, lo han hecho —dijo Hades, sin ninguna emoción—. Bueno, señorita Joelle. Acepto la moneda y su desafío. La dama elige las armas. Si tus perros entran en la lucha, mis aliados decapitarán al instante a Baden. Adoro a este chico, pero he aprendido a priorizar.

¿Iba a luchar contra ella?

No. No tenía ninguna posibilidad de ganar a un monstruo.

—No quiero luchar contra ti.

—Es una pena. Lanzaste el desafío al lanzarme la moneda. Puedes quedarte ahí quieta si quieres. A mí no me importa hacer todo el trabajo.

Bien, así que no tenía escapatoria. Tenía que vencerlo. Los cachorros, además de Roar y Werga, dependían de ella.

—No —gritó Baden, luchando con todas sus fuerzas por ponerse en pie—. Lucha conmigo en su lugar.

—Denegado —dijo Hades. Se quitó la camisa y dejó a la vista filas de músculos cubiertos por unos extraños tatuajes—. Te vas a quedar donde estás, guerrero.

De repente, más y más perros del infierno atravesaron de un salto una cortina invisible y aterrizaron en la sala. Corrieron alrededor de Katarina y la arañaron con los dientes antes de alejarse.

El mareo ya no era ningún problema. Era demasiado fuerte como para que le afectara. Tan fuerte, que no sabía cómo podía contener tanta fuerza en su cuerpo, y no estaba segura de no haberse convertido en Hulk.

—Estoy esperando —le ladró Hades.

¿Acaso tenía celos de su conexión con los perros del infierno?

—Elijo un combate cuerpo a cuerpo, sin armas —dijo ella. No estaba segura de poder agarrar un arma con aquellas zarpas.

—¡No! ¡No! —gritó Baden, sin dejar de forcejear contra las cadenas invisibles que lo inmovilizaban—. No lo hagas, por favor.

Ella dejó de oírlo. Tenía que ignorarlo. Venciendo a Hades, salvaría a sus perros, a Baden y a Pandora.

Estaba tan ahíta de poder que aquella lucha le parecía incluso buena idea.

Avanzó con decisión, y se encontró con Hades en medio de la sala.

—Cuando decidas que has tenido demasiado —dijo él—, solo tienes que someter tu vida a mi dominio, y el dolor terminará. Hasta ese momento...

Hades golpeó.

Baden recordó algo que le había dicho Keeley una vez: «Si tuvieras dos guirnaldas de serpentinas y un inmortal, ¿a cuántos problemas se enfrentará? Oro. Es obvio. Porque el corazón sangra, y los perritos tienen garras».

El problema: una moneda de oro atrapada en un corazón sangrante.

Entonces, pensó en la situación de Pandora. Ella formaba parte de los perros del infierno, como Katarina. Si Pandora estaba vinculada a un perro, hacerle daño a ella le haría daño a Katarina. Tal vez. Probablemente. No estaba seguro de cómo funcionaba aquello. Lo único que sabía era que no quería hacerle daño a su mujer.

Entonces... Hades le dio un puñetazo a Katarina.

Su mujer retrocedió debido a la fuerza del impacto. Baden rugió con todas sus fuerzas.

«Liberarme, teletransportarla a un lugar seguro, matar a Hades».

Mientras luchaba contra la inmovilización del rey, se desencajó los dos hombros y se fracturó varias costillas.

Destrucción estaba frenético, y le ayudaba.

Hades volvió a golpear a Katarina, en aquella ocasión, en la cara. Su bella y delicada Katarina salió despedida al otro lado de la habitación. Sin embargo, cuando aterrizó, aprovechó el impulso con una impresionante agilidad y se colocó a cuatro patas, como un animal.

Le caía la sangre por la mejilla, y Baden volvió a rugir. Sabía que Hades no estaba luchando con todo su poder. No estaba rodeado por las sombras. Sin embargo, no le costaría mucho matar a un ser humano, ni siquiera a un ser humano ayudado por los perros del infierno.

—¿Más? —le preguntó Hades a Katarina.

Sin decir una palabra, ella se arrojó hacia delante y se abalanzó sobre él. Entonces, le mordió el cuello y le arrancó la tráquea. Cuando él caía, ella escupió el cartílago y la sangre al suelo.

Baden se quedó inmóvil. Destrucción se quedó boquiabierto.

¿Su dulce Katarina podía ganar?

En cuanto aterrizó, el cuerpo de Hades se había regenerado. Agarró a Katarina por los tobillos y la hizo caer. Entonces, la agarró del pelo y la lanzó contra la pared. Ella rompió la piedra debido al impacto, y el aire se llenó de polvo. Milagrosamente, Katarina no se detuvo a recuperar el aliento, sino que volvió a abalanzarse sobre Hades y lo mordió entre rugidos.

—¡Sácale los ojos y después muérdele la garganta! —le gritó Baden, con dos voces. La bestia también estaba decidida a salvarla.

Ella le sacó uno de los ojos a Hades antes de que el rey pudiera quitársela de encima. Sin embargo, Katarina volvió por más, y él tuvo que apartarla una y otra vez. Al final, él no pudo librarse de ella, porque ella siempre volvía a morderle y rasgarle los brazos y las piernas, el cuello y la cara. Su ferocidad dejó asombrado a Baden.

–Sométete a mí –le dijo Hades– antes de que decida acabar contigo.

–¡No! –gritó Baden–. No lo hagas.

Los perros del infierno la odiarían, y ella nunca se lo perdonaría a sí misma.

De nuevo, ella gruñó y se abalanzó sobre Hades, y le arrancó la oreja de un mordisco.

Las sombras empezaron a emerger del rey, y Baden supo que iban a destruirla. Ni siquiera los perros podrían defenderla.

–No dejes que las sombras se te acerquen, Rina.

Baden siguió intentando librarse con todas sus fuerzas. Prefería morir a perder a Katarina. Sabía que sufriría eternamente, y prefería dejar de existir.

El amor que sentía por ella lo estaba consumiendo, y su deseo de ayudarla superaba con mucho al vínculo que compartía con Hades. Las bandas de sus brazos empezaron a calentarse… a calentarse… le quemaron la piel, y se hundieron en su carne. Lo marcaron.

¡Dolor! ¡Carne quemada! Salía humo de su cuerpo, pero, finalmente, las bandas desaparecieron y dejaron solo los tatuajes negros, y él comenzó a enfriarse.

De repente, Hades echó hacia atrás la cabeza y rugió hacia el techo, como si acabaran de quitarle un órgano.

Katarina aprovechó su distracción y volvió a desgarrarle la garganta. Hades cayó, las sombras desaparecieron y Baden se arrojó entre los dos combatientes.

Su chica intentó apartarlo de un empujón, sin dejar de morder a Hades, que se puso de pie de un salto con el cuello ya regenerado.

Baden solo pensó en que tenía que terminar con aquello.

–Puede que seas capaz de matarme –le espetó Katarina a Hades– pero voy a llevarte conmigo.

Los dos estaban jadeando, sangrando.

–Dejadlo –dijo Baden, y tomó por la nuca a Katarina para estrecharla contra su costado. Mientras Destrucción maullaba de felicidad por tenerla a su lado otra vez, él le acarició el pelo y le susurró palabras de alabanza.

Ella se relajó contra él.

Los perros se pusieron a ambos lados de la pareja, fulminando a Hades con la mirada, impidiéndole que volviera a atacar a Katarina.

–¿Confías en mí? –le preguntó Baden.

–Sabes que sí –dijo ella.

Alguien tenía que ganar en la guerra con Lucifer, y tenía que ser Hades.

–Si Hades acepta nuestras condiciones, ¿le permitirás vivir?

Él quería matar a aquel hombre, pero aquel día sería mejor tener precaución. Siempre podrían matarlo más tarde.

Ella respiró profundamente y exhaló el aire. Después, asintió.

Baden le besó la frente y se dirigió al rey:

–Ya no estoy bajo tu dominio, pero seguiré siendo tu aliado en la guerra. A cambio, tú no harás daño a Katarina ni a los perros, ni los obligarás a que te ayuden. Si ellos te perdonan lo que ha sucedido hoy, y lo que sucedió en el pasado, te perdonan. Si no, tú sales perdiendo. Ellos tienen la palabra. De otro modo, yo no voy a apoyarte.

Hades miró a Baden con… ¿orgullo?

Y, si aquello le había gustado, lo siguiente iba a gustarle más aún.

–Has luchado contra mi mujer, y voy a castigarte. Ningún vínculo está por encima del que tengo con mi mujer.

–Eh, Baden –le dijo Pandora–. Acuérdate de mí.

Él no podía ayudarla a liberarse de las bandas. Ella tenía

que encontrar la fuerza para conseguirlo. Sin embargo, podía darle otra cosa:

—Le darás a Pandora un reino propio.

Era lo que quería, lo que esperaba.

Hades lo dejó asombrado, porque asintió.

—Te concedo lo que has pedido. Tu fuerza ha demostrado tu valor… hijo.

Lo que sucedió después sucedió con mucha rapidez. Katarina notó un sabor metálico en la boca, y recordó como en una nebulosa lo que había hecho. Había atacado salvajemente a Hades y le había mordido, así que no esperaba que él le sonriera.

—Te has ganado la inmortalidad, muchacha. Además, tienes la fuerza necesaria para soportarla. Pippin —dijo, y dio unas palmadas.

El anciano sacó varias piedrecitas de una tablilla de piedra y se las entregó a Hades. A ella le pareció… a ella le pareció que veía a un hombre increíblemente guapo bajo las arrugas. Tal vez se le hubiera aflojado un tornillo durante la pelea.

Las piedrecitas se prendieron y se convirtieron en una ceniza que flotó hasta su cara. Ella no pudo hacer otra cosa que inhalarla.

De repente, se sintió tan mareada que estuvo a punto de caerse, pero Baden la sujetó. Ella gimió, y los perros gimieron con ella, y se tambalearon como si estuvieran borrachos. ¿Se estaban convirtiendo también en inmortales, a través de su vínculo?

—William me va a odiar por esto —dijo Hades—, pero tú, Katarina Joelle, mereces la inmortalidad. Y, sí, puedes quedarte con Baden. De nada.

—Tú no me controlas, *kretén*, y nunca me controlarás. Pero te agradezco el voto de confianza.

¡Por una vez!

–Ahora se llama Katarina Lord. ¡Reclamo que sea mi esposa! –proclamó Baden.

Tal vez aquello la habría convertido en inmortal, tal y como había ocurrido con Ashlyn y Maddox, pero, seguramente, no. Maddox no era un espíritu esclavizado por unas bandas.

Ni Baden. Ya no.

Él la miró fijamente a los ojos.

–Si tú me quieres.

Ella lo quería con todas sus fuerzas, y su amor era algo tan puro como la nieve recién caída. Nunca habría podido negarlo.

–Sí.

Entonces, él le dedicó una sonrisa radiante, tan brillante, que a ella se le empañaron los ojos.

Hades carraspeó.

–Tú, Katarina Lord, ayudarás a cerrar la herida que yo causé con los perros del infierno hace una eternidad.

«Nunca».

Roar rascó el suelo con las zarpas.

–Lo que les hiciste… –dijo ella.

–No merece la pena mencionarlo –respondió él–. Acabé con sus ancestros después de que ellos mataran a mi… No importa. El pasado es el pasado. Nosotros debemos avanzar hacia el futuro.

Ella gruñó. Qué desdeñoso. «Voy a…».

Baden se puso delante de ella y miró a Hades para desviar la atención de ella.

–Quiero que me liberes de la semilla de Corrupción.

Hades protestó, pero Baden cabeceó con firmeza.

–Está bien.

Hades lo agarró de los brazos, y las sombras salieron del cuerpo de Baden y entraron por las muñecas del rey.

–Gracias –dijo Baden, y se giró hacia Katarina–. Vamos a visitar a tu hermano, *krásavica*.

Ella suspiró. Sabía lo que estaba haciendo Baden, y le permitió que lo hiciera. No habría más peleas. Al menos, aquel día no.

—Sí, vamos.

—Después, iremos a casa.

—¿Al Reino del Olvido?

El lugar en el que había tenido lugar la pelea con Alek y su ejército. Donde vivía… otra gente. ¿Cómo se llamaban?

—No. A casa de nuestros amigos. Quiero compartir nuestra felicidad con ellos. Eres feliz, ¿no?

Ella lo abrazó.

—Más de lo que nunca pensé, *pekný*.

Baden era el comienzo de su historia, y sería el final. Una historia feliz.

«Érase una vez… para siempre».

Epílogo

Baden se sentó en una butaca junto al fuego con un vaso de Whisky en una mano. Katarina estaba enseñándoles a los niños de Maddox a jugar adecuadamente con los perros del infierno. Todo el grupo se había mudado a la nueva fortaleza, que estaba situada en Budapest, como la anterior, pero en una cota más alta de las montañas, oculta por un bosque.

Torin había pagado a los antiguos propietarios una fortuna para que se marcharan a toda prisa.

Los Señores ya estaban creando recuerdos allí.

La noche anterior, Katarina había bañado a toda la manada de perros del infierno. Los animales habían protestado airadamente, pero ella les había dicho que no podían vivir en una casa hasta que no estuvieran limpios y sin pulgas. Se había situado en el patio con una manguera, y todos los perros le habían permitido que los lavara.

Baden nunca había visto nada más gracioso. Unos perros a los que temía el mundo entero por su fuerza y por su destreza para comerse a sus enemigos, temblando mientras una mujer menuda les enjabonaba con champú.

Su vida era más de lo que nunca hubiera imaginado, aunque no todo iba a la perfección. En el inframundo continuaba la guerra, que se recrudecía por momentos. No sabían nada de Cameo. William no había regresado a la fortaleza, y se rumoreaba que había seguido a Puck hasta su tierra.

El hermano de Katarina había sobrevivido al síndrome de abstinencia y había empezado a desintoxicarse. Le pidió perdón por todas las cosas que le había hecho, y Baden supo que ella había sentido esperanza. Sin embargo, en cuanto lo habían dejado en libertad, se había escapado a comprar heroína. Katarina le había pedido a uno de los perros del infierno que lo siguiera para protegerlo, pero, en el fondo, se había despedido de él.

Después de liberarse de sus propias bandas, Pandora había decidido quedarse en el inframundo para construir su reino allí. Baden se preguntaba si se había quedado por afecto hacia su nuevo padre… o por atracción hacia uno de los reyes. Ella tenía secretos que no iba a compartir con él, con su hermano.

¿Se acostumbraría alguna vez a aquella palabra?

Maddox se dejó caer en una butaca, junto a él.

—Bueno, amigo mío. Parece que has aprendido la lección. Por muy negro que sea el presente, el futuro puede ser luminoso. Solo hay que resistir.

—Este no es momento de discursitos —le dijo Baden—. Por muy calmado que sea el presente, el futuro puede ser tormentoso.

Su amigo se puso serio y asintió.

—Hades y Lucifer están reclutando a sus aliados.

—Solo es cuestión de tiempo que terminen y comience el verdadero combate.

—Nuestro bando ganará. Entonces, te ayudaremos a castigar a Hades por su batalla con Katarina.

A Baden se le encogió el pecho.

—Eres mejor amigo de lo que me merezco.

—He aprendido del mejor —respondió Maddox.

Por un momento, Baden volvió a los días de su vida en

los cielos. Un ejército de titanes les había tendido una emboscada a ellos, la guardia de Zeus.

A Maddox lo habían alcanzado al instante, y un millar de lanzas y flechas se le habían clavado en el pecho. Baden podría haberse puesto a cubierto, pero había corrido hacia Maddox para llevárselo a un lugar seguro.

–Hemos recuperado los artefactos –dijo Maddox–. Seguiremos buscando a Cameo, a Viola, la caja y la Estrella de la Mañana.

Era la única forma de que sus amigos y él pudieran librarse de los demonios. El objetivo final.

Galen entró en la habitación y miró a Baden.

–¿Acaso piensas que puedes librarte de cumplir tu parte del trato, idiota? –le preguntó sin preámbulos. Sus alas eran mucho más grandes que antes, y se arqueaban por encima de sus hombros. Eran blancas como la nieve–. Quiero mi cita.

–¿Le has prometido que ibas a salir con él? –preguntó Maddox–. Buena suerte, pero creo que Katarina va a protestar.

Baden lo ignoró y se puso en pie. No le sorprendía que Galen hubiera aparecido. Solo le sorprendía que no hubiera aparecido con Fox. La chica le había enviado muchas preguntas sobre Desconfianza y, aquella misma mañana, a petición de Katarina, él había aceptado ser su mentor.

–Ven a dar un paseo conmigo –le dijo a Galen y, cuando salieron de la habitación y estuvieron a solas, añadió–: Aeron se niega a decirme dónde está Legion en este momento.

–¿Y qué?

–Que –dijo Baden–, casualmente, mi mujer es la líder de los perros del infierno.

–Ya lo sé, ya lo sé. Es maravillosa y tú eres el inmortal más afortunado de la historia del universo. ¿Y qué tiene que ver eso con mi situación?

–Que los perros han dado con Legion.

Galen se detuvo bruscamente y lo tomó por los hombros.

–Dime.

–Antes necesito que me jures que no vas a hacerle daño…

–No vuelvas a insultarme. Yo nunca le haría daño. Para mí, ella es como Katarina para ti.

Baden lo creyó. Galen estaba completamente enamorado.

Entonces, Baden le dio la dirección, y Galen dio un salto en el aire. No volvió a posar los pies en el suelo. Sus alas lo llevaron hacia las nubes.

Biscuit y Gravy se le acercaron corriendo desde un rincón y saltaron sobre él. Si hubiera sido más débil, se habría caído. Katarina se acercó corriendo tras ellos, riéndose.

–No querían que estuvieras desprotegido –le dijo, mientras él la tomaba en brazos.

–¿Ahora les caigo bien?

–Ni un poco. Pero me quieren.

–Como yo.

Mientras los cachorros movían la cola y corrían a su alrededor, Destrucción se frotaba contra el cráneo de Baden, desesperado por acariciar a Katarina.

–Y como la bestia.

Ella le acarició las sienes.

–¿Me necesita?

–Los dos te necesitamos –respondió él, y se echó a Katarina al hombro–. Y te vamos a tener. Tal vez te hagamos gritar un poco.

Ella se estuvo riendo durante todo el camino hasta el dormitorio, pero, cuando él la tendió sobre el colchón, estaba jadeando.

–Normalmente, mis sesiones de adiestramiento son cortas y agradables –le dijo–. Pero, con mi dulce Baduction… Creo que voy a dedicarle varias horas.

–Oh, no, *krásavica*. Vas a dedicarnos la eternidad. No aceptaremos ninguna otra cosa.

Glosario de personajes y términos de los Señores del Inframundo

Quién es quién para quién:

Aeron: Señor del Inframundo, antiguo guardián de la Ira. Marido de Olivia.

Alexander: Humano. Antiguo amante de Cameo.

Amun: Señor del Inframundo. Guardián del demonio de los Secretos. Marido de Haidee.

Anya: Diosa menor de la Anarquía, prometida de Lucien.

Ashlyn Darrow: Humana con habilidades sobrenaturales. Esposa de Maddox. Madre de Urban y Ever.

Axel: Uno de los Enviados. Tiene un secreto.

Baden: Señor del Inframundo, antiguo guardián de la Desconfianza. Compañero de Destrucción al resucitar. Marido de Katarina.

Bianka Skyhawk: Arpía, hermana de Gwen, Taliyah y Kaia. Esposa de Lysander.

Bjorn: Enviado.

Black: Uno de los cuatro hijos de William.

Caja de Pandora: También llamada dimOuniak. Hecha con los huesos de la diosa de la Opresión. Una vez albergó a los señores de los demonios. En el presente está desaparecida.

Cameo: Señora del Inframundo. Guardiana de Tristeza.

Cameron: Guardián de Obsesión.

Capa de la Invisibilidad: Artefacto que tiene el poder de ocultar a quien la lleva de los ojos de los demás.

Cazadores: Enemigos mortales de los Señores del Inframundo.

Cebo: Humanas cómplices de los Cazadores.

Cronus: Antiguo rey de los Titanes. Antiguo guardián de Avaricia. Esposo de Rhea.

Danika Ford: Humana, esposa de Reyes, conocida como el Ojo que Todo lo Ve.

dimOuniak: Caja de Pandora.

Downfall: Club nocturno para inmortales, cuyos propietarios son Thane, Bjorn y Xerxes.

Elin: Híbrida entre Fénix y humana. Compañera de Thane.

Enviados: Guerreros alados. Asesinos de demonios.

Estrella de la Mañana: Fue creada por el Más Alto. Con ella, nada es imposible. Está oculta en dimOuniak.

Ever: Hija de Maddox y Ashlyn, hermana de Urban.

Fae: Raza de inmortales que desciende de los Titanes.

Fénix: Inmortales que tienen una íntima relación con el fuego y que descienden de los Griegos.

Fox: Inmortal de origen desconocido. Socia de Galen. Guardiana de Desconfianza.

Galen: Señor del Inframundo. Guardián de los Celos y las Falsas Esperanzas.

Geryon: Fue guardián de la puerta del Infierno. Murió y adquirió forma espiritual. Es el compañero de la diosa de la Opresión.

Gideon: Señor del Inframundo. Guardián de las Mentiras.

Gilly Bradshaw: Humana recientemente convertida en inmortal. Tiene un vínculo con Pukinn.

Green: Uno de los cuatro jinetes del Apocalipsis, hijo de William.

Griegos: Antiguos gobernantes del Olimpo.

Gwendolyn Skyhawk: Arpía. Esposa de Sabin. Hija de Galen.

Hades: Uno de los nueve reyes del inframundo.

Haidee Alexander: Antigua Cazadora. Guardiana del Amor. Amante de Amun.

Hera: Reina de los Griegos. Esposa de Zeus.

Innombrables: una raza sanguinaria de criaturas carnívoras.

Jaula de la Coacción: Artefacto que tiene el poder de esclavizar a quien esté en su interior.

Josephina «Tink» Aisling: Reina de los Fae. Consorte de Kane.

Juliette Eagleshield: Arpía. Se considera la consorte de Lazarus.

Kadence: Diosa de la Opresión. Murió y adquirió forma espiritual. Compañera de Geryon.

Kaia Skyhawk: Parte Arpía, parte Fénix. Hermana de Gwen, Taliyah y Bianka. Consorte de Strider.

Kane: Señor del Inframundo. Antiguo guardián de Desastre.

Keeleycael: Curator. La Reina Roja. Prometida a Torin.

Lazarus: Guerrero inmortal. Hijo único de Typhon y de una Gorgona desconocida.

Legion: Demonio sirviente en un cuerpo humano. Hija adoptiva de Aeron y Olivia. También conocida como Honey.

Llave Que Todo Lo Abre: Objeto espiritual que puede abrir cualquier cerradura.

Lo Interminable: Portal del infierno. Un día normal es como mil años en Lo Interminable.

Lucien: Uno de los líderes de los Señores del Inframundo: Guardián de la Muerte. Prometido de Anya.

Lucifer: Uno de los nueve reyes del Inframundo. Hijo de Hades. Hermano de William.

Lysander: Ángel. Guerrero de élite y esposo de Bianka Skyhawk.

Maddox: Señor del Inframundo. Guardián de la Violencia. Esposo de Ashlyn y padre de Urban y Ever.

Melody: Sirena ciega que trabaja para Hades.

Neeka Eagleshield: Parte Arpía, parte Fénix, se la conoce como la No Deseada.

Ojo que Todo lo Ve: Artefacto divino que tiene el poder de ver el cielo y el infierno.

Olivia: Un ángel caído. Amante de Aeron.

Pandora: Guerrera inmortal que fue la guardiana de dimOuniak. Ha resucitado.

Paris: Señor del Inframundo. Guardián de la Promiscuidad. Esposo de Sienna.

Pukinn: Sátiro, guardián de Indiferencia. Su sobrenombre es «Irish», y tiene un vínculo con Gillian.

Red: Uno de los cuatro jinetes del Apocalipsis; hijo de William.

Reyes: Señor del Inframundo. Guardián del Dolor. Esposo de Danika.

Rhea: Antigua reina de los Titanes y antigua guardiana de Lucha. Esposa de Cronus.

Sabin: Uno de los líderes de los Señores del Inframundo. Guardián de la Duda. Marido de Gwen.

Señores del Inframundo: Guerreros inmortales exiliados que llevan dentro los demonios liberados de la caja de Pandora.

Scarlet: Guardiana de las Pesadillas. Esposa de Gideon.

Sienna Blackstone: Gobernante de los Titanes. Amante de Paris.

Strider: Señor del Inframundo. Guardián de la Derrota.

Taliyah Skyhawk: Arpía. Hermana de Bianka, Gwen y Kaia.

Tartarus: Dios griego del confinamiento y cárcel subterránea para inmortales.

Teletransportarse: El poder de trasladarse con solo un pensamiento.

Thane: Enviado. Compañero de Elin.

Titanes: Gobernantes de Titania. Hijos de ángeles caídos y humanos.

Torin: Señor del Inframundo. Guardián de Enfermedad. Esposo de Keeleycael.

Urban: Hijo de Maddox y Ashlyn. Hermano de Ever.

Vara Cortadora: Artefacto con el poder de separar el alma del cuerpo.

Viola: Diosa menor. Guardiana del Narcisismo.

White: Una de los cuatro jinetes del Apocalipsis; hija de William. Fallecida.

William el Eterno Lujurioso: Guerrero inmortal de orígenes cuestionables.

Winter: Guardián del Egoísmo.

Xerxes: Enviado.

Zeus: Rey de los Griegos.

9 788468 790947